国家社会科学基金
博士论文
出版项目

# 跨媒介的审美现代性:
## 石黑一雄三部小说与电影的关联

Transmedia Aesthetic Modernity:
Kazuo Ishiguro's Three Novels in Relation to Film

沈安妮　著

中国社会科学出版社

# 图书在版编目（CIP）数据

跨媒介的审美现代性：石黑一雄三部小说与电影的关联 / 沈安妮著. —北京：中国社会科学出版社，2020.7
ISBN 978-7-5203-6366-2

Ⅰ.①跨… Ⅱ.①沈… Ⅲ.①石黑一雄—小说研究②小说—电影改编—研究—英国 Ⅳ.①I561.074②I561.073

中国版本图书馆 CIP 数据核字（2020）第 069727 号

| 出 版 人 | 赵剑英 |
|---|---|
| 责任编辑 | 张 潜 |
| 责任校对 | 周 昊 |
| 责任印制 | 王 超 |

| 出　　版 | 中国社会科学出版社 |
|---|---|
| 社　　址 | 北京鼓楼西大街甲 158 号 |
| 邮　　编 | 100720 |
| 网　　址 | http://www.csspw.cn |
| 发 行 部 | 010-84083685 |
| 门 市 部 | 010-84029450 |
| 经　　销 | 新华书店及其他书店 |
| 印　　刷 | 北京君升印刷有限公司 |
| 装　　订 | 廊坊市广阳区广增装订厂 |
| 版　　次 | 2020 年 7 月第 1 版 |
| 印　　次 | 2020 年 7 月第 1 次印刷 |
| 开　　本 | 710×1000　1/16 |
| 印　　张 | 23.75 |
| 字　　数 | 331 千字 |
| 定　　价 | 139.00 元 |

凡购买中国社会科学出版社图书，如有质量问题请与本社营销中心联系调换
电话：010-84083683
版权所有　侵权必究

# 出 版 说 明

为进一步加大对哲学社会科学领域青年人才扶持力度，促进优秀青年学者更快更好成长，国家社科基金设立博士论文出版项目，重点资助学术基础扎实、具有创新意识和发展潜力的青年学者。2019年经组织申报、专家评审、社会公示，评选出首批博士论文项目。按照"统一标识、统一封面、统一版式、统一标准"的总体要求，现予出版，以飨读者。

全国哲学社会科学工作办公室

2020年7月

# 序　　言

　　沈安妮是很优秀的博士毕业生，视野开阔，科研创新能力强，研究有深度。她 2018 年夏天获得北京大学博士学位，次年她的论文首批入选国家社会科学基金博士论文出版项目。安妮的这一成果是国内首部研究石黑一雄与电影之关联的专著。自 2017 年石黑一雄获得诺贝尔文学奖以来，国内外掀起了石黑一雄研究热潮，研究大多聚焦于后殖民、创伤、回忆等问题。石黑一雄小说与电影的关系，以及其与审美现代性的关联，尚缺乏关注。这部专著率先从跨媒介的角度研究石黑一雄的审美现代性，以新的视角探讨石黑一雄的创作目的、创作手法和创作特色，揭示出石黑一雄作品丰富复杂的深邃内涵。

　　在以往对文学与电影的关联性研究中，文学领域或者电影领域的学者一般都立足于自身领域的媒介，来探讨另一媒介。电影研究者以从小说改编过来的电影为研究对象，往往围绕改编之于原著的忠实性展开讨论，注重影视媒介对文学的再现形式和手段；而小说研究者则以小说为本，关注小说被改编成电影后出现了哪些差异，并探讨以这些差异为参照，可以如何更好地理解小说。安妮的专著超出了这些传统思路，不仅十分关注石黑一雄的小说创作过程如何受到相关电影的影响，并且将石黑一雄的小说和电影视为基于"跨媒介的审美现代性"的联姻关系，将注意力转向文学现代主义和电影现代主义之间的关联。从这种文学与电影具有某些共通本质的角度来做文学阐释，能帮助我们发现石黑一雄的作品对蒙太奇之外的其他电影技巧的借鉴和发展，从而更好地理解石黑的创作为文学审美带来的新意，更好地把握石黑小说的深刻和独到之处。

我有幸指导了安妮的博士论文，欣喜地看到她在北大读博期间的快速进步和成长。她通过努力，在学习期间获得国家奖学金、学术创新奖、北京大学外国语学院研究生论文一等奖。毕业时获得当年北大外院西方语言文学领域唯一的"北京大学优秀博士学位论文奖"，并被评为北京市优秀博士毕业生。本书主要基于她的博士论文。她在文中提出了富有新意的跨媒介的审美现代性的总体框架，在其统领下，系统深入地分析了石黑一雄在《远山淡影》《被掩埋的巨人》和《别让我走》这三部小说中对审美现代性的思考与电影现代性之间的关联，有效揭示出多种与文本表面意义相悖的深层隐含意义。这有利于拓展石黑一雄研究的视野，同时可为审美现代性研究提供特殊的启发，有较大的理论价值和学术创新意义。不过最值得称道的是，论文试图跨越技法技巧层面的简单对比或媒体间的渗透影响，以同源共振共鸣为阐述主线，论证了不同媒介在审美现代性范畴内的关联和交集，这种研究思路和研究成果对于相关研究的进一步发展有重要的启发作用。

作为刚开始在国内学术界崭露头角的学术新人，安妮在科研发表上也取得了不错的成绩，先后在《外国文学》《文艺理论研究》《国外文学》《当代外国文学》和《北京电影学院学报》等 CSSCI 检索期刊上发表论文八篇，两篇被中国人民大学复印报刊资料全文转载。

安妮是十分热爱并致力于学问的青年学者，涉猎广泛，学风端正，问题意识强，具有很大的科研潜力。毕业之后，她争取到赴耶鲁大学电影与媒介研究中心做博士后研究的机会，继续对这一跨媒介课题进行扩展性研究。就在前不久，我又收到她荣获 2020 年度得克萨斯大学奥斯丁分校 Harry Ransom Center 学者奖学金，有机会去搜集珍贵的石黑一雄文献资料的喜讯。她正充满期待地开始筹备她的下一轮研究。她的这份对学术的执着和热情，十分难能可贵。我期待着她在石黑一雄研究和文学与电影关联研究的道路上，不断开拓创新，勇攀高峰。

申　丹

2020 年春于燕园

# 摘 要

诺贝尔文学奖获得者石黑一雄（日裔英籍）是当代英国文学代表作家。他的小说具有强烈的电影性和现代性，把握这两种特性对于了解其作品的隐含意义和深层意义有着至关重要的作用。但迄今为止，这两方面都未引起足够的重视，仅有一些零散的评论，且分别关注其中一个方面，忽视了两者在跨媒介意义上的联系，以及建立在此联系基础上的文本的隐含深层意义。鉴于石黑一雄笔下《远山淡影》《被掩埋的巨人》和《别让我走》与电影的关联和与审美现代性的紧密联系，本书深入系统地考察这三部小说与影视相关联的审美现代性问题，通过细致剖析三部小说跨媒介的审美现代性，揭示其如何表达与小说文本表面意义相悖的隐含意义，达到对作者的创作目的更好的把握，对作品的主题意义、人物形象、人物之间的关系和艺术手法更加全面深入的理解。

绪论先梳理了以往的石黑一雄研究，评介了其东方和西方溯源的两个阶段，并以此引入石黑一雄与电影的关联以及石黑一雄与具有反思和质疑特征的审美现代性的关联。然后，以跨媒介的审美现代性为中心线，阐明本书各章的研究思路和基本框架。

第一章首先结合19世纪末以来文学与电影基于审美现代性共性的关联，对本书所涉及的跨媒介的审美现代性加以界定，并说明从这一角度理解石黑一雄小说的重要性。其次，梳理了石黑一雄与电影的关系、与具体导演的具体作品的联系，评介了以往的批评研究，从跨媒介的审美现代性的角度指出以往研究存在的问题和局限性。

第二章聚焦《远山淡影》与小津安二郎电影中的物哀式感伤与留白技巧的关联。本章认为，石黑一雄在小说中借鉴了《东京物语》中的物哀式感伤，来描绘主人公悦子在对女儿、公公和自己这三方面的回忆中表现出的不可靠性。由此，小说体现并发展了两种审美现代性特点：内外世界界限消失的，以凸显现实中隐藏的怪诞和超现实为特点的欧陆式审美现代性特点；以及精神与肉体、情感与理性失联的英美式审美现代性特点。通过这样的分析，本章旨在说明，石黑一雄不但借助现代鬼故事手法和小津电影中的物哀，凸显了人们对回忆和自我认识存疑的审美现代性特点，也揭露了人们尝试与过去和解之难。

第三章通过挖掘石黑一雄的《被掩埋的巨人》与日本导演黑泽明的《罗生门》、沟口健二的《雨月物语》以及俄国导演塔可夫斯基的《潜行者》的关联，分三个方面分析小说中表现的质疑"现实"和"现时"的审美现代性——故事中的主人公对现时中的人、上帝信仰以及现实世界的怀疑，读者对复杂多面的中性叙述眼光的质疑，作者利用电影叙事中的思想实验结构展现对"现实"和"现时"的质疑。通过这一探讨，我们可以达到对作品表达的现代主题意义、现代他者式的人物形象及现代艺术手法更加全面和深入的理解。

第四章结合小说的英国与日本两部同名影视改编分析《别让我走》中凯茜的认识在两方面上的不确定性：对自己私情的认识和对自己记忆的认识。本章依据作者的创作目的，聚焦于批评界倾向于忽视的凯茜与露丝和汤米之间的三角关系。通过深入细致的考察，本章不仅揭示出三个主人公之间复杂又深刻的情感关系，而且也揭示出露丝和凯茜的形象以往被忽略的一些重要方面，以及小说中对即将逝去的信念及旧秩序的怀念和乡愁的同时，又对眼前的认识以及对不得不投身于其中的新秩序充满焦虑和怀疑的审美现代性特点。

结语总结本书通过探讨石黑一雄小说与电影的审美现代性的关联，所揭示的小说隐含的主题意义和深层立场，并简要讨论了一个世纪以来文学与电影的联动对现当代小说创作的影响。最后总结本书从跨媒介的审美现代性角度考察石黑一雄的小说与电影的关联，在石黑一雄研究的框架中，以及在文学与电影研究的整体框架中所具有的研究价值。

**关键词**：石黑一雄；小说与电影；审美现代性；跨媒介研究

# Abstract

The Japanese-British novelist Kazuo Ishiguro was awarded the 2017 Nobel Prize in Literature for his ability to reveal the abyss beneath our illusory sense of connection with the world. His novels that touch on memory, time, and self-delusion present a strange amalgam of literary and cinematic modernist techniques. Attending to both is critical for understanding his rich, multi-layered texts. While scholars have mentioned the connection between Ishiguro's novels and cinema, they have not critically examined the interrelation between these two media. This project fills this gap by exploring Ishiguro's references to films with a particular focus on the representation of aesthetic modernity in his novels. It asks, what other connections, besides explicit references to cinematic works, do Ishiguro's novels have with films? And, most importantly, how can such connections help the readers discover the implicit themes and undisclosed characteristics of his protagonists?

On a larger scale, this book demonstrates a new way to address the relationship between literature and film. Employing the category of "aesthetic modernity", which Matei Calinescu delineates as a motif against "Bourgeois idea of Modernity," casting doubt on the way knowledge is acquired and reality is perceived, I claim that modern filmmakers and novelists seek to embody this aesthetic modernity from their separate media. My argument is that Ishiguro, inspired by cinematic culture and its ways of simultaneously presenting and questioning the world, casts doubt on the nature of reality in his novels and shares this motif with several postwar directors he admires: Yasujiro Ozu, Akira Kurosawa, Kenji Mizuguchi, and Andrei Tarkovsky. On a smaller scale and in the context of Ishiguro's work, this study also executes close readings of the author's novels on the topic of aesthetic modernity to show that Ishiguro is a writer who has taken cinema inside his prose by either making various textual references to films or else transmitting cinematic effects to novel-writing. Under this frame, this study eventually aims at uncovering the hidden meanings of Ishiguro's texts and shedding light on some crucial aspects of the author's style.

Ishiguro's close relation to cinema has opened the back door for *a priori* knowledge by demanding a conscious, sophisticated reader who reads the text forward and backward and who makes use of outside knowledge to analyze texts. In this study, I attend to the relationship between Ishiguro's *A Pale View of Hills* (1982), *The Buried Giant* (2015), and *Never Let Me Go* (2005), and Yasujiro Ozu's *Tokyo Story* (1953), Kenji Mizoguchi's *Ugetsu Monogatari* (1953), Akira Kurosawa's *Rashomon* (1950) and Andrei Tarkovsky's *Stalker* (1979). Specifically, I explore how through aesthetic modernist tools, such as neutrality, elliptic style, non-linear narrative, reinventing myth, turning toward emotions rather than reasons, each chapter addresses key themes in Ishiguro's novels, including the role of memory, unreliability, self-illusion of the world, and blurring of the real and fantastic, dream and reality, present and past.

I begin this book with an introduction that surveys the existing criticism of Ishiguro's works along two contrasting tracks: first, reading Ishiguro in relation to eastern traditions; and second, reading Ishiguro in relation to western thoughts. I then move along to discuss the connection between modernity and Ishiguro's writing and films.

In the first chapter, I introduce the concept of transmedia aesthetic modernity as a liaison that connects modern fiction and film, and explain how examining Ishiguro from this new perspective would yield to a fresh understanding of his work. I end Chapter 1 with a survey of the connection between Ishiguro's novel-writing and the filmmakers and their masterpieces this study involves. After establishing a specific historical, biographical, and intertextual frame for the texts under discussion here, I discuss how each of Ishiguro's three novels engages with film in the following three chapters.

Chapter 2 concentrates on Ishiguro's *A Pale View of Hills* (1982) in relation to Yasujiro Ozu's *Tokyo Story* (1953) and explores the expression of *Mono no aware* and the use of ellipsis. I examine the novel with references to Ozu's film to reflect on Ishiguro's protagonist's unreliability from three aspects—her relationship with her daughter, with her father-in-law, and with herself. Through the analysis, I claim that the novel, on one hand, combines the characteristics of modern ghost story narratives with Ozu's style of *Mono no aware* to express the protagonist's unsaid guilt toward her daughter's death, urging the readers to reflect on the unreliable way we require knowledge of oneself and the others. On the other hand, the novel borrows the relationship between the daughter and father-in-law portrayed in Ozu's film to reflect on the protagonist's inappropriate resort to emotion when dealing with Japan's past wrongs.

Chapter 3 discusses *The Buried Giant* (2015) in relation to Mizoguchi, Kurosawa and Tarkovsky's films, revealing that the novel conveys the typical characteristics of aesthetic modernity that doubt present reality and present knowledge in the following three aspects: 1) the protagonist casts doubt on the knowledge of others, on the belief of God, and on the present reality itself; 2) the reader casts doubt on the sophistication and neutralization of the narrative itself, especially on the narrative perspective; 3) the narrator destabilizes the novel's plain of reality through thought-experiment narrative. I first claim that Ishiguro integrates the ghost story plots in Mizoguchi's *Ugetsu* (1953) and Greek mythology to portray the ferryman and female ghost's ambiguous appearance in the novel, establishing a latent narrative of the fantastic that continuously undercuts the novel's realistic design. Furthermore, I examine the novel's use of the mythical method and neutral free indirect speech in reference to Tarkovsky's *Stalker* (1979) to bring irony to the reality it presents. Lastly, I argue that Ishiguro uses the thought experiment structure often used in films to reveal his idea of guarding the contemporary generation against the repetition of the history of meaningless violence and the collective and, sometimes, problematic perception of the world.

Chapter 4 examines *Never Let Me Go* (2005) in connection to its eponymous cinematic adaptations, bringing to the fore the issue of the first-person narrator Kathy's unreliability regarding her memory and narration of her best friend Ruth and her love affair with Tommy. Different from the existing investigations dealing with the novel's biotechnology, unfair social scheme, or dehumanizing ideological education, this chapter, inspired by the author's clarification of his creative intention, pays specific attention to the overlooked triangle-relationship among the three main clone characters. Overall this chapter not only aims to reveal some significant aspects in Ishiguro's characterization of Ruth and Kathy, but also tries to disclose the novel's modernist nostalgia. It is a nostalgia for the passing order of the old world while feeling compelled and doubtful to move on to the new world.

As a conclusion, I summarize the significance of the present study on Ishiguro's novels in relation to films under the framework of transmedia aesthetic modernity. This approach helps to shed light on some implicit themes and misinterpreted plots in Ishiguro's works. After a brief discussion of the value of such a study may bring to contemporary literary studies in general, I end the book on a note of its contribution respectively to Ishiguro criticism and to the research on the relationship between literature and film.

**Key Words**: Kazuo Ishiguro, Fiction and Film, Aesthetic Modernity, Transmedia Study

# 目　　录

**绪论　石黑一雄的东西方溯源** ························ (1)
　　第一节　石黑一雄作品研究 ························· (1)
　　第二节　本书的研究目的和基本结构 ··············· (25)

**第一章　石黑一雄、审美现代性与电影** ············· (30)
　　第一节　跨文学与电影两媒介的审美现代性 ······ (30)
　　第二节　石黑一雄与电影 ···························· (46)

**第二章　《远山淡影》与小津式物哀** ················ (79)
　　第一节　现代鬼故事与物哀、留白的结合 ········· (85)
　　第二节　公媳情感中的感伤问题 ··················· (132)
　　第三节　"知物哀"式的自我认知 ··················· (144)

**第三章　《被掩埋的巨人》与多种现代电影技巧** ··· (157)
　　第一节　可疑的他者式人物 ························ (166)
　　第二节　可疑的中性叙述基调 ······················ (223)
　　第三节　可疑的时空和主体 ························ (237)

**第四章　《别让我走》与影视改编** ··················· (267)
　　第一节　人物关系的模糊性与误解 ················· (274)

第二节　记忆的影像性与不可靠 …………………………（292）

# 结语　与电影联动中的小说 …………………………………（314）

# 参考文献 ………………………………………………………（325）

# 索　引 …………………………………………………………（349）

# 后　记 …………………………………………………………（354）

# Contents

**Introduction  Kazuo Ishiguro Study in Perspectives of**
**East and West** ················································· (1)
1. Kazuo Ishiguro's Studies ·········································· (1)
2. Aim and Structure of the Book ································· (25)

**Chapter 1  Kazuo Ishiguro, Aesthetic Modernity and**
**Film** ······················································································ (30)
1. Kazuo Ishiguro and Transmedia Aesthetic Modernity ············ (30)
2. Kazuo Ishiguro and Film ············································ (46)

**Chapter 2  *A Pale View of Hills* and Ozu's Mono no**
**Aware** ·················································································· (79)
1. The Integration of Modern Ghost Story into Mono no Aware
   and Ellipsis ······························································ (85)
2. The Troubled Nostalgia in the Daughter and Father-in-Law
   Relationship ···························································· (132)
3. The Mono no Aware Style of Knowing Oneself ················ (144)

**Chapter 3  *The Buried Giant* and Modern Cinematic**
**Techniques** ·········································································· (157)
1. Suspicious Others ···················································· (166)

2. Suspicious Narrative Tone ……………………………（223）
3. Suspicious Space-Time and Subjectivity ……………（237）

**Chapter 4　*Never Let Me Go* and Adaptations** ………………（267）
1. Ambiguities and Misreads in Characters' Relationship ………（274）
2. The Filmic Texture of Memory and Its Unreliability ………（292）

**Conclusion　Fiction in Interaction with Film** ………………（314）

**Bibliography** ……………………………………………（325）

**Index** ………………………………………………………（349）

**Postscript** …………………………………………………（354）

# 绪　　论

## 石黑一雄的东西方溯源

### 第一节　石黑一雄作品研究

石黑一雄（Kazuo Ishiguro，1954—　）是当代最受瞩目的英国小说家之一。其以含蓄、婉约的笔触和跨越种族及文化的国际主义小说著称。石黑一雄于20世纪80年代开始在英国文坛走红。因为他的日裔背景，批评界将他与拉什迪（Salman Rushdie）、奈保尔（Viadiadhar S. Naipaul）并称为"英国文坛移民三雄"。1995年石黑一雄获大英帝国勋章（OBE），1998年获法国艺术及文学骑士勋章，2008年被《泰晤士报》列为"1945年以来英国最伟大的50位作家"之一。石黑的作品先后四次入围布克奖短名单。2005年，小说《别让我走》（*Never Let Me Go*，2005）被《泰晤士报》列入1923年以来的百部最伟大的英语小说中。2017年石黑一雄获得诺贝尔文学奖，成为20世纪以来继莱辛（Doris Lessing）、品特（Harold Pinter）和奈保尔之后第四位获此殊荣的英国作家。诺贝尔文学奖秘书长莎拉·达纽斯（Sara Danius）在授予石黑一雄诺奖时的书面声明中称赞道："石黑一雄的小说以其巨大的情感力量，发掘了在人与世界相互联系的幻觉中隐藏的深渊。"①

迄今为止，石黑一雄的作品包括七部长篇小说、一部短篇小说集和四部影视剧本。② 它们被翻译成40多种语言，并持续吸引了来自全球各个族裔的研究者的关注和褒扬。本书聚焦于石黑的三部小说——《远山淡影》(*A Pale View of Hills*, 1982)、《被掩埋的巨人》(*The Buried Giant*, 2015) 和《别让我走》(*Never Let Me Go*, 2005)。选择这三部作品的主要原因在于：第一，尽管这三部小说的出版时间相隔十余年，故事也发生在看似毫不相干的年代，但这三部小说在时空、主题、情节模式上具有耐人寻味的相关性。第二，石黑的故事中的主人公总感到自己被世界所骗，而读者也同样感到被石黑的叙述者所骗。这三部小说都不同程度地运用了与电影的关联，特别突出了本书所关注的，人们意识到自身与所处的现实及历史出现认同困难的审美现代性意识。第三，这三部小说在石黑的作品中具有代表性，本书选取它们作为分析文本，以探索文学与电影关联研究的三个不同方向：《远山淡影》聚焦小说与日本电影以及相关东亚文化的关联，《被掩埋的巨人》侧重探索小说对除蒙太奇以外的电影技巧的借鉴，《别让我走》则从电影改编角度，反观原著并揭示小说中未被发现的隐含线索及意义。因此，本书依照石黑这三部作品与电影的关联程度的顺序，先后对《远山淡影》《被掩埋的巨人》和《别让我走》进行讨论。

总体上看，石黑小说的研究围绕东方与西方的轴线在波动中进

---

① Sara Danius, "A Live Interview with Sara Danius", Announcement of the Nobel Prize in Literature 2017, Nobel Prize. Oct. 5, 2017.

② 这七部小说包括：《远山淡影》(*A Pale View of Hills*, 1982)、《浮世画家》(*An Artist of the Floating World*, 1986)、《长日留痕》(*The Remains of the Day*, 1991)、《无可慰藉》(*The Unconsoled*, 1995)、《我辈孤雏》(*When We Were Orphans*, 2000)——又译作《上海孤儿》《别让我走》(*Never Let Me Go*, 2005) 和《被掩埋的巨人》(*The Buried Giant*, 2015)；短篇小说集一本《小夜曲》(*Nocturnes: Five Stories of Music and Nightfall*, 2009)；两部电视剧本和两部电影剧本：《亚瑟·梅森的略传》(*A Profile of Arthur J. Mason*, 1984 年为英国 BBC 4 电视台写的原创剧本)、《美食家》[*The Gourmet*, 1987 年为 BBC 4 电视台编写的原创剧本, 之后发表于《格兰塔》(*Granta*) 杂志第 43 期]、《世界上最悲伤的音乐》(*The Saddest Music of the World*, 2003) 和《伯爵夫人》(*The White Countess*, 2005)。

行。20世纪80年代至90年代的早期研究以与日本相关的社会文化批评为特色，20世纪90年代至今的研究则以与西方叙事学与文学现代主义相关的批评为主导，集中在以"迷失、创伤、错位和记忆"这几个核心词为主的小说研究主题上。[①] 其中，中国的石黑一雄批评起步较晚，主要集中在作者获得诺贝尔文学奖之后，且紧随西方学者的研究模式展开。石黑有着日裔移民的背景，加上其前两部小说的故事背景都设定在日本，这使20世纪80年代早期的批评倾向于在他的作品中寻找日本文学的影子。而另一派西方学者则认为，自小受英国教育和文化熏陶长大的石黑，实际更多地吸取了西方的文学传统。东方与西方评论界由此展开一场聚焦于石黑一雄的东方及西方血缘归属的拉锯之争。来自不同族裔背景的东西方学者试图将石黑作品的特殊性，归纳到东方或西方的文化特殊性中。社会文化解读也因此构成了对其小说阐释的很大一部分。其中，我们不难发现，关注石黑一雄和文学现代主义的讨论，往往涉及石黑的小说与电影的关联，但这些讨论比较零散和粗略，不仅缺乏系统性，也缺乏文本细读的支撑。针对这种情况，本书将系统、深入、细致地探讨石黑一雄的小说创作如何体现与电影相关的跨媒介的审美现代性。在这之前，我们先对以往的相关批评进行梳理和评介。

## 一 石黑一雄的东方研究

早期许多西方批评家凭着主观印象，将石黑一雄的风格打上东方式标签。很多批评指出，他的小说的主人公有着亚洲人的隐忍个性，另一些则笼统地谈小说的布景如何体现着精致的日本传统风韵，以及个别情节如何表现着鲜明的日本特色。其中，雷西欧·戴维斯（Ricio Davis）试图把石黑的叙述技巧与日本诗歌技巧作比较，[②] 但

---

[①] Peter Childs, *Contemporary Novelists*, Second Edition, Houndmills: Palgrave Macmillan, 2012, p. 133.

[②] Cynthia Wong and Holya Yildiz, eds. *Kazuo Ishiguro in a Global Context*, New York: Routledge, 2015, p. 14.

他的这种主观印象式的论断，因为缺乏具体的例子做支撑，而颇显牵强。诗人安东尼·斯维特（Anthony Thwaite）用日本词"Yugem"（幽玄，指一种充满无限迷离和深度的不确定感）来形容石黑的小说。① 虽然斯维特也承认，基于石黑的移民背景来强调其日本文学性不免有些牵强。其他与之类似提及石黑作品日本特色的批评，普遍比较表面化，而且很大程度上取决于批评家个人对"日本性"的主观性理解。这也是石黑一雄对那些单凭其血统硬拉他与日本的关联的早期批评持保留意见的原因之一。② 还有一些批评对石黑小说中的留白以及含蓄的情感表现方式持保留意见。詹姆士·坎贝尔（James Campbell）和保罗·百丽（Paul Bailey）以《远山淡影》为例，批评石黑塑造的人物因为具有这种"日式含蓄"而缺乏立体感，更认为这些人物之间缺乏对话，故事中也缺少戏剧性事件，这让其笔下的角色变得扁平。③ 柏瑞·刘易斯（Barry Lewis）反对二人的观点，认为此类观点是对小说的误读。小说中看似漫不经心的留白和沉默正是石黑刻意所为。间接的沟通，在东方的日常文化中有特殊的意味。其作品中的对话，虽然少有戏剧张力，但绝不是索然乏味的，它们更像是截取了日常生活中的一瞥，其中的意义也不单是在言语表面上的，而在于言语之间的停顿和闪烁其词。④

日本学界对石黑一雄的看法以 2017 年作者加冕诺贝尔文学奖为分水岭，经历了反差较大的态度转变。在之前的早期批评中，日本学者从实证经验的角度，反对西方学者对石黑小说的日本性的提法。柴田素行（Motoyuki Shibata）和菅野元子（Motoko Sugano）指出，早期的日本学界普遍地认为从小在英国长大的石黑缺乏对日本的直观认识，而全凭从

---

① Matthew Beedham, *The Novels of Kazuo Ishiguro*, New York: Palgrave Macmillan, 2010, p. 6.

② Kazuo Ishiguro, "Kazuo Ishiguro Uncovers 'The Buried Giant'", Wall Street Journal Live, Mar. 3, 2015.

③ James Campbell, "Kitchen Window", *New Statesman*, Feb. 19, 1982.

④ Barry Lewis, *Kazuo Ishiguro*. Manchester: Manchester University Press, 2000, p. 37.

他所了解的日本电影和自己的想象建构着日本,这与现实中的日本相去甚远。① 这点与作者本人在日本的公开采访中对此问题的认识相符。与欧美批评相反,日本的批评恰以石黑的小说从某种程度上背离了"日本性",来质疑石黑小说的价值。庄中孝行(Takayuki Shonaka)则认为,日本学者对石黑的负面评价跟英文的表达方式译成日文后丧失了原文中的隐含意味有很大的关联。② 抛去石黑早期作品中对日本文化及电影的诸多指涉,他的小说主题其实一直凸显着鲜明的反军国主义的立场。2015年的新作《被掩埋的巨人》更是借着发生在古不列颠的原著民族在亚瑟王的意识形态操控下集体遗忘先前屠杀他族的历史而造成骇人影响的故事,反思并讽刺了包括日本否认侵华历史并篡改教科书在内的近代历史事件。石黑更在小说出版后公开表示:"日本遗忘了许多事,这某种程度上让它成功地从法西斯主义国家转变为现在的自由民主国家,但也因此让它与东亚的邻国产生了更深的矛盾。"③ 或许,拒绝这种对日本的批评,是日本学者一直以来针对石黑的"伪日本性"进行大肆批评的一个重要原因。同时,这也在很大程度上导致石黑的小说在日本的影响力远不及在欧美以及亚洲其他国家来得深远。但随着石黑加冕诺奖,日本学界及媒体以肯定的方式重提并强调石黑的日本族裔身份,从而使得石黑小说在日本的销量大幅攀升。④

石黑加冕诺奖后,中国文学批评界的声音也紧随英美研究的方向开始活跃起来。截至2019年年底的近十年来,以"石黑一雄"为

---

① Motoyuki Shibata and Motoko Sugano, "Strange Reads: Kazuo Ishiguro's 'A Pale View of Hills' and 'An Artist of the Floating World' in Japan", in Sean Matthews and Sebastian Groes, eds. *Kazuo Ishiguro: Contemporary Critical Perspectives*, London: Continuum, 2009, p. 25.

② Takayuki Shonaka, *Kazuo Ishiguro: Nihon to Igirisu No Hazama Kara (Kazuo Ishiguro: Between Japan and England)*, Yokohama: Shunpusha, 2011, pp. 68 – 69.

③ Kazuo Ishiguro, "Literature Binds Our Divided World Kazuo Ishiguro Direct Talk Video on Demand NHK World English", Japan Tokyo, Dec. 24, 2017.

④ 据不完全统计,在石黑一雄加冕诺贝尔奖之后的一夜之间,日本境内对其小说的加购量就高达20万册,而过去16年间石黑全部小说在日本的总销量却未超过百万。Chang-Ran Kim, "'Who's Kazuo Ishiguro?' Japan Asks, But Celebrates Nobel Author as its Own", *The Reuters*, Oct. 6, 2017.

主题检索的中国知网数据，可查到721篇论文，其中发表在石黑2017年获奖之后近三年的占60%以上，为483篇。之前的研究主要集中于《长日留痕》和《别让我走》这两部小说，且多以后殖民、新历史主义、创伤叙事、回忆为焦点。但关于石黑一雄与电影的研究，以及其与现代主义的研究，基本处于空白阶段。若以"石黑一雄与电影"为主题检索，仅可查到包括笔者的文章在内的3篇论文。若以"石黑一雄与现代小说"检索，仅可查到以石黑与音乐为主题的1篇论文。目前为止，在国内及国外尚无研究"石黑一雄与现代性"或"石黑一雄与电影"的专著，更无探讨石黑一雄跨电影和文学两媒介的审美现代性的专著。本书的写作旨在填补这一空白。

新近有中国学者特别关注了石黑一雄早期作品中对日本战后责任的拷问，指出石黑聚焦于日本战后初期的早期创作，并非源于乡愁，而是自此确立了其文学中的一个重要疆域："在历史和时代的洪流中思考个人责任的问题。"[①] 还有学者重提了石黑对日本的想象问题，再次强调了石黑对战后日本重建过程中价值观冲突的表现，但却认为这种想象来源于作者的个人经历和对创伤的认识。[②] 更有学者依据作者的移民身份，将《远山淡影》划归到近年从"在西方凝视下的东方"式的后殖民批评中分生出来的离散文学的范畴，将其作为探究离散主体心理变化的研究文本。[③] 另外，对于石黑以战时中国上海租界为背景的小说《我辈孤雏》（*When We Were Orphans*, 2000），也有中国学者用了与日本学者研究其以日本为背景的小说类似的国别政治批评手法进行阐释。王卫新通过考据上海租界史，在肯定了石黑借用上海公租界特殊性表现孤儿与孤岛主题的新意之余，也批评石黑对上海的想象的有悖历史性。他认为，石黑在小说中用

---

① 张勇：《对抗忘却的政治——石黑一雄关于日本战后责任的思考》，《外国文学》2019年第3期。
② 赖艳：《石黑一雄早期小说中的日本想象》，《外国文学研究》2017年第5期。
③ 朱舒然：《离散文学〈远山淡影〉的后殖民解读》，《郑州大学学报》（哲学社会科学版）2018年第5期。

极其微妙的手法掩饰了大英帝国作为侵略者的不光彩的一面，同时又不遗余力地凸显了诸如反鸦片运动、斥责日本暴行、保护中国民众等光彩的一面，借此强化主人公对公共租界的眷恋之情，并嘲讽中国人的堕落。① 然而，这种带有国别特色的政治批评解读的弊端在于，批评者往往将作品的主题偏移到对某个历史细节或争论正确性的讨论上来，其最终可能导致曲解作者的创作意图与作品的主旨。

另有部分英美的学者认为，以往用日本血统、成长背景以及小说相关的时政历史来解读石黑一雄的批评太过片面，尤其考虑到历史及文化背景在石黑的作品中总是服务于更深层的人性主题表达而非主题本身，因此，解读石黑应该和亚洲文化及属于东方的灵韵结合起来。② 在辛西亚·汪（Cynthia F. Wong）看来，那些强调石黑亚洲血统的批评实际分散了我们对作品中更为宏大的人文主题的关注："石黑以一种优雅又非凡的姿态，关注并描绘那些细微及被忽略之事，如同用了日本绘画里的灵巧笔工。"③ 他的小说邀请读者间接地去领会意义，就好像日本人讲话喜欢绕圈圈一样。马修·比汉姆（Matthew Beedham）进一步指出，弄清楚石黑如何操纵叙述来传递强烈的情感，才是石黑与东方关系研究应关注的重点。④ 或许从石黑为日本诺贝尔奖获奖作家川端康成（Yasunari Kawabata）的小说集作的序言中，能窥探到石黑作品中情感表现的精髓：

> 川端康成的风格回归到了在欧陆现实主义影响日本文坛之前的那种日本独具特色的传统风格那里。那是一种主要依靠抒

---

① 王卫新：《石黑一雄〈上海孤儿〉中的家园政治》，《外国文学研究》2017年第5期。

② Matthew Beedham, *The Novels of Kazuo Ishiguro*, New York: Palgrave Macmillan, 2010, p.6.

③ Cynthia F. Wong, *Kazuo Ishiguro*, Tavistock, UK: Northcote House Publishers, 2000, p.10.

④ Matthew Beedham, *The Novels of Kazuo Ishiguro*, New York: Palgrave Macmillan, 2010, p.6.

情、情绪和感悟,而非靠情节、故事、人和事件,推动叙述的传统。如果读者循着一般小说的那种"接下来发生了什么?"的逻辑去读川端康成,是无效的。他是需要时间慢慢品读的。读者在阅读过程中品味的是一种氛围,思忖的是人物言语与神情之间的每一个细节。①

比汉姆据此指出,石黑评价川端康成的同时也透露了他自己的创作所力图营造的效果。从以上批评可以看出,石黑一雄小说东方溯源批评的关注点慢慢地从基于作者生平背景的社会文化批评,转向对东方思想和美学形式的借鉴的比较文学批评上来。

在这类东方溯源式解读里,最具价值的是对石黑小说中的东方美学的研究。② 电影学者格莱利·梅森(Gregory Mason)在分析《远山淡影》中的女主角抑而不显情感时,简短地提到了日本"物哀"(Mono no aware)在这部小说中的体现。③ 虽然没有具体地展开论证,但他猜测石黑极有可能是从他欣赏的日本电影中学到了物哀的表现手法。④ 确实,石黑曾公开透露受到小津安二郎(Yasujiro Ozu)的电影的影响,而小津电影最被人称道的特点就是对物哀情感的呈现。但梅森并没有就"物哀"问题进行进一步探讨。他论文的重点不在于小说与日本物哀的关系,而在于关注庶民剧(Shomin-Geki)这种日本电影形式(以小津为代表的日本电影导演第二次世界大战后用这种艺术形式展现小市民生活)是如何被石黑在前四本小说所用,来表达其小说主题思想的。梅森的讨论颇具价值,因为

---

① Kazuo Ishiguro, *Introduction to Yasunari Kawabata*, *Snow Country and Thousand Cranes*, trans. Edward G. Seidensticker, Harmondsworth: Penguin, 1986, p. 2.

② 本书的第一章第二节会具体提到学者们对其小说与东方电影的讨论。这些恰也夹杂在对石黑小说的东方思想和美学的批评里。

③ Gregory Mason, "Inspiring Images: The Influence of Japanese Cinema on the Writings of Kazuo Ishiguro", *East-West Film Journal*, Vol. 3, No. 2, 1989.

④ Ibid..

他一方面指出了贯穿石黑创作始终的，对家庭关系和小市民普通生活主题的关注；另一方面，更为本书进一步展开对石黑的文本与日本物哀、与电影的关联这两层重要联系的研究提供了方向。

约翰·罗斯福克（John Rothfork）则认为，石黑小说体现了一种特别的武士道精神，而这种武士道在更深层次上反映的是属于中国的、以忠贞为美德的儒家伦理观，以及跟禅宗相近的佛教思想。[①] 他在研究中对比了东方与西方文化中表现尊严与情感的不同，并把《长日留痕》（*The Remains of the Day*, 1989）中的史蒂文斯（Stevens）的蜕变，解释为一种从德川幕府的封建时代到明治维新之后的现代社会的思想转变。史蒂文斯在故事的结尾似乎放弃了武士道式的坚守精神，而有了类似禅宗顿悟式的境界。[②] 罗斯福克不仅将石黑与东方玄学思想联系起来，还第一次将东方和西方在情感表现上的不同，与小说中人物的情感表现联系起来，颇具深度。他还为后来的坡泊娃等学者嫁接电影"情动理论"（Affect Theory）和小说叙事学的综合性解读，提供了启示（见下文）。另外，通过以上解读，我们看到，禅宗这种试图避免在新旧世界秩序间做出选择的东方避世哲学，为石黑提供了一种连接东方与西方、新世界与旧世界的形而上学的图式。

从前面的梳理可以发现，在以日本文化为主的石黑小说东方溯源这一派研究中，最有依据并得到作者证实的是日本电影对石黑写作风格的影响。而针对这层联系展开的研究并不多，并且它们多半都停留在从小说中"寻找电影影像证据"的分析层面。石黑一雄的小说与电影的关联如何有助读者阐释其小说的内容及主题，这一问题有待深入地发掘和讨论。笔者早在 2015 年的《反对蓄意的象征——论〈被埋葬的巨人〉的中性写实》一文在国内首次对此做出了尝试，探讨了石

---

[①] John Rothfork, "Zen Buddhism and Bushido", in François Gallix ed. *Lectures d'une Oeuvre: The Remains of the Day*, Paris: Ditions du temps, 1999, p. 180.

[②] Ibid..

黑作品中对新现实主义电影流派中的中性风格的借鉴。① 随后，在《石黑一雄〈别让我走〉：电影反照下的物哀与留白》（2017）②及《〈被掩埋的巨人〉与电影反照下的东方魂鬼思想》（2019）③两篇文章中，笔者进一步将这种电影视角与石黑的东方式溯源研究做了结合，分别指出了石黑作品与日本电影中物哀思想及鬼故事的关联。

相比之下，在对石黑小说的西方溯源这一派研究中，学者更多是从叙事学的角度，把石黑与英美及欧陆的现代主义文学联系起来。国内学者的观点也主要集中出现在这一派别的研究中（见后文）。

**二 石黑一雄的西方研究**

拥有日本和英国双重文化背景的石黑一雄，五岁就随父母移民并定居英国。他自小受传统英国教育长大并娶了英国太太，仅于1989年在离开日本30年后回访过故乡一次。确实，像日本批评指出的那样，对于不熟识日语的石黑来说，日本是一个模糊并夹杂着童年回忆的臆想中的国度。单纯从文学方面的影响来说，在日本批评和欧美批评中基本达成一致的是，欧陆文学传统对石黑的影响显然胜过日本文学传统对他的影响。这一点也得到作者本人的认可。石黑曾在访谈中多次表示自己深受西方古典文学传统影响，特别是19世纪像夏洛特·勃朗特、普鲁斯特、陀思妥耶夫斯基、契诃夫、狄更斯和托尔斯泰等作家对他的影响。④ 而当今越来越多的批评家也开始关注石黑的小说与各个流派的现代主义小说之间的密切联系。

早期被冠以国际主义小说家名号的石黑一雄，其创作总是游离于

---

① 沈安妮：《反对蓄意的象征——论〈被埋葬的巨人〉的中性写实》，《外国文学》2015年第6期。

② 沈安妮：《石黑一雄〈别让我走〉：电影反照下的物哀与留白》，《浙江外国语学院学报》2017年第6期。

③ 沈安妮：《〈被掩埋的巨人〉与电影反照下的东方魂鬼思想》，《外国文学动态研究》2019年第1期。

④ Brian W. Shaffer, *Understanding Kazuo Ishiguro*, Columbia: University of South Carolina Press, 1998, p. 6.

大众与精英艺术之间。从表面上看，石黑的写作比起趋于精英的现代派更接近大众艺术。他的每一部作品的面世都会带来媒体的追捧及关注，而且其作品与最能代表大众文化的电影之间的紧密互动，更加突出了其无可否认的大众性特点。这种能超越国界在大众读者群体引起共鸣的严肃文学，常被批评界称作"国际主义写作"。在石黑与大江健三郎（Kenzaburo Oe）的访谈中，石黑就所谓的"国际主义"（或者说兼容了大众与严肃文学特点的创造）作了如此评价：是否属于国际主义或许对作家来说不是一种选择，而是一种偶然而已。但常常一部作品越是深刻，越接近真实的深度，就越是会成为国际的和大众的。无论哪个流派的作家，无论是在对哪个群体写作，都是如此。石黑特别指出，这种特点同样表现在像 E. M. 福斯特、T. S. 艾略特和劳伦斯这样的现代主义作家那里。①

与此同时，其作品备受褒扬的隐性深度，既将他的小说带入严肃文学的阵营，又将他与那些打着国际主义旗号却充满实验精神的后现代作品拉开距离。许多批评认为，石黑更接近现代主义的文学传统。帕特里夏·沃（Patricia Waugh）果断地将石黑与文学现代主义联系起来，认为其小说继承了两种现代主义特点：一种是像艾略特、伍尔夫、康拉德和福斯特那种以各种新形式缝合"感性的失联"（Dissociation of Sensibility）② 的英美现代主义；另一种是欧陆"怪诞式"现代主义——通过夸张和联想方式、所想和所感的分离，来逼

---

① Kazuo Ishiguro and Kenzaburo Oe, "The Novelist in Today's World: A Conversation", *Boundary* 2, 1991.

② 这个说法源自 T. S. 艾略特的《玄学诗人》（"The Metaphysical Poets", 1921）一文。艾略特认为，17 世纪以来的英语文化经历着一种"感性的失联"（Dissociation of Sensibility），它导致人们在现时中的感受和思想活动的分离，以至于如今两者都接近了枯竭的状态。艾略特试图让现代诗人找到一种恢复到 17 世纪玄学派所具有的那种能"将思想（Ideas）转化为感受（Sensation），将所见（Observation）转化为心境（A State of Mind）"的核心特质，并呼吁艺术要在现时中同步性地实现人们思考与感受的能力。T. S. Eliot, "The Metaphysical Poets", *Selected Essays*, London: Faber & Faber, 1932, pp. 281–291. 首刊于 *The Times Literary Supplement*, Oct. 20, 1921。

近一种自省式的、向内透视的怪诞和超现实。这类现代主义的代表有陀思妥耶夫斯基、卡夫卡、贝克特、加缪和罗伯-格里耶（Robbie-Grillet），他们作品中都生动呈现了印象画式的故事背景、精神与肉体及物质的断裂感，以及内外界限消失的世界。① 帕特里夏·沃认为石黑早期的作品，近似前一种现代主义，而从《无可慰藉》（*The Unconsoled*, 2000）之后的小说，则突出表现了后一种现代主义。与学界中常用的现代与后现代文学的区分不同，本书对石黑一雄前后期作品的分界实际上沿用了另一种现代主义观点，将现代文学看作是一个自19世纪末一直延续至今的思想演进过程。

从文学影响上，我们可借助以上对石黑作品中表现出的两种现代主义的区分，把石黑西方溯源这一派的批评，再分为两种类型。当然，在多数时候，这两种现代主义会混合地掺杂在同一评论者的观点中。比如，帕特里夏·沃认为《无可慰藉》围绕着《荒原》中的那句"请赶快，时间到了"展开，是对T. S. 艾略特《荒原》的重写。小说试图把世界从破碎的现实、虚幻的梦语中救赎出来，就连其中的主人公也像艾略特诗中的忒瑞西阿斯（Tiresias）一样，有着预感未来的能力。② 哲学家理查德·罗蒂（Richard Rorty）一方面指出石黑平实的风格和对英格兰理念的思索与E. M. 福斯特的相似性，另一方面又认为他笔下的人物有一种迟疑的不情愿改变自己的能力，而伴随这种能力而来的是对其人物的持久而深远的影响，这让石黑一雄与亨利·詹姆斯又有了共同点。③ 布莱恩·谢佛尔（Brian Shaffer）同时将石黑与英美现代主义的詹姆斯·乔伊斯和欧陆怪

---

① Patricia Waugh, "Kazuo Ishiguro's Not-Too-Late Modernism", in Sebastian Groes and Barry Lewis, eds. *Kazuo Ishiguro: New Critical Visions of the Novel*, New York: Palgrave Macmillan, 2011, p. 16.

② Ibid., p. 27.

③ Richard Rorty, "Consolation Prize", *Village Voice Literary Supplement*, Oct. 10, 1995.

诞式现代主义的先驱爱伦·坡一起比较。① 他指出《远山淡影》《长日留痕》分别与《都柏林人》里《伊芙琳》（"Eveline"）和《亡者》（"The Dead"）的互文性：《远山淡影》中的弗兰克（Frank）仿佛是"伊芙琳"中主人公幻想要与之私奔的人物弗兰克，也像极了歌剧《蝴蝶夫人》里那个引诱女主人公私奔的美国军官；而《长日留痕》中老管家的西英格兰之旅，就像乔伊斯《亡者》里加百列·康罗伊（Gabriel Conroy）的西爱尔兰之旅，一路上充斥着性与政治的潜在喻义。谢佛尔一方面认为石黑小说利用物理空间的旅行来表现个人对世界的反观与重构，另一方面也指出了小说中史蒂文斯和基顿最后相见时的天气变化所揭示的人物隐藏情感。而这种心绪外化的手段不仅相似于以乔伊斯为代表的英美现代主义，更可以追溯到以怪诞闻名的爱伦·坡的短篇小说。② 与谢佛尔一样，朱莉卡·格瑞姆（Julika Griem）也把石黑一雄与爱伦·坡的短篇小说联系起来，称两者都擅长在小说中运用空间，利用建筑的意象延展到空间场域，来编织极具感染力的现代性预言。③ 以《我辈孤雏》为例，格瑞姆认为这部小说极大地扩展了类型小说的边界，将破案过程变为发现各种表达社会、政治问题的过程。与爱伦·坡在《群中之人》（*The Man of the Crowd*）短篇小说里运用的手法相似，石黑对旧上海的呈现，巧妙地利用空间和地域制造出一种在"停滞"与"运动"、"沉浸"与"疏远"之间浮动的张力。格瑞姆认为爱伦·坡的这篇短篇故事还在另一个重要方面影响了石黑一雄：和坡一样，石黑小说中第一人称叙述者视点的运动，同时扮演了重要的文本和社会角色。其视点在城市里进行着双重运动，同时从感知和认识两

---

① Brian W. Shaffer, *Understanding Kazuo Ishiguro*, Columbia: University of South Carolina Press, 1998, pp. 18 – 19.

② Ibid., p. 83.

③ Julika Griem, "Mobilising Urban Space: The Legacy of E. A. Poe's 'The Man of the Crowd' in Contemporary Crime Fiction", in Renate Brosch et al., eds. *Moving Images-Mobile Viewers: 20th Century Visuality*, Berlin: LIT Verlag, 2011, pp. 119 – 137.

个层面上颠覆了小说之前建立起的对现实的确定感。① 另外，她还结合爱伦·坡短篇小说里的现代主义，分析了石黑小说中的影子和黑暗的深层喻义，十分有启发性。

《无可慰藉》无疑标志着石黑一雄写作风格的转向。批评家们都不同程度地把它看作是石黑向先锋派现代主义的转型之作。安德烈亚斯·胡伊森（Andreas Huyssen）认为，文学艺术里的先锋现代主义表现为对"大断裂"的全然且一致的接受。② 胡伊森话语中的"大断裂"指的是精英艺术与大众艺术之间的对立状态。先锋派现代主义站在精英的一边，而后现代主义则拒绝这种对立。2000年之后的评论更集中地指出石黑小说中的这种在现实与超现实之间游走的叙事手法与欧陆现代主义的关联，特别是与卡夫卡风格的相近。石黑曾在1989年表达了自己欲从契诃夫转向陀思妥耶夫斯基的风格的意愿，③ 但是从来没有批评把他和陀思妥耶夫斯基联系起来。罗蒂反而将《无可慰藉》看作石黑写作从詹姆斯转向卡夫卡的风格的标志。④ 这与帕特里夏·沃对石黑一雄从"感性的失联"的英美式现代主义到"内省怪诞"的欧陆现代主义的论断，如出一辙。从一些零散的评论中，我们可以看到批评家们对这一观点的认同。比如，有评论注意到贝克特的创作对石黑的作品的影响，这尤其体现在其小说中的一些近似滑稽、荒谬的闹剧式的桥段中。凡斯·帕萨诺（Vince Passano）以《无可慰藉》为例认为，石黑恰恰继承了贝克特

---

① Julika Griem, "Mobilising Urban Space: The Legacy of E. A. Poe's 'The Man of the Crowd' in Contemporary Crime Fiction", in Renate Brosch et al., eds. *Moving Images-Mobile Viewers: 20th Century Visuality*, Berlin: LIT Verlag, 2011, pp. 119 – 137.

② Andreas Huyssen, *After the Great Divide: Modernism, Mass Culture, Postmodernism*, Bloomington: Indiana University Press, 1986, p. viii.

③ Suanne Kelman and Kazuo Ishiguro, "Ishiguro in Toronto", in Brian Shaffer and Cynthia F. Wong, eds. *Conversations with Kazuo Ishiguro*, Jackson: University Press of Mississippi, 2008, p. 50.

④ Richard Rorty, "Consolation Prize", *Village Voice Literary Supplement*, Oct. 10, 1995.

和其他欧陆现代主义作家善于在"喜剧与焦虑迅速切换"的特点。① 但帕萨诺的论断显然不能涵盖《无可慰藉》之后的石黑作品。

就石黑作品的现代主义转向，刘易斯提出了不同意见。他认为英美现代主义与怪诞式现代主义就并行地表现在其第一部小说里，且贯穿他写作的始终。比如在《远山淡影》里，虽然鬼与自杀的情节是日本文学及电影中固有的传统模式，但石黑并没有遵循这个模式，而是沿用了类似《螺丝在拧紧》（*The Turn of the Screw*，1898）这个在詹姆斯作品里颇为怪诞的欧陆鬼故事的模式来架构他的小说。跟詹姆斯的这部短篇小说相似，石黑更偏向于强调现代主义"移置/错位"（Displacement）。② 另外，新近更有中国学者因为石黑在《长日留痕》中善用拼贴手法（Collage）来打破线性叙事，而将其与乔伊斯和卡夫卡等现代主义作家相比较。③

但在这方面明显不同的是，多数中国学者更倾向于用现代主义与后现代主义有明确界限的分法，抽取石黑作品中的某些叙事特征，将石黑的作品划入后一种后现代主义文学的阵营。比如，早期学者将《别让我走》中的"复制"本身看作是后现代主义的一个重要关键词，以此突出小说的后现代性，并肯定小说对未来克隆人问题及人类母题的思考。④ 新近有学者指出，石黑在《被掩埋的巨人》中通过对骑士文学的借用和戏仿，实现了其根植于后现代主义思想体系的反讽意图，并认为这部小说的意义，同其他后现代主义小说一样，取决于它与先前文本的区别和联系。⑤

与以上学者的观点不同，本书将石黑一雄的写作特征，从更为

---

① Vince Passano, "New Flash from an Old Isle", *Haper Magazine*, Oct. 10, 1995.
② Barry Lewis, *Kazuo Ishiguro*, Manchester: Manchester University Press, 2000, p. 29.
③ 来颖燕:《文学与拼贴画》,《上海文化》2019 年第 11 期。
④ 王理行:《当后现代主义的"复制"发生在人身上的时候——论石黑一雄的〈千万别丢下我不管〉》,《英美文学研究论丛》2007 年第 2 期。
⑤ 刘倩:《戏仿手法与反讽意图——石黑一雄〈被掩埋的巨人〉对骑士文学的借用》,《外国文学研究》2016 年第 3 期。

宏观的层面，具体地表述为一种混合了离奇与熟悉，赋予人真实感受的同时，也透露着与这种真实感相脱节、相背离的审美现代性特点。作者以此为我们展现出一种对认识的怀疑，更显示出小说文本意义的不确定和含混特点。这在《远山淡影》《被掩埋的巨人》和《别让我走》中表现得尤为突出。刘易斯的批评使我们认识到帕特里夏·沃对石黑作品的两种现代主义的区分存在的问题。英美现代主义常常凸显一种从旧的秩序到新的秩序的转向过程中的"感性失联"和怀旧感，而这种特点几乎体现在石黑的所有作品中。《远山淡影》中经历了日本从战乱废墟中慢慢西方化并复苏的过程而怅然若失的悦子；《浮世画家》（*An Artist of the Floating World*, 1986）中面对日本从激进军国主义过渡到战后反思与纠错的现代民主社会的转换而感到手足无措的小野；《长日留痕》中努力适应社会环境从战前贵族式的英帝国秩序过渡到战后民主的美利坚秩序的史蒂文斯；《别让我走》中从伊甸园式的克隆寄宿学校跳跃到被科技主导生命伦理的残酷现实的凯茜；《被掩埋的巨人》中从被当权者隐瞒的混沌无知到清楚认识历史和过去后不得不面对痛苦命运的埃克索（Axl）和比阿特丽斯（Beatrice）——石黑作品中的主人公总是面临在厚重的过去和紧迫的未来之间做选择的命运，挣扎在对过去的不舍和对未来的怀疑之中。大卫·古若威士（David Gurewish）称此为"过去的美好"世界中主人公与其认同的价值系统在新世界中的脱节。[1] 这种从旧世界到新世界的转换不适，在《远山淡影》《被掩埋的巨人》和《别让我走》中得到了尤为突出的体现。

综上，我们应该辩证地来看石黑一雄与文学现代主义的关系。一方面不应否认《无可慰藉》在石黑作品中的特殊性；另一方面，与其说《无可慰藉》为石黑的转型之作，不如说石黑是通过《无可

---

[1] James M. Lang, "Public Memory, Private History: Kazuo Ishiguro's 'The Remains of the Day'", *CLIO: A Journal of Literature, History, and the Philosophy of History*, Vol. 29, No. 2, 2000.

慰藉》勾勒出他接下来创作的蓝图。这无疑是一个极端的、未经修饰的蓝图,因为在这部作品里作者将自我投射到他者身上以获得某种通感式的体验,用遵循着"梦"的时空逻辑来叙事,凸显出臆想与现实之间微妙的差别。石黑既想通过这部颠覆他以往风格的小说设立一种反衬的标尺来定位自己接下来创作整体的图式,又试图在之后的作品中掩盖这种意图。因为作者在之后的《我辈孤雏》《别让我走》和《被掩埋的巨人》恰恰试图缝合这种大众与精英、臆想与现实之间的断裂感。因此,《无可慰藉》与其说是石黑从一种文学的现代主义转向另一种文学的现代主义的分水岭,更像是他在用一种极端凸显的方式诠释新的审美上的现代性。从此以后,人们再也无法单从帕特里夏·沃所说的两种现代主义中的任何一种,孤立地审视石黑一雄的任何一部作品。

这也是为何有的学者认为石黑的写作超越了文学中对现代主义的定义的原因。现代主义本与现实密切相关。弗雷德里克·霍姆斯(Frederick Holmes)认为存在一种属于当代的新现代主义——它是一种诠释现实的新方法,同时继承了现代印象派式的表意方式和现实主义文学的特点。这种新现代主义颠覆了传统文类的方式,对现实进行重建。[1] 霍姆斯认为石黑的小说就是这一类新现代主义艺术的代表。他以《长日留痕》为例指出,石黑的小说从表面上看是一个英国乡村庄园故事,但这个故事类型却随着叙事进程逐渐被颠覆。石黑随着情节的发展在为读者预设的情节脉络与实际的隐喻脉络之间制造出一种"反讽距离"。[2] 确实,读石黑一雄是一个在熟悉中发现陌生,又从陌生走向熟悉的过程。他的小说用一种混合了欧陆和英美两种文学现代主义,却又不局限于两者的审美现代性,来质疑并颠覆其小说中的鬼故事、侦探故事、寄宿学校、魔幻传说等文本类型。石黑本人也在与

---

[1] Frederick M. Holmes, "Realism, Dreams and the Unconscious in the Novels of Kazuo Ishiguro", in James Acheson and Sarah C. E. Ross, eds. *The Contemporary British Novel*, Edinburgh: Edinburgh University Press, 2005, p. 11.

[2] Ibid..

埃兰·沃达（Allan Vorda）的访谈中证实，他平实的写作风格是为了反衬并更含蓄地呈现文字背后的隐意。① 这种隐意文字对表意文字的背叛、故事中的世界对其人物的背叛、故事的叙述者对读者的背叛，令读者在对其故事中的一切感同身受的同时，还持续地保持一种警惕和质疑。笔者认为，他的小说表现了一种让人对认识、世界、现时和自己存疑的审美现代性特征。

### 三 石黑一雄的现代悖论性

已经有一些批评零散地以表面意义和隐含意义不一致的特点，把石黑一雄与现代主义联系起来。② 瑞贝卡·沃克维茨（Rebecca Walkowitz）指出，石黑是一名"善于背叛的大师"（Master of Treason）："他的小说满是变数和矛盾，作者致力于背叛这门艺术，浮草一样的世界背叛了他故事中的主人公，主人公又无处不尽其能地背叛着作为读者的我们。"③ 有评论者注意到，语言在石黑的小说中有悖论式的效果：一方面他的语言被用来建构一种现实；另一方面，在建构现实的过程中，语言本身又将读者从现实层面剥离开来。格罗斯（Sebastian Groes）和马修斯（Sean Matthews）指出，尽管石黑的风格简单明了，但这种风格常常充满张力，这种张力慢慢累积而导致意义开始颓塌，现实因为不再确定而显得危

---

① Allan Vorda and Kim Herzinger, "An Interview with Kazuo Ishiguro", in Brian W. Shaffer and Cynthia F. Wong, eds. *Conversations with Kazuo Ishiguro*, Jackson: Mississippi University Press, 2008, p. 70.

② Julika Griem, "Mobilising Urban Space: The Legacy of E. A. Poe's 'The Man of the Crowd' in Contemporary Crime Fiction", in Renate Brosch et al, eds. *Moving Images-Mobile Viewers: 20th Century Visuality*, Berlin: LIT Verlag, 2011, pp. 119 – 137. Barry Lewis, *Kazuo Ishiguro*, Manchester: Manchester University Press, 2000, p. 36; James M. Lang, "Public Memory, Private History: Kazuo Ishiguro's 'The Remains of the Day'", *CLIO: A Journal of Literature, History, and the Philosophy of History*, Vol. 29, No. 2, 2000.

③ Rebecca L. Walkowitz, *Cosmopolitan Style: Modernism Beyond the Nation*, New York: Columbia University Press, 2006, p. 130.

机四伏。① 当代英国作家拉什迪把石黑一雄小说制造的这种表里不一的悖论式效果形容得颇为生动，称其"平静压抑的表面下，尽是暗潮慢慢涌现"②。

众多批评者对石黑文本中这种表里不一的现代悖论性十分感兴趣。首先，一部分研究者从叙事学角度对此做了深入讨论。他们聚焦于石黑惯用的第一人称不可靠叙述，在盛赞石黑利用不可靠叙述让故事自然地脱离了叙述者掌控的同时，还指出其文本的深度恰得益于叙述者的这种不可靠性。然而，另一部分批评家则认为，将石黑文本的深度用第一人称不可靠叙述来涵盖有失偏颇。以《长日留痕》为例，詹姆斯·费伦（James Phelan）和玛丽·马丁（Mary Patricia Martin）分析了石黑小说中不可靠叙述者特殊的双重性。石黑一雄的叙述者既是可靠的又是不可靠的，所以单纯地用不可靠叙述不足以解释文本意义的复杂性。最终他们得出结论：石黑的叙述者与其说是由于性格缺陷导致对事实的误查，不如说是他们对事实进行了蓄意的隐瞒和漏报。③ 两位批评家从心理分析的角度剖析了小说角色具有的这种双重性，但却没能继续挖掘这种技巧对揭示小说主题意义的作用。有中国学者在此基础上跟进并分析了史蒂文斯如何利用回忆的选择性、碎片化和不可靠性来操纵叙事。④

德波拉·谷斯（Deborah Guth）则是跳出心理分析式研究模式，

---

① Sean Matthews and Sebastian Groes, "Your Words Open Windows for Me: The Art of Kazuo Ishiguro", Introduction to *Kazuo Ishiguro: Contemporary Critical Perspectives*, London: Continuum, 2009, pp. 7 – 8.

② Salman Rushdie, "What the Butler Didn't See", *The Observer*, May 21, 1989.

③ James Phelan and Mary Patricia Martin, "The Lesson of 'Weymouth': Homodiegesis, Unreliability, Ethics, and 'The Remains of the Day'", in David Herman ed. *Narratologies: New Perspectives on Narrative Analysis*, Columbus, Ohio: Ohio State University Press, 1999, pp. 91 – 92.

④ 邓颖玲：《论石黑一雄〈长日留痕〉的回忆叙事策略》，《外国文学研究》2016年第4期。

从语义和语言学的层面解读石黑文本中的双重信息。她认为,石黑用了一种双重的悖论性技巧来帮他实现了文本意义的自我消解。读者从叙述者不经意间透露的一些细微却又明朗的细节中,偶然窥探到叙述者言语之外的另一层意思,而这层意思经常与叙述者的叙述目的截然相反。[1] 石黑在表面叙事层面埋下了另一层隐性叙事,这层隐性叙事意义由零散的细节组成,并慢慢地随着故事的展开在文中浮现出来。这层隐性意义的重要性往往被读者忽视,被注意到的常常只是局部的细节和浅层的意义。[2] 谷斯指出了构成石黑文本深度的一个重要方面:其表面文本意义的欺骗性和小说隐含意义的深度隐藏性。本书认为,这种意义的深度隐藏特点基于非线性、分散性的叙事展开,并以一系列留白、错位、谜团以及重复的方式呈现,且具有在重读中被重新发觉的特质。这种带有欺骗特质的意义设置,恰好呼应了石黑本人在采访中提到的"背叛性隐喻"(Double-Cross Metaphor)[3](见下文)。以《长日留痕》为例,谷斯进一步列举了一系列史蒂文斯叙述中的重复地方,并认为重复是史蒂文斯生活的重要部分,也是石黑采用的一种重要叙事方法:"他希望读者在反复回顾相似事件的过程中,发现埋藏在表面之下的蛛丝马迹及隐含意义,从而颠覆之前的理解,使得叙事轴线变形并背叛自己的叙述者。"[4] 谷斯基于文本细读的解读很好地结合了结构叙事分析和读者反应理论,具有启发性。谷斯还提到读者的体验因此变得特殊,好像进行了"一场无休止的照镜子游戏一般,读者在反观和重复中体验到的失真和仿真,反而让属于我们的现实更加清晰明了起来"。[5]

---

[1] Deborah Guth, "Submerged Narratives in Kazuo Ishiguro's 'The Remains of the Day'", *Forum for Modern Language Studies*, Vol. 35, No. 2, 1999.

[2] Ibid. .

[3] "Kazuo Ishiguro on Fiction, Allegory and Metaphor", Knopf Doubleday Publishing Group, Feb. 19, 2015.

[4] Deborah Guth, "Submerged Narratives in Kazuo Ishiguro's 'The Remains of the Day'", *Forum for Modern Language Studies*, Vol. 35, No. 2, 1999.

[5] Ibid. .

但谷斯并未就这一点展开讨论。马修斯和格罗斯把这种双重性解释为一种不寻常的"悖谬"。即便石黑的叙述语言已经非常清晰明朗,可这种清晰的语言却总能不着痕迹地让先前建构的一切意义面临解体的危机。①

其次,在石黑的小说与读者研究这方面,亚娜·坡泊娃(Yanna Popova)采用"制动叙事理论"(Enactive Theory)对石黑小说提出一套不同以往的解读。这种"制动理论"也是将电影媒体研究中的"观众研究"(Spectatorship)和"情动理论"②移借到小说叙事批评中的一个变体。坡泊娃认为石黑的作品同时反映了这两个不同媒介中的叙事特征。这也从一定程度上说明石黑小说技巧的跨媒介的特性。她认为《别让我走》其实是一个有着克隆人故事外表的寓言故事。小说使用了寓言所特有的"超延伸的隐喻"。在这种隐喻中,只有当读者用诠释寓言的方式去审视文本,各种复杂的意义才会在深层的象征领域显示出来。③坡泊娃强调石黑有意筛选读者并邀请读者能动地参与到文本的解读中来,从而使读者更深刻地思索和感知其作品想要表达的复杂意图。这些意图包括:作为中介的叙述者的意图、事件本身遵循的自然的意图和读者探知的前两者之间的关联性的意图。④虽然坡泊娃的专著主要关注的是故事与情节的逻辑性问题,但她的"制动理论"对理解石黑颇有启发性。在此基础上,我们可以将读者阅读石黑一雄文本的过程,理解为一个读者和作者共同实验、共同思考并发现隐含意义的过程。这一邀请读者参与小说解读的特点,在《远山淡影》《被掩埋的巨人》和《别让我走》中

---

① Sean Matthews and Sebastian Groes, "Your Words Open Windows for Me: The Art of Kazuo Ishiguro", Introduction to *Kazuo Ishiguro: Contemporary Critical Perspectives*, London: Continuum, 2009, p. 7.
② 本书在后面讨论《别让我走》的章节,会对情动理论做具体说明。
③ Yanna B. Popova, *Stories, Meaning, and Experience: Narrativity and Enaction*, New York: Routledge, 2015, p. 138.
④ Ibid., p. 39.

表现得更加明显。

另外，凯瑟琳·沃（Kathleen Wall）指出，石黑的小说常常把读者现实世界中的历史事实推前为一个悬而未决的状态，然后让主人公在此背景下展开思想活动，从而反衬主人公在认识世界时的主观臆想性和片面性。而这同样令读者反思所在的现实世界里的历史的主观构造性。小说真正关心的是事实如何经过筛选而被人们所认识，[1] 同时也表达一种透过任何一个单一视角都可以从某种程度上反映，但又同时都不足以完全反映事件的全貌的"全息性"逻辑。[2] 安德鲁·特佛森（Andrew Teverson）则从读者反应理论的角度指出，解读石黑一雄的过程是一个优化读者的过程。他以《长日留痕》为例详细分析了石黑如何让读者在阅读过程中获得更多的阐释自由，使读者更好地识别情绪，并能动地补充完整其中未说明的事件。[3] 和凯瑟琳·沃一样，特佛森通过文本细读着重关注那些足以解构叙述表面的隐藏含义。沃克维茨则认为，石黑的作品运用了一系列现代主义小说技巧——比如，游走的意识、罗列的句法、重复的情节和拼贴手法——来构成一种关注细微、善用推辞、混淆、背叛和眩晕等技巧的跨界的现代主义。[4]

以上这些学者的研究使得我们对石黑的作品有了更深入的了解，为我们进一步发掘石黑一雄与审美现代性以及电影的关系奠定了基础。不过，这些研究还存在一些问题和盲点。它们不仅比较零散，且经常夹杂在批评家对多个作家的研究中。学界目前还没有系统地研究过石黑一雄跟电影的关联与其小说的审美现代性之间的紧密联系。

---

[1] Kathleen Wall, "'The Remains of the Day' and Its Challenges to Theories of Unreliable Narration", *Journal of Narrative Technique*, Vol. 24, No. 1, 1994.

[2] Andrew Teverson, "Acts of Reading in Kazuo Ishiguro's 'The Remains of the Day'", *Q/W/E/R/T/Y: Arts, Litteratures & Civilisations du Monde Anglophone*, No. 9, 1999.

[3] Ibid..

[4] Rebecca L. Walkowitz, *Cosmopolitan Style: Modernism Beyond the Nation*, New York: Columbia University Press, 2006, pp. 2 – 4.

针对小说中体现的这种现代悖论性，石黑一雄在最近的访谈中提出了与以上批评不尽相同的见解。石黑称他在写《被掩埋的巨人》时，非常有意地使用了一种来自电影的技法：用他自己的话叫作"背叛性隐喻"（Double-Cross Metaphors）。① 他以一部20世纪70年代的美国电影《蓝衣士兵》（*Soldier Blue*，1970）为例，来解释"背叛性隐喻"的意涵：

> 《蓝衣士兵》讲了美国屠杀印第安人期间一个美国士兵与一个印第安部落里的女人的爱情故事，因为电影上映时正值越南战争，大家都把电影当作是对越南战争的隐喻。但当我现在回头看这部电影时发现，影片表面上假装是对越战的隐喻，实际上却揭示了一个令人更加不安的事实，即美国联邦是建立在西进运动中残忍地屠杀印第安人的历史之上的。电影以这种隐喻，向我们道出了一个极难启齿的主题。这就是我所指的"背叛性隐喻"——创作者非常狡黠地假装在象征另外一回事，但其实也同时就是它本来要讲的那回事。这个电影使我着迷。我觉得背叛性隐喻也可以被用到小说写作中，我们在日常生活中也总不自觉地使用它。②

可以看出，石黑在电影中发现了一种让他着迷的游走于现实与臆想之间的暧昧感。确实，这也是石黑小说的典型特点——从现实主义出发，却逐渐地与现实背离，在将读者引向无数臆想的象征意义的同时，又背叛了这种臆想回到现实主义的故事线。他觉得这相

---

① "Double-Cross"意为获取信任后欺骗、背叛、出卖某人。石黑一雄解释此概念时，还举了双重间谍"Double-Agent"的例子，暗示这种隐喻中的"能指"同时服务于两种相悖意义的"所指"。见 Oxford Advanced Dictionary 条目。

② "Kazuo Ishiguro on Fiction, Allegory and Metaphor", Knopf Doubleday Publishing Group, Feb. 19, 2015.

当符合人们平常对事物的认识和理解模式。① 值得注意的是，被他称为"背叛"/"欺骗"的，并不是传统意义上的"表面是这样，实际上是那样"的意思，而是"即可以是这样，同时又可以是那样"的意思。换句话说，意义的构成全然取决于观者或读者的视角，而这也成为他小说的最为迷人之处。石黑的小说强调双重语义的平等性，而恰是参与解读的读者及其时代的特殊性，打破了自然语义里的这种中性平衡，使得某一层意义凌驾于另一层意义之上。

石黑一雄总是在小说中搭建一个真实可信的臆想世界，或者用石黑自己的话讲"一个稍微地脱节于现实的世界"②。他用自己那种不怎么准确的"背叛性隐喻"解释，向我们展示了一种现代主义式的、对已知世界既投入又怀疑的态度。让－弗朗索瓦·利奥塔（Jean-François Lyotard）将这种凸显了不确定性的现代主义称为"新现实主义"（Neo-Realism）③，其中的"新"（Neo-）字强调的是，真实（Real）不再像浪漫主义以来所认为的那样表现在日常生活的"现时"和"现实"（Reality）中，而是表现在一个在过去与现时、真实与臆想中犹豫不定的瞬间。他将此形容为一种晦暗式的美学。也就是说，真实有可能不被注意、不被聚焦，而是以一种"黯然失色"而非"光芒万丈"的方式呈现在人们眼前。④

石黑一雄小说着重表现情感和感受，但其所有小说中的主人公

---

① "Kazuo Ishiguro on Fiction, Allegory and Metaphor", Knopf Doubleday Publishing Group, Feb. 19, 2015.

② Ibid..

③ 利奥塔把一种再现了知觉现实（包括视觉、听觉）以及属于这一现实的人性语言的艺术（包括文学、绘画及电影），称为现实主义。而人们总体上把第二次世界大战时在意大利出现的与好莱坞主流电影不同的、始于罗西尼里（Rossellini）的新电影模式，称为新现实主义。接着在1958年，新现实主义电影随新浪潮在法国出现，然后又在1968年，在德国出现，几乎同时间，也在美国出现。巴赞和利奥塔毫不犹豫地把以上国别在几乎同一时间出现的新电影，与小津安二郎为代表的战后日本电影归于一体，即便他们各自的书写风格有所差别。参见Jean-François Lyotard, *Misere de la Philosophie*, Paris: Galilee, 2000, pp. 209 – 221。

④ Jean-François Lyotard, *Misere de la Philosophie*, Paris: Galilee, 2000, p. 215.

都有"诉于默言"的反语言性和非表露性特点。理解这种张力作用是理解石黑艺术特色的另一个关键。罗兰·巴特在《中性》(The Neutral, 1977—1978)里讲这种"默"是"在优雅和隐含的、即缄口不语的沉默之间的某种联系"①,他称其为"中性"(Neutral)的正面表现。阅读石黑一雄小说的时候,读者不得不在文本的话语之外寻找线索,而这不单是因为叙述者个人的缺陷引起了读者对其叙述的不信任,还因为石黑的文本能带给读者一种超越了语言中的能指与所指二元对应链关系的、需要不断探寻的未知意义。巴特在《明室》(Camera Lucida, 1980)里解释说:"要想看清楚一张照片,最好的办法是抬起头,或闭上眼。"② 闭上眼,就是留白,是暂且离开某个故事情境和局部的情节,给思想留出向往更深层次的余地;闭上眼,就是让形象在静默中说话,而作为主体的人则可以什么都不说;"闭上眼,让那个细节自己重新回到富有情感的意识中来"③。巴特为我们提供了一种解读石黑一雄小说中带有反思和怀疑性特点的审美现代性的方法论。后文中,我们将这种方法论归结为一种更为宏观的、在20世纪初现代主义文学与现代电影相互跨媒介联系和影响过程中表现的审美现代性思想。它能帮助我们从"去言"和"情感"的角度,穿过文字表面及局部的意义,窥探石黑一雄小说中与情感、感性和身体紧密相连的深度。

## 第二节 本书的研究目的和基本结构

本书依照石黑一雄这三部作品与电影的关联程度的顺序,先后

---

① [法]罗兰·巴特:《中性》,张祖建译,中国人民大学出版社2011年版,第42页。
② [法]罗兰·巴特:《明室》,赵克非译,中国人民大学出版社2011年版,第73页。
③ 同上。

对《远山淡影》《被掩埋的巨人》和《别让我走》进行讨论。前两部作品不同程度地与日本战后电影和塔可夫斯基（Andrei Tarkovsky）的电影有着密切的关联，后一部则与小说的同名电影和电视改编有着紧密的联系。我们将从跨媒介的角度，考察以上作品对世界持反思和怀疑态度的审美现代性特征的表现，深入分析石黑一雄对审美现代性问题的思考跟小说与电影之间的关联，以及作者在这些作品中所表现的电影语言特质，从而揭示小说中未被发现的隐含意义，补充以往研究对此方面的少有关注。

本书首先对书中所涉及的跨媒介的审美现代性加以界定。在思想方面，本书将主要沿用卡利耐斯库对审美现代性的定义，来描述和讨论石黑一雄作品的现代特征。而在审美现代性所涉及的时段和范围方面，则远大于在文学领域中常用的现代主义。现代文学与现代电影正基于此，有了深层和共源性的联系。在这部分的最后，笔者对石黑一雄在创作时所受的电影方面的影响、其积极参与电影改编制作的经验，以及与其创作相关的批评和问题，做了详细的梳理。

然后，本书聚焦《远山淡影》与小津安二郎电影中的物哀式感伤与留白技巧的关联。本部分认为，石黑在《远山淡影》中借鉴了小津电影《东京物语》（*Tokyo Story*, 1953）中的物哀式感伤，来描绘主人公悦子对女儿、公公和自己这三方面的回忆。小说由此体现并发展了两种审美现代性的特点：一方面，小说继承了现代怪诞鬼故事特点，并加入小津安二郎电影中带有东方特点的物哀，来表现思想和感受的分离。这使小说逼近一种内外世界之间界限消失的、自省式的、以怪诞和超现实为特点的欧陆式审美现代性特点。另一方面，小说体现了精神与肉体、情感与理性失联的英美式审美现代性。石黑一雄试图通过小津安二郎电影中的物哀与留白，同时从记忆和心灵深处发现并缝合这种"感性断裂"的可能。本部分揭示出，石黑一雄通过替换地留白"小猫""灯笼"和"绳子"这三个反复出现在悦子回忆里的外在物，表现了悦子对女儿充满感伤和愧疚的内心世界，以及具有现代鬼魅特点的对"物"的感伤。同时，这部分还深入探讨了小说呈现出的现代鬼故事特点。通过这样的分析，本部分旨在说明，石黑一雄不但借助现代鬼故事手法和日本战后电影中的物哀，凸显了人们对回忆和自我认识存在怀疑的审美现代性特点，也揭露了人们面对自己、他人及集体的错误之难。本部分旨在说明主人公在追溯过去伤痛的过程中表现出的闪躲、遗憾、愧疚，以及尝试与过去、罪过、哀伤进行和解的复杂的感伤，从而揭示出作者对此所持既理解又警惕的矛盾态度。

接下来，本书将挖掘石黑一雄的《被掩埋的巨人》与日本导演黑泽明（Akira Kurosawa）的《罗生门》（*Rashomon*，1950）、沟口健二（Kenji Mizoguchi）的《雨月物语》（*Ugetsu Monogatari*，1953）以及俄国导演塔可夫斯基的《潜行者》（*Stalker*，1979）的关联。这部分分三个方面来分析小说中所表现的质疑"现实"和"现时"的审美现代性，包括：故事中的主人公对现时中的人（爱人和陌生人）、上帝信仰以及现实世界的怀疑，读者对复杂多面的中性叙述眼光的质疑，作者利用思想实验结构来展现对"现实"和"现时"的质疑。这部分首先揭示了，三个摆渡人实际上是同一个希腊旧神卡隆的化身——他象征死亡本身的同时，也是小说的第三人称叙述者；三个黑衣女人可以被理解成比阿特丽斯死后的鬼魂的变身。本部分旨在说明，小说通过隐藏在现实的表面之下的多种神秘思想的碰撞，借由与沟口健二和黑泽明电影中的部分情节的关联，对忘记过去之恶及其后果，以及主宰现实与现时之神的信仰问题，进行了思考和探索。这一方面揭示了现实世界不能满足于单一解释的多元性和复杂性，另一方面还表达了主人公对现时中的他者、爱情以及世界的质疑。同时，以多部电影作为参照，本部分还深入探讨了石黑一雄的宗教观，以弥补之前批评对此问题的少有关注。其次，本部分通过小说与塔可夫斯基和黑泽明电影的关联以及小说与"思想实验"等相关电影叙事技巧的关联，揭示了与叙述者身份相关的信息，以及与小说文本表面意义相悖的隐含意义。通过以上探讨，读者可以对作品中与"现实"和"现时"相关的现代主题意义、现代他者式的人物形象及现代艺术手法有更加全面和深入的理解。

最后，本书结合小说的英国同名电影改编（2010）和日本同名电视改编（2016），分析《别让我走》中凯茜两方面认识的局限性和不确定性：包括对自己私情的认识和对自己记忆的认识。本部分把小说与其电影和电视改编并置解读，从凯茜与露丝和汤米的私人情感关系维度加以深入系统的分析。与以往批评聚焦于小说展现的现代科技、不公平的社会体制和意识形态教育所带来的负面影响不同，本部分依据作者的创作目的，聚焦于批评界倾向于忽视的凯茜与露丝和汤米之间的三角关系。通过深入细致地考察露丝对凯茜、汤米对露丝、凯茜对露丝难言的爱，本部分不仅揭示出三个克隆人主人公之间情感的本质关系，也揭示出露丝和凯茜的形象中以往被忽略的一些重要方面。该部分指出，凯茜忽视了露丝对自己的同性情感以及露丝在她与汤米的爱中所起到的积极作用。而凯茜对露丝的记忆更反映出其个性中相对隔绝和孤立的一面。这揭露出，恰是因为凯茜对理性的执着和对感性的忽视，才导致了她与周围一切从触觉到心理的隔绝。但与其说这是凯茜个人的缺陷，更是一种非个人化的审美现代性特点的表现。由此，本部分一方面揭示出凯茜与露丝和汤米之间相互猜疑又不能割舍、复杂又深刻的情感关系，另一方面又展现了小说中对即将逝去的信念及旧秩序的怀念和乡愁的同时，又对眼前的认识以及对不得不投身于其中的新秩序充满焦虑和怀疑的审美现代性特点。通过这样的探讨，读者可以更好地理解石黑一雄在塑造和刻画复杂多面的人物性格及各种人物之间的隐含关系时所持的深层包容性立场和态度，并且可以更准确地把握其创作目的。

结语部分总结了本书通过探讨石黑与电影的审美现代性的关联，所揭示的小说隐含的主题意义和深层立场，并讨论和概括综合了现代电影与现代文学特征的跨媒介的审美现代性研究对当代小说研究的意义和价值。最后总结本书从跨媒介的审美现代性角度考察石黑一雄的小说与电影的关联，在石黑一雄研究的框架以及在文学与电影研究的整体框架中的意义。一方面,本书通过小说与电影跨媒介的关联性研究,发掘了石黑一雄小说中被忽视、被误解的文本细节和主旨,以达到对作者的创作目的、作品的主题意义和人物形象更好地把握。另一方面,本书也拓展了对文学与电影之关系的研究。自 20 世纪以来对两者关系的探讨和研究,通常关注的是单方向的影响,或一个媒介中的艺术对于另一媒介中的艺术在某技巧上的转喻借用,而本书关注的是两者基于"跨媒介的审美现代性"的联姻关系。本书旨在说明,电影所表现出的审美现代性在文学中唤起了基于媒介却又跨越媒介的共鸣。以此来表明,从文学和电影联姻的角度来做文学研究,有助于更完整、更深刻地解读多媒体文化时代中的当代小说,亦有助于更丰富、更完整地解读 20 世纪以来的电影。

# 第 一 章

# 石黑一雄、审美现代性与电影

本书将石黑一雄作品与电影之间的关联，用跨媒介的审美现代性来加以概括。在石黑的这三部小说中呈现的审美现代性特征，主要表现在以下两个方面：一是在风格上，石黑的小说对传统的理解事物方法提出挑战，并试图以一种"消除中介"（Abnegation of Agency）的方式——也就是20世纪初以来被提倡的创作者在叙事中以尽可能少的介入和中性的姿态——来呈现故事中的人物在认知自我及世界方面的局限。二是在思想上，其小说不同程度地反对传统上以宏大叙事的方式塑造人物，反对以启蒙进步性眼光来描述世界，反思并质疑现有的、代表权威的认识。下文将首先梳理现代性的概念，并结合石黑一雄的相关论述，阐明跨媒介的审美现代性思想概念和特点，然后集中述评石黑一雄与电影的关联，为后面三章具体分析的展开做铺垫。

## 第一节 跨文学与电影两媒介的审美现代性

马泰·卡林内斯库（Matei Calinescu）在《现代性的五副面孔》（*Five Faces of Modernity*, 1977）中提出，最广义的现代性反映在两套相互对立的价值观念中，它们分别是作为西方文明史中的一个阶段的现代性和作为美学概念的现代性。前一种现代性是资产阶级的产物，也称为以科技进步、工业革命和社会经济飞速发展为特征的"资产阶级的现代性"（Bourgeois Idea of Modernity）。[①] 它继承并延续了启蒙运动以来那些推崇进步和理性、行动和成功的早期现代观念（启蒙的现代性），相信科学技术能为社会带来无限发展潜力，关注可测度的时间及商品价值。而后一种被卡林内斯库称为"审美现代性"（Aesthetic Concept of Modernity），也正是它在思想、文化和艺术领域催生出了先锋派，也就是现代主义文化和艺术。因此，审美现代性从一开始就抨击和反对前一种社会的现代性（社会的现代化）。[②] 卡林内斯库认为，这两种现代性之间的张力日渐加深，并在19世纪上半叶让"现代性"这一概念出现了无法消除的分裂。这种反思及质疑自身的现代性，无疑具有跨媒介与跨文化的特征。与以上观点相似，迪利普·冈卡尔（Dilip Gaonkar）补充道，现代性有两个截然相反的面向，同时是"对工业化状况以及对此'批判精神'的描述"。但他不认为现代主义（或者说审美现代性）只适用于对资本主义社会现代性的批判。如他所言，"学者们如今不仅用它来描述过去和西方，更将它延展并应用到非西方的各个相关领域"[③]。我们所讨论的审美现代性指的正是这种于19世纪上半叶从启蒙的现代性分生出来，并在20世纪以来的文化艺术中集中表现的，以反思和质疑为特征的审美现代性思想。这种"审美现代性"在文学领域与"现代主义"本质相通。但这种跨媒介的、逼近媒介本质的审美现代性，无论在所涉及的时段还是范围方面，都远远大于在文学领域中常用的现代主义。可以说，现代文学与电影基于此，有了深层的和共源性的联系。

众多西方的现代思想家都是这种审美现代性的先驱者。马克斯·

---

[①] Matei Calinescu, *Five Faces of Modernity*, Indiana: Indiana University Press, 1977, p. 41.

[②] Ibid., p. 42.

[③] Dilip Parameshwar Gaonkar, "On Alternative Modernities", in D. P. Gaonkared, *Alternative Modernities*, Durham: Duke University Press, 2001, p. 13.

韦伯（Max Weber）在讨论现代性时就指出，西方社会和思想理性化过程中产生了一系列背叛了启蒙思想解放人性的本意的悖论性问题。社会的现代化为人类社会带来前所未有的进步的同时，也带来了多种前现代文明所不曾有过的问题，比如说工具理性对人性的压制、社会平均一律和官僚化问题。[1] 文化现代性的形成，本质上是一个文化自律性和自身合法化逐渐确立的过程。它又分别在科学技术、法律道德和自律的艺术这三种具有自身逻辑的价值领域里并行发展。[2] 他发现，适用于科学和道德领域的工具理性与实践理性，并不符合审美艺术中对表现、审美愉悦价值的追求，因为"对于创作性的艺术家及具有审美兴趣和开放思想者，道德与规范很容易成为他们的天赋、创造力及内在自我的制约"[3]。由此，韦伯强调艺术以审美价值为中心的自身合理性，以及艺术的"拯救"功能——"（现代艺术）提供了一种从日常生活的刻板，尤其是从理论的和实践的理性主义的压力下解脱出来的救助"[4]。韦伯这位审美领域的理论家为法兰克福学派现代主义美学观念的确立奠定了理论基础。随后，阿多诺（Theodor Adorno）和马尔库塞（Herbert Marcuse）都不同程度地受到韦伯理论的启发，极力推崇现代主义艺术。现代主义的特点由此凸显出来，它一方面对古典原则大胆质疑，另一方面又对启蒙的现代性采取了一种反思和批判的态度。阿多诺将卡夫卡（Franz Kafka）、贝克特（Samuel Beckett）式激进的、片段式的及令人费解的现代主义艺术，看作一种比传统的现实主义艺术更有效的批判社会现代性现实的武器。[5] 相似地，马尔库

---

[1] Max Weber, *From Max Weber: Essays in Sociology*, trans. H. H. Gerth and C. Wright Mills, New York: Oxford University Press, 1946, pp. 261 – 262.

[2] Max Weber, *Economy and Society: An Outline of Interpretive Sociology*, Berkeley: Uuniersity of California Press, 1978, pp. 48 – 50.

[3] Max Weber, *From Max Weber: Essays in Sociology*, trans. H. H. Gerth and C. Wright Mills, New York: Oxford University Press, 1946, p. 342.

[4] Ibid. .

[5] Theodor Adorno, *Aesthetic Theory*, London: Routledge & Kegan Paul, 1984, p. 487.

塞认为像卡夫卡、乔伊斯（James Joyce）这样的先锋派艺术家"找到了一种能同时理解和否定现实的新言辞、新意象和新声音"①。韦伯的理论不仅为后人对现代性及现代主义的界定确立了方向，也为现代主义审美观在遵循自身的审美合理性过程中进一步向私密的感受及情感转向，埋下伏笔。

尽管现代主义艺术并不是韦伯所关注的中心问题，但他对宏观意义中的社会现代性的反思以及对相关的文化现代性的讨论，却在某种程度上明确了审美现代性的反思性特点。韦伯指出，现代资本主义社会的过度理性化及体系分化，让人们从原本以魔法和神话为基础的世界观中分离出来，他称之为"世界的祛魅"（Disenchantment of the World）。② 而在这个过程中，人们丧失了以往和自然之间的那种有意义的、有魔力的、有机的、特别的联系。因为缺乏一个超验的意义为现代人提供方向，人们不得不独自承担随选择而来的责任和痛苦。"人们如今需要自己判断上帝与魔鬼。"③ 现代人在享受科学进步、民主自由和高度自律的现代生活的同时，也感受着统一价值体系的沦丧和人的"非人化"（Dehumanization）——"那些不能被工具理性量化的像'爱'与'恨'之类的纯个人的、非理性的情感元素，被愈加彻底地从公共社会生活领域消除了"④。现代性这种原本进步、积极的思想到头来却造成了背离初衷的结果。而像艾略特（T. S. Eliot）、叶芝（William Butler Yeats）、庞德（Ezra Pound）这样的现代主义文学家的作品，恰恰表达了对这种声称"解放人性"却反而"束缚人性"的资本主义社会的现代性的反思和拒

---

① [德]马尔库塞：《作为现实形式的艺术》，《西方文艺理论名著选编》下卷，北京大学出版社1987年版，第722页。
② Max Weber, *From Max Weber: Essays in Sociology*, trans. H. H. Gerth and C. Wright Mills, New York: Oxford University Press, 1946, p. 155.
③ Max Weber, "Science as a Vocation", *Daedalus*, Vol. 87, No. 1, 1958.
④ Max Weber, *Economy and Society: An Outline of Interpretive Sociology*, Berkeley: Uuniersity of California Press, 1978, p. 975.

斥，表现出一种质疑现实及认识来源的审美现代性特点。而质疑意义和质疑获得现有知识的途径，恰恰也是现代主义文学和现代电影[1]区别于之前流派的主要标志。[2]

如果将法兰克福学派看作是在韦伯理论的基础上，褒扬了现代主义作为一种新的艺术形式在当时资本主义社会状况下的存在价值和必要性的话，之后福柯（Michel Foucault）则把现代主义看作一种对"现实"和"现时"的辩证思想和对自我认识的反思态度，从而进一步确立了审美现代性的特征，并暗示了其跨媒介延展的潜力。福柯结合以波德莱尔为代表的现代主义者所持有"反（启蒙）现代性"（Countermodernity）的态度来定义这种审美意义上的现代性：

> （审美）现代性常被理解为当下对其与传统的决裂、对新的感知，和面对流逝时间的眩晕的一种意识，这看似是波德莱尔对转瞬即逝的现代定义中所指的，但其实相反，现代对他来说，不是单纯地对以上现代性的认同，而是一种对以上（社会存在与生活的）现代性应该采取的应对态度，而这种（对自己、现实及现时）审慎又执拗的现代主义态度，涉及捕获时间中显现的，而非超越此时此刻的永恒性的倾向，以及对这种倾向自身的反讽。[3]

---

[1] 电影可以大致分为以下五个历史阶段：早期电影时期（从电影诞生到第一次世界大战结束，1989—1918），经典电影时期（从第一次世界大战结束到第二次世界大战结束，1919—1945），现代电影时期（从第二次世界大战结束到越南战争结束，1945—1989），世界电影时期（从越南战争结束到冷战结束，1980—1990），全球化电影时期（1990 年至今）。

[2] Anthony J. Carroll, "Disenchantment, Rationality and the Modernity of Max Weber", *Forum Philosophicum: International Journal for Philosophy*, Vol. 16, No. 1, 2011.

[3] Michel Foucault, "What Is Enlightenment?" in Paul Rabinow ed. *The Foucault Reader*, trans. Catherine Porter, New York: Pantheon, 1984, pp. 39–40.

福柯将这种自我矛盾、怀疑和反思的现代主义具体地表述为一种审美现代性的态度及意识——意识到人在自己与现时的关系、自己与历史中存在的模式,以及自己作为一个自主个体的建构的方面存在问题。苏珊·弗莱德曼(Susan Friedman)指出,福柯对启蒙的现代性的反思可以被解读为一种不分地域、时间和形式的对固有认识体系的问题意识。[1] 也就是说,这种审美(文化)现代性对社会(启蒙)现代性的反思、怀疑甚至颠覆的意识,具有跨媒介性。而常表现出对社会现代性公开拒斥和持悲观情绪的现代主义文学和现代电影,都是这种审美现代性的重要构成部分。这在本书讨论的石黑一雄三部小说中集中地表现为,主人公怀疑并意识到自己对过去的认识、对自己的情感和生命本质的认识、对所在的现时世界的认识,存在不确定性。

需要说明一点,我们谈及的审美现代性特征与 20 世纪初的文学现代主义特征[2]有很大部分的重合。但审美现代性特征在艺术中的表现显然不仅局限在一个特定的历史时期(20 世纪早期)或者仅局限于西方的文学领域。本书是在卡林内斯库界定的后一种具有反思性和怀疑性特征的审美现代性的基础上讨论石黑一雄与现代电影及文学的关联。石黑一雄的小说恰恰通过与电影的关联,突出体现了这种审美现代性的反思性、怀疑性及跨媒介性特征。

在谈到 20 世纪现代主义作家对自己的影响时,石黑一雄表达了他个人对现代主义的理解。他认为,20 世纪的现代主义作家具有实验性,主要体现在两个方面。一方面,乔伊斯、福克纳和伍尔夫等作家,主要从语言方面进行实验;另一方面,贝克特、卡夫卡那样的作家从呈现现实的方法上进行实验,致力于呈现怪异的、被曲解

---

[1] Susan Stanford Friedman, "Definitional Excursions: The Meanings of Modern/Modernity/Modernism", *Modernism/Modernity*, Vol. 8, No. 3, 2001.

[2] 对现代主义文学特征的定义,学界一直没有达成完全一致的看法。关于现代主义文学特征的争议和讨论,详见 Brian Richardson, "Remapping the Present: The Master Narrative of Modern Literary History and the Lost Forms of Twentieth-Century Fiction", *Twentieth Century Literature*, 1997。

的现实。他们的语言反而没有实验性,保持了语言的简洁。① 石黑一雄认为后一种实验性对他的影响比较多,因为在他看来:"充满奇怪的句法和词语的语言性实验,是一种阻隔。我非常喜欢像柏拉图著作中呈现的苏格拉底那样的,表面上简洁却内涵深刻的东西,乔伊斯却刚好相反。"② 正如他的这番话所体现的,除了本书绪论提及的石黑这种企图摆脱语言媒介的特点以及相关的批评,石黑一雄的现代性不在于语言实验,而主要呈现为一种对现实的不确定和怀疑。在另一个访谈中,他说自己身为作家的写作目的,其实源自于柏拉图对话中的苏格拉底。

> 我在 20 多岁的时候,非常沉迷于柏拉图的那些对话。苏格拉底常常会遇到一些自认为对该怎么生活有着清楚认识的人,然而苏格拉底却让他们意识到自己观念里的矛盾和假象。苏格拉底不常提出自己的观点,他只是四处向一些自以为是、自觉幸福的人们指出:他们的认识和价值观建立在虚空之上,他们并不知道什么是善什么是恶。我的许多作品的核心部分都是围绕这个问题——真正地认识生活中的善与恶是一件相当困难的事。你也许坚信一些价值并相信自己正为社会进步作贡献,但世界往往另有一套前进法则,将你落在身后;历史慢慢揭露那些被你深信的价值不过是假象、虚空甚至是邪恶之物,你所在的社会随时改变着价值取向。……我觉得这一切都源自我 20 岁时对柏拉图对话的沉迷。如今我通过写作,也扮演着苏格拉底一样的使人醒悟的角色。③

---

① Kazuo Ishiguro, "Literature, My Secret of Writing Part 2 First Class Video on Demand HNK World", Japan Tokyo, Dec. 14, 2017.
② Ibid..
③ Susannah Hunnewell and Kazuo Ishiguro, "The Art of Fiction No. 196", *The Paris Review*, No. 184, 2008.

笔者认为石黑以苏格拉底式的方式，点醒人们认识到自己与现时的关系和与世界之关系的不确定性，而且正如作者本人所说："身为当今社会中一员的我们，有必要像前代人那样，对真实和信息的操纵（Manipulation of Truth and News）保持警惕和怀疑，要对假象及事实的操纵有警醒的认识和思辨意识。"① 这与上文所述的具有反思和怀疑特点的审美现代性尤其符合。另外，石黑小说中表现出一种存在于回避言语和强调情感之间的矛盾和张力，这也符合这种审美现代性思想对（结构性、理性）语言的反思和对感受和隐晦美学的偏爱。

现代主义艺术进入20世纪以来逐渐向感受及情感转向，这也恰恰源于这种反思着社会现代性的审美现代性思想。韦伯1919年在慕尼黑大学做的以《学术作为一种志业》（"Science as Vocation"）为题的演讲中说：

> 我们时代的命运就是以它所独有的理性化和理智化为特征的，最主要的是，它以被祛魅后的世界为特征，因此它的命运便是，那些终极的、最崇高的价值，已从公共生活中销声匿迹了。这些价值或者遁入神秘生活的超验领域，或者走进了个人之间直接的私人交往的友爱之中。所以，伟大的艺术总是私密的（Intimate），而不是里程碑式的（Monumental），这并非偶然；同样绝非偶然的是，今天只有在小部分最为亲密的、私人的、柔情的人情当中，才有着一些同先知的圣灵（Pneuma）相感通的东西在极微弱地搏动，而在过去，这样的东西曾像燎原烈火一般，燃遍巨大的共同体，将他们凝聚在一起。如果我们强不能以为能，试图"发明"一种里程碑式的艺术感，那么就像过去20年的艺术那样，只会产生一些不堪入目的怪物。如果

---

① Kazuo Ishiguro, "Literature Binds Our Divided World Kazuo Ishiguro Direct Talk Video on Demand NHK World English", Japan Tokyo, Dec. 24, 2017.

有人希望宣扬没有新的真正先知的宗教，则会出现同样的灵魂怪物，惟其后果更糟。①

韦伯指出了一种有别于传统的崇高和秩序之美的新美学艺术形式。在他看来，这是一种现代审美逐渐向个人的"私密情感"以及超验的"神秘性"靠拢的现代审美性。

从波德莱尔（Charles Bauderlaire）的《现代生活的画家》（"The Painter of Modern Life"，1964）中界定的以"过渡、短暂和偶然"② 为特征的现代艺术，到 20 世纪 60 年代末左翼思想的兴起，思想和艺术界延续了这种反思资本主义社会理性化和祛魅化的审美现代性。而这种审美现代性从开始就带有一种"返魅"（Reenchantment）③ 的特点。18 世纪末到 19 世纪的反动现代主义者（Reactionary Modernists）通过表现对前现代社会文化的怀念和乡愁的同时又不得不"创新"（Make it New）之难，来与以"自由""民主""工业化"及"进步"为特性的资本社会现代性形成对立。而在 20 世纪 60 年代后期，审美的现代性在各个艺术领域集中表现为一种试图借助知觉和感性而非直观视觉的方式，来复原神话和艺术中不可描述的魔力，④ 从而反思、质疑和批判社会现

---

① Max Weber, "Science as a Vocation", *Daedalus*, Vol. 87, No. 1, 1958.

② Charles Baudelaire, *The Painter of Modern Life and Other Essays*, trans. Jonathan Mayne, London: Phaidon, 1964, p. 13.

③ 根据 20 世纪 60 年代法国思想界的具体语境来看，"返魅"表现为当时的思想家倾向于抨击那些启蒙以来的以"祛魅者"自居的部分知识分子——批判他们打着科学和理性旗号，端着居高临下的精英姿态，凌驾于大众之上，批判他们默认大众没有领悟真相的能力，而需要其屈就来指教。详见 Philip Watts, *Roland Barthes' Cinema*, Oxford: Oxford University Press, 2016, p. 99。

④ 从祛魅到返魅，在欧陆现代主义艺术中的一个重要表现是，19 世纪末以来的欧陆现代主义者喜欢用魅惑（Charm）、魔力（Magic/Mana）和巫术（Sorcery）这样的神话式的修辞，类比和解释现代小说和电影中存在的一种使人沉沦和投入的颇具含混的能力。参见沈安妮《影像的魅惑力：揭开巴特的"面具"》，《文艺理论研究》2019 年第 1 期。

代性层面的理性主义和祛魅思想的创作倾向。实质上，它依然表现了对启蒙现代性的否定。卡林内斯库指出，波德莱尔对现代艺术的界定标志着审美现代性与社会现代性之间对立的激化。[①] 在波德莱尔之后，创造性艺术日益粗暴地拒绝着传统，渴望探索和测绘那些"未知"的领域。这些未知领域中的一个重要面相便是：艺术家通过把自己及现实与模糊、昏暗和颓废相连，来加剧对社会现代性及其自我的反思和深层的危机意识。用这一美学流派的代表马拉美（Stéphane Mallarmé）的话来说，"作家们正在放弃前人那种曾经成就了许多名作的错误的美学，与其主要通过作者在书里添枝加叶，倒不如索性听任自然丛林的摇曳和叶间的静雷"[②]。马拉美否定的是资本主义的现代性从启蒙传统继承而来的那种崇尚"光"和"可见性"的旧美学，提倡的是一种以"阴影"和"超视觉"为特点的新美学。这是一种隐性美学，它在现代小说和绘画中表现为一种弱化对具体动作和事件的细节描绘，而凸显以往难于捕捉的氛围和情感的审美现代性倾向。其中，转瞬即逝、变化不止、隐晦而不确定的感性意识，压倒了追求统一、绝对和确定性秩序的理性意识，成为衡量美的新标尺。这同时标志着，审美现代性开始反思启蒙以来对光、可见性及统一秩序的追求，逐步转向对阴影、视觉之外的无限可能以及混乱矛盾之美的向往。

现代主义小说和现代电影捕获读者和观影者的过程，正体现了这种具有反思性特点的审美现代性。它们不约而同地通过降低语言和视觉上的明晰特性，来捕捉一种意义的不确定性和多元性之美。通过关注自然、感性和灵性，试图对社会现实的刻板和合理化进行救赎。文学与电影之间的关联性可以追溯于此。从时间上，此关联

---

[①] Matei Calinescu, *Five Faces of Modernity*, Indiana: Indiana University Press, 1977, p. 5.

[②] Stéphane Mallarmé, "Crisis in Poetry", in Bredford Cook ed and trans. *Mallarme: Selected Prose Poems, Essays, and Letters*, Baltimore: Johns Hopkins Press, 1956, p. 40.

可追溯至有声电影诞生的 20 世纪 30 年代。有声电影的诞生在催生了现代电影的同时，也引起人们对新技术为电影的本质所带来的负面影响的焦虑。本质上，这是一种审美现代性对语言（及其代表的理性规则和秩序）的怀疑，因为思想家们纷纷提出，人声、语言、对话引入电影，破坏了影像本身游离、复杂的表意模式。新技术在为电影提供无限发展的可能的同时，也悖论地限制住了人们对电影荧幕"这个观察世界的窗口"[1] 之外世界的想象。由此，"电影已死"的口号随着现代有声电影的诞生而生。它实际源于审美现代性思想对语言媒介及理性秩序的怀疑。电影创作者开始关注如何利用画外空间来表现无限延展的自然意义，如何增强作品与读者之间的交互性来使观众从作者的"控制"中解脱出来，从而更积极、更能动地参与到作品的"完成"过程中。现代电影和小说共同的审美追求便基于此——用著名电影理论家和美学家安德烈·巴赞（Andre Bazin）的话来概括——它将"模糊"（Ambiguity）的概念重新引入到现代艺术中，督促我们从这一全新的视角去欣赏艺术品，进而来反思自身和反思这个世界。[2]

现代小说与电影的关联性问题继而成为 20 世纪现代主义艺术鼎盛时期批评的关注焦点。而批评家用来建立小说与电影联系的关键，恰恰是两者所共享的审美现代性意图——两个媒介中的艺术家都试图通过把捉一种原始、模糊及神秘之物，来实现工具理性式去魅思想的反思和质疑。小说家兼导演兼评论家的安德烈·马尔罗（André Malraux）在福克纳的小说《圣殿》（Sanctuary, 1931）的法译本前言中指出，辞藻堆砌和文字不可避免的明晰性，

---

[1] 此说法来自于电影理论家巴赞的"窗户理论"。见 Andre Bazin, "The Evolution of the Language of Cinema", in Hugh Gray ed. and trans. *What is Cinema*? Vol. 1, Berkeley: University of California Press, 2005, p. 36。

[2] Andre Bazin, "The Evolution of the Language of Cinema", p. 36.

正是经典作家向我们施魔的主要招数。① 马尔罗诗意地用"施魅"的类比，勾勒出现代主义艺术创作论：艺术创作和赏析对他来说，是一个从古典中传承魔法的过程，也是对艺术经过工具理性透视般的祛魅后的一次反动——现代艺术试图去恢复一种原始的模糊与神秘感，使艺术重新返魅。后来马尔罗又在为法国小说家安德烈·韦奥莉（Andrée Viollis）②的小说《印度支那 S. O. S》（*Indochine S. O. S*，1935）写的前言中提出，电影艺术形式有潜力激发一种新文学的诞生。③ 不同于传统依赖于"隐喻式"修辞而实现的美感，这种新文学利用"省略式"修辞及倾向于模糊而非清晰的表达手法，开启了一种重新审视和描绘世界的新美学观。马尔罗指出，基于"省略"技巧的现代小说正是受到了现代电影剪辑技术的启发。马尔罗是第一个提出"省略"这一技巧在电影与文学的关联性对话中占据了重要的美学意义的人。④ 在此论断的基础上，巴赞进一步指出，电影为小说提供了一种根植于影像本质的"潜在式隐喻"（Potential Metaphor）⑤。在这种新的隐喻形式中，艺术家选取的一切意义和细节都与周围的自然连接在一起，并把其试图表现的内容及意义以一种接近自然的原始状态的方式展现在我们面前。这一方面让呈现出来的意义富有了自然原有的多重内涵及无限阐释的可能，但另一方面，读者和观众却只能即时地、主观地感受这些意义。跨媒介的现代审美性特征在巴赞的美学中表现为

---

① Andre Malraux, "Preface" to William Faulkner's *Sancturaire*, trans. Rene. N. Raimbault, Paris: Le Masque, 1933, p. 8.

② See Roger Leenhardt, "Cinematic Rhythm", in Richard Abel ed. *French Film Theory and Criticism: A History/Anthology*, 1907 – 1939, Vol. II, Princeton: Princeton University Press, 1988, p. 204；原载于 *Esprit*, January 1936。

③ Andre Malraux, "Preface" to Andree Viollis's *Indochine S. O. S*, Paris: Editions du Seuil, 1934, p. 9.

④ Andre Bazin, "On L'Espoir, or Style in the Cinema", in François Truffaut ed. *Cinema of the Occupation and Resistance*, New York: Ungar Press, 1981, p. 145.

⑤ Ibid., p. 151.

一种对坚信意义可以被客观、全面、理性地呈现的传统思维方式的反思。真相与现实，对于他来说，总是在人们有限的把捉能力之外清晰地存在着，因此一些隐性象征的意义往往要经过复查才能被人后知后觉地认识。[1] 至此，现代主义小说与新现实主义电影之间的现代性联系正式被提出。善于表现对表象现实的怀疑的现代主义小说，与善于在直观影像表面意义的单一性中暗示画面以外的隐含意义的新现实主义电影，都不约而同地向同一种审美观倾斜——这种具有反思性特点的审美现代性，在文学和电影之间引起了跨媒介的共鸣。

几乎同一时期，法国批评家克劳德 - 艾德蒙德·马涅（Claude-Edmonde Magny）在 1948 年的《美国小说的时代：两次世界大战之间小说中的电影美学》（*The Age of the American Novel：The Film Aesthetic of Fiction Between the Two Wars*）一书中，将电影美学对小说的影响视为 20 世纪 30 年代美国与法国现代主义小说之间至关重要的联系。[2] 根据马涅的观点，美国现代主义小说受到以非言语把捉为特征的现代电影叙事的启发，试图摆脱自己的文学性，从形式和语言上追求一种更为简洁、视角抽离、简化描写的风格，从意义上则向着隐晦和模糊的美学方向发展。她认为，几乎所有美国现代主义小说的技巧（除内心独白之外）都能从电影找到源头，更特别列举了"省略"与"客观视角"两种叙事技巧，来分析多斯·帕索斯（John Dos Passos）、海明威（Ernest Hemingway）和福克纳（William Faulkner）小说里的电影性。从电影研究角度看，马涅由于不是电影学者而缺少对电影运动本质的认识，但其研究对依靠文本分析与比较的文学批评，以及对电影与文学关联

---

[1] Andre Bazin, "On L'Espoir, or Style in the Cinema", in François Truffaut ed. *Cinema of the Occupation and Resistance*, New York: Ungar Press, 1981, pp. 151–152.

[2] Claude-Edmonde Magny, *The Age of the American Novel: The Film Aesthetic of Fiction Between the Two Wars*, trans. Eleanor Hochman, New York: Frederick Ungar Press, 1972, p. 14.

性研究来讲，却具有重要的价值。从对于文学研究的价值①来看，马涅敏锐地探析到了来自电影的客观性视角、省略、拼贴剪辑等技巧在20世纪初的美国现代主义小说中的运用，并将这种从电影移植到现代主义小说中的跨媒介的审美现代性再次用于分析法国现代主义小说。这种跨媒介的现代电影美学技巧确实在很大程度上构成了欧美现代主义小说的重要特征。

摄像机这种主要依靠视觉直观地记录并揭示事实的机器，同样可以在我们面前制造出各种逼真的幻象而成为操控事实的工具。从这个意义上看，现代电影艺术从开始就与质疑自身语言性的现代文学相似，形成于反思自身的审美现代性基础之上。现代电影不同于以往电影阶段的突出特征在于，电影人不再满足于在荧幕上呈现千篇一律的社会现实，而致力于以创新的方式表现不同以往的多样现实。我们可以将这一特点在现代电影中的表现进一步归纳为以下几个方面：现代电影通过限制视角与感知，运用省略等剪辑技巧，以及引入看似闲散的人物的方式，制造出一种不确定的现实感；故事中主人公被赋予了不可靠性，其认识与观众的认识出现偏差；重视对非语言性技巧的使用，音乐和色彩不再单纯地作为故事的背景而存在，而具有了独立的表意功能；故事中增加了对颠覆理性和逻辑的梦境以及心理世界的表现；等等。而以新现实主义电影和战后日本电影为代表的现代电影更是坚决地站在以还原现实为目的的单纯现实主义（Naïve Realism）和渴望透视的眼睛（Desperate Eye）的对立面。现代电影运用各种非明示性的技巧，来充分展现电影所具有的督促人们反思已知世界及认识的能力，从而极致地展现了审美现代性的特点。这些特征无疑与现代主义小说的特征存在很大部分的重合。两者都可以被宏观上

---

① 著名法国电影理论家安德烈·巴赞显然有远见地认识到马涅对电影和文学批评的重要性，并在自己后期对电影改编的批评中发展了马涅的思想。他在批评马尔罗小说改编电影的论文中添加的唯一一个脚注就是指明他参考了马涅的这本书。Andre Bazin, "On L'Espoir", p. 145.

的审美现代性特征所涵盖。张宪引用法国艺术家让·杜布费（Jean Dubuffet）的观点，将现代主义艺术家对西方文明的现代性反思和质疑归纳为以下六个方面：对人不同于其他物种的观念的反思；对坚信世界的样貌与人的理性形态是一致的观念的反思；对强调精致的观念的反思；对偏好分析式思维的反思；对语言至上性的反思，以及对追求所谓美的观念的反思。[1] 为了颠覆以上，包括小说家和电影人在内的现代主义艺术家，常常表现出对直觉、激情、情感、迷狂和疯狂的关注。

颁给石黑一雄诺贝尔文学奖的瑞典学院的莎拉·达纽斯进一步指出，文学和电影所共有的跨媒介的审美现代性在托马斯·曼（Thomas Mann）、普鲁斯特（Marcel Proust）和乔伊斯的现代主义作品中直接地表现为一种审美及感知上的危机意识，因为他们的作品凸显出传统的观察方式在技术革新的挑战下面临的困境，以及现代作家对此的应对策略。[2] 除此之外，电影对现代主义文学的刺激，在伍尔夫（Virginia Woolf）、艾略特、乔伊斯、萨特（Jean-Paul Sartre）等诸多现代主义小说家那里可见一斑：伍尔夫在早期电影中觉察到一种尚未被文学或电影艺术家所表现出来的，充满留白的电影语言特征；[3] 现代派诗人玛丽安·摩尔（Marianne Moore）则赞叹电影中的蒙太奇技巧惊心动魄地让人们认识到了视线之外的存在。[4] 正如批评家詹姆士·拉斯特拉（James Lastra）所指出的，电影之所以变成（审美）现代性的代名词之一，是因为它用极具感染力和断裂的方式去诠释现代社会文化中持续的、暴力的变化。电影还为人们提供了

---

[1] 详见周宪《现代性的张力——现代主义的一种解读》，《文学评论》1999年第1期。

[2] Sara Danius, *The Senses of Modernism: Technology, Perception, and Aesthetics*, Ithaca: Cornell University Press, 2002, p. 3.

[3] Virginia Woolf, "The Cinema", in Leonard Woolf ed. *The Captain's Deathbed and Other Essays*, London: Harcord Brace Jovanovich, 1950, pp. 180–186.

[4] Marianne Moore, "Fiction or Nature?" in Patricia C. Willies ed. *Complete Prose*, London: Faber and Faber, 1987, p. 308.

构建时空和感知的各种新形式。电影的这些特征都让新视觉技术中催生的审美现代性逐渐变为一场与现代资本主义社会中的理性相对的跨媒介的"知觉"革新。[1]

综上,本书对石黑一雄所属的文学现代主义的看法综合了卡林内斯库、布莱恩·理查森(Brian Richardson)[2]、安德烈·巴赞[3]和大卫·绰特(David Trotter)[4] 的立场,认为现代主义艺术特点自20世纪初期至末期都有表现,并且文学和电影中的现代主义都是一种大于文学和电影自身的、跨媒介的审美现代性的重要构成部分。现代文学与电影正是基于此,而有了深层的、共源性的联系。20世纪以来,现代主义艺术中的文学和电影实质上抱有同样的基本美学意图,对社会现代性和现实具有相同的反思性审美观。

目前学界对文学与电影的关联进行的研究主要基于三种立场和模式。第一种认为,电影与文学的关系是基于小说与电影的共同叙事特性。归根结底这是指"蒙太奇"技巧在语言释义媒体与视听记录媒体间的转换。此类批评对技巧在文学与电影中的运用进行比较,揭示两者在释义效果上的异同,从而说明文学和电影在技法上的可类比关系。第二种立场将文学和电影的关联追溯至两者各自成为艺术之前所共有的"媒介"状态,认为电影和文学平等而并行地对这个"元媒介"的可能性与非可能性进行了探索和延伸。在两者各自探索的过程中,它们与彼此相区别、相独立而成为现在的文学艺术和电影艺术。此类研究旨在说明文学与电影在发展史上基于"媒介"的共源性联系以及并行发展的关系。第

---

[1] James Lastra, *Sound Technology and the American Cinema: Perception, Representation, Modernity*, New York: Columbia University Press, 2000, p. 4.

[2] Brian Richardson, "Remapping the Present: The Master Narrative of Modern Literary History and the Lost Forms of Twentieth-Century Fiction", *Twentieth Century Literature*, 1997.

[3] Andre Bazin, "An Aesthetic of Reality: Cinematic Realism and the Italian School of the Liberation", in *What is Cinema?* Vol. 2, trans. Hugh Gray, Berkeley: University of California Press, 1971, p. 39.

[4] David Trotter, *Cinema and Modernism*, MA: Blackwell Publishing, 2007, p. 5.

三种立场认为，文学和电影的联系只在一种情况下才能得以建立并运用于文学批评当中去——这取决于作家在创作时对电影拥有何种了解、受到多深的影响，以及在其经历中小说和电影有着怎样的互动。在这个基础上考察文本与电影之间的联系，才能加深对文学文本的理解和认识。

本书对这三种研究小说和电影之关联的模式都有不同程度的采用，但从本书立足点来说，主要采用了小说与电影之间影响和关联研究中的第二种和第三种模式。笔者将两者共通的一种本质特征表述为"跨媒介的审美现代性"。同时，石黑一雄在创作时受到一些电影的影响及其积极参与电影改编制作的经验，也是笔者结合电影进行文本细读的重要基础。接下来将对此以及相关的批评加以梳理。

## 第二节　石黑一雄与电影

石黑一雄对电影的迷恋构成了他写作风格的一个重要部分，这个事实已经不再是秘密。这一点也得到作者本人的证实。谈到自己的叙事风格，石黑表示，虽然自己是小说家，但他的许多叙事观念却来源于电影。自五岁就移民到英国的石黑一雄说自己从没有专门地补习过英语，而是从当时电视上播放的美国西部电影中学会了英文。[1] 在另外的场合，石黑还坦言，电影对他的影响丝毫不亚于文学对他的影响，称自己几乎无法将二者的影响分割开来看，因为当今的电影与文学有着强大的联姻关系，而他尤其庆幸自己赶上了这样一个时代。[2]

不少学者注意到电影对石黑一雄创作的重要影响。目前围绕石

---

[1] Scott Simon and Kazuo Ishiguro, "The Persistence？and Impermanence？of Memory in 'The Buried Giant'", *Weekend Edition Saturday*, Feb. 28, 2015.

[2] Kazuo Ishiguro, "Kazuo Ishiguro Uncovers 'The Buried Giant'", *Wall Street Journal Live*, March 3, 2015.

黑一雄与电影的关联的文学研究比较零散地集中在我们前面提到的三种研究小说和电影之关联的模式的第三种模式上。众多批评者就石黑对电影有着何种了解和互动，做了梳理。综合来看，石黑一雄与电影的关联可以总结为三个方面。第一，石黑亲身参与到与电影电视制作过程相关的各类工作当中。第二，他的小说被改编为电影和电视，对电影艺术的发展造成影响。以此方式，具有跨媒介的审美现代性的石黑一雄的小说艺术，再次成为了审美现代性向其他艺术形式延展的一部分。第三，他公开地承认对电影的特殊情感，并坦言特定类型的现代电影导演对他小说写作有着特别重要的影响。

## 一 与电影的互动

石黑一雄与电影的互动并非偶然。他于 1982 年担任英国电视台第四频道的编剧，撰写了《亚瑟·梅森的略传》（*A Profile of Arthur J. Mason*, 1984）和《美食家》（*The Gourmet*, 1987）两部电视电影剧本。它们分别于 1984 年的 10 月和 1987 年的 1 月播出，《亚瑟·梅森的略传》还获得了当年的芝加哥电影节影片奖。1987 年，石黑又写了原创电影剧本《世界上最悲伤的音乐》（*The Saddest Music in the World*, 2003），该片由加拿大著名的先锋派电影导演盖伊·马丁（Guy Maddin）执导，于 2006 年搬上银幕。石黑一雄不仅担任了该电影的剧本再编工作，还与导演一起特别邀请到意大利新现实主义电影的代表导演罗伯托·罗塞里尼（Roberto Rossellini）和著名好莱坞影星英格丽·褒曼（Ingrid Bergman）的女儿——伊莎贝拉·罗西里尼（Isabella Rossellini）做主演。[1] 此片由此被认为是继《广岛之恋》（*Hiroshima Mon Amour*, 1959）[2] 之后，世界文学大师与先锋电

---

[1] Cynthia F. Wong, Grace Crummett and Kazuo Ishiguro, "A Conversation about Life and Art with Kazuo Ishiguro", in Brian Shaffer and Cynthia F. Wong, eds. *Conversations with Kazuo Ishiguro*, Jackson: University Press of Mississippi, 2008, p. 213.

[2] 《广岛之恋》由法国作家玛格丽特·杜拉斯（Marguerite Duras）编写，著名法国新浪潮导演阿伦·雷乃（Alain Resnais）执导。

影导演在大银幕上的再一次绚丽的碰撞。

2000年《我辈孤雏》出版之后，石黑再次受到詹姆斯·伊沃里（James Ivory）的邀请为电影《伯爵夫人》（The White Countess, 2005）担任编剧。石黑一雄表示，这部影片的原创剧本既与《我辈孤雏》有着千丝万缕的联系，同时又与其截然不同。[①] 该片讲述了双目失明的美国外交家（Ralph Fiennes 饰）和一位因政治风波被困上海并以卖舞为生的白俄罗斯流亡女人（Natasha Richardson 饰）的爱情故事。这不是石黑和伊沃里的第一次合作。早在1993年被搬上大银幕并囊括当年奥斯卡八个奖项提名（包括最佳影片、最佳导演、最佳改编剧本、最佳男女主角）的石黑一雄原著同名电影改编《长日留痕》正是由伊沃里执导。那一次，石黑还与伊沃里共同为电影撰写了剧本。伊沃里是以擅长拍遗产电影而闻名的美国导演，其前作包括三部现代主义作家 E. M. 福斯特（E. M Forster）的同名小说电影改编：《看得见风景的房间》（A Room with a View, 1985）、《莫里斯》（Maurice, 1987）及《霍华德庄园》（Howards End, 1992）。然而，就是这样的导演和石黑一雄的合作，却擦出了不同以往的火花。《长日留痕》从某种程度上说是石黑最具知名度的作品，这也在一定程度上要归功于这部电影改编强大的推动力。

2010年《别让我走》被英国改编成同名电影，由马克·罗曼尼克指导，凯瑞·摩里根（Carey Mulligan）、安德鲁·加菲尔德（Andrew Garfield）、凯拉·奈特莉（Keira Knightley）主演。石黑一雄不仅亲身参与到影片中担任改编顾问，更全程参加了影片在英国、美国、加拿大和日本的宣传工作。在2016年，石黑又担任了日本同名电视改编《别让我走》的编剧顾问。这部日本电视版本由山本刚义（Takeyoshi Yamamoto）等执导。他对原作做了大胆的改编，将原作

---

[①] Cynthia F. Wong, Grace Crummett and Kazuo Ishiguro, "A Conversation about Life and Art with Kazuo Ishiguro", in Brian Shaffer and Cynthia F. Wong, eds. *Conversations with Kazuo Ishiguro*, Jackson: University Press of Mississippi, 2008, p. 211.

中的忧郁和悲伤用日本影视最为擅长的直击人性及内心的风格充分地表达出来，是继英国的同名电影改编和日本同名舞台剧改编之后，集艺术性和内涵于一身的对石黑作品的出色诠释。这点也符合石黑本人的看法。他在 2009 年的一次与日本版电视改编《别让我走》的女主角绫濑遥（Haruka Ayase）的面谈中表示，日本电视版的《别让我走》把小说中的隐藏细节用细腻动人的方式表现了出来，十分具有感染力，这让他感觉像是原著被搬回了家。①

石黑一雄与电影人的互动并没有仅仅局限于在他自己作品的影视化的编剧工作范围。他在 2010 年《别让我走》被搬上大银幕的时候，还担任该电影的执行制片人，影片的改编剧本则由小说家兼剧作家的亚利克斯·加兰（Alex Garland）编写。加兰在这次合作之后自编自导了他备受影评人好评和国际电影奖青睐的电影处女作《机器姬》（*Ex Machina*, 2015）。这部电影从题材到主题都与《别让我走》有诸多相似之处。而加兰也多次在正式及非正式的场合表示，自己不仅和石黑是私下的朋友，更在文学和电影创作方面受到石黑一雄写作的诸多影响。② 比如，加兰的第一部小说《海滩》（*The Beach*, 1996）中的一处描写小孩讲话的情节，几乎原搬了石黑的《远山淡影》中的一个关于女孩万里子的情节。加兰说："我反复翻看对比他的小说，模仿他的技巧。我从那时就在向他学习了，虽然和他还没有见过。"③ 后来《海滩》也被改编为电影，是迪卡普里奥（Leonardo DiCaprio）最早主演的影片之一。在《机器姬》的落幕里，加兰还特别鸣谢了石黑一雄。除了与当代电影人的互动之外，石黑一雄还是 1994 年戛纳电影节的评审委员之一，他与克林特·伊

---

① ［英］石黑一雄、［日］绫濑遥：《平成的原节子与世界的作家的对谈》，《文艺春秋》2016 年第 2 期。

② Alex Garland and Kazuo Ishiguro, "Conversations on 'Never Let Me Go'", DP/30: The Oral History of Hollywood, Dec. 2012.

③ 详见 Kazuo Ishiguro, "Search for Kazuo Ishiguro, Japanese TV Documentary", Knickjp, Oct. 5, 2017。

斯特伍德（Clint Eastwood）一起把当届的金棕榈奖颁发给昆汀·塔伦蒂诺（Quentin Tarantino）的《低俗小说》（*Pulp Fiction*，1994）。值得一提的是，石黑一雄曾在《无可慰藉》里将伊斯特伍德描写为电影《2001：太空漫游》（*2001：A Space Odyssey*，1968）的主演，但现实中，这部被人们熟知的著名影片中却并没有他的参演。石黑用了这样一种与电影的关联，在小说开头就隐含地提示读者，故事中的世界与现实存在着割裂。这十分耐人寻味。

近五年来跨媒介研究的兴起为石黑一雄小说研究提供了新的维度。学者维克多·萨奇（Victor Sage）指出，任何一种对石黑一雄的研究都不得不考虑作者一生都在与其他艺术表现形式进行跨媒介的对话这一事实。[①] 而代表视觉艺术的电影，理所当然地成为我们理解石黑作品的一种重要的辅助途径。萨奇精辟地为后续研究指出了把握石黑一雄艺术的跨媒介特点对理解其艺术的重要性，但同时他仍然不免有些保守且笼统，因为他并未对石黑的"跨媒介性"加以界定或做出进一步解释。本书所要做的正是这样一个以往未被尝试做过的工作，并试图揭示，如果忽视石黑一雄与电影的关系，就很难理解石黑一雄作品的复杂性和现代特征。因为他的作品的隐性主题和意义，要么直接与电影中的场面调度或主题意义有关联，要么间接地通过文学与电影在审美现代性问题上的关联来传达给读者。

早期的读者也不同程度地在石黑的小说中发现了他与电影的互动，但这方面的评论只是零散地出现，且大多简略并泛泛地提及石黑的小说所具有的与电影语言的相似性。比如，前文中提到的读者对《无可慰藉》中描述的《2001：太空漫游》电影中伊斯特伍德的

---

[①] Victor Sage, "The Pedagogics of Liminality: Rites of Passage in the Work of Kazuo Ishiguro", in Sebastian Groes and Barry Lewis, eds. *Kazuo Ishiguro: New Critical Visions of the Novel*, New York: Palgrave Macmillan, 2011, p. 32.

出现充满好奇。① 石黑本人对此回应说他只是记录了自己梦里的现实，并用了一个电影技巧术语来类比之，称这类似于一种蒙太奇式的"梦"的逻辑。② 还有读者注意到，石黑经常在小说里用经典电影里的角色或演员来命名自己小说中的人物。

相比这些早期对石黑作品中的电影元素的关注，近些年，越来越多的批评家开始关注石黑一雄的叙事手法与现代派电影美学之间的关联。禹金·特欧（Yugin Teo）指出，石黑善于将电影中的"场面调度"（Mise-en-scene）转化到他的小说写作当中，来为读者制造出生动的影像式图景。③ 他小说里的场景聚焦方式，常使人联想到"电影摄像机"（The Camera Eye）的运作方式。石黑会精心地设计小说中的每个看似不经心的场景，让它们富有多层待揭示的内涵。另外特欧讲，石黑的小说有着鲜明的来自电影媒介的"场面调度感"，因此能带给读者不同的知觉体验，使得我们对房间、人物、物件，以及光和影子都有了全新的认识。④ 石黑一雄将对影视美学的偏好有意识地运用到其写作里，这帮助石黑营建了诸多带有记忆点的场景，并使其小说富有极强的带入感。

迄今为止，在这类讨论里最有启发性的解读来自梅森和刘易斯。一方面，电影学者梅森在研究中跟进了石黑与现代日本电影之间的关联这条线索。他不仅通过文本分析证实了石黑在小说里描绘日本

---

① 详见 D. O. Krider, "Rooted in a Small Space: An Interview with Kazuo Ishiguro", *Contemporary Literature*, Vol. 30, No. 3, 1998; Richard Robinson, "Nowhere in Particular: Kazuo Ishiguro's 'The Unconsoled' and Central Europe", *Critical Quarterly* Vol. 48, No. 4, 2006; Michael Wood, "The Discourse of Others", in Michael Wood ed. *Children of Silence: Studies in Contemporary Fiction*, London: Pimlico, 1995, pp. 171 – 181.

② Maya Jaggi and Kazuo Ishiguro, "Kazuo Ishiguro with Maya Jaggi", in Brian W. Shaffer and Cynthia F. Wong, eds. *Conversations with Kazuo Ishiguro*, Jackson: Mississippi University Press, 2008, p. 114.

③ Yugin Teo, *Kazuo Ishiguro and Memory*, New York: Palgrave Macmillan, 2014, p. 21.

④ Ibid..

时对战后日本电影中的日本场景的借鉴，还首次分析了石黑的小说对小津安二郎和黑泽明电影中的叙事技巧的借鉴。这两位导演是开辟了日本现代电影时代的代表人物。他们都在各自不同的时期采用过日本的庶民剧（Shomin-geki）的文体形式——这种文类以平凡小人物为主角，并采用现实主义手法来呈现日常生活。① 梅森还简短地提到《远山淡影》中的主人公悦子，与成濑巳喜男（Mikio Naruse）的电影《当女人步上楼梯时》（*When a Woman Ascends the Stairs*, 1960）的女主角景子（Keiko）的相似性——两人的内心都挣扎于独立和尊严之间，试图在取舍中求得宁静。② 从梅森的讨论中，我们还能发现一个细节：石黑小说中悦子那自杀的女儿恰巧也叫景子，但是梅森没能就此与小说的主题意义做进一步联系和讨论。梅森触及了石黑的小说与电影之间的诸多联系点，比如：他还以《远山淡影》中浓重的鬼故事气氛及故事中围绕着母女和女鬼等人物展开情节，把小说和沟口健二的电影《雨月物语》（1953）联系起来。③ 但这并不等于说，石黑与日本电影的关系在学界引起了足够的重视和讨论，相反，这些联系仍未被批评家们所接受，特别是石黑创作后期越来越凸显的与沟口健二的电影之间的关联。笔者将在后文中结合《被掩埋的巨人》对此展开具体讨论。

另一方面，刘易斯在书里详细阐述了石黑作品中的非连续性叙事与电影叙事之间的联系，并用各种蒙太奇电影技巧（比如闪回、跳剪、穿插剪辑、转场镜头、重复镜头）类比性地解释了石黑小说的叙事手段。④ 他认为石黑正是通过这种非延续性的电影技法，拼贴出小说的意义。但另一位评论者比汉姆认为，刘易斯采用电影剪辑

---

① Gregory Mason, "Inspiring Images: The Influence of Japanese Cinema on the Writings of Kazuo Ishiguro", *East-West Film Journal*, Vol. 3, No. 2, 1989.
② Ibid..
③ Ibid..
④ Barry Lewis, *Kazuo Ishiguro*, Manchester: Manchester University Press, 2000, pp. 64 – 65.

术语对石黑小说的叙事的大部分分析是很牵强的,但他仍肯定了其在石黑一雄批评中所占据的特殊地位。① 我们不能否认,刘易斯的论断凸显了非线性、非连续性叙事在石黑一雄建构隐性意义中所起的重要作用。本书将在《被掩埋的巨人》的讨论部分,对石黑的这一叙事特点和电影的关联做继续讨论。

除了20世纪50年代日本电影对石黑一雄的小说有重要影响之外,更有批评指出石黑的小说与欧陆"新浪潮"电影之间的关联。斯丹利·考夫曼(Stanley Kauffmann)指出《无可慰藉》中有多处与英格玛·伯格曼(Ingmar Bergman)《野草莓》(*Wild Strawberries*,1957)和《沉默》(*The Silence*,1963)的直接应和。② 理查德·罗宾逊(Richard Robinson)也认为石黑的小说受到了现代派电影的影响,他尤其提到了约瑟夫·冯·斯登堡(Josef Von Sternberg)于1930年拍摄的《蓝天使》(*The Blue Angel*,1930)对石黑《无可慰藉》的影响,称小说和电影都将内心的焦虑以外化的方式呈现出来,让人物的心理创伤变成肢体上可见的伤口,来被当众抚慰。③ 罗宾逊所指出的这一将内心伤痛外化的现代主义手法,其实在石黑编写的剧本《世界上最悲伤的音乐》里亦有表现。除此之外,石黑在2010年的一次采访中更是特别指出,他最中意的电影中,除了20世纪50年代的日本电影,还有50年代及70年代的欧陆电影,比如意大利的现代电影。④ 在一次与苏克代夫·桑度(Sukhdev Sandhu)的访谈中,石黑更是不经意地袒露了自己在家中收集并观看了塔可夫斯基

---

① Matthew Beedham, *The Novels of Kazuo Ishiguro*, New York: Palgrave Macmillan, 2010, p. 31.

② Stanley Kauffmann, "The Floating World", *The New Republic*, Nov. 6, 1995.

③ Richard Robinson, "Nowhere in Particular". Also see Richard Robinson, "Footballers and Film Actors in 'The Unconsoled'", in Sean Matthews and Sebastian Groes, eds. *Kazuo Ishiguro: Contemporary Critical Perspectives*, London: Continuum International Publishing Group, 2009, p. 70.

④ See Kazuo Ishiguro, "Interview in Japan", Movie Collection Japan, Jan. 24, 2011.

的所有电影的经历。① 这极有力地支持了以上批评家的观点。笔者在后文中将进一步聚焦石黑的小说与现代派电影的经典之作——塔可夫斯基的《潜行者》的关联。通过讨论《被掩埋的巨人》与《潜行者》在摆渡人这个人物塑造上的联系，本书试图揭露小说中表面上看上去客观、中立的叙述者背后隐藏的可疑性。

综合看近五年来的研究，我们能发现其中存在的三个明显的问题。第一，研究者们总是把石黑一雄与日本电影、欧陆电影、现代主义的联系割裂来看，因此不知不觉地将石黑与电影的关联，用作对石黑一雄进行东西方文化溯源批评的佐料。石黑一雄在 2010 年宣传《别让我走》电影改编的采访中，不仅强调电影对其写作的影响，更具体地提到他最中意的电影，除了 20 世纪 50 年代的日本电影之外，还有 50 至 70 年代的意大利电影和以弗朗西斯·科波拉（Francis Ford Coppola）、希区柯克（Alfred Hitchcock）为代表的 70 年代的美国电影。② 熟悉世界电影史的读者不难发现，石黑所提到的对其影响颇深的电影有一个明显的特征——它们都是现代派电影（又称后好莱坞电影）在亚洲、欧陆以及好莱坞兴起的典型代表。这其中包括：（1）以晚期的沟口健二、小津安二郎以及黑泽明为代表的，融合了传统日本电影与好莱坞风格的战后日本电影；（2）以意大利"新现实主义"电影和法国的"新浪潮"为代表的欧陆现代电影；（3）以奥逊·威尔斯（Orson Welles）、希区柯克和科波拉为代表的 70 年代"新好莱坞"电影。伟大的电影理论家巴赞决然地把维托里奥·德·西卡（Vittorio De Sica）的《偷自行车的人》（*The Bicycle Thieves*，1948，意大利新现实主义电影的代表）、威尔斯的《公民凯恩》（*Citizen Kane*，1941，美国非典型好莱坞电影代表）与现代主义文学的代表马尔罗、福克纳、多斯·帕索斯、海明威的现代主义小

---

① Kazuo Ishiguro, "The Hiding Place", Interviewed by Sukhdev Sandhu, *Daily Telegraph*, Feb. 26, 2005.

② See Kazuo Ishiguro, "Interview in Japan", Movie Collection Japan, Jan. 24, 2011.

说，以及现代印象派画家塞尚（Paul Cézanne）的画作归于一体，称"他们实质上抱有同样的基本美学意图，具有相同的对现实的审美观"。① 利奥塔在巴赞的观点的基础上认为，应当把以小津安二郎为代表的战后日本电影美学置于类似的标准中。② 基于以上可以看出，理解石黑一雄与电影的关联，不仅应该联系其小说与具体电影的关联，更应该从广义的跨影像和文字两媒介的角度来考察，将石黑一雄小说与电影的关系置于其小说与审美现代性关联中去讨论。

第二，批评家们主要还是停留在，前文提到的电影与文学研究中的三种立场和模式的第一种，即在电影与文学叙述技巧可迁移性基础上对两者做类比性研究的层面。如前所述，此类研究多涉及"蒙太奇"技巧在语言释义媒介与视听记录媒介之间的转换性问题。大卫·绰特在他的《电影与现代主义》（Cinema and Modernism）一书中指出，从叙述技巧出发来建立文学与电影之间类比性关系的研究，无论从历史或理论角度看，都存在问题。③ 其中一个问题与"蒙太奇"相关。从历史上看，学界对"蒙太奇"一词的定义不一致。④ 但无论怎么定义，蒙太奇都不足以解释像《尤利西斯》（Ulysses）和《荒原》（The Waste Land）这样常常被拿来和现代电影类比

---

① Andre Bazin, "An Aesthetic of Reality: Cinematic Realism and the Italian School of the Liberation", in *What is Cinema?* Vol. 2, trans. Hugh Gray, Berkeley: University of California Press, 1971, p. 39.

② Jean-François Lyotard, *Misere de la philosophie*, Paris: Galilee, 2000, p. 210.

③ Maria DiBattista 针对"为何不能把文学与电影混淆地看"这一问题，做了详尽的综述。参见 Maria DiBattista, "This is Not a Movie: Ulysses and Cinema", *Modernism/Modernity*, Vol. 13, No. 2, 2006。

④ 宏观地说，蒙太奇是由两个独立镜头结合来制造新意义的影像拼贴手法，所产生的新意义不能被两个镜头中单独一个所替代。具体地说，蒙太奇也指 20 世纪 20 年代以爱森斯坦（Sergei Eisenstein）为代表的，富有抽象又富有节奏剪辑特点的电影剪辑技巧。再有，西特尼（P. Adams Sitney）把"反角剪辑"称作"蒙太奇范式"，这种范式继而奠定了第一次世界大战后的电影叙事基础。而 1920 年以来的现代蒙太奇，则是在这个范式的基础上增加了戏仿式夸张法（Playful Hyperbole）的变形。详见 P. Adams Sitney, *Modernist Montage: The Obscurity of Vision in Cinema and Literature*, New York: Columbia University Press, 1990, pp. 17–19, 38。

的现代主义作品是如何写成的。①另一个问题是，文学与电影之间纯技术性的类比，常常忽视现代主义小说与电影之间一个最为重要的在媒介上的区别：小说是再现的媒介，电影则是记录的媒介；现代文学寻求从旧的语言表达方式中解脱，以重获再现的自由，现代电影则寻求从一切再现的方法中解脱出来，来获得记录/拷贝的自由。②因为记录的艺术本是与再现艺术并行的另一种话语形式，所以难以将两者用类比的方式讨论。但文学与电影的这种区别同时也暗含了两者在更深层上的联系——现代主义艺术观可以被解释为一种大于文学或电影媒介本身的、逼近媒介本质的审美现代性。詹姆斯·莫纳科（James Monaco）同样认为，"电影和图像从一开始就具有媒介本质上的中性（Neutral）。媒介先于所有艺术存在。这种电影的中性模式与复杂的现代艺术体系相契合，与小说、绘画、戏剧和音乐相关联，而揭示出各个艺术形式中未曾发现的新知"③。以上为本书建立文学与电影之间的联系，并以此探索石黑一雄作品对除了蒙太奇之外的其他电影技巧的借鉴和发展，提供了基础。

第三，以往的批评都把石黑一雄小说的电影性在狭义层面上理解为，小说对一些经典导演的电影风格和表现手段的频繁指涉和借用。结合文本意义和主题的狭义层面的理解本身是可以接受的，但这些解读往往在表层浅尝辄止，没有与石黑的小说文本和主题相联系。而更主要的问题在于，以往的批评都忽视了从文学中的电影性这个广义层面上来理解石黑一雄的小说与电影的关联的重要性。

这里首先有一个概念有待澄清：何为电影性？或者说，什么是小说中的电影语言特质？罗兰·巴特（Roland Barthes）把"电影

---

① 绰特据此提出的主要论据是，《尤利西斯》和《荒原》都写于以爱森斯坦为代表的现代派电影盛行于欧美之前。David Trotter, *Cinema and Modernism*, MA: Blackwell Publishing, 2007, p. 3.

② David Trotter, *Cinema and Modernism*, MA: Blackwell Publishing, 2007, p. 3.

③ James Monaco, *How to Read a Film: Movies Media, Multimedia*, New York: Oxford University Press, 2000, pp. 38–39.

性"(The Filmic)理解为一种深度意义背叛其表面意义的跨媒介的审美现代性特点。电影性，在巴特看来，是不断试图对不可言说之物进行表现的过程，也是语言发现自身不足于表意，而逐渐让位于其他表意方式的过程。①巴特将电影性与存在于"能指"(Signifier)和"所指"(Signified)之外的另一个隐藏的所指（即隐性意义）联系起来加以界定，说电影性就像从语言的"能指"到达"所指"间的过渡段。但电影性有一个重要的基础特点——我们可以从理论上给予其定义，但却无法描述其运作。笔者据此在《影像的魅惑力：揭开巴特的"面具"》一文中指出，巴特所示的电影性不仅以"非以语言把捉而获得意义"为特征，而且他还暗示了"凡是基于叙事、语言和诗的特性的，包括文学在内的一切艺术形式，都有潜力表现这种电影性"②。电影性由此被转述为一种对语言为主导的表意体系的挑战。而这种特点无疑与现代文学共享着同一个美学追求——因为对语言可靠性的产生怀疑，现代艺术家们在各自艺术创作媒介中不约而同地表现出试图简化和摆脱语言的特点。当这种欲摆脱语言控制、欲模糊臆想和现实间界限的电影性，迁移到文学创作中时，便使文学具有了"电影性"特征。

巴特所说的文学电影性，其实继承了布朗肖（Maurice Blanchot）的那种接近神秘与不可言说的"中性"思想，同时也是对这种中性思想的诠释过程。布朗肖认为，如何使言语一方面逃逸出其自身把

---

① 巴特暗示，电影性是可以跨媒介向其他艺术延展的。因为电影性不局限在电影中：一是因为电影性即使在电影媒介中也十分罕见；二是正如小说性与小说大相径庭，电影性与电影是两个概念。换句话说，基于文字媒介的东西不一定有文学性，比如一般的宗教文献或批评文；而一些基于其他媒介的艺术，比如电影反而会体现文学性（文学电影和文艺片在某种程度上是这个意思）。巴特将电影性溯源到"元媒介"的层面上，也就是说，包括文学在内的一切在广义上称为媒介的艺术形式，都有潜力表现这种电影性。Roland Barthes, "The Third Meaning", in Stephen Heathed. *Image Music Text*, London: Fontana Press, 1977, pp. 65–66.

② 沈安妮：《影像的魅惑力：揭开巴特的"面具"》，《文艺理论研究》2019年第1期。

捉，另一方面能捕获到所要表达东西的性质，才是诠释"中性"精髓的关键。他进一步对"中性"做了如下定义：

> 中性是不能被指派给任何词性的东西：它是非一般者，非通用者，同样也是非特定者。它拒绝归属于主体的范畴，也拒绝属于客体的范畴。这不仅仅意味着它仍然未被规定，仿佛在两者之间徘徊，而且，中性还假定了另一种关系，这种关系既不属于客观的条件，也不属于主观的倾向。①

他说："言说未知者，通过言语接受它，同时保持它的未知，恰恰是不把捉它，不领会它；是拒绝自身与其同一化，哪怕是借助视觉这种仍然保持着距离的'客观'的把握……言语，在言说的同时而不实施任何形式的权利，哪怕是我们在凝视它的时候所完成的权利。"② 中性，假定了一种打破二元范式的存在关系，这种关系既不属于客观的条件，也不属于主观的倾向。它是言语在言说的同时却不实施任何形式的权利的表现，也是言语拒绝与自身同一化的一种方式，更是言语在把捉被描述客体的同时又保持它的未知性的极致性美学追求。③ 在布朗肖和巴特看来，从语言表达上接近某种所指意义上的"中性"④ 是在极端理性化和意义落空的现代社会中恢复崇高的终极意义和价值的最佳手段。巴特显然认为，包括小说在内的诸多艺术形式逐渐向这种"中性"方向努力，使得这些艺术跟现代

---

① ［法］莫里斯·布朗肖：《无尽的谈话》，尉光吉译，南京大学出版社 2016 年版，第 581 页。
② 同上书，第 588 页。
③ 同上。
④ 巴特在这基础上进一步把现代主义中的那种客观的"中性"理解为，"指示一个领域，一片视野，一个方向（的东西）。其要求不外乎将言语行为的表征性结构（断言结构，例如'这是此物、彼物'）悬置起来，即，那种与存在有关的时显时隐的关系"。Roland Barthes, *The Neutral*, trans. Rosalind E. eds. Krauss and Denis Hollier, New York: Columbia University Press, 2005, p. 7.

电影语言的中性特质越来越接近。巴特其实在布朗肖的基础上用电影性文学的概念，为以语言为媒介的小说指出了一个新的"去文学性"审美动向——它以掩饰意义而非显示意义为特征。

这种被巴特和布朗肖所提倡的用想象和感受发现语言之外意义的思想，与现代主义对理性和语言的怀疑，以及向感受和情感的转向的趋势，相互呼应。巴特的"电影性"和布朗肖的不可言说的"中性"，成了韦伯所说的被现代社会的理性祛魅之后而不再有的那种与终极价值相连而具有神秘主义特点的东西，[①] 它也是现代艺术以各种方法试图寻回的属于精神和感受范畴的东西。换言之，这种电影性特质与现代主义文学的特质似乎都能在审美现代性思想中找到共源。

巴特和布朗肖都关注语言以及其他文化体系如何能同时在人们认知世界过程中造成限制和机遇的问题；他们的审美现代性思辨，也都不同程度地引入东方的带有禅宗思想的"默言"概念，来质疑传统西方以二元对立模式为基础的认识。不少学者注意到石黑的小说与巴特和布朗肖的思想的关联。比如，辛西亚·汪结合布朗肖的"言语与失语"观点，认为悦子的回忆体现了布朗肖所说的一种对"言语本身矛盾"（Torment of Language）的意识。人们对一件事情的重述总是意味着对另一些事情的回避，而悦子想要有效地讲述战争对人的影响，就必须对她个人有精神分裂之事进行回避。悦子恰以此将自己从不快的经历中解脱出来，把它当作存身的一种必要方式。[②] 学者瑞贝卡·沃克维茨则认为，石黑一雄小说的语言特点充分诠释了巴特常说的"异常的语法"（Aberrant Grammar）[③]。他的文字使得我们对语言本身产生了怀疑，也使得个人经验有了超越时代和

---

[①] Max Weber, "Science as a Vocation", *Daedalus*, Vol. 87, No. 1, 1958.

[②] Cynthia F. Wong, "The Shame of Memory: Blanchot's Self-Dispossession in Ishiguro's 'A Pale View of Hills'", *CLIO*, Vol. 24, No. 2, 1995.

[③] Roland Barthes, *Empire of Signs*, trans. Richard Howard, New York: Hill and Wang, 1982, pp. 7–8.

意识形态束缚的"非个性化"的集体性意义。① 但以上学者都从一定程度上将石黑的小说解读成为个别理论家观点的症状式表现，未能从宏观思想脉络上把握石黑与这类思想的亲缘性。

而本研究试图展现的是石黑一雄作品在广义和狭义两方面与电影的关联：从广义方面，笔者将石黑一雄小说与电影的关联理解为一种跨媒介的审美现代性特征的体现。这是一种深度和感知层面上的意义背叛了现代理性和进步的初衷的，对现有认识及认识途径进行反思和怀疑的审美现代性特征。石黑一雄通过感性、感受及情感的细腻描绘，在体现出情感与理智的现代断裂感的同时，也试图缝合这种割裂。这让石黑一雄的作品具有一种"意义背叛表面意思"、"摆脱语言把捉"的被巴特称为"电影性"的特质。从狭义方面，本研究在以往对石黑一雄与电影的讨论的基础上，紧密结合《远山淡影》《被掩埋的巨人》和《别让我走》三部小说与小津安二郎、黑泽明、沟口健二和塔可夫斯基四位导演的电影，在风格、叙述手法和人物塑造上的关联，来分析石黑一雄作品，揭示石黑小说中对认识存疑的审美现代性主题。这个主题首先在《远山淡影》中体现为，小说借鉴了小津电影中用物哀和留白表现情感的方法，一面邀请一面又挫败着读者对其笔下人物形象和情感上的认同感，以此来使读者对叙述者的所见及所述产生怀疑。其次，它还表现在《被掩埋的巨人》中。石黑通过借用黑泽明、沟口健二以及塔可夫斯基的电影中的一些经典场面调度场景和叙事手法，呈现小说中对"现实"和"现时"世界存疑的审美现代性主题。最后，石黑小说与电影的关联还体现在其原著与影视改编的互动中。本书将《别让我走》与其分别来自西方和东方两种文化语境的两部电影及电视改编并置解读，以发现以往批评不常关注的关于小说中的主人公情感以及认识层面的审美现代性主题。

---

① Rebecca L. Walkowitz, *Cosmopolitan Style: Modernism Beyond the Nation*, New York: Columbia University Press, 2006, pp. 127 – 128.

## 二　四位电影导演的影响

石黑一雄的小说除了与其相关的影视改编有紧密的互动之外，还与其他的电影有密切的关联。他本人在多种场合特别提到，小津安二郎、黑泽明等战后日本导演[①]以及俄国导演塔可夫斯基的电影对其小说创作的重要影响。本书接下来的三章将结合作者的三部小说具体地讨论石黑如何将小津安二郎、黑泽明、沟口健二和塔可夫斯基的电影情节和技巧用于小说创作。在这之前，有必要先结合作者的成长背景、相关采访以及经常被评论者忽视的一些埋藏在其小说中的细节，为我们后文讨论石黑一雄文本与这四位导演的作品之间的关联，做一个背景性的梳理。

石黑一雄有着日本和英国双重的文化背景，从小受英国传统教育长大。据石黑本人说，他书中对日本的书写是基于观看第二次世界大战后日本电影和漫画书所形成的印象以及自己的想象。[②] 当被问及创作的灵感来源时，他表示，虽然自己身为小说家，但他的许多叙事观念其实来源于他看过的一些老电影："我刚好成长于电影电视文化兴起的时代，因此我从所看过的电影以及后来的各种电影制作经验中获得启发，并把这些学到的电影叙事技巧用到了我的小说写

---

[①] 在 1986 年与梅森的一次访谈中，石黑提到小津安二郎和成濑巳喜男对其创作的影响。在 1989 年与苏珊·克尔曼（Suanne Kelman）的采访中，他又婉转地指出黑泽明的那种融合了西方和东方特点的战后日本电影对其小说创作有重要影响，更特别提到黑泽明的《罗生门》对他早期写作的影响。详见 Brian Shaffer and Cynthia F. Wong, eds. *Conversations with Kazuo Ishiguro*, Jackson: University Press of Mississippi, 2008, p. 4, p. 48; Sebastian Groes and Kazuo Ishiguro, "The New Seriousness: Kazuo Ishiguro in Conversation with Sebastian Groes", in Sebastian Groes and Barry Lewis, eds. *Kazuo Ishiguro: New Critical Visions of the Novels*, New York: Palgrave Macmillan, 2011, p. 256。

[②] Gregory Mason and Kazuo Ishiguro, "An Interview with Kazuo Ishiguro", in Brian Shaffer and Cynthia F. Wong, eds., *Conversations with Kazuo Ishiguro*, Jackson: Uniersity Press of Mississippi, 2008, p. 9.

作中。"① 从他的一些早期访谈中我们获知，这些电影中对石黑产生影响最深的是第二次世界大战后 50 年代伴随石黑成长的一个特殊类别的日本电影。② 他特别地提到了小津安二郎（Yasujiro Ozu）、成濑巳喜男（Mikio Naruse）以及黑泽明（Akira Kurosawa）拍摄的那些战后日本"人文传统电影"（The Humanist Tradition of Film）对他写作的重要影响。③ 石黑一雄在他二十几岁写作生涯的初期经历过一个"日本阶段"，他说："那时我饥渴地寻觅关于日本文化的一切，我发现了像小津安二郎和黑泽明这样被称为具有'人文传统'特点的日本电影人。他们对我有很深刻的影响，也许对我的写作影响更为巨大。"④

石黑所说的具有"人文传统"的战后日本电影，指涉了现代审美观和电影批评的两个方面。第一，战后日本"人文传统"电影，其实是西方电影批评中常用的一种对战后日本电影的审美现代性特点的代称。斯科特·尼润（Scott Nygren）指出，人文的提法，在日本和西方的传统与现代之争中扮演的角色是相反的："日本借用西方的传统人文元素来组建起日本现代审美中的重要部分，就像西方借日本传统文化中的人文元素去表现西方的现代审美一样。因此对任何一种涉及日本和西方文化的关联性研究来说，彼端的传统和此端的现代，通常会悖论式地交织在一起。"⑤ 现代西方与日本各自在对

---

① Kazuo Ishiguro, "Kazuo Ishiguro Uncovers 'The Buried Giant'", *Wall Street Journal Live*, March 3, 2015.

② Sean Matthews, "'I'm Sorry I Can't Say More': An Interview with Kazuo Ishiguro", in Sean Matthews and Sebastian Groes, eds. *Kazuo Ishiguro: Contemporary Critical Perspectives*, London: Continuum, 2009, p. 116.

③ Gregory Mason and Kazuo Ishiguro, "An Interview with Kazuo Ishiguro", in Brian Shaffer and Cynthia F. Wong, eds., *Conversations with Kazuo Ishiguro*, Jackson: Uniersity Press of Mississippi, 2008, p. 4.

④ Sean Matthews, "I'm Sorry I Can't Say More", p. 116.

⑤ Scott Nygren, "Reconsidering Modernism: Japanese Film and the Post-modern Context", *Wide Angle*, Vol. 11, No. 3, 1989.

方的传统人文文化中借取元素，来重组自己的主流文化和审美方式，以彼岸之经典建构此岸之现代，以此来与此岸的经典和传统相区别。因此，日本"人文主义传统"电影的提法本身就隐含着西方批评视角中的现代审美观。

第二，石黑一雄所说的日本"人文传统"电影还指涉了自20世纪60年代以来以唐纳德·里奇（Donald Richie）[①]为权威代表的，西方对日本电影的一种人文主义式解读（Humanist Criticism）。这类解读认为，沟口健二、小津安二郎和黑泽明这样的日本电影大师的作品，用非教条的方式表现了跨越地域和文化特殊性限制的、涉及人的本质尊严、自由和记忆等人类共通的本质和价值观。[②] 这与20世纪80年代末文学界开始流行称谓的"国际主义风格写作"（Cosmopolitian Style of Writing）[③]的风格特征基本相符。而石黑也恰恰在20世纪80至90年代的创作初期被归类到"国际主义文学家"中去。根据石黑对日本人文传统电影的认识，我们能看出，他与多数西方人一样沿用了20世纪60年代以来西方人文式批评眼光，去看待战后像小津安二郎、黑泽明还有沟口健二这样的日本大师的作品。而典型的对日本电影的西方人文式解读，常常通过溯源至禅宗及其他的东方超验式思想的方式，来解释其中表现的普遍和个别之间的含混不清。[④] 以上为本书解读石黑作品与日本电影中相关思想的联动，提供了线索。

就像大部分西方学者借日本传统文化中的元素去表现西方之现

---

[①] 著名电影学者约瑟夫·安德森（Joseph L. Anderson）和唐纳德·里奇（Donald Richie）在1960年出版的专著 *The Japanese Film: Art and Industry* 开启了西方学者对日本电影批评的先河，而里奇对日本电影的人文主义式批评，也成为当代日本电影研究最基本和重要的参考书之一。详见 Mitsuhiro Yoshimoto, *Kurosawa: Film Studies and Japanese Cinema*, Duke: Duke University Press, 2000, p. 9。

[②] Mitsuhiro Yoshimoto, *Kurosawa: Film Studies and Japanese Cinema*, p. 10.

[③] 关于对石黑一雄的国际主义写作的研究，详见 Rebecca L. Walkowitz, *Cosmopolitan Style: Modernism Beyond the Nation*, New York: Columbia University Press, 2006。

[④] Mitsuhiro Yoshimoto, *Kurosawa: Film Studies and Japanese Cinema*, Duke: Duke University Press, 2000, p. 12.

代一样，石黑一雄借用战后日本电影中极具东方特点的物哀、留白、女鬼勾魂等思想，去挑战并打破传统西方显现为主的美学，呈现出一种以隐晦不清的认识及认知方式为特点的审美现代性。

（一）小津安二郎的影响

石黑一雄称自己的叙事技巧多源自现代电影。当被问及日本文学对他的影响时，他始终称自己对其知之甚少。然而，石黑也说："虽然我的创作并没有受到任何日本文学的影响，但我也确实从日本传统中学到了一些东西，但也许更多是从日本电影中学到的。"[1] 他以小津安二郎的电影为例说，小津让他相信并开始尝试创造一种叙事上的慢节奏。他发现这种从慢到快要停止但却无须担心故事情节的进展的特别风格，在小说中也是完全可行的。[2] 一些学者指出，石黑从小对其电影的熟知和喜爱构成了作者早期作品中对日本的想象的一大部分。[3] 石黑一雄确实被某种类似日本传统美学的东西所吸引，在一次访谈中他说：

> 我关注那种首先倾向于掩饰含义而不是揭露意义的语言和话语。我不是说它就一定是日本语言的特性，但我想它跟某种

---

[1] Sebastian Groes and Kazuo Ishiguro, "The New Seriousness: Kazuo Ishiguro in Conversation with Sebastian Groes", in Sebastian Groes and Barry Lewis, eds. *Kazuo Ishiguro: New Critical Visions of the Novels*, New York: Palgrave Macmillan, 2011, p. 256.

[2] Allan Vorda and Kim Herzinger, "An Interview with Kazuo Ishiguro", in Brian W. Shaffer and Cynthia F. Wong, eds. *Conversations with Kazuo Ishiguro*, Jackson: Mississippi University Press, 2008, p. 82.

[3] See, Sean Matthews and Sebastian Groes, "Your Words Open Windows for Me: The Art of Kazuo Ishiguro", Introduction to *Kazuo Ishiguro: Contemporary Critical Perspectives*, London: Continuum, 2009, p. 5; Motoyuki Shibata and Motoko Sugano, "Strange Reads: Kazuo Ishiguro's 'A Pale View of Hills' and 'An Artist of the Floating World' in Japan", in Sean Matthews and Sebastian Groes, eds. *Kazuo Ishiguro: Contemporary Critical Perspectives*, London: Continuum, 2009, p. 25; Romit Dasgupta, "Kazuo Ishiguro and Imagining Japan", in Cynthia F. Wong and Hulya Yildiz, eds. *Kazuo Ishiguro in a Global Context*, London: Routledge, 2015, p. 14.

日本美学有着联系：这就像那种在日本艺术品上重复出现的极简且朴素的设计。比起直抒胸臆，我确实更喜欢那种在平实、素雅表面下或在字里行间藏有含蓄、复杂意义的风格。然而，我不确定那是否可以被称为日本风格。或许那只是我的风格。①

不难看出，吸引石黑的是一种掩饰意思的话语。在之后的访谈里，石黑更是直接把这种风格与日本的"物哀"和小津的电影联系起来。石黑在2009年日本的一次采访中，首次印证了梅森认为其从小津电影中学习并借鉴了日本传统中的"物哀"这一说法。石黑将"物哀"理解为一种特殊的感伤。"日本文化中有'物哀'一说，它直译大概是'对日常之物的感伤'之意，物哀是贯穿许多被我所喜欢的日本文化艺术中的事物的一个重要的概念。比如，小津安二郎的电影《东京物语》中就呈现了这种物哀。"② 由此看出，物哀是日本文化中最吸引石黑的重要思想之一，而且石黑对小津的《东京物语》以及其中表现的物哀有着认识。

被誉为殿堂级的现代日本电影大师的小津安二郎，活跃于第二次世界大战前日本电影的高峰期和战后日本电影的黄金时期，他因擅长运用留白以及营造日本传统中的"物哀"风格而受到西方的盛赞。一些学者注意到小津安二郎对石黑早期作品的影响。电影学者梅森在分析《远山淡影》中的女主角抑而不显的情感表现时，把石黑作品中的这种让许多批评者把捉不清的、同时类似于情绪、感悟和氛围的所谓"日本性"特点，归结为日本的"物哀"美学特点的表现。③ 梅森首次在研究中将石黑的作品与日本电影联系起来，而他

---

① Elysha Chang and Kazuo Ishiguro, "A Language That Conceals: An Interview with Kazuo Ishiguro, Author of 'The Buried Giant'", *Electric Literature*, March 27, 2015.

② Kazuo Ishiguro, *Kazuo Ishiguro Interview Nobel Prizes in Literature*, Fujiyama, Oct. 5, 2017.

③ Gregory Mason, "Inspiring Images: The Influence of Japanese Cinema on the Writings of Kazuo Ishiguro", *East-West Film Journal*, Vol. 3, No. 2, 1989.

的直觉也是准确的，因为作者本人在接下来十年的访谈里也慢慢地印证了这个说法，将日本传统对他的影响具体指向小津安二郎的电影中的物哀。文学批评者马修·米德（Matthew Mead）在这梅森的基础上进一步指出，石黑的第二部小说《浮世画家》里两姐妹的名字——节子（Setsuko）和纪子（Noriko）——恰来自小津的战后经典三部曲《晚春》（*Late Spring*, 1949）、《麦秋》（*Early Summer*, 1951）和《东京物语》（1953）中两姐妹的名字。[①] 但米德由于缺乏对小津作品的了解，导致他对这一细节的理解并不准确。其实，节子和纪子来自于小津电影的御用日本女演员原节子（Setsuko Hara）的本名及其先后在小津三部曲里扮演的同一个角色的名字——纪子（Noriko）。节子和纪子，在电影中实际上是同一个人。石黑利用这种电影中真实演员与其角色身份的两重性，来构造其小说中两姐妹之间的相互排斥又紧密相连的关系；而当我们结合石黑小说与小津电影的这层联系来看这样的人物设置时，才能发现石黑在看似普通的名字选择背后的特别用意。

以上面的批评和佐证为基础，本书接下来将进一步探讨石黑一雄的第一部小说《远山淡影》与小津电影以及其中的物哀思想的关联性。石黑在言语上有一种以"隐"突"显"的能力，他巧妙地在字里行间营造出一种细腻的感触和绕梁三日的伤感。笔者认为这与擅长用留白手法表现物哀式感伤的小津安二郎的电影叙事有相通之处。

（二）黑泽明的影响

石黑一雄在 1989 年与苏珊·克尔曼（Suanne Kelman）的一次采访中婉转地指出，黑泽明的那种融合了西方和东方特点的战后日本电影对其小说创作有重要的影响。[②] 此外，石黑还经常在小说里用

---

[①] Richard Robinson, "Nowhere in Particular: Kazuo Ishiguro's 'The Unconsoled' and Central Europe", *Critical Quarterly*, Vol. 48, No. 4, 2006.

[②] Suanne Kelman and Kazuo Ishiguro, "Ishiguro in Toronto", in Brian Shaffer and Cynthia F. Wong, eds. *Conversations with Kazuo Ishiguro*, Jackson: University Press of Mississippi, 2008, p. 48.

一些看上去次要的角色之名来隐射自己敬仰的黑泽明（Akira）导演。比如，《远山淡影》中那个总威胁着万理子（Mariko）后来又被万理子踩下树而险些摔死的小男孩就叫作"明"（Akira）；《我辈孤雏》中的主人公班克斯（Christopher Banks）童年的日本好友叫"山下明（Akira Yamashita）"；《浮世画家》中的主人公小野（Ono）的前任房主叫"衫村明（Akira Sugimura）"①——他是一位备受尊敬又德高望重的艺术鉴赏家，对将要继承他住所的下任房主精挑细选，最终选小野为他的继承者，其中蕴含了他与小野艺术上的一种传承关系。石黑将小说中对主人公有重要影响的神秘人物不约而同地命名为"明"，这一选择似乎是作者有意为之。三部小说中的"明"与现实中的黑泽明，都承袭了东方的传统，但又从某种程度上成为了东西方文化的结合体，而且不论是小说中的"明"对主人公，还是现实中的导演"明"对作者本人来说，都产生了深远的影响。当我们结合石黑一雄受黑泽明电影的影响这层联系来读小说时，便能发现隐藏在文本内外联系中更丰富的意义。

石黑一雄在宣传《被掩埋的巨人》期间的一次采访中特别澄清说："要理解这部小说，读者不必非要是精通古典欧陆文学的专家。这个故事并没有跟法国或者英国的文学作品有互文或指涉关系。我建构的这个世界来自于那些伴我长大的古老的武士故事、古老的日本神话传说、古希腊神话，甚至还有美国老西部电影，更还有黑泽明的电影。"② 沿着这个线索，我们能发现《被掩埋的巨人》中的打斗情节确实有借鉴黑泽明的电影，另外他还创造性地将这种关联与古希腊的荷马史诗《伊利亚特》（*Iliad*）的风格融合在一起。对此，他这么解释：

---

① 在小津三部曲中，扮演原节子姐妹的女演员也姓"衫村"（Haruko Sugimura），这也是一处石黑借鉴小津电影中人物的例子。

② Kazuo Ishiguro, "Le Geant Enfoui", Video Interview by Librairie Mollat, May 20, 2015.

在荷马的《伊利亚特》里有着不寻常的决斗场面。特洛伊城外两军正在进行激烈战斗。在这混战中，一个武士面对另一个武士，但他们却不急着交锋，反而先互相问候，交流家史，讨论他们之间来自父辈的交集。于是，一种古怪的氛围在两个战士之间形成了。他们在攀谈之后才开始对决，或者有时候，他们因为彼此欣赏，索性就放弃决斗了。诸如此类的赫克特（Hector）和阿喀琉斯（Achilles）之间的最终决斗场面，无疑与黑泽明的风格十分类似，而与埃罗尔·弗林（Errol Flynn）①的风格不同。②

石黑一雄从黑泽明电影中的决斗场景中看到了一种与古希腊戏剧中的决斗场景相似的东西。他们都营造出一种充满张力、一触即发的氛围感。石黑将这种电影技巧文学化到小说创作中去，营造了一种通过回避直接呈现暴力场面本身的方式去描述暴力的风格特征。③ 比如在《被掩埋的巨人》第十五章，维斯坦与高文爵士的对决场景就恰好用了这种技巧。作者将读过的古希腊荷马史诗的人性化对决氛围与黑泽明的剑戟片打斗风格及推延暴力以扩大张力的技巧，综合拼补了起来。石黑在这里用了大量的笔墨，描绘着双方在激战发生前准备战斗的紧张气氛、僵持的对话，以及高文与埃克索夫妇不紧不慢地交代后事的场景——高文友好地请求武士等他把剑

---

① 埃罗尔·弗林（Errol Flynn）是活跃于美国 20 世纪 30 至 50 年代"经典好莱坞时期"的男影星，他擅长诠释像罗宾汉和唐璜这样的传奇历险、勇猛无畏的男性角色。石黑这里用其指代好莱坞式的打斗风格。

② Kazuo Ishiguro, "Interview with Writers & Company CBC Radio", Canadian Broadcasting Corporation, Nov. 13, 2017.

③ 这个观点，随后又再次被作者用昆汀·塔伦提诺（Quentin Tarantino）的电影《无耻混蛋》（*Inglourious Basterds*, 2009）为例，解释了一次。而众所周知，昆汀是公开承认受到黑泽明武士片影响的当代著名导演之一。见 Elysha Chang and Kazuo Ishiguro, "A Language That Conceals: An Interview with Kazuo Ishiguro, Author of 'The Buried Giant'", *Electric Literature*, March 27, 2015。

拔起再出手，而作为回报武士的耐心，高文承诺在战斗中不碰维斯坦手臂上的伤口，后者对此表示感谢。这些与《伊利亚特》和黑泽明电影中的延缓暴力的决斗氛围极为相似。

石黑还特别提到黑泽明的电影《罗生门》对他写作的影响。①《罗生门》改编自日本作家芥川龙之介（Ryunosuke Akutagawa）的短篇小说《竹林中》（1922）。黑泽明在其情节基础上做了大幅度的改编，用了一种福克纳式的多重视角平行展开故事的现代手法进行叙事。电影由一个樵夫和僧人给一位从外面闯进来避雨的旅人讲述发生在丛林中的一个杀人案件展开。故事展现了对这个案件所涉及的每个人的公开审理过程中的回忆内容。事实上凶手只有一个，但包括受害者鬼魂在内的每个当事人都认为自己才是真正的凶手。电影不仅反映出人性的复杂，还表现了现实与臆想无法分离的复杂性时空图景。电影镜头聚焦每个当事人的独白，而这些独白构成整个事件的碎片。评论者盛赞《罗生门》"反映出人的自私本性"，"这些独白本身是不可靠的。同样的道理，转述这些独白的镜头叙述者本身也是不可靠的"。② 这同样可以用来评价石黑一雄的小说中对不可靠叙述的运用。事实和真相在石黑的小说里就这么相互盘绕着，像解不开的谜团一样展现在读者眼前，待我们去拼补去领悟人们在面对死亡时所表现出的复杂的人性和情感。

除了以上提到的黑泽明电影对《被掩埋的巨人》中的决斗场面以及不可靠叙述的影响之外，与《被掩埋的巨人》主题相关的最主要的来自黑泽明的影响还体现在埃克索夫妇遇见摆渡人的"废宅避雨"情景中。石黑用此场景制造了与《罗生门》开头的正反打镜头的一种文本外呼应，并借鉴了片中的"公案叙事"手法。本书将在第三章对此进行讨论。

---

① Sebastian Groes and Kazuo Ishiguro, "The New Seriousness: Kazuo Ishiguro in Conversation with Sebastian Groes", in Sebastian Groes and Barry Lewis, eds. *Kazuo Ishiguro: New Critical Visions of the Novels*, New York: Palgrave Macmillan, 2011, p. 256.

② 贺忠：《黑泽明〈罗生门〉之死亡美学》，《电影评介》2009年第10期。

### (三) 沟口健二的影响

如前所述，梅森在1989年的研究中首次指出了沟口健二的电影对石黑一雄创作的影响，他认为《远山淡影》中浓重的鬼故事气氛与沟口健二的电影《雨月物语》有相似之处。[1] 其实还有更早的电影学者注意到《雨月物语》与石黑作品在神秘氛围上的相似性。著名电影史学家贝瑟尔·怀特（Basil Wright）在谈到沟口的这部电影在当今文坛的影响力时说："《雨月物语》就好像是一位读过《远山淡影》的人拍出的电影。读过石黑一雄小说的人会在电影里同样感受到，事情不是他们看上去的那个样子。也许还有其他多种现实同时存在着，它们要么与已知的现实互为镜像，要么与其截然相反。"[2] 这位电影学者用调侃的评价为我们指出了石黑一雄深受这部电影影响的事实。年长石黑两辈的沟口健二自然没有机会读石黑的小说，但石黑一雄无疑是看过沟口健二的电影的，这点被一些研究者以不同方式反复地提到。[3]

然而，除了少数的电影学者意识到沟口对石黑的影响，大部分的文学批评却忽略了这一重要的联系。原因也许是因为主要关注文学层面的学者，由于相对缺少对这一时段现代日本电影的整体性认识，很容易因为局限于作者所经常提及的日本电影影响的个例，只看到石黑与黑泽明及小津安二郎的联系，而忽略另外一个重要的影响来源——沟口健二。在谈及日本有声时代以来的经典战后电影时，电影史上不可不提的三位人物便是沟口健二、小津安二郎和黑泽明。沟口健二在日本现代电影史上声名显赫，他尤其受到西方电影研究者的青睐。第二次世界大战后，沟口更是与小津、黑泽明共同成为

---

[1] Gregory Mason, "Inspiring Images: The Influence of Japanese Cinema on the Writings of Kazuo Ishiguro", *East-West Film Journal*, Vol. 3, No. 2, 1989.

[2] Ibid..

[3] See, Pascal Zinck, "Superheros, Superegos: Icons of War and the War of Icons in Kazuo Ishiguro", *Refractory* 10, Jan. 29 2006/2007; Gregory Mason, "Inspiring Images: The Influence of Japanese Cinema on the Writings of Kazuo Ishiguro".

日本电影在国际上打开知名度的三位电影巨匠。沟口健二其实是石黑一雄没有明说,但在熟悉那个语境的人看来无须言明的中心人物。在日本战后电影的范围里,既能代表经典的人文传统精神特点,又具有与《被掩埋的巨人》相似的从战争中恢复过来的主题以及鬼故事元素,还与武士题材相融合——能完全满足这些被石黑一雄称为对《被掩埋的巨人》有影响的重要电影元素的,首当其冲的便是沟口健二的《雨月物语》。

虽然作者没有特别地提到沟口健二,但学者们把石黑与沟口健二相联系却有充分的依据。我们不妨先来梳理一下这些证据。第一,沟口健二的电影所涉猎的题材很广,但真正让他立足于世界电影大师之林的主要是他那些表现日本传统文化及悲剧题材的具有鲜明人文色彩的电影。而他的晚期战后作品,证明他是在同时期的所有日本电影导演中,最能展现日本传统人文精神的一位,被公认为"日本当代将传统文化、东方意蕴发挥得最为恰到好处的导演",研究者认为"他将那种神秘又不忍接近的含蓄美拿捏得非常准确,恰如其分"[1]。自称钟爱战后日本的人文情怀电影的石黑一雄,不可能没有看过沟口健二的影片。但石黑却对此影响有意隐瞒,这不禁引人深思,作者的回避也许跟作者试图隐藏其创作意图有关。

第二,我们可以从《浮世画家》中的一个细节中发现石黑一雄对沟口健二影响的有意隐藏。石黑在这部小说中用了两个意味深长的角色之名,极为含蓄地向沟口健二和黑泽明两位电影人致敬。《浮世画家》中的"健二"(Kenji,同沟口健二的名 Kenji)是第一人称叙述者小野(Ono)战死疆场的儿子。健二在文中几乎没有被叙述者正面地提及过,但读者却能从小野不经意的对话间了解到他对健二的难以触碰的深情和感伤。之所以难以触碰是因为健二恰是小野曾经深信的军国主义理想的牺牲品。而"明"(Akira,同黑泽明的

---

[1] 罗珊:《行云流水,画卷如歌——沟口健二电影中的东方意境美》,《湖南大学学报》(社会科学版)2010年第3期。

名 Akira），如前所述，是叙述者现居住房子的前拥有者——一位声名显赫的艺术鉴赏家，即将选小野为其别墅的继承者。小野在开头就骄傲地炫耀跟"明"的传承关系，但随着故事的展开，读者渐渐了解到小野的艺术创作理念其实与"明"的关系不大。"健二"和"明"这两个人物，象征了主人公小野在公共与私密生活层面的相互矛盾的倾向性。小野在公共领域公开承认并炫耀对自己产生影响的著名人物"明"其实并不是他精神及情感寄托的对象。这个对象，恰恰是小野刻意避而不谈的"健二"。健二对小野的重要性，只在他与其他人偶然的冲突中被不经意地透露出来。石黑一雄对沟口健二影响的隐藏以及对黑泽明影响的明示，似乎采取了与《浮世画家》中的叙述者同样的策略。

第三，石黑一雄是一个善于隐藏的作家，这不单体现在他善于在故事中塑造不可靠叙述者，更体现在当别人问及其创作意图时他的回答技巧中。据石黑的出版编辑兼好友罗伯特·麦克朗姆（Robert McCrum）透露："石黑是个很谨慎的人，虽然他有不少创作的理念和想法，但却很少会跟别人公开这些想法，也不会深入地与人讨论自己的作品。在我与他并肩坐在打字机旁的数百个小时里，他从没有向我透露过其深层的写作意图。他很重视保持他小说创作的神秘与私密性。"[1] 石黑本人也曾谈及自己喜欢以间接的方式传达信息的特点，他说自己小说中的主人公往往自欺欺人，且拐弯抹角地向读者讲述着一切关于要害事件周边的事，但就是不讲要害事件本身。他觉得这与其说是日本人的特点，不如说是他本人的特点。[2] 谈到灵感源泉，石黑又说："作家或许不会将影响他的东西直接地告诉你。"[3] 细心的学者不难注意到，石黑在回答访谈者提问时，总习

---

[1] Robert McCrum, "My Friend Kazuo Ishiguro", *The Guardian*, Oct. 8, 2017.

[2] Elysha Chang and Kazuo Ishiguro, "A Language That Conceals: An Interview with Kazuo Ishiguro, Author of 'The Buried Giant'", *Electric Literature*, March 27, 2015.

[3] Kazuo Ishiguro, "Writing about Cultural Change: Interview with Marcia Alvar", University of Washington, Nov. 13, 1995.

惯于给出例子，而不是直接给出答复。这使我们有必要从作者的所有访谈中，特别是他在不同时段就同一个问题的回答中，综合地归纳并获取关于他的创作意图的线索。

综合以上三点来看《被掩埋的巨人》所受的影响，能帮助我们发现几个被以往批评遗漏和忽略的信息。石黑一雄在与小说家大卫·科特雷（David Barr Kirtley）的一次访谈中，先后提到了对日本武士故事、古希腊故事以及日本鬼故事的借鉴，而在同时期的其他的采访中，他则用日本武士故事的影响来简单回应不同的提问者所提出的相似问题。① 这很容易误导研究者把焦点放在石黑小说与武士故事题材的联系上。以砍杀打斗为看点、追求感官刺激且常被认为"通俗"的娱乐剧，在日本电影史中被称作"剑戟片"——它是日本类型片中的重要门类之一，但又与鬼故事片有同样浓郁的日本时代剧背景。不能否认《被掩埋的巨人》中的一些小细节确实体现着石黑对黑泽明20世纪50年代剑戟片的借鉴：比如维斯坦与高文最后的打斗场面及开篇维斯坦营救埃德温的桥段，都有明显借鉴黑泽明武士电影《七武士》（*The Seven Samurai*, 1954）的痕迹；而被众多批评家诟病为不可理解的那个埃克索称比特丽丝为"公主"的细节，以及在众人过边境桥时，维斯坦通过装哑巴而蒙混过关的桥段，也借鉴了黑泽明的《战国英豪》（*The Hidden Fortress*, 1958）② 中的相似情节。但除此之外，《被掩埋的巨人》的主题却与剑戟片中常表现的武士道精神及对打斗逼真性的追求，相去甚远。有学者提到，石黑小说中以《长日留痕》中的史蒂文斯为代表的男性主人公，都不同程度地体现着武士道

---

① Kazuo Ishiguro, "Kazuo Ishiguro Uncovers 'The Buried Giant'", *Wall Street Journal Live*, March 3, 2015.
② 影片讲述了一位大将军一路历尽艰辛地护送年轻勇敢的公主回家的故事。途中，他们需要通过敌国在索桥上设置的关卡。公主恰是通过装聋作哑的计策，才得以蒙混过关。

中的忠诚、信义、礼节、简朴及表面上翩翩君子的品质。① 但值得注意的是，武士道同样尚武与嗜杀。

而石黑一雄所指的武士故事却并非传统定义中的以武士道为主题的故事。武士道最为核心的古典"叶隐"所表现的武士道精神是果断地死、毫不留恋地死、毫不犹豫地死，其理想境界是追求战死沙场，而不是与爱人相伴终老。这恰恰相悖于石黑一雄的任何一部小说中所表现的死亡观，特别与《被掩埋的巨人》的死亡观相悖。小说中的埃克索夫妇以及神秘老太太在摆渡人面前表现的是留恋与不舍、甚至是不甘心与报复。这反而与日本战后时期的鬼故事电影的主题更相近。

作者自己对"武士故事"特别的澄清，进一步印证了这部新作与日本鬼故事片的关联，他说："我指的武士故事是，我从小看过漫画和电视上的但凡有武士出现的故事，也就是武士时代发生的故事。而这个时代的人们常会遇到鬼（Oni）。"② 他更进一步地区分了日本的鬼与西方的食人兽等超自然之物的区别。由此他强调，以前的人们与世界的关系与现代的不同点，以及超现实与现实相融合的前现代世界关系。石黑还在 2000 年读过大卫·米切尔（David Mitchell）那部充满了东方文化和鬼神思想的小说《灵魂代笔》（*Ghostwitten*, 1999）。他不仅对米切尔运用"鬼"的超现实元素赞赏有加，还将米切尔和自己作品中的鬼神元素联系起来评价，说："鬼是帮助表达情感的有力手段，不然的话，情感就只是心理活动和一句话了。但你可以用超自然力量或鬼怪来把情感戏剧化，这是在远古人们围着篝火讲故事时就用的手法——古希腊、罗马、北欧人讲故事都

---

① John Rothfork, "Zen Buddhism and Bushido", in François Gallix ed. *Lectures d'une Oeuvre*: *The Remains of the Day*, Paris: Ditions du temps, 1999, p. 180.
② David Barr Kirtley, "Kazuo Ishiguro Interview", The Geek's Guide to the Galaxy Podcast, Apr. 10, 2015.

如此。还有各种民间传说及日本、欧陆的民谣都是如此。"① 以上为我们理解石黑一雄小说中出现的鬼，提供了线索。鉴于石黑一雄在之前零散的采访中也明确地表示过自己对日本文学中的鬼故事了解很少，但却受20世纪50年代的日本电影的影响很大，② 我们可以把注意力锁定在这一时期的日本电影上。而石黑所接触的50年代日本电影③其实与日本武士故事及鬼故事有着很大程度上的重合，因为50年代日本电影中凡是涉及鬼故事的影片，几乎都发生在有武士的年代。④ 比如，沟口健二《雨月物语》故事的副线便是一个武士故事。

综上，熟知并敬仰战后日本电影的石黑一雄，不可能没有看过沟口健二的片子。这位日本电影大师的经典之作《雨月物语》在20世纪50年代于西方名声大噪，被法国以巴赞为核心的评论界称为东方新现实主义电影兴起的重要标志之一。它对后来的日本电影及世界电影产生了重要影响，而且也符合石黑所描述的电影对其创作影响的多方面的特征。石黑有意回避谈及沟口健二，与其深层的意图有关。本书的第三章将聚焦沟口健二的《雨月物语》

---

① David Barr Kirtley, "Kazuo Ishiguro Interview", The Geek's Guide to the Galaxy Podcast, April 10, 2015.

② See Kazuo Ishiguro, "Interview in Japan", Movie Collection Japan, Jan. 24, 2011.

③ 作者说自己最喜欢的日本电影集中在20世纪50年代，却不肯透露具体是哪一部。See Kazuo Ishiguro, "Kazuo Ishiguro's Press Conference at the British Embassy in Japan", Movie Collection Japan, Jan. 4, 2011.

④ 日本电影中的鬼故事片和剑戟片一般被称为"时代剧"（江户时代）电影。鬼故事片多被归类为崇尚古典主义情调的历史剧，"纯粹时代剧"；武士片则属于打斗类时代剧，亦称"剑戟片"。而在日本20世纪50年代电影黄金时期的经典影片中，纯粹时代剧与剑戟片的区别常常不明显。比如最为知名擅长拍纯粹时代剧的大师沟口健二在20世纪50年代拍的鬼故事电影《雨月物语》（1953）同时也是一个武士故事。故事由两个家庭线索组成。除了我们上文谈到的鬼故事主线，另一个是由女主角的妹妹和丈夫组成，后者妄想成为功成名就的武士，他投机倒把最后阴错阳差地做了武士，但妻子却被强暴沦为妓女。最著名的黑泽明50年代武士电影同时也有时代剧中的鬼故事的成分。比如，黑泽明的《蜘蛛巢城》（1957）和《罗生门》（1950），特别是《罗生门》常常被归类于有武士出现的时代剧，而不是纯剑戟片。

与《被掩埋的巨人》的这层关联。石黑一雄在《雨月物语》的女鬼故事线及勾魂情节基础上进行了创造性反转和延伸，一面模糊了现实与记忆及幻想的界限，一面让主人公对自己现时中的爱情和信仰产生怀疑。

（四）塔可夫斯基的影响

如前所述，除了 20 世纪 50 年代的日本电影对石黑一雄的小说有重要影响之外，作者还提及了包括苏联著名导演安德烈·塔可夫斯基（Andrei Tarkovsky）在内的 70 年代欧陆"新电影"对他创作的影响。① 塔可夫斯基被认为是电影史上最伟大的导演之一，被冠以"电影诗人"的称号。他的电影之"新"可以用另一位世界名导英格玛·伯格曼（Ingmar Bergman）的评价来概括："塔可夫斯基发明了一种接近电影本质的语言，他用它把握住了生活如梦如幻的现代式感受。"② 石黑本人在 2005 年与《每日电讯报》的苏克代夫·桑度（Sukhdev Sandhu）的访谈中，透露了他在创作《被掩埋的巨人》时所受到的非常重要的影响："我在家中收集了塔可夫斯基的所有电影，并和太太用一个周多的时间把它们看完。"③ 对于其他作家，这也许不足为奇。但考虑到看电影对石黑来说并不只是消遣，而是一个严肃思考的过程，这就可以说明问题。石黑一雄称："说到放松方式的话，我会选择听音乐而不是看电影，因为看电影时，作为作家的我还是会不停与电影进行技巧性对话而根本得不到休息。"④ 这为笔者将《被掩埋的巨人》与塔可夫斯基的作品做

---

① See Kazuo Ishiguro, "Interview in Japan", Movie Collection Japan, Jan. 24, 2011.
② Title quote of 2003 Tarkovsky Festival Program, Pacific Film Archive.
③ Kazuo Ishiguro, "The Hiding Place", Interviewed by Sukhdev Sandhu, *Daily Telegraph*, Feb. 26, 2005.
④ Kazuo Ishiguro and David Mitchell, "Conversations at Royal Festival Hall", Southbank Centre, Feb. 2016. Accessed Oct. 19, 2017. www.southbankcentre.co.uk/blog/kazuo-ishiguro-david-mitchell.

比较，提供了佐证。① 但另一方面，他在宣传《被掩埋的巨人》时与小说家大卫·科特雷的访谈中，还为我们指明了这部新作与西方神话和电影之间的关联。② 在此基础上，我们能发现《潜行者》和《被掩埋的巨人》中都用卡隆之名中隐含的"既现时又永恒"特殊观看方式，来表达了一种对现时质疑的审美现代性态度，远不只是一种巧合。从两者的关联来解读石黑的小说，能帮助我们挖掘小说在叙述者的塑造上的深意。

在将石黑一雄的《被掩埋的巨人》和塔可夫斯基的《潜行者》对比讨论之前（详见第三章），有必要先在此对电影做一个简介。《潜行者》（*Stalker*，1979）是塔可夫斯基基于苏联科幻小说家斯特鲁伽茨基兄弟（Arkady and Boris Strugatsky）的科幻小说《路边野餐》（*Roadside Picnic*，1971）的电影改编。影片中的潜行者与古希腊神话的卡隆有着身份上的重合。故事围绕着一个由于陨石坠落而形成的神秘"禁区"展开。"禁区"禁止任何人以任何目的进入。在这个禁区中有个"房间"（这就像是《被掩埋的巨人》中传说的神秘岛屿），人只要来到这个"房间"就能满足潜意识里最深层的意愿和欲望，窥见自我最纯真的面貌。但在通往此"房间"的路上，充满了恐怖和陷阱，沿路的景象亦真亦幻，瞬息万变。影片的主人公是一个叫潜行者的引路人，只有他知道去"房间"的路。潜行者

---

① 此外，当石黑因为《被掩埋的巨人》中带有科幻和超自然元素被诟病时，他也以塔可夫斯基的作品为例来做回应说："像塔可夫斯基的《飞向太空》（*Solaris*，1972）这样的作品之所以会被电影学者当作经典来研究，是因为电影研究中不存在像文学研究中那种对魔幻和科幻文类的偏见。文学批评者与电影批评者相比，有更明显的阶级意识。魔幻和科幻小说常被传统的（或者说年长的）读者排斥，有时仅仅是因为这些读者怕被题材本身拉低了他们的文化身份。然而，21世纪以来的许多作品正在逐渐打破这种文学偏见。"石黑显然亲身致力于这种打破文类偏见的实践，也很清楚，把电影中的魔幻和科幻元素运用到自己的小说创作中，会给他带来什么样的质疑和挑战。Neil Gaiman and Kazuo Ishiguro, "Let's Talk about Genre", *The New Statesman*, June 4, 2015.

② David Barr Kirtley, "Kazuo Ishiguro Interview", The Geek's Guide to the Galaxy Podcast, April 10, 2015.

虽然深知禁区的危险，但为了生计还是接受他人的雇佣，带他们去"房间"。片中，两个旅人在潜行者的带领下进入到了这个区域。两个旅人在途中因为自身的臆想和疑虑而显得疲惫不堪、矛盾重重。最终在马上能进入"房间"的时刻，他们却裹足不前。一时之间，一路走来的恐怖历险，全部转化为内心的恐惧和迷茫。

　　石黑的《被掩埋的巨人》虽然与塔可夫斯基的电影在情节上有很大的不同，但他们都用了同一希腊卡隆神话，来塑造一种看似客观、中性的叙述目光中的可疑性。笔者在第三章的分析将涉及与电影《潜行者》相关的比较和讨论。

# 第 二 章

## 《远山淡影》与小津式物哀

　　《远山淡影》写于1980年至1981年间，是石黑一雄在28岁写下的一部震惊文学界的处女作，于1982年出版。故事的第一人称叙述者叫悦子（Etsuko），她是一个从第二次世界大战长崎核爆炸中幸存下来又转而移民英国的日本女人。故事开始的六年前，悦子在日本所生的大女儿景子（Keiko）在自己现在英国的房间中上吊自杀了，这使得悦子不断地想起自己移民到英国前的那段在日本与女儿相依为命的日子。但悦子却没有直接向我们讲述自己的过去，而是通过回忆由悦子在场记述的她的好朋友幸子（Sachiko）与其女儿万里子（Mariko）之间的事来诉说着自己和女儿的过往。悦子将当时正怀着孕的自己描述为一个模范的日本人妻和儿媳。正是这样的她却不可思议地与一个自私又对其女儿万里子进行冷暴力的寡妇幸子有着密切的往来。三十年前悦子在日本和幸子相识的时候，幸子也正打算带着女儿离开日本，嫁给一名战后驻日的美国士兵。这样的故事不免让部分读者感到困惑，但同时我们又对悦子和幸子的关系感到好奇，因为她们的经历看上去是那么不同，却又相似。两者的经历交织在一起让读者难以分辨。

　　虽然悦子将自己过去的经历留白不谈，但我们几乎可以确定，悦子所述的幸子的故事正是过去发生在悦子身上的故事。在悦子的回忆中有这么一段情节，悦子对幸子的女儿万里子说离开日本去美国一切都会好的,但这里她用"我们"取代了"你们",说:"如果你不喜欢那,我们还是可以回来的。"① 这里是故事中的一次明显的暗示,悦子回忆中那个被称作万里子的女孩,就是她自己成年后上吊自杀的女儿景子,而悦子回忆里那个离经叛道的好朋友幸子,也就是战乱中的自己。就是这个充满含混性的情节,成为了众多批评对小说争论的热点。柏瑞·刘易斯从现代主义叙事的角度解读,认为小说里悦子和景子的身份与幸子和万理子相混淆并且通过叙述者的口误被揭示出来,这展现出内外叙述层面的"错位"。在他看来,这种错位打破了文本的稳定性,使石黑的文本达到某种不可修复的程度,更为读者打开四种不同解读的可能性②:悦子可能搞混了多段不同的记忆;她可能分不清哪些是记忆哪些是妄想;她还可能把逼迫女儿离开日本的愧疚感,投射到记忆中有着类似经历的好友幸子身上;她更可能把愧疚,投射于一个臆想中虚构的女人身上。

但更多学者倾向于对悦子做心理分析和抑郁症病理式的解读,认为幸子和万里子在现实中或许并不存在。悦子编出了一个自己好朋友的角色,来替自己承担"坏的"一面,以此来宽慰那个"好的"自己。③ 还有学者认为,悦子对自己过去的留白和情感上的回避,恰是其试图掩饰对女儿的愧疚感的心理防御机制式表现。④ 更有中国学者基于石黑本人与心理创伤者接触过的个

---

① Ken Eckert, "Evasion and the Unsaid in Kazuo Ishiguro's 'A Pale View of Hills'", *Partial Answers: Journal of Literature and the History of Ideas*, Vol. 10, No. 1, 2012.

② Barry Lewis, *Kazuo Ishiguro*, Manchester: Manchester University Press, 2000, p. 29.

③ Elke D'hoker, "Unreliability Between Mimesis and Metaphor: The Works of Kazuo Ishiguro", in Elke D'hoker and Gunther Martens, eds. *Narrative Unreliability in the Twentieth-Century First-Person Novel*, New York: Walter de Gruyter, 2008, p. 157.

④ Ken Eckert, "Evasion and the Unsaid in Kazuo Ishiguro's 'A Pale View of Hills'".

人经历①指出"作者的个人经历显然让其认识到,人性在沉默与言说、逃避与面对、掩饰与揭露的折磨下,所采用的压抑、否认、投射等各种自我防御策略及相应的言说方式"②,并将其运用于悦子性格特征的描写中。确实,如果我们将悦子解读为精神分裂症患者,想象出幸子的角色,那么就能解释绪方先生(Ogata-san)在战后刚刚收留悦子的时候悦子出现的失常表现以及她在记忆中会对此段经历的遗忘。然而,辛西亚•汪对这类解读提出了反对意见,她认为,多数对悦子的不可靠叙述的分析和对其心理创伤的分析都不同程度地反映了读者力求获得历史真相的倾向。他们认为由于悦子个人的原因,或对事实做了避实就虚的处理,或用别人的故事讲自己的过去,导致了事实难以把捉。归根结底,这些批评认为因为悦子是一个典型的不可靠叙述者,所以让我们弄不清真相,但却忽略了作者其实有意在此问题上制造不确定之感。石黑其实想避免我们把原因归结于悦子自己精神出问题,并揭示这其实是众多经历战争的人的普遍感受。③ 这就像当悦子问公公"我当年是什么样子,是不是一个疯子"的时候,公公回答说,"你当时被吓坏了,这是很自然的事。大家都吓坏了,我们这些幸存者"④。

---

① 石黑在不同的场合提到,他于20世纪70年代中期在肯特大学(University of Kent)就读期间,曾经中途辍学去美国加州的三藩市附近做了六个月的流浪歌手。值得一提的是,石黑在1974—1978年间在美国流浪的时候,正值70年代美国同性恋平权运动的高峰期。当时,美国学生抗议的"石墙"运动刚刚结束。石黑就是在这样的历史背景下,遇到一些命运坎坷的青年艺术家、瘾君子、精神分裂者。石黑回忆说,这些人在向他讲述自己的经历时,由于觉得痛苦不堪,所以常将其转化成他人的经历来讲述。这样使他们表现出一副好像是在讲别人的故事一样的平静。从肯特大学毕业后,石黑先后来到英国北部格拉斯哥及伦敦附近,在相当长一段时间里,他一直从事着救助失业者和无家可归者的义工工作。参见 Kazuo Ishiguro, "Search for Kazuo Ishiguro, Japanese TV Documentary", Knickjp, Oct. 5, 2017。

② 赖艳:《石黑一雄早期小说中的日本想象》,《外国文学研究》2017年第5期。

③ Cynthia F. Wong, "The Shame of Memory: Blanchot's Self-Dispossession in Ishiguro's 'A Pale View of Hills'", *CLIO*, Vol. 24, No. 2, 1995.

④ Kazuo Ishiguro, *A Pale View of Hills*, New York: Vintage International, 1990, p. 58. 本书中如无特殊说明,《远山淡影》小说引文使用笔者翻译的中文译文。

作者本人也从没确切地表示过幸子是悦子臆想出来的人物。① 对此，他这样说：

> 小说的关键在于理解悦子和幸子的关系，她们是同一个人吗？至少表面上看不是的。悦子的过去也许有这么一个人物，但是悦子在讲这个朋友的故事的时候或许不是因为她对幸子本身多么感兴趣，而是因为幸子的经历，她自己也经历过。所以，就她所讲的这个故事而言，幸子成了她自己的替身。②

石黑强调，这其实是人们日常生活中相当普遍的一种行为方式。"生活中的我们，也常常会选择假借别人的经验来讲叙一件有关自己难以启齿的糗事，将别人用作自己的替身。"③ 作者所强调的，不是前面批评所说的"因为是悦子，所以真相难被看清"，而恰恰是"因为我们都是悦子，所以事实难被看清"。石黑一雄更关注情感和体验中的事实，而不是科学和社会学中所说的唯一且客观的事实。④ 他似乎想通过不同个体所经历的情感回忆过程，表现一种"非个人化"的人类间共通的情感。而情感恰恰被他认为是小说的价值和意义所在："小说便是这样一种人们在经历人生时能相互分享各自生命中的情感和感受的过程。"⑤ 它也是一种邀请人们去用情感来认知的过程。如作

---

① Cynthia Wong, *Kazuo Ishiguro*, Tavistock, UK: Northcote House Publishers, 2000, p. 32.

② Don Swaim, "Don Swaim Interviews Kazuo Ishiguro", in Brian W. Shaffer and Cynthia F. Wong, eds. *Conversations with Kazuo Ishiguro*, Jackson: University Press of Mississippi, 2008, p. 99.

③ Kazuo Ishiguro, "Kazuo Ishiguro at Tokio Mate", D. Tokiomate, Aug. 14, 2015.

④ Cynthia F. Wong, "Like Idealism is to the Intellect: An Interview with Kazuo Ishiguro", in Brian W. Shaffer and Cynthia F. Wong, eds. *Conversations with Kazuo Ishiguro*, Jackson: University Press of Mississippi, 2008, p. 177.

⑤ Kazuo Ishiguro, "Literature, My Secret of Writing Part 2 First Class Video on Demand HNK World", Japan Tokyo, Dec. 14, 2017.

者所言，"写故事最重要的是要能传达情感，这是一种能跨越国界和阻隔来表现属于人类的共通感受的情感。归根结底，故事就是一个人在对另一个人说，我对这个事情的感受是这样的，你明白我所说的这种感觉吗？你是不是也有同样的感受？"[1] 作者想要表达的恰恰是超越悦子个人的，对过去之人、之物的一种特别的哀伤。

如笔者在本书绪论中所述，不乏学者以《远山淡影》中悦子那带有隐忍、含蓄、留白特点的叙述风格与日本思想和美学做比较。比如，刘易斯认为小说中的留白、沉默反映了一种被罗兰·巴特称为"属于日本系统"的东西。[2] 安森尼·维特（Anthony Thwaite）称《远山淡影》中体现了日本禅宗中的那种富有神秘感和深度的"幽玄"（Yugen）思想。[3] 梅森则在其主要关注石黑一雄小说与小津安二郎电影中的庶民剧[4]文学特征之间联系的文章中简短地提到，石黑在表现角色情感时所用的日本物哀美学技巧。他还大胆猜测，这极有可能是石黑从他所欣赏的日本电影那里学来的，但他显然不确定其具体的来源，因为他转而又将小说与沟口健二的电影《雨月物语》相联系，认为两者有相似的鬼故事氛围。[5]

---

[1] Kazuo Ishiguro, *Kazuo Ishiguro Interview Nobel Prizes in Literature*, Fujiyama, Oct. 5, 2017.

[2] Barry Lewis, *Kazuo Ishiguro*, Manchester: Manchester University Press, 2000, p. 26.

[3] 维特没有像其文章的标题所显示的那样，谈及小说中的鬼。他其实是用了"镜中之鬼"的修辞来比喻，悦子和幸子，万里子和死去的景子，在小说中互为彼此的镜像的关系。Anthony Thwaite, "Ghosts in the Mirror", *The Observer*, Feb. 14, 1982.

[4] 庶民剧（Shomin-Geki）是一种日本文体形式。梅森的文章以此建立石黑一雄早期小说与日本电影的联系。以小津为代表的战后日本电影导演，常用这种艺术形式来展现日本小市民的生活的情景。梅森认为，这种庶民剧题材被石黑一雄的前四本小说所用，表达了与此类电影相似的主题和思想。但梅森没有具体地关注和讨论《远山淡影》与"物哀"及小津电影的关联。Gregory Mason, "Inspiring Images: The Influence of Japanese Cinema on the Writings of Kazuo Ishiguro", *East-West Film Journal*, Vol. 3, No. 2, 1989.

[5] Gregory Mason, "Inspiring Images: The Influence of Japanese Cinema on the Writings of Kazuo Ishiguro", *East-West Film Journal*, Vol. 3, No. 2, 1989.

本书则将《远山淡影》中表现的这种哀伤更加具体地解释为一种综合了现代主义中的"非个人化"的情感倾向和小津安二郎电影中的日本物哀式的感伤两种特性的特殊审美现代性情感。石黑借鉴了小津安二郎的电影中的物哀和留白手法，一方面邀请读者给予悦子最大的感性上的同情和理解，另一方面也提醒我们对其叙述保持着警惕和怀疑。不同于一般的不可靠叙述者，悦子是谦逊自觉的，她开始就警告读者自己记忆存在的不可靠性："我发现回忆也许是不可靠的东西，它常常被人们回忆时的氛围所深深影响，而毫无疑问，我在这里叙述的一些事情也是如此。"[1] 同时她也想要通过回忆，努力地看清事实。于是，悦子一方面向读者发出邀请，要读者做她过去的见证人，和她一起感受她在过去所做决定的情非得已，另一方面也邀读者去反思她的叙述的真实性。这让我们和叙述者之间的关系充满了张力，也使小说表现了一种审美现代性式的怀疑。

在第一章的第二节中笔者详细论述了两个问题：第一，日本"人文传统"电影的特点其实是西方视野下对战后日本电影中的审美现代性特点的代称；第二，小津安二郎电影中的物哀对石黑一雄小说创作有着影响。本章在此基础上对石黑所受到的日本战后"人文传统"电影的启发做了以下解读：就像大部分西方学者借日本传统文化中的传统人文元素去呈现西方的现代性一样，石黑一雄借用小津安二郎电影中的传统日本"物哀"思想和情感，来挑战并打破西方传统中以显现为主的美学，从而表现一种趋向隐晦和留白的现代性审美。

如前所述，石黑一雄不但特别地提到小津安二郎《东京物语》中的物哀思想其实是一个共存于他所喜欢的许多来自日本的东西之中的重要概念，还对物哀提出了自己的理解："日本文化中有'物

---

[1] Kazuo Ishiguro, *A Pale View of Hills*, New York: Vintage International, 1990, p. 156.

哀'一说,它大概是'对日常之物的感伤'之意。"① 被石黑一雄概括为"对日常之物的感伤"的物哀,是日本传统文学理论中的一个重要概念。它出自 18 世纪日本江户时代"国学"的集大成者本居宣长（Motoori Norinaga）以"物哀论"为主题的文学批评作品《紫文要领》和《石上私淑言》。② "物哀"（日文写作"物の哀",Mono no aware）指的是对万事万物的一种敏锐的包容、体会、感受、感动,是一种美的情绪和感觉——即懂得了事物的精致,而心有所动。物哀论中的"物"和"感"之间的关系,体现出一种对感受的重视,主要是指与理性、道德观念相对立的自然感情。笔者认为这正是《远山淡影》集中表现的一种情感。

《远山淡影》中的悦子对女儿、公公和自己这三方面的回忆描述中,不同程度地体现了小津电影《东京物语》中的物哀式感伤。由此,小说体现并发展了两种审美现代性特点:一种是内外世界之间界限消失的怪诞式欧陆审美现代性,另一种是精神与肉体、情感与理性之间失联的英美审美现代性。本章揭示出,石黑一雄一方面通过交替地留白和若隐若现地展现"小猫""灯笼"和"绳子"这三个反复出现在悦子回忆里外在物,来揭露悦子对女儿充满了感伤和愧疚的内心情感世界。另一方面,石黑还融合了现代文学和电影中的鬼故事手法与小津电影中的物哀,来凸显人们对自我及历史认识的审美现代式怀疑并表现人们面对自己、他人及集体过去的错误之难。

## 第一节 现代鬼故事与物哀、留白的结合

在《远山淡影》里,读者难以从悦子的陈述中明确地辨别出故

---

① Kazuo Ishiguro, *Kazuo Ishiguro Interview Nobel Prizes in Literature*, Fujiyama, Oct. 5, 2017.

② 王向远:《内容提要》,载本居宣长《日本物哀》,吉林出版社 2010 年版,第 1 页。

事中的臆想和真实。恰因如此，这部小说被一些批评家认为是一个问题文本。① 故事里，悦子从一开始便坚持说"如今我并不想多谈（女儿）景子，多说无益"②。确实，关于女儿景子大部分的内容，悦子都予以留白。但正是这个被悦子留白的、选择自杀的景子，构成了她所述故事缺席的情感核心。早期的许多评论者们意识到这一点。比如，保罗·百利（Paul Bailey）在1982年秋季的《泰晤士文学增刊》（*Times Literary Supplement*）中指出，悦子对死去的女儿的回忆才是小说最核心的主题。伊迪丝·米尔顿（Edith Milton）同样在1982年春季的《纽约时报书评》（*New York Times Book Review*）发文说，小说耐人寻味地省略了女儿自杀这个"悦子一生中最悲剧的部分的实际内容，而只是回到过去试图追溯造成这个悲剧的原因"③。诸如此类的早期批评都通过关注这种省略，特别聚焦那个未被悦子阐明的导致女儿自杀的事实真相。但笔者认为，作者通过悦子不够准确、有失偏颇、甚至带有鬼魅色彩的回忆，想要关注的并不是悦子过去所经历的事实本身，而是悦子复杂又矛盾的内心情感世界。如作者所说："我不是那么关心实际上确实发生了什么，我更关心的是人物认为并告诉自己发生了什么，而这个人也一直不停地改变这个被自己相信的事实。"④

另外值得关注的是，鬼故事氛围早在石黑一雄的创作初期就担

---

① Elke D'hoker, "Unreliability Between Mimesis and Metaphor: The Works of Kazuo Ishiguro", in Elke D'hoker and Gunther Martens, eds. *Narrative Unreliability in the Twentieth-Century First-Person Novel*, New York: Walter de Gruyter, 2008, pp. 157–158.

② Kazuo Ishiguro, *A Pale View of Hills*, New York: Vintage International, 1990, p. 11.

③ See Martha T. Mooney ed., *Book Review Digest* 1982, New York: H. W. Wilson, 1983, pp. 179, 12.

④ Kazuo Ishiguro, "Literature, My Secret of Writing Part 2 First Class Video on Demand HNK World", Japan Tokyo, Dec. 14, 2017.

任了重要的作用。① 如石黑所说:"在写第一部小说时,我对鬼故事很是着迷。我认为从可怕和悬疑的转折中,你可以获取一种力量,并用来服务于更高的目的。你可以用它来加深对一些严肃问题的讨论,而不是仅仅让读者经历惊悚和刺激。其实,包括《远山淡影》在内我的前四部作品,都是鬼故事。"② 不乏学者注意到了小说中的鬼故事情节。③ 沃伊切赫·德瑞格(Wojciech Drag)认为,虽然石黑小说中没有明显的鬼魂出现,但作者还是借用日本民间传说中对生者富有怨念和威胁性的"孤魂野鬼"(The Homeless Dead)的形象,塑造了景子以及对岸来的女人这两个角色——两者分别象征悦子对女儿的愧疚,以及战争给悦子带来的创伤。④ 刘易斯则指出,小说中的自杀与鬼故事元素尽管被放置在日本的背景中,却体现着现代欧陆鬼故事的特点,原因是《远山淡影》比起以自杀和超自然元素为特征的日本鬼故事,更接近亨利·詹姆斯的《螺丝在拧紧》。两者都

---

① 在石黑一雄1983年发表的短篇故事《家宴》(*A Family Supper*)中,儿子在年幼时见到了徘徊在井边的死去母亲的鬼魂。长大后从美国还乡的他,再次见到了母亲的鬼魂。过去的记忆,如同从深井打水上来一样从深埋的意识中浮现,将属于母亲过去的痛苦与自己现今的感受结合在一起。如此,母亲的悲剧,如鬼魅萦绕不散。1987年石黑为BBC撰写的电影剧本《美食家》也是一个带有哥特风格的鬼故事。参见Kazuo Ishiguro, "A Family Supper", in Binding T. J. ed. *Firebird* 2: *Writing Today*, Harmondsworth: Penguin, 1983, pp. 121 – 131; Malcolm Bradbury ed., *The Penguin Book of Modern British Short Stories*, Harmondsworth: Penguin, 1987, pp. 434 – 442; Kazuo Ishiguro, *Early Japanese Stories*, London: Belmont Press, 2000, pp. 33 – 45; Also, in *Esquire* 3, 1990, pp. 207 – 211。

② Kazuo Ishiguro, "Kazuo Ishiguro Interview-Meridian BBC World Service", The British Broadcasting Corporation, Dec. 5, 2016.

③ 对《远山淡影》中鬼故事线索的讨论,参见 Barry Lewis, *Kazuo Ishiguro*, Manchester: Manchester University Press, 2000, pp. 30 – 31; Brian W. Shaffer, *Understanding Kazuo Ishiguro*, Columbia: University of South Carolina Press, 1998, pp. 26 – 29; Matthew Beedham, *The Novels of Kazuo Ishiguro*, New York: Palgrave Macmillan, 2000, pp. 17 – 19; Wojciech Drag, *Revisiting Lost: Memory, Trauma and Nostalgia in the Novels of Kazuo Ishiguro*, Cambridge: Cambridge Scholars Publishing, 2014, pp. 99 – 102。

④ Wojciech Drag, *Revisiting Lost: Memory, Trauma and Nostalgia in the Novels of Kazuo Ishiguro*, Cambridge: Cambridge Scholars Publishing, 2014, pp. 100 – 101。

对鬼的真实性表现出一种心理式的疑虑及无法确定态度。① 然而，单以是否具有自杀情节和超自然元素作为区分现代日本鬼故事和欧陆鬼故事的标准，其实并不严谨。日本鬼故事与欧陆鬼故事之鬼虽然从宗教起源上有所不同，但两者在现当代文学中担任的角色的演变过程却十分类似。② 随着现代社会的世俗化演进和宗教影响的减弱，以弗洛伊德心理分析为代表的理性祛魅思想渗透到艺术的各个领域。20 世纪至 21 世纪初的日本和西方现代鬼故事在银幕和文学中的呈现，在其影响下，都呈现出这样一种趋势：鬼被当作是人的心理的延伸和人的幻觉或心理疾病的表现，而鬼的超自然和邪恶的特征也被日渐弱化。鬼，甚至被赋予善的品质。人们企图站在鬼的视角，了解它们的动机并重审过去和现在。③

《远山淡影》也体现了这种将内心之鬼外化以及呈现不同于以往的鬼之形象的现代鬼故事特点。除此之外，小说还体现了"鬼变成了现实本身，而不是过去回到现在"的鬼故事特点。石黑将现代鬼故事特点和小津安二郎电影中的"虚掩"和"留白"情感的方式相结合，既构建出一种对现在、现时充满怀疑的审美现代性氛围，又揭示了悦子对女儿挂记、悼念和感伤的内心世界。这与常见于传统文学中"表现"的方式相区别。莎士比亚的《哈姆雷特》在西方文学中建立起一种展现人物内心的独白式抒情方式。用柯勒律治（Samuel Taylor Coleridge）的话说，它以"外在世界和

---

① Barry Lewis, *Kazuo Ishiguro*, Manchester: Manchester University Press, 2000, pp. 28 - 29, 31.

② 日本主流人群对鬼的态度和象征意义同样从"回避、边缘化，或完全压制并消除"，渐渐地转向"善化"和"同情"。现代的鬼，更被赋予了善良无私的特质。Noriko T. Reider, *Japanese Demon Lore: Oni from Ancient Times to the Present*, Logan: Utah State University Press, 2010, p. 2.

③ R. A. Bowyer, "The Role of Ghost Story in Medieval Christianity", in Hellen Parish, eds. *Superstition and Magic in Early Modern Europe*, London: Bloomsbury, 2015, p. 177; Noriko T. Reider, *Japanese Demon Lore: Oni from Ancient Times to the Present*, Logan: Utah State University Press, 2010, pp. 2, 182.

周围所有事物，在没有被映照于心之前，都变得黯然失色、无趣无味"为特点。① 这种向内关注的倾向，被福克纳、乔伊斯、伍尔夫等现代主义作家在小说中用"意识流"的方法所放大。其中，言语的显现力，集中于对人物"内心"的观照，远重于对"外在世界及外物"的观照。现代主义作家以此来突出人的内心情感和感受的价值。

石黑一雄同样关注这种内心情感和感受的价值，但是在他的小说中，言语上的显现力却是被压制的。悦子的描述，要么留白了其内心的情感内容，要么被崭露的内容显得似是而非、令人生疑。在小说中，理性和建立在理性基础之上的言语，成为一种不确定且不唯一的表意及认识世界的方式。石黑笔下的人物总是在言语之外另辟蹊径地表达着情感和悲伤，也督促读者以同样方式感受之。作者曾经拿其早期写歌的经验来解释这种"去言式"手法：

> 我的第一部小说《远山淡影》和我写歌的风格与语调很相似，其中没有留给语言过多的发挥空间去讲宏大的故事或充实细节。我只能通过暗示和间接提及的方法来创作。常常重要的意义要避免直接写出来，因为一些情感要通过歌唱者的诠释声音和音乐去传达，所以在纸上不能毫无保留地把意义用语言全表达完。这都是我在写歌时用的技巧。从我写第一部小说至今，还在用它。②

许多学者对石黑的这一风格做了不同的解读。德瑞格认为，小说中叙事的"留白"是悦子作为战争和长崎核爆生还者所表现出的

---

① Samuel Taylor Coleridge, "Notes on the Tragedies: Hamlet", in Shakespeare's *Hamlet*, New York: W. W. Norton & Company, 1963, p. 159.

② Kazuo Ishiguro, "Interview with Writers & Company CBC Radio", Canadian Broadcasting Corporation, Nov. 13, 2017.

一种被称作"目击后失语"（Mute Witness）的典型创伤后遗症特征。① 卡米尔·福特（Camille Fort）则从性别角度认为，《远山淡影》中的悦子和《别让我走》中的凯茜的叙述，都表现了传统女性身上特有的被迫服从、选择性沉默以及言语表达上受限的特点。悦子显然已习惯了在旧时日本作为"无言的弱者"的社会身份和言说方式，因此，即使在她适应并融入现代民主及性别平等的英国生活之后，也还是坚持着以前的言说习惯。② 刘易斯则将《远山淡影》中的省略和留白与日本的俳句诗的风格联系起来，认为悦子的叙述中展现的琐碎的细节，比故事整体显得更为重要；被她留白的事情与被她袒露的事情几乎一样的重要，甚至可以说是最核心的内容。如法国理论家皮埃尔·马切瑞（Pierre Macherey）所说："石黑一雄小说中最重要的事，总是没有被明说出来。"③ 刘易斯的批评实际上将石黑的小说划归到了"影射式文学"（Literature of Innuendo）之类。叙述者想要言说"不能言说之物"以示悲伤的同时，又担心语言本身不足以诠释其所要表达的悲伤。④

《远山淡影》确实体现了以上的特点，但少有学者关注石黑的作品中与电影及电影中的美学思想的关联。当石黑被问及其小说中的留白风格时，他用了一个早期电影中的"投影机"（Projector）概念比喻，做了如下的解释：

> 为了要让读者脑海里的"投影机"运作起来，你便不能让小说给出太多的细节。你只要提供能使人们展开联想的足够多

---

① Wojciech Drag, *Revisiting Lost: Memory, Trauma and Nostalgia in the Novels of Kazuo Ishiguro*, Cambridge: Cambridge Scholars Publishing, 2014, p. 94.

② Camille Fort, "Playing in the Dead of Night: Voice and Vision in Kazuo Ishiguro's 'A Pale View of Hills'", *Etudes Britanniques Contemporaines*, No. 27, 2004.

③ Barry Lewis, *Kazuo Ishiguro*, Manchester: Manchester University Press, 2000, pp. 36, 43.

④ Wojciech Drag, *Revisiting Lost: Memory, Trauma and Nostalgia in the Novels of Kazuo Ishiguro*, Cambridge: Cambridge Scholars Publishing, 2014, p. 90.

的细节就行了。这样，读者会把浮现在他们脑中丰富的文本外图像，自主地与小说中的意象相拼接，来主动给小说的内容提供支撑。因此我觉得每个人读到的，都是不一样的东西。①

禹金·特欧认为，鉴于石黑一雄是"狂热的电影爱好者"（Passionate Cinephile），这个投影机比喻特别能反映电影美学对他小说创作的影响。特欧敏锐地指出石黑一雄对电影美学的借鉴，并在此基础上将《远山淡影》与法国新浪潮电影代表人物阿伦·雷乃（Alain Resnais）的《广岛之恋》（*Hiroshima Mon Amour*, 1959）展开比较，认为两者在描绘战后日本创伤主题上有相似之处。② 但特欧对小说与电影的关联所做的比较研究，因为没有提供石黑与法国导演雷乃的这部影片相关的依据做支撑，而缺乏说服力。本部分基于前文中论述的石黑小说与小津安二郎的关联，进一步地挖掘《远山淡影》与小津《东京物语》中的物哀式感伤和留白技巧的联系。

不同于西方传统中显性的表现哀伤的手法，石黑在《远山淡影》中采用了小津安二郎电影中"明白于心但不宣于言表"的物哀式呈现情感的方式，并强调其中"不宣"的隐性感受部分才是接近真实的唯一途径。这是一种"超越理性的、纯粹的、精神性的、关于美的感情，也是一种感觉式的美；这种美不是凭理智、理性来判断，而是靠直觉、靠心来感受，即只有用心才能感受到的美"。③ 于是，当艺术家运用这种不依靠语言表达的美来表现悲哀时，便区别于传统西方悲剧中惯用的以可描述的痛楚来显现之感受。小津电影中"物哀"之哀，多采用以人的缺席并将自然物推前的方式来呈现，让观众通过对自然"物"或"景"的静观，从"物"的静默中去感受

---

① Linda Richards and Kazuo Ishiguro, "January Interview: Kazuo Ishiguro", *January Magazine*, Oct. 2000. http://januarymagazine.com/profiles/ishiguro.html.

② Yugin Teo, *Kazuo Ishiguro and Memory*, New York: Palgrave Macmillan, 2014, p. 21.

③ 叶渭渠、唐月梅：《物哀与幽玄》，广西师范大学出版社2002年版，第83页。

这个场面中所隐含的人之悲。小津也因此让观众主动用心去发现之于人之外的"东西"中所寄托的强烈的人心感悟与悲哀，从而能激起人们更大的同情和共感。这也是为何根据"物哀论"，留白是诠释物哀式隐性感受的最佳形式的原因——物哀中被留白的恰恰是人的内在感受。

与小津相似，石黑在《远山淡影》中通过悦子留白的叙述所制造的认知事物的方式，恰是一种注重感性与感受，而非机械或理性的认知世界的方法。这与20世纪50年代后期在资本主义与工具理性文化浪潮中呼吁"情感转向"与"感性的回归"的现代艺术家们的立场相符合，而小津恰恰是电影领域审美"情感转向"的重要代表人物之一。与小津的风格相似，石黑的小说所采用留白人物内心感受的手法，为读者充分、自由地实现文本意义提供最大可能的同时，也强调秩序、意义与深度的发掘。这让其小说一方面能最大可能地激发"读者能动地参与阐释"的能力，另一方面也区别于一味凸显作者个人表达自由和意义无限可能的后现代主义小说。

但石黑小说中匠心独运之处在于，石黑将小津电影中的物哀及留白与日本鬼故事电影中之"鬼"做了文学化的巧妙结合。石黑一雄小说中的鬼，有着这种看不见、摸不着、说不出的恍惚感。故事中的鬼魅与幽灵恰恰是那些为了让读者从情感层面与人和事、情与物产生共鸣而故意选择留白、不显示的人之情感的外化提示物。《远山淡影》里的主人公悦子极力避免直接描述战时受创伤的自己和小女儿的经历，但她的现实却被这缺席的记忆所侵占和定义了。过去恍惚见到的鬼女人和梦魇中的鬼女孩与现实中被误当成鬼的小女儿，相互交织，无法分清。这让石黑作品中的鬼，凸显了一种小津电影中特有的物哀之感，但也同时透露出一种小津电影里没有的禅宗式恍惚感。如《老子》所说："视之不见，名曰夷；听之不闻，名曰希；搏之不得，名曰微。此三者，不可致诘，故混而为一。其上不皦，其下不昧，绳绳不可名，复归于无物。是谓无状之状，无物之象，是谓恍惚。"① 冯友兰解释说："恍惚，就是看不见，摸不着，说不出，可其中有象，有物，有精。说此情为有，其中包括一切东西；说此情为无，其中包括众甫。甫就是父。"②《远山淡影》中的鬼与留白，很好地诠释了这种见与不见的完美融合，以及无象却有神的恍惚。也正是这点让小说凸显出一种审美现代性式的对事实认识的模棱两可和无法确定的特点。

下面我们来结合《远山淡影》的文本，具体分析石黑如何结合现代鬼故事的手法及小津电影里的物哀，隐秘地将悦子与好友的女儿万里子自称经常看到的鬼女人建立了联系，而从展现了悦子在过去自己的女儿眼中的虚像性以及悦子对女儿留白的哀伤。

《远山淡影》里，悦子跟英国的小女妮基（Niki）说自己反复梦到一个小女孩。悦子不停地从自己回忆寻找着一个可以解释这个梦的合理方式："我第一次做这梦的时候，就跟妮基说起它。这也许表明我从那时起就觉得这不是一个普通的梦。我肯定从一开始就怀疑——虽然不确定是为什么——这个梦跟我们看见的那个（在秋千上的）小女孩没有多大关系，而是跟我两天前想起幸子有关。"③ 而之后当妮基问悦子那个梦里的女孩是不是自杀的姐姐景子时，悦子直接否认说："（梦中）只是我以前认识的一个小女孩……那个小女孩根本不是在秋千上。一开始好像是秋千。但其实她不是在秋千上。"④ 悦子似乎梦见了她以前在日本听说过的一个被吊死在树上的女孩，但她说的这个"以前认识的女孩"似乎又是在指她战时日本好友的女儿万里子。悦子梦中的女孩形象是模糊的——是一个被悦子留白不提的形象，不被看到、摸见或听见的像鬼一样的存在。

---

① 叶渭渠、唐月梅：《物哀与幽玄》，广西师范大学出版社2002年版，第239页。

② 同上书，第240页。

③ Kazuo Ishiguro, *A Pale View of Hills*, New York: Vintage International, 1990, p. 55.

④ Ibid., pp. 95–96.

但是读者确实能从中体会出"有象、有物、有精"的"无中生万有"的内容,因为石黑通过反复出现在悦子回忆和梦中但却被她替换着留白的三个"东西"来提示我们这个鬼的形象与悦子未言说的过去及情感之间的联系,同时也提示着我们悦子对外在现实与内在梦境的混淆。与悦子自述的不同,石黑利用一些细节展示了现实中的悦子在过去小女孩眼中,以及过去的小女孩在悦子眼中,有着双重的鬼魅色彩。这使我们对悦子的叙述及认识本身产生了怀疑。

悦子寻着这个梦,分别在开头第一章、中间第六章和结尾第十章分别回忆了她与好友的女儿万里子之间发生的三段单独对话的情景(见表2.1)。这三次都是悦子来到河边寻找出走的万里子。本节将围绕常被忽视的这三段情节之间的相似性展开分析。在悦子的叙述中,这三段场景实际发生的时序并不明确。也就是说,悦子叙述中第一次遇见女孩的场景,可能并非实际中发生的第一次。但三次邂逅有着诡异的相似点。比如,小女孩三次都以同样恐惧的眼神盯着悦子,而悦子三次都觉得女孩的反应让她感到不安,悦子在试图向其证明自己不是坏人的同时,还劝其跟自己一起回家。但每次女孩都跑走了,拒绝跟悦子回家。

另外,在这三次的邂逅中,"小猫""灯笼"和"绳子"这三个反复出现在悦子回忆里的外在的东西,承载并传达着被悦子留白了的沉重的情感重量,成为三块帮助我们理解悦子三次寻找女孩意义的重要拼图。哀伤,似乎如"物哀"字面意义所示(也就是被石黑称为的"对日常之物的感伤"),与"物"紧密地捆绑在一起,并通过"物"传达出来。而鬼魅,同样通过贯穿这三次邂逅中的"东西"慢慢地被感知,而不是像以往的鬼故事那样,在顷刻间被鲜明地揭露出来。石黑更倾向于利用文中看似不重要的细节,分散地、渐进式地在读者脑中唤起一种意义顿开的感悟。这种感悟在《远山淡影》中集中表现为一个在这三处记忆场景中逐渐呈现的事实:悦子三次叙述遇见女孩的情景其实是她对同一场景的三次分别回忆,而三次中悦子无论如何也改变不了自己在女孩（幼年的景子/万里子）眼中是鬼的印象，恰恰暗示了悦子无法释怀的对女儿的愧疚。

表2.1　　　　　　悦子三次寻找和劝说小女孩回家的情景

| | 按照悦子的叙述顺序排列其三次寻找并劝万里子回家的情景，如下： | |
|---|---|---|
| A | 悦子受幸子的托付，去河边找万里子，并劝说她跟自己回家。（悦子的视角） | 开头第一章 |
| a | 隔天，万里子向悦子描述前日鬼女人来找她回家的情景，这其实是与A处对应的一次转换视角描述。（万里子的视角） | 第一章 |
| B | 悦子受幸子托付，在家中照看万里子一晚，万里子从家出走，悦子去河边寻她回家。 | 中间第六章 |
| C | 小猫被幸子溺死后，万里子离家出走，悦子从幸子手中接过灯笼，找到她并劝她回家。 | 结尾第十章 |

十分微妙的是，在悦子的回忆中，万里子也反复说着同一个场景——有一个像鬼一样的女人总是来找自己跟她回家。这与悦子现时中反复梦见小女孩形成了某种神秘的对话式关系。万里子的妈妈幸子跟悦子解释说，那是因为女儿小时候看到了一个将自己的孩子溺死在河中的母亲，之后留下了后遗症。幸子认为女儿看到的是那个曾经的疯女人，但那个女人早就自杀了，因此她坚持认为那是万里子编出来的不存在的人："小孩子总是混淆臆想和现实的东西，不用过于在意。"[①] 但在文中，读者和悦子一样，并不能确定这个从未露面的鬼女人的真实性。悦子也一度确切地认为自己看到了这个瘦瘦的鬼女人走入万里子的家，但她追过去发现那不过是万里子看上去像"鬼"一样的姨妈。

细心分析这个被女孩反复提到的女鬼形象，其实能发现有三个特征：

（1）她愿意收养一只万里子的爱猫将要产下的"小猫"。

---

① Kazuo Ishiguro, *A Pale View of Hills*, New York: Vintage International, 1990, p. 75.

（2）她一面提着幸子家的"灯笼"，一面想把女孩带回到她河对岸的家中。

（3）她身上的某个东西让女孩感到疑惑和恐惧。

而恰是这三个鬼魅的特征，却慢慢地在悦子和女孩之间的三次日常邂逅过程中，从悦子自己身上体现出来。悦子带着读者经历了一个自己不自觉中变成他人眼中之鬼的过程。由此，小说一方面揭示了悦子对女儿带有物哀与留白特点的记挂、悼念和感伤的内心世界，另一方面还体现了"鬼变成了现实本身，而不是过去回到现在"的现代鬼故事特点。

## 一 留白的"小猫"

以往对小说的解读基本在一方面取得共识：故事中的幸子和万里子其实是悦子用来讲述自己和女儿过去故事的替身，而非真人。也就是说，幸子就是过去在日本的悦子，而万里子就是悦子在日本生下的女儿景子。[1] 相对于在混乱时代中有着怪异举止的幸子和万里子，悦子表现出一副典型日本女性形象：贤惠、温婉，还处处为人着想。在此基础上，笔者发现，正是这样在场观察并回忆这一切的悦子，反而在小说中透露出一种鬼魅性。

以悦子第一次遇见万里子的场景为例。悦子受了幸子的托付让她去河边找万里子回家，于是在河岸边第一次遇见了万里子。当时女孩对她的警觉和不信任，让她感到一种莫名的奇怪和不安："这让我对做母亲产生怀疑。"[2] 但很快她经过理性分析认为，这次会

---

[1] Brian Shaffer, *Understanding Kazuo Ishiguro*, Columbia: University of South Carolina Press, 1998, p. 21; Wojciech Drag, *Revisiting Lost: Memory, Trauma and Nostalgia in the Novels of Kazuo Ishiguro*, Cambridge: Cambridge Scholars Publishing, 2014, p. 97. Fumio Yoshioka, "Beyond the Division of East and West: Kazuo Ishiguro's 'A Pale View of Hills'", *Studies in English Literature (Japan)*, 1988, p. 75.

[2] Kazuo Ishiguro, *A Pale View of Hills*, New York: Vintage International, 1990, p. 16.

面也许并没有那么奇怪，毕竟小女孩对陌生人都警惕，而她自己的行为也是对女孩如此警觉的正常反应。值得玩味的是，悦子留白了自己当时所做的行为。然而，这次会面在悦子和女孩各自的眼中，呈现了两种完全不同的情形。在悦子看来，万里子在第一次见她时表现出警惕和恐惧。这让悦子对自己是否能成为一个好母亲产生疑虑。而同样的场景，在接下来提到的万里子的隔天记忆中，却被描述为见鬼的经历——一个鬼一样的女人试图在天黑的时候来找她回家。

　　悦子这次与小女孩的初遇，的确在读者的阅读体验中显得很诡异，尤其当我们结合小女孩的反应以及接下来女孩反复称有"另一个女人"来找她这些细节来看的时候，悦子的表现甚至显得十分异样。这里展现了一个现代欧陆鬼故事的特点。引用罗德·德伊（Roald Dahl）的话说：最妙的鬼故事里面都没有鬼的出现，越是不见鬼，鬼的意味越是多。写鬼故事最重要的是氛围的营造。作者用回荡的情绪、声响、气息和紧张感编组出一种连最不相信鬼的人也不由得被吸进去的"一切都有可能发生"的氛围。[①] 现代鬼故事中，鬼常常不在作品中出现（至少不是直接可见）。作者常以声音、味道或误认等方式，来勾起一种有鬼作祟的思绪。在《远山淡影》中悦子与女孩的接下来两次会面中，石黑一雄以类似的方法，制造了一种见鬼的氛围和紧张感。其中制造这种诡异氛围的一个反复出现的关键"物"是，被女孩惦记的"小猫"。

　　被母亲弃置不管、也不去上学的万里子，天天在野外流浪，一只流浪猫成为了她唯一的玩伴。随后这只猫怀孕了，幸子拒绝让万里子继续收养这只猫。于是，即将出生的小猫将何去何从，成了万里子最关心的问题。母猫肚中怀着的小猫，象征了被悦子怀在肚中、尚未出生的景子，她们都面临被遗弃和死亡的命运。而这只猫，也

---

[①] See Joanna Briscoe, "How to Write a Modern Ghost Story", *The Guardian*, July 4, 2014.

成为女孩和悦子相处时，唯一有内容的话题。在 a 和 B 场景里，万里子强迫症式地反复问当时怀了孕的悦子，a："（母猫）要生猫咪了……你要不要带走（take）一只小猫？"① B："妈妈说我们不能带着小猫。你要一只吗？……我们得赶快帮它们找到一个家。不然妈妈说我们就得把它们淹死。"②

女孩对悦子的提问仿佛是对悦子的一种检验，检验着将要做母亲的悦子是否真会照顾自己的女儿。又或者，女孩希望悦子变成"另一个女人"——女鬼。因为那个常来找她的鬼女人说她愿意带走一只小猫，所以"带走并照顾小猫"这个特质，似乎成了女孩鉴定好人和坏人的标准。鬼女人，于是成了万里子所憧憬的好妈妈的模样。而悦子恰恰在万里子求她收养小猫的这个问题上，经历了与女孩现实中的妈妈幸子一样的，从推脱到拒绝的过程——悦子从 A 处的"等回头再说"（We'll see）③，到 B 处的对女孩决然地说"我不想要"（No, I don't think so）④，再到亲眼目睹万里子的小猫被幸子溺死。这也是 C 场景会面的前提背景：女孩因为看到妈妈溺死小猫而再次出走。这个过程似乎暗示着，悦子无论如何也改变不了自己亲手毁了女儿一生的事实。就在第十章悦子去河的对岸寻找万里子之前，幸子当着万里子和悦子的面，用了与那个疯女人一模一样的手段，把女儿心爱的刚刚出生的几只小猫溺死在水里。谢佛尔指出，小猫之死，象征了幸子隐喻性杀死万里子的情景。这与现时中在英国的悦子因为忽略、无暇顾及而把长在后院里的小西红柿都弄死了，有着相似性。悦子轻描淡写地说："我都没管它们，我想这不要紧，反正有这么多柿子我也不知道如何处置。"⑤ 悦子对待景子，就像她

---

① Kazuo Ishiguro, *A Pale View of Hills*, New York: Vintage International, 1990, p. 18.
② Ibid., p. 84.
③ Ibid., p. 18.
④ Ibid., p. 84.
⑤ Ibid., pp. 91-92.

对待小柿子一样，也像幸子对待万里子及小猫一样。① 这种微妙的联系，同时让女孩现实中的母亲，从某种程度上变成了那个曾经将自己骨肉溺死在河中后选择自杀的疯女人的附身。也正是这个女人，被幸子和悦子认作为万里子所看到的"鬼"。

鬼，在母亲和女孩的眼中，透露出两种相互矛盾的指向意义，而作为母亲的悦子的形象也在这两个具有不同意义的鬼之间摇摆不明。首先，对于悦子来说，她似乎将那个时候所有可能牵绊她留在日本的人，都与"鬼"的念想联系起来。除了万里子最初让她感到诡异和不安之外，那个想要收留小猫和万里子的名叫川田安子（Yasuko Kawada）的女孩的姨妈，也让悦子有见到鬼的感觉。在悦子的描述中，安子表姐成了故事中最像女鬼的人："老妇人转过来看我时很小心地摆头，像是怕伤着脖子。她的脸瘦瘦的，却粉笔般惨白，开始令我有点不安……她穿着一般在葬礼上才穿的暗黑色和服，眼睛有点凹，面无表情地看着我。"② 悦子甚至在某种程度上将那个曾经在登山时因为心情转好而答应女儿可以留下小猫的自己，推脱为女儿幻想出来的"鬼女人"所做的承诺。也许这就是为何女孩会在B处出走之前对悦子说："我妈妈见过那个女人，她们那天才见过。"③ ——作为叙述者的悦子、鬼、幸子，原来是同一个母亲形象的不同面向罢了。

鬼女人这个面向，实际上是幸子拒绝承认曾经答应女儿要照顾小猫、悦子拒绝承担做母亲义务的一种开脱方式。同时，鬼也是悦子对自己女儿景子的死充满负疚感的一个比喻。从幸子身上，我们窥见悦子曾经如此残忍无情对待女儿，给女儿留下成年后也无法释怀的阴影，最终导致了女儿结束了自己的生命，恰如那个在战乱中

---

① Brian Shaffer, *Understanding Kazuo Ishiguro*, Columbia：University of South Carolina Press, 1998, p. 34.

② Kazuo Ishiguro, *A Pale View of Hills*, New York：Vintage International, 1990, p. 158.

③ Ibid., p. 80.

精神恍惚地溺死亲生骨肉的疯妈妈。正如谢佛尔所指出的，悦子将那个坏妈妈的自己，推给朋友幸子的角色来承担。① 同样，幸子又转而将自己对女儿做出的承诺，转交给一个女鬼的角色来承担，推脱为女儿的臆想之物并拒绝与之认同。以这种方式，石黑揭露了悦子所述的现实的鬼魅面向。被鬼缠身，不再意味着被恶灵报复，而是陷入一种现代式地狱境况——心理，在善与恶的挣扎中，不得安宁。现代鬼故事，受弗洛伊德心理分析的影响，把鬼当作人心理的延伸，企图站在鬼的视角了解他们的动机，倾向于把鬼描绘成受害者并赋予其善良无私的特质，而不是将其当作传统意义中的恶的执行者。②《远山淡影》里的万里子所经常声称看到的这个女鬼，反映了悦子在两种情感中的挣扎的内心：悦子表面上认为自己对死去的女儿已经尽了一个好母亲的职责，但在内心深处，她却对女儿怀有愧疚。这使得她通过回忆潜入过去，试图以善行为过去自己的过失做补救，为再次靠近失去的亲人。回忆和叙事，由此成为一种对过去鬼魅一样的侵扰，而这种侵扰不再具有恶念；相反，在石黑的笔下，它被加上了温情和救赎的色彩。正如霍桑所说："单纯的情感，无论它们是阴暗还是明媚，都很让人幸福！唯有两者惊人的混合才会燃起地狱的烈焰。"③ 对于悦子来说，四处寂静无声的英国，因为混合了纠结不清的思念与怨念，而变成了心灵的炼狱。悦子虽然从过去那个笼罩在压抑的封建秩序和残酷战争阴影中的日本逃脱出来，来到当下看似和平又宁静的英国乡间，却得不到内心的宁静。这不禁让我们怀疑，她是否只是从地狱的一端，逃到了另一端。

其次，在小女孩看来，只有被母亲称作"鬼"的"另一个女

---

① Brian Shaffer, *Understanding Kazuo Ishiguro*, Columbia：University of South Carolina Press, 1998, p. 24.

② Joanna Briscoe, "How to Write a Modern Ghost Story", *The Guardian*, July 4, 2014.

③ Nathaniel Hawthorne, "Rappaccini's Daughter", in Thomas Fasano ed. *Great Short Stories by Great American Writers*, Claremont：Coyote Canyon Press, 2011, p. 43.

人"才愿意照顾自己和小猫,也只有这个"鬼"才愿意拿着家里唯一的一盏"灯笼"迎她回家。如果"小猫"象征无人看管的女孩自己,那么"灯笼"则象征着其母亲不曾给予她的关注和挂念。在女孩眼里,眼前的女鬼,与其说是那个曾经她看见溺死自己骨肉的女人,不如说是一个现实中不存在的自己梦想要的母亲。女鬼,也没有以恐怖的方式对其进行烦扰,而是以一种她在现实中未曾感受过的善意和关怀与她相交。相衬之下,无论在过去的日本还是现在的英国,现实堪比炼狱。万里子现实中的母亲对其无情又残忍;随悦子移居英国的女儿景子,因为无法忍受现实而选择自杀,最终她真的选择了与鬼为家。

读者通过万里子的童年经历,看到了景子不幸的过去。被早期批评者关注的景子自杀的原因,其实不难想象。悦子在现实中可能没有在溺死女儿的小猫后,举灯找她回来,也可能没有跟年幼的女儿说"如果你不喜欢,我们可以搬回来"那种安慰的话。女儿多次出走之后,根本不曾有人去寻过她。从另一角度看,即使悦子没有详细告诉我们景子为什么不喜欢继父,也没有描写现实生活中的景子这些年经历了什么,但读者还是可以从妮基和悦子之间的只言片语中推想出景子来到异乡之后是多么不快乐:母亲和英国继父有了一个新孩子,被忽略的她从来不曾融入到这个新家庭中;继父偏爱妮基,而不待见景子;景子长大后,整日把自己关在房间里不出门,以至于悦子在家时也几乎见不到她的踪影,只是偶尔听见她的存在。就连景子为数不多的几次现身,也每次都会为家里瞬间制造出空气中莫名的紧张和不安。这一切显示,景子在这个英国的现代家庭,如鬼一样毫无存在感地生活着。也许是这种现代家庭的异化感,最后全面压垮了景子的生活。又或许,景子和继父之间有什么难言的隔阂。这似乎能从万里子对新爸爸强烈的厌恶,以及对搬去新家的强烈反对中反映出来。邻居们曾经看见她妈妈的外国朋友对她有多么不好;还有一次,悦子和幸子发现万里子躺在河对岸的地上,身上有些许血迹——显然有人欺负了她,这不禁让读者猜测会不会是她的继父所为？可万里子要解释的时候，妈妈总是不听不闻——是不是她的妈妈也知道继父对女儿非常不好，但仍选择视而不见？如谢佛尔指出，悦子是如此憧憬着国外的生活，如此渴望摆脱充满痛苦记忆的日本，即使她知道弗兰克有可能像之前那样抛下她们不管，也选择相信他。①

悦子在回忆中三次主动去寻回女孩的过程，同时也是悦子试图成为女孩所渴望得到却不曾有过的好母亲的过程。这意味着悦子需要直面自己之"鬼"——那个令女儿畏惧的、没能尽到母亲义务的自己的另一面。悦子在现时的梦境里看见的"鬼"一样的女孩，与她自己女儿的替身万里子在过去的现实中见到的鬼女人，形成了一种超时空的对话关系。悦子似乎因为无法释怀、无从叙说自己对女儿之死的责任，而把自己想象成当年孤独可怜的女儿脑海中的鬼女人。唯有通过这样的方式，她才可以一次次回到过去，重塑自己在女儿眼中的母亲形象。这还允许她再次与女儿相会，缝补她们的隔阂。于是在 C 处，我们听到悦子将万里子当作自己的女儿的一番对话：

> 我叹了口气。"你会喜欢的。每个人对新事物总是有点害怕的。可你会喜欢那里的。"
> "我不想走。我不喜欢他。他像猪。"
> "你不能这么说话"，我生气地说……"他很喜欢你，他会像个新爸爸。一切都会变好的，我向你保证。"
> 孩子不做声。我又叹了口气。
> "不管怎样"，我接着说，"你要是不喜欢那里，我们随时可以回来。"
> 这一次，她抬起头来，怀疑地看着我。

---

① Brian Shaffer, *Understanding Kazuo Ishiguro*, Columbia: University of South Carolina Press, 1998, p. 20.

"是，我保证"，我说。"你要是不喜欢那里，我们就马上回来。可我们得试试看，看看我们喜不喜欢那里。我相信我们会喜欢的。"①

不难注意到，这里女孩的反应与万里子在 A 处第一次见悦子时的反应，有着鬼使神差般的相似：

C 处：（小女孩）她疑惑地看着我……我笑了一声说，你干吗那样看我？我不会伤害你的。（小女孩）她一边目不转睛地看着我，一边慢慢地站起来。②

A 处：万里子继续小心地看着我。然后，一边目不转睛地看着悦子，一边弯下腰捡起鞋子。起初，我以为那是她准备跟我走的表现。但之后她仍然继续盯着我，我才发觉她是想随时准备好跑开。"我不会伤害你的"，我紧张地笑了一声说，"我是你妈妈的一个朋友"。③

读者虽然没有从悦子那里得知万里子自称见到女鬼时候的情景。但在小说的开始、中间和结尾处的悦子三次遇见万里子的情景看，小女孩的反应仿佛就是万里子遇到女鬼时的样子。或者说，悦子在万里子的眼中，成了女鬼一样的非真实存在的人。从女孩的反应中，我们仿佛能探识到一种等待着被识破的悦子的伪装身份。而悦子的伪装包含了两层内涵：伪装成女孩的妈妈的好友的悦子，其实是女孩的妈妈的另一面；而作为回忆叙述者的悦子，其实是女孩眼中寻她回家的女鬼。如果说悦子借幸子和万里子的身份来讲自己和女儿的故事，那么故事中的悦子自己反而成了不实的存在。也就是说，

---

① Kazuo Ishiguro, *A Pale View of Hills*, New York: Vintage International, 1990, pp. 171-172.
② Ibid., p. 173.
③ Ibid., p. 17.

作为幸子好友的悦子身份与作为叙述者的悦子身份，存在着断裂。但悦子对自己身份的割裂，并没有认识。就连悦子在和小女孩第一次见面后的隔天听万里子描述和"鬼"会面的情景时（a），都觉得女孩描述的就是前日在 A 处受幸子之托来寻女孩的自己：

> 我看了她一会儿。突然我想到了什么，笑了出来。"那是我，万里子，你不记得了吗？那天你妈妈进城去时我叫你去我家。"万里子又抬起头看着我："不是你"，她说，"是另一个女人。她住在河对岸。她昨晚来这儿了。那时妈妈不在……她说她要带我去她家，她从河对面来。我没有跟她去。她说我们可以拿那个灯笼"——她指了指挂在墙上的灯笼——"可是我没有跟她去，因为天黑了。"①

但万里子显然对悦子的伪装身份有着辨识，女孩说来找自己的女鬼"不是你"指的是，鬼并不是以妈妈好友身份出现的悦子，而是另一个现实中不存在的、进行着回忆和叙述的悦子。这足以解释为何当女孩隔天再见到悦子时表现出一副不认识她的样子。这同时让我们对悦子所描述的 A 处场景的真实性产生了怀疑：或许那里的悦子不是当时的自己，或许那里的女孩也不是万里子，又或许那个场景仅存在于如今悦子的脑海中。

笔者认为，在悦子回忆中的 A、B、C 也许是当下的悦子对过去的同一个场景的不同次描述，它们加起来等于 a——即女孩所说的女鬼来找她的场景。进行着回忆性叙述行为的悦子，恰恰就是那个反复来找万里子回家的"另一个女人"。这样就可以很好地解释为何悦子在 C 处的经历与女孩在 a 处对女鬼的形容如此相似——和女鬼一样，悦子恰恰也是在天黑的时候，提着万里子家墙上挂的"灯笼"，

---

① Kazuo Ishiguro, *A Pale View of Hills*, New York: Vintage International, 1990, p. 19.

过桥到对岸去寻找女孩的,并且她还将其当成自己的女儿,唤她回对岸的家。

### 二 留白的"灯笼"

除了"小猫"之外,"灯笼"这件东西也不同程度地出现在悦子寻找女孩的 A、B、C 三处场景里。如果"小猫"象征了儿时无人看管的女儿景子,那么"灯笼"则象征着悦子作为母亲所不曾给予女儿的关注和挂念。而小猫之死,更预示着景子未来的死亡。三次回忆场景中都出现的悦子过河到对岸去找小女孩的情节,因此也有了一种招魂的仪式感。

在《远山淡影》近结尾的 C 处,万里子因为妈妈亲手溺死了心爱的小猫再次出走。目睹了这个过程的悦子,反复地问幸子要不要去找孩子回来,但作为母亲的幸子却漠不关心地只顾收拾行李,准备隔天搬去新家。当时,附近经常出现虐杀儿童的事情。随着天越来越黑,悦子最后从幸子手中接过点亮的灯笼,替她去找女儿。接过灯笼的举动,似乎象征着悦子和幸子身份的互换,或者说是悦子实际身份的揭露。接下来便出现了那个备受评论者争议的 C 场景:悦子走过木桥来到河的对岸,仿佛是被幸子附身般地责备着女孩,把她当作自己的女儿,劝说她和自己一起离开日本。

笔者认为,比起小女孩在悦子眼中的诡异,悦子似乎在接过幸子的灯笼之后,完全变成了那个先前万里子见到的女鬼。小女孩显然也觉察出了诡异,并慢慢地识破了其伪装。女孩在听了悦子的一番安抚后,仿佛意识到什么,突然变得紧张起来:

小女孩紧紧地盯着我。"你拿着那个做什么?"她问。
"这个?它刚刚缠在我鞋子上,就这样。"
"你拿着它做什么?"
"我说了。它缠住我的脚了。你是怎么了?"我笑了一声。
"你干吗这样看着我?我不会伤害你的。"

她一面盯着我，一面慢慢地站起来。

"你是怎么了？"我又问了一遍。

孩子跑了起来，在木板上发出"咚咚咚"的声音。跑到桥头时，她停了下来，怀疑地看着我。我对她笑了笑，拿起灯笼。孩子又跑了起来。半轮月亮出现在水里，我静静地待在桥上看了几分钟。①

女孩对悦子突然的警惕和带有恐惧的、目不转睛的凝视，以及悦子反复安慰女孩"我不会伤害你"这些细节，让读者格外地去寻觅和关注那个使小女孩恐惧的来源——那个拿在悦子手上，却在文中没有交代的东西。结合 A、B、C 三处的情景来看，这个东西可能是悦子一路上拿着用来照明的一盏"灯笼"，也有可能是途中绊在悦子脚上的"绳子"。我们先从第一种可能说起。

除了突然转成妈妈的身份让女孩对悦子生畏之外，读者很容易认为女孩指的那个在悦子身上让她突然害怕起来的东西，就是悦子出门前从万里子家拿出来的灯笼。毕竟那似乎是悦子一路上拿着的唯一的东西。显然，举着这个灯笼穿过"荒地"也给她造成不少麻烦："我沿着河边走，蚊虫跟着我的灯笼。偶尔有虫飞进灯笼里出不来，我只好停下来，拿稳灯笼，等虫子找到出来的路。"② 而在悦子转身看到女孩时，她也是举着灯慢慢地与之靠近，试图看清她："灯笼周围聚集了不少虫子。我把灯笼拿到面前，放低，灯光把孩子的脸照得更亮了。"③ 万里子在 a 处描述过与 C 处极为相似的一个场景——"另一个女人"（女鬼）从河对岸过来，并告诉万里子可以拿着灯笼，照着夜路，带万里子回女人自己的家，但万里子因为害怕并没有随她去。灯笼，仿佛是一个提示着悦子真实身份的信号——

---

① Kazuo Ishiguro, *A Pale View of Hills*, New York：Vintage International, 1990, p. 173.

② Ibid., p. 172.

③ Ibid..

样，小女孩在看到悦子拿着它之后，便做出了跟在 a 处见到女鬼时一样害怕和拒绝的反应。而在 B 处，悦子同样描述着夜里穿过荒地时那些烦扰着她的飞虫。虽然她没有特意提及灯笼，但考虑到当时是夜里，周围一片漆黑，悦子本身还因为怀有身孕，对夜行格外地小心，而且万里子跑出门之前，悦子还特别提到了家里亮着的唯一一盏灯笼——这些细节隐含了悦子带着这盏灯笼出门，去黑暗的河边找女孩的画面。综上，反复出现在悦子与万里子相遇场景中的灯笼这个东西，在暗示着悦子叙述身份的拆穿的同时，也隐含着悦子对女儿的无法言说的悼念和追悔。

如果那个被留白的让女孩突然感到害怕的东西是悦子手拿的灯笼的话，那么，可以猜测石黑如此设计，也许与日本文化中放水灯的民间习俗有关。在日本靠江河湖等水域的地区，人们常常在盂兰盆节①以及广岛、长崎核爆纪念日，用灯笼迎接刚刚逝去的亲人回家；三天后，人们又会在夜间的水域，将写着对亡者寄语的灯笼流放，以表达对逝去亲人的思念。这种仪式中的灯笼之光，有照亮冥河的意思，一方面为了帮助亡魂照路、送他们回到冥界；另一方面，灯火对生者来说，象征了智慧之光，能穿透黑暗和不确定，给予人希望。② 水灯，源于印度教的灯祭，最早有放流罪孽的寓意。③ 石黑的小说里，悦子从幸子手中接过灯笼的举动，也具有一种仪式感，既象征着叙述者悦子替过去的自己弥补过失，前去寻找以前弃置不顾的女儿，也象征了叙述者悦子从过去的自己那里，接过了有着对死去亲人迎接、思悼、忏悔仪式意义的灯笼，去对岸祭奠她那死去

---

① 盂兰盆节是日本传统中祭奠亡魂的节日。人们相信在盂兰盆节的时候，人间和阴间的联系会增强。

② Juliet Carpenter, "Nature and the Cycle of Life in Japan", in C. W. Nicol and Takamado, eds. *Japan: The Cycle of Life*, New York: Kodansha USA, 1997, pp. 151–152. Also see Christopher P. Hood, *Dealing with Disaster in Japan*, London: Routledge, 2012, pp. 125–127.

③ C. J. Fuller, *The Camphor Flame: Popular Hinduism and Society in India*, Princeton: Princeton University Press, 2004, p. 67.

的女儿——景子。

结合这一日本文化习俗来看悦子的举灯河边之行,还能帮助我们发现石黑一雄在其中寄予的一种与"灯笼"这一特殊的"物"紧密相连的哀伤。悦子举灯寻女,同时代表了迎接作为亡魂的女儿回家和为其送行这两种意味。而这场寻女之旅,对悦子和读者来说,也因此具有某种精神上的"照明"作用。因为这里悦子突然用幸子的身份与女孩说话,进一步向我们明示,幸子和女孩的故事恰是悦子和女儿景子过去在日本的故事的这层深意。这里同时给了悦子某种程度上的慰藉,也使我们加深了对悦子之哀伤的感受——知晓了"物哀"。

这样来看,从 a 处那盏女鬼要提但还没提走的灯笼,到 B 处悦子对手持灯笼的留白,再到 C 处文本聚焦于悦子手上的灯笼这一过程,似乎揭露着悦子所经历的对女儿之死从回避、到无意识地回忆、再到有意识地悔念和哀悼的过程。值得一提的是,在 A、B、C 三处中,女孩没有一次跟悦子回到对岸。这似乎表现了悦子意识到,过去的自己无法被原谅的事实,也表现了悦子无法对自己进行救赎的痛楚和哀伤。即使悦子最后似乎变成了女儿曾经想象中那个举着灯笼从对岸而来、为她和小猫考虑并承诺要将她们带回家的女鬼,但小猫已死的事实似乎在提示,她女儿已死这个无法挽回的事实。

这让我们对"对岸"的意义,有了不同于悦子在 a 处的字面解释的新的认识。据悦子之前的叙述,河对岸曾经有村落,但被核弹夷为平地。那里除了一片树林,什么都没有。所以在 a 处小女孩首次提到从对岸来的女鬼时,悦子反驳说:"河对岸没有人住。"[1] 然而,当时的悦子实际上确实从一个相对于幸子家所在位置的"对岸"而来。悦子的住所和幸子的住所之间有一片被核弹炸毁的村庄残留

---

[1] Kazuo Ishiguro, *A Pale View of Hills*, New York: Vintage International, 1990, p. 15.

下来的"荒地"(Waste Land)。这里是个"尽是污泥和臭水沟……一年到头被水积满土坑,到了夏天还有难忍的蚊子的、绵延着好几公亩的废弃空地"[1]。这个地方被肯·埃克特(Ken Eckert)认为像极了 T. S. 艾略特笔下的荒原。它象征了一个逝去了的世界和失效了的道德秩序,也象征着被悦子压制着不去回忆,但却不停浮现的满是伤痛的过去。[2] 这片荒地同时也像极了《了不起的盖茨比》(The Great Gatzby, 1925)中那个间隔在长岛东端和西端之间的积满尘土的"灰地"(Valley of Ashes/Grey Land)。[3] 谢佛尔更认为,这片充满污泥的河岸之地是希腊神话中冥河(Styx)附近之地。传说冥河充满了污泥和危险,[4] 这十分符合悦子对此地的描述——她对幸子说"河岸附近很危险"[5],不能让万里子到河对岸去玩。谢佛尔以此认为,从河对岸而来找万里子的女人就是古希腊的女神 Styx,而这个女神在小说中的具象,就是悦子看到的女鬼一样的万里子的姨妈川田安子。[6] 确实,与现代主义小说家相似,石黑常常在作品中将一些过渡性的空间和场所赋予某些神话性的隐意。《远山淡影》中万里子的家是河岸边仅存的一座小屋,恰位于这个极具神秘色彩的"荒原"另一端。悦子每次去那里,都需要穿过这片荒原。这片荒原仿佛成为了一个连接悦子现时与过去的通道,也是一个从有到无,或从无到有的,处在阴阳之间的过渡性的地方。

---

[1] Kazuo Ishiguro, *A Pale View of Hills*, New York: Vintage International, 1990, p. 11.

[2] Ken Eckert, "Evasion and the Unsaid in Kazuo Ishiguro's 'A Pale View of Hills'", *Partial Answers: Journal of Literature and the History of Ideas*, Vol. 10, No. 1, 2012.

[3] F. Scott Fitzgerald, *The Great Gatsby*, London: Wordsworth Editions Limited, 1993, p. 16.

[4] Joel Schmidt, *Larousse Greek and Roman Mythology*, New York: W. W. Norton & Company, 1965, p. 105.

[5] Kazuo Ishiguro, *A Pale View of Hills*, New York: Vintage International, 1990, p. 15.

[6] Brian Shaffer, *Understanding Kazuo Ishiguro*, Columbia: University of South Carolina Press, 1998, pp. 27–28.

除此之外，穿过"荒地"的这个旅程，每次都被悦子描述得像一种超验式的体验。悦子仿佛需要经历一场复杂难忍的情感挣扎的过程，才能来到万里子的家：

> 那年夏天我经常要穿过那块空地来到幸子的小屋。这段路真够讨厌的。虫子飞进你的头发，地面的裂缝里看得到大大小小的蚊子。我直到今天仍清楚地记得那段路、那一趟趟来回、对即将做妈妈的焦虑感，以及绪方公公的来访——这一切使得那个夏天与众不同。①

悦子重复着她对荒地的抵触和厌恶，这就仿佛是她在解释着为什么她会蓄意地留白一切关于女儿和过去的伤痛一样。但有时候，这段旅程似乎又不受她自己控制。悦子好像恍恍惚惚地被某种鬼魅的力量引着，来到荒地那端幸子和万里子的家。比如说，一次悦子在窗前注视着万里子住的小屋时，突然在荒地中看到了一个令她恐惧的东西——她看见一个瘦瘦的、像鬼一样的女人走进了幸子的家。随后，"（悦子）我穿上木屐，走出公寓……穿过干巴巴的空地的那段不长的路却似乎永远也走不完。当我终于走到小屋时，我累得忘了我来干什么"②。悦子后来发现，那个像鬼的女人，实际上是万里子一直期待和妈妈搬去一同居住的叫川田安子的姨妈。万里子之所以对此期待是因为，姨妈可以收留小猫和万里子去她家住。而同样的在此处（C），悦子在灯笼照明下穿过荒地的路途也充满了曲折。当悦子走到河的尽头，却突然停在这个连接此岸和彼岸的桥上，开始神游和冥思：

---

① Kazuo Ishiguro, *A Pale View of Hills*, New York: Vintage International, 1990, p. 99.

② Ibid., p. 157.

不久那座小木桥就出现在了我面前。走过木桥时,我在桥上停了一会儿,看着夜晚的天空。我记得在桥上时,一股异样的宁静向我袭来。我倚在栏杆上站了几分钟,听着桥下河水的声音。当我终于转身时,我看见自己的影子,被灯光投在桥的木板条上。

"你在这里做什么?"我问。小女孩就在我面前,蜷缩在另一边的桥栏杆底下。我走上前去,好更清楚地看见灯笼底下的她。她看着她的手掌,一言不发。①

石黑一雄为"桥"这个连接此岸与彼岸的过渡性地点,赋予了一种现代鬼故事中的恍惚不明的氛围。在此氛围里,一个被我们默认为万里子的小女孩,像鬼魂一般地出现在悦子面前。但我们几乎难以判断究竟是女孩,还是悦子的行为显得更反常。分不清究竟是悦子经过短暂的出神之后,被鬼附身,在执念中哄着陌生的女孩跟她回家呢,还是这其实是悦子在梦中与景子的对话?在这个小说的高潮处,我们发现,悦子的回忆中三次寻找的小女孩和悦子梦中出现的小女孩,无限地逼近于同一个形象——儿时的景子。悦子的梦境与现实的界限由此变得完全模糊。我们同样无法确定这个场景里的小女孩就是万里子。因为在 C 场景中的悦子一直称呼她叫"小女孩"而没有直呼她万里子。或许女儿景子在过去的悦子眼里,就是这么一个陌生女孩一样的存在,好像是一个别人家的孩子似的。这再次呼应了悦子在第一次与女孩对话的场景 A 中的感受。

悦子记忆中三次与小女孩之间鬼魅般的邂逅,似乎与现时中悦子的梦境缠绕在一起,混沌不明。这让身在英国讲叙和回忆这一切的悦子本身,具有了一种空虚性与鬼魅性。在与此场景(C)紧密

---

① Kazuo Ishiguro, *A Pale View of Hills*, New York: Vintage International, 1990, p. 172. 此处译文参见 [英] 石黑一雄《远山淡影》,张晓意译,上海译文出版社 2011 年版,第 223 页。

相连的小说的下一章中,现时中的悦子从一个噩梦中醒来,感受到有人从其床边走过。我们不禁怀疑,A、B、C 三个场景是否实际是悦子梦境中反复出现的场景,而非过去实际发生的场景。在那里,她和当年不愿离开的女儿景子进行着现实中从未发生过的对话与沟通。另外,悦子拿着灯笼从幸子家离开前,特别回眸望向幸子——"我只看见她的剪影,坐在敞开的拉门前,身后的天空已经全黑了"。① 别具意味的是,石黑在这个情形与接下来悦子拿着灯笼沿河寻找孩子的场景之间,留有两行空白。它似乎代表了悦子的梦境与现实的分隔,也是悦子与女儿之间的阻隔,还是悦子与幸子身份的分界。随着读者的目光越过两行的留白,以上界限也随之打破。因为,在接下来短短三页的内容里,关于悦子过去的真相,似乎以跨越时空,跨越个体体验,超越生死阻隔,并带有灵异见鬼的体验方式,呈现在我们眼前。梦境和鬼,在《远山淡影》中不能完全用理性的方式仅仅作为象征被解释,也没有以骇人的方式出现在我们眼前,而是经由女孩对悦子举止的充满细节的反应,慢慢地折射出来。

同时,我们还能发现,其实在 C 处悦子与小女孩的对话一头一尾,都特别聚焦了悦子在桥上出神的场景,她静观着夜色和水声,这让她感到平静。相似地,在 B 处悦子夜寻女孩时,她也提到了"沿河而行,使她有一种奇怪的平静感"。谢佛尔认为,悦子在桥头静观的场景,显示了悦子跟万里子一样,对河对面所代表的死亡与自杀的意义表现出向往,而非排斥。他将其解读为现代心理学中的死亡本能(Death Wish)的表现。② 这让悦子和年幼的女儿之间的关系逼近一种施虐与被虐的关系——景子(万里子)不断跑去对岸,寻找代表死亡的那个对自己女儿进行虐待的"另一个女人",而悦子

---

① Kazuo Ishiguro, *A Pale View of Hills*, New York: Vintage International, 1990, p. 172.

② Brian Shaffer, *Understanding Kazuo Ishiguro*, Columbia: University of South Carolina Press, 1998, p. 30.

则不停地想要将她的施虐对象，从对岸寻回来。①

与谢佛尔的观点不同，笔者认为，悦子每次到河岸附近都倾向于出神地静观景致，展现了一种与小津安二郎电影相似的，以"空景"来诠释物哀式的感伤和超验意味。物哀式感伤，常常表现出一种对未知的向往。而小说中被悦子向往却不能及的场景，却是一个属于过去的悲伤场景。悦子两处对夜色的静观与遐想，同时表达了她短暂的对一种没有走过的路的向往——向往做那个不曾有过的去寻找、安慰女儿的自己——和对其无法实现的承诺的悔叹。这似乎让"对岸"多了一层阴阳相隔的意味。在妈妈溺死小猫之后，女儿跑到了河对岸战时被核弹炸毁的村落遗址。象征着过去的日本的对岸，有一片人迹罕至的树林。而悦子从战争中幸存下来的人们所居住的此岸，过桥举灯悼念，迎接女儿回家。

### 三　留白的"绳子"

悦子在桥上遇见女孩时，手里是拿着灯笼的，因为她说女孩坐在桥上，她要把灯笼放低才看得清女孩的脸。但悦子对于自己手里拿着的那个被女孩一直询问的东西，并没有明确说是什么，而这个东西显然让女孩突然害怕了起来。小说的中文译者在此处（C）直接将那个让女孩害怕的东西解读为"灯笼"并对此十分地确定，以至于索性就把悦子在原文中的回答"这个？它缠住我的鞋了，就这样（This? It just caught around my sandal, that's all.）"②，改译为"这个？照亮脚下的路而已，就这样"③。译者如此更改，大概是考虑到上下文的连贯与逻辑的通顺，但其实非常不妥。因为《远山淡影》

---

①　Brian Shaffer, *Understanding Kazuo Ishiguro*, Columbia：University of South Carolina Press, 1998, p. 31.

②　Kazuo Ishiguro, *A Pale View of Hills*, New York：Vintage International, 1990, p. 173.

③　[英]石黑一雄：《远山淡影》，张晓意译，上海译文出版社2011年版，第224页。

的文本并没有确定地显示，悦子手上拿着的那个让女孩惊恐的东西就是灯笼。而这种含混其实别具深意。当女孩在 C 处指着悦子拿着的一件被叙述者留白了的东西问是什么时，悦子答道："我说过了，它缠在我脚上了。你觉得哪里不对了？干吗这样看着我。"[1] 这个看似无关紧要、甚至令读者困惑的闲笔，连同悦子对自己拿在手上的东西的留白，其实隐藏着与小说主题相关的丰富内涵。

埃克特认为，C 处让女孩突然惧怕并反复质问悦子拿着的东西是一条之前被悦子抱怨过的缠在她木屐上的绳子，并以此认为这里的悦子不仅鬼使神差地把万里子当成还没有出生的景子来对话，更弄混了她第一次见万里子的情景。加上两次会面都以女孩跑入黑夜而突然结束，这也显示出万里子不过是景子在悦子回忆中的替身的事实。最后的这次会面，在艾克特看来，以一种高潮的方式揭示出幸子和万里子，不过是饱受阴郁折磨的悦子对过去自己和女儿的心理投射。[2] 确实，悦子手里拿的让女孩害怕的东西，除了可能是灯笼之外，还可能是绊住悦子前行的绳子。但是，埃克特对这里的解读出现了一个错误：埃克特所指的悦子在第六章寻找女孩的场景（B），并不是她们之间的第一次见面，而是故事中间出现的第二次。也就是说，因为绳子出现在悦子第二次见到女孩的时候，女孩看到后觉得很害怕，所以，如果认为 C 处被留白之物是绳子的话，我们只能看出 B 处和 C 处的相似性（B = C）。

我们下面将论证 C 处的留白之物有可能是灯笼，也有可能是绳子。在此之上，再结合上文围绕灯笼的讨论而得出的 C 处与 A 处极为相似的结论（C = A），以及围绕小猫的讨论而得出的 A 处与 B 处之间的相似性（A = B），我们能进一步揭示出，悦子弄混了 A、B、C 三次寻找小女孩的经历。也就是说，悦子的三次叙述遇见女孩的

---

[1] Kazuo Ishiguro, *A Pale View of Hills*, New York: Vintage International, 1990, p. 173.

[2] Ken Eckert, "Evasion and the Unsaid in Kazuo Ishiguro's 'A Pale View of Hills'", *Partial Answers: Journal of Literature and the History of Ideas*, Vol. 10, No. 1, 2012.

情景，其实是她对同一场景的三次不同的描述——也就是被小女孩表述为见鬼的场景（a）。如果我们按以往批评将 C 处和 B 处联系起来看，并认为被 C 处留白之物是绳子的话，确实可以帮我们发现文中隐藏的更深一层哀伤和意义。但如果局限于绳子的解读，同样会忽略，悦子其实弄混了 A、B、C 场景。

不难理解多数研究者为何会默认那个被留白之物是绳子。C 处当女孩问悦子手里为什么拿着那个东西时，悦子以"我说过了"作答。这有可能是悦子在表示对女孩在自己回答之后再一次追问的不耐烦，还有可能是指悦子之前会面时对万里子所问的一模一样的问题的回答。在 B 处，悦子说在途中发现"一条旧绳子缠在我的脚踝上，我在草地里一直拖着它。我小心地把它从脚上解下来。把它拿到月光底下，它在我手里湿漉漉的，满是泥"。[①] 而当万里子以同样恐惧的表情问悦子手上拿着的东西是何物时，悦子说："没什么，只是一条旧绳子。"万里子又重复问了一次为什么会拿着那个东西，悦子此处的回答和 C 处几乎一样："我说过了，没有什么。它只是缠在我脚上而已，你这是做什么？……你刚刚的表情很奇怪。"[②] 也就是说，从两次悦子的回答来看，C 处悦子似乎拿着跟 B 处一样的绳子，它在许多评论者看来似乎最终指向的是，景子用来上吊自杀的那条绳子。绳子便是景子的致死凶器，以及其死亡背后原因的象征，而它恰恰被悦子拿在手上。女孩对绳子的惧怕，似乎暗示景子的自杀与母亲的失职的直接关联。

在埃克特之前的不少研究者，都因为看到了 B 处与 C 处明显的相似性而将 C 处留白之物默认为绳子，并对其象征意义进行了阐释。比如，刘易斯注意到，在悦子刚刚对女孩做出承诺，答应她如果她不适应新环境就可以立刻带她回家之后，女孩就询问悦子手上的绳子。这

---

[①] Kazuo Ishiguro, *A Pale View of Hills*, New York: Vintage International, 1990, p. 83.

[②] Ibid., p. 84, p. 173. 这两次都是以女孩在黑暗中跑回小木屋收尾；两次中女孩的脚步声清晰可闻。石黑以特殊的听觉描写，透露出这两次会面之间的相似性。

似乎能使我们把小说中的几个分散意象中的隐含意义串联起来：悦子的愧疚、梦中秋千上的女孩、被妈妈忽略不管的万里子，以及景子的自杀。① 这些似乎都指向，景子的自杀和悦子背叛其承诺的联系。但这显然让刘易斯存有疑惑，因为他不能凭此确定万里子在 B 处看到绳子后表现出的害怕，究竟是因为她以为悦子就是那个经常来找她的女鬼，还是因为她以为悦子是出没在附近的专杀小孩的凶手？② 福特则将那条缠住悦子的绳子，解读为悦子试图摆脱但始终缠着她不放又充满暴力的战后记忆。③ 德瑞格与刘易斯一样，将 C 处悦子拿在手上的东西默认为 B 处那条缠在悦子脚上的绳子。他在福特的基础上指出，绳子同时隐含了悦子施害与受害的两面性：悦子既是战争中暴力的受害者，也是女儿所经受的战争后续苦难的施暴者。④

以上假设万里子是因为悦子握着的绳子而害怕的观点，有着符合当时所处环境的客观原因。悦子提到当时附近频发儿童凶杀案，而最近的一个案例恰是一个小女孩被绳子吊死在树上，这让整个街区的人们惶恐不已。这也许就是在 B 处，当悦子拿着绳子走到柳树下时，女孩害怕而跑开的原因——女孩将悦子视为欲将她勒死的杀人凶手。而具有讽刺性的是，悦子的女儿景子恰恰也是上吊自杀——似乎不难想象，她也是用了一根绳子。悦子的小女儿妮基认为，母亲反复梦到的女孩，可能是死去的景子。悦子对此的态度也从开始的否认，到后来慢慢地开始自我怀疑："梦里小女孩好像不是在秋千上。"⑤ 谢佛尔则指出，悦子其实慢慢意识到，她梦中荡秋千

---

① Barry Lewis, *Kazuo Ishiguro*, Manchester: Manchester University Press, 2000, p. 35.

② Ibid., p. 33.

③ Camille Fort, "Playing in the Dead of Night: Voice and Vision in Kazuo Ishiguro's 'A Pale View of Hills'", *Etudes Britanniques Contemporaines*, No. 27, 2004.

④ Wojciech Drag, *Revisiting Lost: Memory, Trauma and Nostalgia in the Novels of Kazuo Ishiguro*, Cambridge: Cambridge Scholars Publishing, 2014, p. 98.

⑤ Kazuo Ishiguro, *A Pale View of Hills*, New York: Vintage International, 1990, p. 96.

的女孩就是之前萦绕在悦子脑海中，被绳子吊死在天花板上的景子，这一切交织成为那个悦子以为自己看到女鬼穿过荒地时的"不舒服"的画面。① 在悦子的想象中，死去的景子似乎以这种方式，控诉着母亲恰恰就是断送她未来的凶手。年幼的景子也许没有跑走，而是跟着母亲去了彼岸的现代英国，这使她落得跟那个被人吊死在树上的小女孩一样的下场。

三幅画面——被吊在英国屋子里的景子、过去被人吊死在树上的小女孩和悦子刚在公园里看到的抓着秋千绳索玩耍的小女孩——相互交织和混淆地出现在悦子的脑海和梦中，让其难以把捉羁绊其情感的根源、无法看清梦境和现实的界限。埃克特认为，以上三个画面是悦子下意识地用来让自己意识到万里子和自己的女儿景子之关联的唯一方法。② 他更关注悦子叙述中的闪躲和留白的原因，认为这是悦子心理对创伤的压抑性防御机制使然——悦子用层层心理压抑机制，掩盖了她对女儿的愧疚。③

本书与之区别在两点。首先，我们在 C 处并不能确定排除，悦子手上让女孩害怕的东西是灯笼的可能，因为那时悦子手中同时拿有两样东西：一个是灯笼，另一个是绳子。结合悦子的回答来看，的确是绳子的可能性更大。但所有认为此物是绳子的研究者们都默认悦子在 B 和 C 处的回答与女孩所问的是对应一致的。这其实是个问题，因为如果这样，女孩为何要问两遍呢？有两种可能。要么，悦子回答的不是女孩问的东西，要么，像悦子认为的那样，女孩很古怪——这与妮基安慰悦子的理由相似，她说因为景子从小很古怪，所以她的自杀不是悦子的错。但悦子的认识显然存在问题，就连她自己也说对自己的认识和回忆的种种不确定，这使我们不能排除第一种可能性。作者似

---

① Brian Shaffer, *Understanding Kazuo Ishiguro*, Columbia: University of South Carolina Press, 1998, p. 35.

② Ken Eckert, "Evasion and the Unsaid in Kazuo Ishiguro's 'A Pale View of Hills'", *Partial Answers: Journal of Literature and the History of Ideas*, Vol. 10, No. 1, 2012.

③ Ibid..

乎有意制造一种回忆及对话的此端和彼端都存在问题的含混不清感。

其次，本书更多地关注悦子的留白如何让读者一点一滴地通过其言表之外的不被关注的外物，来感知其感伤与愧疚的，以及这个过程所产生的具有"物哀"特点的效果和意义。如百利和马修斯（Justine Baillie and Sean Matthews）所说，"悦子之哀伤，总是同时在场和不在场，过去（日本）的哀伤总是在场，但却从没有以原本的形式出现"①。但是这种哀伤并不全都来自过去在日本的悦子——过去的她不可能提前对成年后在现时中的英国才自杀的女儿感伤，而是更多来自作为叙述者的现时中的悦子。恰是这种来自悦子现时的哀伤，被赋予了鬼魅的形式，在石黑的笔下，萦绕不散地盘旋于悦子的叙述中，却因为看不见、听不着而具有扰人的现代式鬼魅的特质。悦子似乎慢慢地认识并向我们透露着自己对自杀的女儿的内疚和伤痛，而不是像一些研究者所认为的那样，悦子通过反复的回忆试图隐瞒、篡改并忘记自己过去坏妈妈的形象。②

悦子脑海中的三幅画逐渐地合为一体的过程，也是悦子直面和承认自己过去的过错的过程。随着悦子梦中那个在树下荡秋千的女孩，慢慢变成了过去被人吊死树上的女孩，最终又变成了吊死在房梁上的悦子自己的女儿，秋千的荡绳也鬼使神差地流转到了悦子自己的手里，成了悦子在 B 和 C 处拿在手上的勒绳，暗示着悦子当初不顾女儿反对溺死小猫，并带她离开日本的同时，就注定会断送女儿的未来。但悦子开始却对自己女儿所经历的一切苦难的源头的事实，没有清晰的认识。她仍试图从理性和最浅层意义上找着理由，

---

① Justine Baillie and Sean Matthews, "History, Memory and the Construction of Gender in 'A Pale View of Hills'", in Sean Matthews and Sebastian Groes, eds. *Kazuo Ishiguro: Contemporary Critical Perspectives*, London: Continuum, 2009, p. 48.

② Cynthia F. Wong, "The Shame of Memory: Blanchot's Self-Dispossession in Ishiguro's 'A Pale View of Hills'", *CLIO*, Vol. 24, No. 2, 1995; Michael Wood, "The Discourse of Others", in Michael Wood ed. *Children of Silence: Studies in Contemporary Fiction*, London: Pimlico, 1995, pp. 171–181.

好像痴人说梦一般打诳语:"我梦见了那个小女孩,我们昨天看到的那个,在公园的那个小女孩。"① 回忆里三次会面中的女孩对那件东西的盘问,同时提醒着读者和悦子那个让其难以接受的事实:遭受战争伤痛的自己同时也是让女儿遭受不幸的"真凶"。

虽然悦子的叙述从某种程度上反映了其个人由于经受战争、失去女儿所经历的创伤,但小说主要关注的似乎不是个人的创伤及背后的原因,而是一种源于审美现代性的,对认识和现存状态的焦虑。这被拉斐尔(Linda S. Raphael)称为"对认识的现代式疑虑"(Modernist Concerns of Knowing),② 被汪认为是人如何接受自己的过去并与自己和解的过程。③ 而笔者认为这也是一种带有物哀特点的对事物的感伤和重新认识的过程,即"知物哀"的过程。石黑将悦子描绘成一个教人"知物哀"的例证对象,让我们通过悦子与女孩会面的三个场景中呈现的三个主要物存,去感受其中微妙的情感和氛围,以此来体悟这些"物"中所寄托的人的情感和哀伤。

《远山淡影》中悦子那隐于言表但却迫切需要通过外物来感受的情感认识,类似于小津安二郎电影中的"物哀"情感。梅森将《远山淡影》中悦子表现出的情感,理解为物哀的表现,并将物哀解释为"对物的感伤和感知"④。而汪在前者的基础上,进一步结合小说的内容将这种物哀解释为"对逝去之人的回忆和对生命的转瞬即逝特征的觉悟相互交织"的一种感伤。⑤ 如第一章第二节所述,西方

---

① Kazuo Ishiguro, *A Pale View of Hills*, New York: Vintage International, 1990, p. 55.

② Linda S. Raphael, *Narrative Skepticism: Moral Agency and Representations of Consciousness in Fiction*, Mississauga: Rosemont, 2001, p. 169.

③ Cynthia Wong, *Kazuo Ishiguro*, Tavistock, UK: Northcote House Publishers, 2000, p. 25.

④ Gregory Mason, "Inspiring Images: The Influence of Japanese Cinema on the Writings of Kazuo Ishiguro", *East-West Film Journal*, Vol. 3, No. 2, 1989.

⑤ Cynthia Wong, *Kazuo Ishiguro*, Tavistock, UK: Northcote House Publishers, 2000, p. 29.

艺术家常借日本传统文化中的元素去表现西方之现代。而石黑一雄恰借用了小津的日本电影中极具东方特点的传统的物哀、留白思想，去挑战并打破传统西方显现为主的美学，呈现出一种以隐晦不清的认识及认知方式为特点的审美现代性。

　　与西方在理性的框框里翻腾的情感不同，石黑采用小津电影中"物哀"式的情感表现方式，表现了一种超越往常理性理解范围的情绪。日本的传统"物哀"式情感表达，有着不同于西方理性传统的"渐起而不平"的特点。"渐起"是因为抑情在先，"不平"则是因为"人有不堪物哀"。[①] 日本美学家本居宣长解释说："知物哀者，遇到可哀的事情，即便极力地平心静气，但心中依然不能自已，这就是不堪物哀。"[②] 由于物哀产生于这样一种悖论式的关系，这决定了其表达方式的悖论性——人们不得不用留白和非抒情的方式，才能表达这种不胜于情的深沉感受。西方的感"物"，常表现为一个使心"起伏"的过程，如同抛弧线一样先起后落。亚里士多德强调"哀伤"对心灵的净化作用（Catharsis）。悲剧之哀，强调情感的宣泄，过程中心生感动，后而心平，然后回归于理性。华兹华斯（William Wordsworth）说："强烈的情感流泻而出，诗人自然地表意露情，在心平之后，回忆心动并记录，于是能浑然天成。"[③] 也就是说，西方传统中的诗人倾向于在感物心动之后泄情平心，并在恢复理性之后通过追忆来记录感情。与西方的"由感性上升为理性"的认知和审美方式不同，物哀所表现的是"在人所难免的行为失控、情感失衡的体验中，加深对真实的人性与人情的理解，以实现作家、

---

① ［日］本居宣长：《石上私淑言》，载《日本物哀》，王向远译，吉林出版社 2010 年版，第 164 页。
② 同上。
③ William Wordsworth, "Preface to Lyrical Ballads", in Stephen Greenblatt ed. *The Norton Anthology of English Literature*, 8th Edition, Vol. D, New York: W. W. Norton & Company, 2006, p. 273.

作品与读者之间的心灵共感"①。"物哀"中"用心感物"的重点,不是浪漫主义诗论中强调的内在自然与外在自然、诗人与诗契合统一的关系,而是侧重于作家作品对人性与人情的深度理解与表达,并且特别注重读者的接受效果。物哀论中称之为一个教人自发、能动的"知物哀"的过程,其方法就是将人及内心情感隐藏起来,只展现与其对应和相关的自然物。

继承了现代鬼故事的特点,《远山淡影》里并没有真的鬼出现,但石黑却用意味深长的留白、回荡的情感、重复出现的对话,以及寄托了人物复杂和重要关系和情感的"小猫""灯笼"和"绳子"三件外在的自然物,编织出了一种鬼故事的氛围。悦子关于女孩的三个关键回忆场景中的三个重要之物,共同组成了提示着被悦子留白的内心情感的线索,也成了故事中鬼魅氛围的重要组成部分。这些自然物在三个不同场景中的反复出现与悦子留白了的感伤,形成对应关系。如此,悦子三段回忆中时隐时现的"小猫""灯笼"和"绳子",让我们在悦子留白了内心想法的情况下,也能感受到她挣扎又矛盾的情感。

石黑本人对故事中如何制造这种自然物与情感的对应关系很在意。在谈到其小说中包括鬼怪在内的超自然元素的作用时,他说:"它们是显示人物内在感受的强有力手段,不然这种内在感受就只是人物的一个心理想法或脑中幻影。"②《远山淡影》中对悦子内在的情感表现上的留白,恰恰给予了像灯笼和绳子这样与情感等价的、本身没有言语表达能力的外物,更深刻的意义和更需要关注的紧迫感。

综上,结合 A、B、C 三次回忆与女孩对话的场景里重复出现的"小猫""灯笼"和"绳子"来理解悦子与女儿的关系,不但能解释

---

① 王向远:《"物哀"是理解日本文学与文化的一把钥匙》,载本居宣长《日本物哀》,吉林出版社 2010 年版,第 20 页。

② David Barr Kirtley, "Kazuo Ishiguro Interview", The Geek's Guide to the Galaxy Podcast, April 10, 2015.

被部分学者视为问题的石黑在重要情节描写上的戛然而止,① 还能使我们发现小说中被以往批评所忽略的与情感及认识相关的主题。与其说悦子在回忆中弄混了不同时间发生的事情,② 不如说悦子在回忆中对过去的同一个场景进行了三次不同的重演。贯穿于这三次会面场景始终的是,分别象征了女儿、悼念、凶手的"小猫""灯笼"和"绳子"这三个元素,但悦子在叙述每次寻找过程时,都意味深长地留白了其中的一个元素(A:绳子,B:灯笼,C:小猫)。这意味着这三个元素间断地、替换地、重复地出现在三个场景中,暗示着三个场景的两两之间的相似性(灯笼:A = C,绳子:B = C,小猫:A = B)。这让悦子和女孩每一次相遇,都无法脱离其他两次相遇,孤立地被理解;在对同一场景每一次重复的叙述中,悦子都试图做一个更好版本的母亲,而她的每一次尝试也让她越来越接近女孩话语中的女鬼形象。回忆成了悦子试图缝合她在自己眼中及他人眼中相互矛盾的两个形象的手段,也是悦子逃避直面自己过去错误的方法,而回忆中的鬼,则成为了悦子记忆中的自己慢慢地与女儿景子眼中的自己合二为一的纽带。其中的三个物存,则是其内心挣扎和内疚的反映,它们不断地显现并阻碍着这种融合,提示着叙述的悦子与过去实际悦子之间不可忽略的差别。

  以往关注鬼故事这个侧面的研究者普遍关注悦子因为内疚、创伤、压抑的原因,而感觉到女儿之"鬼"的存在。刘易斯尝试提出了探索另一种观点的可能性,说:"会不会悦子才是那个被称为'另一个女人'的女鬼呢?那个鬼也许不只是万里子的想象,而是悦子的心理投射本身?毕竟她也将自己的经历投射到幸子身上。"③ 但是刘易斯

---

① Yu-Cheng Lee, "Reinventing the Past in Kazuo Ishiguro's 'A Pale View of Hills'," *Chang Gung Journal of Humanities and Social Sciences*, Vol. 1, No. 1, 2008.

② Ken Eckert, "Evasion and the Unsaid in Kazuo Ishiguro's 'A Pale View of Hills'", *Partial Answers: Journal of Literature and the History of Ideas*, Vol. 10, No. 1, 2012.

③ Barry Lewis, *Kazuo Ishiguro*, Manchester: Manchester University Press, 2000, p. 35.

仅以小说中的一个围绕"绳子"的细节为例，实在不足以支持他的这个假设。本书进一步对这个问题进行了挖掘，并为这种将《远山淡影》中的"鬼"解读为悦子本身的观点提供一个新的解释角度。如果结合女孩的反应以及贯穿始终三次的外在东西来看悦子三次寻找女孩的情景会发现，叙述中的悦子即女孩话语中的女鬼。

### 四　石黑式现代鬼故事

西方传统意义上的鬼给读者的印象，以19世纪哥特小说中的鬼为典型。鬼，被视为恐怖意象的代表，对人带有恶意。[1] 在维多利亚时代代表过去和历史之鬼，到了在现代艺术中，则变成了社会中被异化的个人的代名词，象征了那些与主流群体对立的、被异化为他者的族群，也象征了那些被主流认识孤立和排斥的边缘化历史。[2] 如若瑞克·瑞德（Noriko Reider）所言，日本的鬼故事之鬼，虽然与西方鬼故事之鬼从宗教起源上有所不同，但在现当代文学中担任的角色却经历着与西方鬼故事之鬼相似的演变。在日本，鬼故事常被解读为，被边缘化的"他者"的故事。而根据古往今来的社会历史具体语境，鬼所代表的"他者"也在经历着变化——可以指一个人、一个阶级、一种性别群体。[3]《远山淡影》里的悦子在自己的回忆中被看作鬼，体现了现代主体的异化过程，这让悦子在英国的现实和现时有了某种不确定和异化的审美现代性特征。

石黑在《远山淡影》中用一个隐晦的鬼故事，复杂地呈现了悦子在文本中"死去"的过程。悦子在现实中并没有死，但读者却见证了她像鬼魂一样出现在她所叙述的故事里，出现在昔日的女儿面

---

[1] Noriko T. Reider, *Japanese Demon Lore: Oni from Ancient Times to the Present*, Logan: Utah State University Press, 2010, p. 177.

[2] Simon Hay, *A History of Modern British Ghost Story*, New York: Palgrave Macmillan, 2011, p. 158.

[3] Noriko T. Reider, *Japanese Demon Lore: Oni from Ancient Times to the Present*, Logan: Utah State University Press, 2010, p. 2.

前。她的女儿景子在现实中自杀了，但故事中她的鬼魂却没有正面出现。景子之魂仿佛出现在现实中悦子的梦里，但悦子却对此持不确定的态度，认为那也许是一个不久前她在公园里的秋千上偶然看到的女孩。遵循着现代鬼故事的方法，石黑好像在邀请着读者以"鬼"的视角审视过去在日本时的悦子，我们很容易将这个鬼当作萦绕在悦子心间的死去的景子。但后来才发现，这个鬼其实是悦子的叙述本身，她的叙述邀请景子来到我们的现实世界，这个随后景子不得不以自杀逃离的残酷的现实世界。女儿眼中的悦子同时是背叛了承诺的母亲（答应她可以领养小猫却终究将其溺死，答应她如果不喜欢可以不搬家却反悔）、充满挂念和慰藉的母亲（举着灯笼寻她回家），以及想要杀死自己的母亲（拿着当时杀小孩凶手的绳子）三个不同形象混合而成的女鬼。而母亲口中美好的未来世界，在女儿眼里则成了河岸的那边地狱般的现代英国。叙述中的悦子因为与过去日本的悦子有着不可缝合的反差，而在故事中的女孩眼里有了某种鬼魅性，这同时暗示着悦子在回忆中建构的对人友善又体谅的自我形象与她过去在女儿眼中的实际形象之间的差异，提示着读者悦子之回忆的不可靠。

如石黑一雄所说，"回忆是我们审视自己生活的过滤器。回忆模糊不清，就给自我欺骗提供了机会"[1]。苟且安生于看似安宁的现实生活中的悦子，却在思想和情感上徘徊在一种不断梦回过去的动荡状态中，不得安宁。也许，在过去的日本确实存在幸子和万里子这样的人物，但她们的经历却不是悦子所说的那样，悦子只是盗用了好朋友及其女儿的身份，来实现对自己过去的重述和再认识。

鬼，这个显示着虚无的意象，代表了现时的悦子和死去的女儿景子之间的时空、存在以及情感上的隔阂。同时，鬼，也代表了现时中的悦子与小女儿妮基之间的隔阂。谢佛尔认为，故事现时中悦

---

[1] Kazuo Ishiguro, "Kazuo Ishiguro's Interview on Charlie Rose", Charlie Rose Show, Oct. 10, 1995, Accessed March 6, 2015. https：//charlierose.com/videos/18999.

子和妮基的生活空间，充斥着死去的景子的影子。见鬼，成为悦子在现时生活中内心不安的表现和她对女儿之死充满愧疚感的心理延伸。而妮基见鬼，则是出于幸运者的愧疚或者因为没有去姐姐的葬礼而感到内疚。① 露丝·佛塞特（Ruth Forsythe）指出，悦子在英国的家，看似如田园一般宁静和安详，实际上却是一个"不舒服的空间"，这种"不舒服"折射出栖居其中的人的身份或内在归属之不适。② 悦子的英国的家，充满与景子相关的一种无形张力。悦子不停地回忆起与死者相关的过去，好像是为了从被死者笼罩的现实中逃离出来一样。在悦子故事中，死者以好友的女儿的身份重生，并预示着怀在悦子肚子里的景子的未来命运。③ 据悦子说，妮基来看她的时候，"虽然我们不会长谈景子的死，但它从来离我们不远，时时盘旋在我们的谈话周围（hovering over us）"④。景子以前的房间尤其让母女二人感到不安。妮基说，景子的房间在她自己的房间对面，让她感觉到诡异，因此，想要换一间睡。而悦子也承认自己对那个房间倍感不安："它一直是景子极小心守护的私人领域，所以即使在她已经离开了六年后的今天，那儿仍然笼罩着一股神秘的空气——这种感觉在景子死后更加强烈了。"⑤ 悦子说，驱使小女儿妮基匆忙地离开这儿，回到伦敦的原因，除了因为受不了这个房子的安静，还有另外一个难以启齿的原因。

---

① Brian Shaffer, *Understanding Kazuo Ishiguro*, Columbia: University of South Carolina Press, 1998, p. 25.

② Ruth Forsythe, "Cultural Displacement and the Mother-Daughter Relationship in Kazuo Ishiguro's 'A Pale View of Hills'", *West Virginia Philological Papers*, Vol. 52, No. 4, 2005.

③ Cynthia F. Wong, "The Shame of Memory: Blanchot's Self-Dispossession in Ishiguro's 'A Pale View of Hills'", *CLIO*, Vol. 24, No. 2, 1995.

④ Kazuo Ishiguro, *A Pale View of Hills*, New York: Vintage International, 1990, p. 10.

⑤ Ibid., p. 53.

（妮基）叹了口气："最近我总是睡不好。我想我老做噩梦，但是醒来后就想不起来了。""昨天晚上我做了一个梦，"我说。（妮基说）"我想可能跟这里的安静有关。我不习惯晚上这么安静。（悦子说）"我梦见了那个小女孩。昨天我们看见的那个。公园里那个。"（妮基）"我在车上就能睡着，可是我记不起该怎么在安静的地方睡觉了。"妮基耸耸肩。①

最早将《远山淡影》解读为鬼故事的加贝瑞尔·安南（Gabriele Annan）认为，妮基离开母亲家的真正原因，是那个让她彻夜难眠又看不见的"景子的鬼魂"。②

除此之外，从母女的日常对话中，我们还隐约地觉察到悦子家中的"不舒服"，与其说是因为这里过于安静，不如说是母女之间在言语沟通上的隔阂。小说中悦子与妮基之间对话，跟悦子过去三次与小女孩的对话十分相似，她们谁都没有在倾听对方，言语中充满了隔阂和误解。③ 这一方面让妮基回家探母，成为一场失败的沟通过程。另一方面，还让现实中小女儿回家探母与回忆里悦子找女孩回家形成了一种试图跨越阴阳及时空进行对话的关系。但两者都以失败而告终。沟通的失败，反映了悦子现实的隔绝与孤立境况。这个曾经被悦子无限向往的理想中的英国，却在感觉上仍是那个充满了沟通阻隔与孤独的日本。这还让我们想起《被掩埋的巨人》中那个主人公最终被摆渡人带去的死亡之"岛"——那里人们大部分时间都只身一人，被绿树草地环绕，听不见也看不见彼此，但偶尔却仿佛能感觉到他人的无形的存在。④ 石黑以这种方式表现了悦子现时所在的现代英国生活的孤

---

① Kazuo Ishiguro, *A Pale View of Hills*, New York: Vintage International, 1990, p. 55.

② Gabriele Annan, "On the High Wire", *New York Review of Books*, Dec. 7, 1989.

③ Ken Eckert, "Evasion and the Unsaid in Kazuo Ishiguro's 'A Pale View of Hills'", *Partial Answers: Journal of Literature and the History of Ideas*, Vol. 10, No. 1, 2012.

④ Kazuo Ishiguro, *The Buried Giant*, New York: Knopf, 2015, p. 40.

寂和"无家"感。

另外，故事中"女儿探母"和"母亲寻子"情节的对应，还显示着悦子现实中的小女儿妮基身份的可疑性。妮基总是回避着母亲对其在伦敦的私生活的询问。悦子说，妮基只在书信中跟她提过一次有男朋友这回事。而这个男友，妮基不但从没有带回家过，也从没有在跟母亲的面对面的对话中提到过，更没有和他结婚的打算。一直表现出对传统家庭观及旧思想嗤之以鼻的妮基，在伦敦和女性朋友住在一起，她总是滔滔不绝地谈到一位被她欣赏的擅长写作的女性朋友。值得一提的是，有一次妮基偶然间向悦子问及自己儿时最好的朋友凯茜（Kathy）的事情，这使我们想到了《别让我走》中有着亲密关系的凯茜和露丝（见第四章分析）。如村上春树所言：

> 石黑一雄的小说是相互联系的。每部小说看似大不相同，却在各自的小世界与一个整体的复杂的世界相连。很少有作家能做到这一点。石黑对作品有一个整体的宏大图景，每一部小说都是为了实现这个宏观的叙事目标服务的。他像一个正在创作一幅巨大规模画幅的画家，每隔几年就完成作品的一部分，但我们需要通过更宏观的视角，才能探知到他在画什么。[①]

《远山淡影》中的妮基和《别让我走》中的露丝，在童年都有一个名叫凯茜的好友，而且她们都有某种喜欢同性的倾向。如此串联地看，露丝在《别让我走》中的死亡也许跨文本地暗示着《远山淡影》中妮基的存在本质。有学者注意到，恰是在妮基回家的第五天，悦子听到了诡异的声音；妮基总是说自己冷；[②] 再加上一些零散的事实，

---

[①] Huruki Murakami, "Foreword" in Sean Matthews and Sebastian Groes, eds. *Kazuo Ishiguro: Contemporary Critical Perspectives*, London: Continuum International Publishing Group, 2009, pp. vii – viii.

[②] Brian Shaffer, *Understanding Kazuo Ishiguro*, Columbia: University of South Carolina Press, 1998, p. 26.

比如：悦子一直觉得妮基和死去的景子很像，不论是在性格还是瘦小的身体方面；妮基缺席了景子的葬礼；一位不知道景子已死的老邻居误认为妮基是景子。以上种种细节，让我们对悦子所在的英国的现实有了另一种联想：也许妮基只是悦子想象出来的代替景子回家的替身，毕竟在悦子回忆中，女孩一次也没有跟她回家。

除此之外，悦子英国家中的"不舒服"，还表现于悦子在英国的家中似乎受到鬼的侵扰——她时不时感觉到有另外一个人存在。夜晚，母亲和女儿似乎总是能在这个家里听到好像伍尔夫《鬼屋》(*A Haunted House*, 1921) 里主人公感觉到鬼存在时听到的诡异声响。[1] 妮基向母亲抱怨，"我好像睡得不怎么好。老是做噩梦"[2]，并且时时感受到凉意。小说的前一页悦子还在回忆自己劝说万里子回家，下一页她就在夜深人静中听到死去女儿的房间传出声响：

> 起初我肯定有人经过我的床，走出房间，轻轻关上门。后来我清醒多了，发现这是多么荒唐的想法。我躺在床上听着外面的动静。很显然，我听到了隔壁妮基的声音；在这里她一直抱怨睡不好。也有可能根本没有什么声响，我又一次习惯性早早地就起来了……我打开房门时，……几乎是下意识地瞥了走廊尽头景子的房门。突然，一刹那，我肯定从景子的房里传来声响，在屋外的鸟叫声中夹杂着一个微小但清晰的声响。我停下来听，然后迈开脚步朝房门走去。又传来几个声响，这时我意识到是楼下厨房传来的声音。我在平台上站了一会儿，然后走下楼梯。妮基从厨房里出来，看见我她吓了一跳。[3]

---

[1] Virginia Woolf, "A Haunted House", in Leonard Woolf ed. *A Haunted House and Other Short Stories*, London: The Hogarth Press, 1943, pp. 9–10.

[2] Kazuo Ishiguro, *A Pale View of Hills*, New York: Vintage International, 1990, p. 175.

[3] Ibid., p. 174.

悦子的叙述让我们很容易想起一些传统鬼故事的桥段，认为是女儿景子之鬼回来对她实施烦扰。但随后，我们慢慢发现，真正的问题出自悦子本身。这首先体现在上面提到的，悦子与小女儿沟通问题以及小女儿形象本身的鬼魅性：妮基对母亲的反应让我们意识到，悦子疑似在现实被鬼惊扰的同时，自己也成为惊扰别人之鬼。现实中的人成为彼此的惊吓来源，而鬼却缺席不见。另外，这还体现前文分析的回忆中的悦子与万里子之间关系的鬼魅性：两者在各自的眼里，都把对方当作某种鬼魂式的存在。这与悦子与妮基在现实中彼此惊吓，有着本质上的相似。石黑用鬼魂来表现了母女之间不可逾越的情感鸿沟，以及现时与过去的悦子存在的不可逾越的历史断裂感。

石黑一雄在《远山淡影》中对鬼的处理具有现代性审美特点。根据西蒙·黑（Simon Hay）的观点，现代电影和小说中强调"鬼变成了现实本身，而不是过去回到现在"①。欧陆现代主义小说中的鬼，在推崇前现代社会观念以拒绝现代社会观念方面，与审美现代性对社会现代性的批判，达成某种一致性和契合性。"鬼在现代主义小说中代表现代社会的现实本身的虚像性，一切一度被认为坚实不变的东西都化为乌有，这就促成了前现代的信念和思想鬼魂一般的回归。"② 在小说家乔安娜·布里斯科（Joanna Briscoe）看来，这就像是亨利·詹姆斯（Henry James）在《螺丝在拧紧》（*The Turn of the Screw*，1898）里把传统的鬼故事元素拿来拼补新现实一样，营造出一种对现实的怀疑感。用詹姆斯的话来描述便是，"每种看似平常和舒服的事情和现实瞬间中，都镶嵌着某种怪异及险恶"。③ 刘易斯进一步指出，《远山淡影》和《螺丝在拧紧》都用了心理惊悚而非

---

① Simon Hay, *A History of Modern British Ghost Story*, New York: Palgrave Macmillan, 2011, p. 167.

② Ibid..

③ Joanna Briscoe, "How to Write a Modern Ghost Story", *The Guardian*, Jul. 4, 2014.

超自然惊悚的方式来表现鬼，他以此把《远山淡影》划归到欧陆现代鬼故事之列。① 《远山淡影》中的留白则表现了弗洛伊德式的"怪怖"（Uncanny）意味，即"一种在熟悉与恐怖之间的战栗，以及错置（Displacement）和无家（Unhomeliness）的状态"②。但其实，弗洛伊德在《怪怖者》（"The Uncanny", 1919）中还提到了另外两种对"怪怖"的定义：一种来自谢林（Friedrich W. J. Schelling），他认为"怪怖"是一切应当被保持为秘密状态的或被隐藏的、却暴露出来的东西；而另外一种来自恩斯特·詹池（Ernst Jentsch），他认为"怪怖"一方面与未知、异常和不熟悉相关，另一方面也与理智上的不确定性有很大的关联。③ 笔者认为，未被以往批评所重视的后两种"怪怖"意涵似乎能更好地解释《远山淡影》中的鬼故事特点跟其中隐露的感伤之间的完美融合性。而后两种解释明显地带有审美现代性的特点。石黑的鬼故事则恰恰表现了这种集神秘性和理性认识的不确定为一身的、在极力回避和遮掩中却止不住透露出的现代式感伤。

《远山淡影》里现时中悦子与妮基互为惊吓的状态，一方面表现了现代鬼故事中特有的一种将可畏之物由"外在"向人的"内在"转移的倾向。现代鬼故事的作者常将恐惧之源塑造为人的内疚、创伤等各种心理因素，于是，鬼是否存在，成了故事中的不确定的问题。另一方面，《远山淡影》还表现了现代鬼故事中对当下世界的鬼魅性和现代社会异化特点的特别关注——"鬼变成了现实本身，而不是过去回到现在"。这种现代鬼故事特点最初在伍尔夫的短篇小说《鬼屋》④ 中得到体现。小说讲述了居住在一个屋子现时中的夫妇之

---

① Barry Lewis, *Kazuo Ishiguro*, Manchester: Manchester University Press, 2000, p. 31.

② Ibid., p. 44.

③ Sigmund Freud, "The 'Uncanny'", in James Strachey ed. and trans. *The Standard Edition of the Complete Psychological Works of Sigmund Freud*, Volume XVII (1917–1919): *An Infantile Neurosis and Other Works*, New York: W. W. Norton & Company, 2000, p. 219.

④ Virginia Woolf, "A Haunted House", in Leonard Woolf ed. *A Haunted House and Other Short Stories*, London: The Hogarth Press, 1943, pp. 9–10.

一察觉到，一对屋子的前任主人在死后回到了他们生前的故居来寻找宝藏，故事的叙述者在现时屋主的意识和幽灵的意识之间不断地进行切换；幽灵对过去记忆中的生活画面与在他们观察中的现时屋主的生活融为一体。在结尾处，鬼夫妇注视着他们找到的宝藏——恰恰是在床上相拥入睡的现屋主夫妇。伍尔夫笔下的幽灵夫妇所寻找的，其实就是现任屋主夫妇正在进行的，曾经属于他们的生活。这同时意味着，现时主人公所拥有的坚实的爱情，将重复幽灵夫妇经历过的磨难，在生离死别后又在同一个屋子重逢。以此，伍尔夫让屋主夫妇的现实本身，变成了鬼魅浮生式的梦游，展现出现实中梦幻与鬼魅的一面。相似的，《远山淡影》里成为过去的亲人眼中的一个鬼魅的影像的叙述者悦子，也突出了这种"现实中的鬼魅面"的现代鬼故事特点。

综上所述，石黑一雄利用这种现代鬼故事的元素，凸显了一种被迪派史·卡克拉巴蒂（Dipesh Cakrabarty）称为"挣扎着让自己安身于资本主义社会生活"的审美现代性特点。这种挣扎，在他看来，意味着自我"要在别人眼中建构起自己的另一幅面貌"[1]。除此之外，《远山淡影》还不同程度地体现了多部现代作品中所呈现的鬼故事特点。结合作家布里斯科对英美文学中出色的现代鬼故事的共同特点的总结，[2] 我们能归纳出石黑一雄作品中显现的现代鬼故事的以下几个特点：

（1）现实与心理投射界限的不明。因为受到心理分析理论的影响，现代作家倾向于采用不可靠叙述者，把鬼当作人心理状态的延伸。

（2）鬼不能在作品中可见，至少不能直接可见，而是以声音、味道或误认等方式来勾起一种神似"见鬼"的思绪。

---

[1] Dipesh Chakrabarty, *Provincializing Europe*: *Postcolonial Thought and Historical Difference*, Princeton, New Jersey: Princeton University Press, 2000, pp. 181, 187.

[2] Joanna Briscoe, "How to Write a Modern Ghost Story", *The Guardian*, July 4, 2014.

(3) 鬼被赋予了善良无私的特质，现代作家倾向把鬼描绘成受害者，而不是传统意义上恶的执行者。人们则企图站在鬼的视角了解他们的动机。

(4) 但是有的作家同样能用"鬼"作幌子，来颠覆读者的已有认识，比如让似鬼之人作为主角，却让读者随后发现真正的问题出在看似正常的人的世界。

## 第二节　公媳情感中的感伤问题

如绪论所述，部分批评家①认为石黑一雄小说的前后期分别继承了以"感性的失联"为特征的英美式现代主义和"内省怪诞"的欧陆现代主义的特点。② 笔者则认为，一种混合了离奇与熟悉，给人以真实感同时却与现实脱节的对现实认识充满含混的欧陆审美现代性特点，早在《远山淡影》中就有所凸显。前文也提到，在石黑看来，20世纪欧陆和英美作家都不同程度地从呈现现实的方法上表现出实验性，为现实加入怪异的、扭曲的成分。石黑认为，相比较乔伊斯和福克纳那种从语言方面进行实验的现代作家，他的小说受卡夫卡和贝克特那种放弃语言上的实验而致力于呈现怪诞现实的现代主义的影响更多。③ 姑且先不谈石黑对其所理解的两种现代主义特点的解释正确与否，石黑以此强调的是，他对"呈现被曲解的现实"的兴趣，以及对精练语言的追求。

---

① See Richard Rorty, "Consolation Prize", *Village Voice Literary Supplement*, Oct. 10, 1995.

② Patricia Waugh, "Kazuo Ishiguro's Not-Too-Late Modernism", in Sebastian Groes and Barry Lewis, eds. *Kazuo Ishiguro: New Critical Visions of the Novel*, New York: Palgrave Macmillan, 2011, p. 16.

③ Kazuo Ishiguro, "Literature, My Secret of Writing Part 2 First Class Video on Demand HNK World", Japan Tokyo, Dec. 14, 2017.

本书认为，帕特里夏所说的两种现代主义特征其实都是石黑一雄所说的现代主义作家"呈现被曲解的现实"的不同途径。《远山淡影》一方面继承了欧陆现代怪诞鬼故事特点，并加入小津安二郎电影中带有东方特点的物哀，使小说逼近自省式的、向内透视的、内外世界之间界限模糊的欧陆式审美现代性特点，另一方面还表现了理性和情感分离的英美式审美现代性特点。石黑一雄试图通过小津安二郎电影中的物哀与留白，在感性的失联中，找到某种缝合的可能。上一节我们讨论了第一方面的特点，而在接下来的两节，我们将聚焦另一个方面。

石黑的早期小说都邀请读者给予他小说中的不完美的主人公最大的同情和共感，这一特点被一些研究者注意到。沃克维茨指出，石黑沿用了现代主义小说中的错置和精简的文法，表现了"那些不被特定历史时间和道德绑定的个人的感受和经历中的非个性、非特殊、非线性却又相互矛盾的事实"[1]。《远山淡影》中的悦子，与石黑之后的五本小说中的第一人称叙述者一样，属于非典型性的"不可靠叙述者"。[2] 典型的不可靠叙述者的观点和态度是明确的，从而形成一种与读者在认识和认同上的鲜明差异和对照。但是石黑总是让他的第一人称叙述者在叙述中以各种方法消除其自我经历的特殊性，以此来减少叙述者与读者在认识上的这种差异。

首先，悦子记忆的不可靠具有普遍性，这让她的感受更像是人

---

[1] Rebecca L. Walkowitz, *Cosmopolitan Style: Modernism Beyond the Nation*, New York: Columbia University Press, 2006, p. 126.

[2] See Wayne C. Booth, *The Rhetoric of Fiction*, Chicago: University of Chicago Press, 1983, pp. 158–159; Seymour Chatman, *Story and Discourse*, Ithaca, New York: Cornell University Press, 1978, pp. 148–149; Gerald Prince, *Dictionary of Narratology*, Lincoln: University of Nebraska Press, 1987, p. 101; 关于对石黑一雄小说中不可靠叙述者的争论和评价，参见申丹《何为"不可靠叙述"》，《外国文学评论》2006 年第 4 期。关于石黑一雄小说中不可靠叙述的后结构主义解读，参见 Kathleen Wall, "'The Remains of the Day' and Its Challenges to Theories of Unreliable Narration", *Journal of Narrative Technique*, Vol. 24, No. 1, 1994。

类普遍的日常感受中的一个缩影，而不是其特殊的、异类的觉知。正如沃克维茨所说，石黑的主人公常常用"人们"（One）取代其话语中"我"的感受，来营造一种现代式的"非个人化"的感受。① 这里悦子所说"记忆常常被人们回忆时的氛围所大大地影响"中的"人们"其实就是这样一种手段。悦子以此将个人的感受上升到超越个体的人类共同的认识和情感的层面，以获取读者对她的认同。其次，沃克维茨还指出，不可靠叙述者通常会把自己的故事加入实际上属于他人的故事里。就像《呼啸山庄》（*Wuthering Heights*, 1847）中的奈莉（Nelly Dean）和纳博科夫（Vladimir Nabokov）《微暗的火》（*Pale Fire*, 1962）中的查尔斯·金伯特（CharlesKinbote）那样，他们都自以为自己的想法对别人的抉择有着重要的影响。但石黑的叙述者却都不同程度地逆转了这种典型不可靠叙述者的心理投射机制："虽然他们不自觉地透露自己的故事，但他们总是想把自己的故事推给别人，不愿承认他们的焦虑或失落的感受是属于自己的。"② 在这方面，恰如克里斯丁·斯莫伍德（Christine Smallwood）所说，石黑一雄是一位"善于操控人的大师"。③

凯瑟琳·沃也指出，相比那些伟大经典著作中有明显缺陷或不连贯的叙述者，读者在石黑的叙述者面前几乎体会不到任何认知上的优越感。④ 悦子自己都说"我对这些事的记忆随着时间越来越模糊，我所记得的也许跟实际发生的不完全一样"。⑤ 同样依靠记忆认知的我们，并没有体会到有比悦子更可靠的认知优势。辛西亚·汪

---

① Rebecca L. Walkowitz, *Cosmopolitan Style: Modernism Beyond the Nation*, New York: Columbia University Press, 2006, p. 126.

② Ibid., p. 125.

③ Christine Smallwood, "The Test of Time: Kazuo Ishiguro's Novels of Remembering", *Harper's Magazine*, April, 2015.

④ Kathleen Wall, "'The Remains of the Day' and Its Challenges to Theories of Unreliable Narration", *Journal of Narrative Technique*, Vol. 24, No. 1, 1994.

⑤ Kazuo Ishiguro, *A Pale View of Hills*, New York: Vintage International, 1990, p. 41.

也认为"即使读者怀疑叙述者对事实进行了掩盖,但他们对自己身上人性缺点的自觉认识,往往能俘获读者的同情",况且"这些角色在过去经历了各种创伤,这分外能唤起读者的同情",而使这种掩盖显得情有可原。① 悦子没有说她在核爆时如何失去了爱人,这似乎更加催促我们去想象她究竟是遭受了什么样的痛楚,才使得她终日空思,久立在窗边看着远处的山景? 究竟是什么样的痛楚,让她在经历核爆后彻夜不眠,旁若无人地拉着提琴,又在婚后再也不愿拿起自己心爱的乐器? 但我们同时意识到,当初久立、魂飞远处的悦子也恰是如此忽视着自己的女儿。景子面对眼前这个失魂的母亲也同时经历着痛楚;而过去因为创伤彻夜难眠拉着提琴的悦子,也同时给身边包括公公绪方在内的其他人造成了困扰和忧虑。

因此,我们在本部分认为,石黑在《远山淡影》中通过借鉴小津安二郎电影中物哀式的留白、省略和超验式的感伤,一面邀请我们在感性上给予悦子最大限度的同情和理解,一面也提醒我们对她在叙述公公这个人物时以情感为主导的认识保持警惕和怀疑。石黑的主人公通常在表面上符合读者期待的某一类型,但却总能随着故事的发展渐渐地颠覆这种期待。《远山淡影》中石黑就借用了小津电影中被人熟知的人物形象,来建构悦子和公公实际与表面相悖的人物形象。小津《东京物语》中由原节子扮演的纪子(Noriko 日文为中规中矩的孩子的意思)的形象十分符合石黑《远山淡影》中的女主人公悦子给读者的最初印象。过去的悦子表面是一个遵守传统、贤惠端庄的日本女性,对父辈充满了崇敬与怀念。随着悦子过去回忆的展开,读者也了解到悦子的另一面:她不仅从来没有为女儿下过厨,还嫌弃藤原太太(Mrs Fujimara)开的小面馆,也对藤原太太所代表的为儿子牺牲自己、主内事、下厨房的传统日本女性形象有

---

① Cynthia Wong, *Kazuo Ishiguro*, Tavistock, UK: Northcote House Publishers, 2000, p. 24.

着排斥和抵触。①

　　以一种与《东京物语》关联的方式，石黑为《远山淡影》中悦子在日本时最为敬仰的、看上去和蔼可亲的公公，增添了一种与表面意义相悖的现代断裂感。绪方先生是个坚决捍卫旧秩序的退休老师，他无法接受被美国民主化了的日本，更不敢相信日本女人竟然可以有自由投票权。更不被他理解的是，他以前的学生竟然会指控他是第二次世界大战期间日本军国主义的帮凶："你的时代，日本的孩子被灌输了可怕的思想。他们学到的是最具破坏力的谎言。更糟的是，他们被教着不去看、不去问。这就是为什么我们国家会卷入有史以来最可怕的灾难。"② 但在绪方看来，他为军国主义效力的历史不过是在尽其所能地为国家效力，以确保正确的价值被传承而已。有中国学者指出，石黑通过对《远山淡影》中的绪方与《浮世画家》中的小野的刻画，表现了日本战后日常生活中对正视战争责任问题的回避，暗示了导致日本此后逃避战后责任的重要社会个人因素。③

　　但值得注意的是，《远山淡影》中的悦子在回忆公公时其实没有对公公的这些看法和立场进行直接地反对或批判。相反，悦子对公公的回忆展现的是她生命中少有的温情时刻与美好回忆，凸显的是她与公公之间难舍的情感和怀旧式感伤。悦子的私人回忆里的绪方是一个温柔又善良的人。与悦子的那个"即使在家里也常常穿着西服、打着领带"④，更从来没有问及自己孕事的前夫二

---

① Ruth Forsythe, "Cultural Displacement and the Mother-Daughter Relationship in Kazuo Ishiguro's 'A Pale View of Hills'", *West Virginia Philological Papers*, Vol. 52, No. 4, 2005.

② Kazuo Ishiguro, *A Pale View of Hills*, New York: Vintage International, 1990, p. 147.

③ 张勇：《对抗忘却的政治——石黑一雄关于日本战后责任的思考》，《外国文学》2019 年第 3 期。

④ Kazuo Ishiguro, *A Pale View of Hills*, New York: Vintage International, 1990, p. 28.

郎（Jiro）相比，绪方公公首先是战前日本传统家庭中的温情的代表，其次才是一个在社会生活中像《浮世画家》中的小野、《长日留痕》中的史蒂文斯一样，由于缺乏深刻的洞见和全局思辨力，而将自己的精力浪费在战乱中"错"与"恶"的方向的社会及政治生活中的失败者。《远山淡影》中的悦子对公公绪方及社会集体所犯下的错误的态度，呈现出一种理智让位于情感的感伤主义特点。如何理解悦子的这种感伤，成为理解《远山淡影》主旨的关键。

诸多批评者认为，悦子叙述中的感伤来源于作者的个人移民经历所带来的创伤。这种看法被作者本人所拒绝。作者说：

> 我期望读者抛开其具象的日本背景，能聚焦这部作品中的更为抽象、更为普世皆同的主题，这是一个"情感的故事"（Emotional Story）。不同于一些出于愤怒或暴力而写作的作家，我的创作过程更多的是出于一种遗憾或忧伤（Melancholy）。我对自己没能在日本长大一点也不遗憾，我在英国从童年至今都十分快乐。[1]

作者在 2017 年诺贝尔文学奖的记者招待会上，再次回应了那些在其移民经历中寻找创伤的观点，说："对我来说，作为一个日本人移民到英国长大并没有感到不适，我很快地融入了英国的生活，甚至加入了当地教堂的唱诗班。我有一个幸福的童年，受到身边每个人的喜欢，而不是受人欺凌，这让我长大成为一个有自信的人。"[2] 但石黑确实也承认："我的写作确实源于我对日本的一种强烈的情感上的关系，

---

[1] Maya Jaggi and Kazuo Ishiguro, "Kazuo Ishiguro with Maya Jaggi", in Brian W. Shaffer and Cynthia F. Wong, eds. *Conversations with Kazuo Ishiguro*, Jackson: Mississippi University Press, 2008, pp. 111, 116.

[2] Kazuo Ishiguro, "Literature Laureate's Press Conference in Sweden", China's English Language Television Channel, Dec. 6, 2017.

特别是与我的爷爷。五岁之前我跟我爷爷生活在一个三代同堂的家庭，爸爸总是在外工作，爷爷是一家之长，他之后在我十几岁时去世了。"① 作者的澄清，② 抵制了因作者移民的成长背景而从创伤的角度来解读石黑一雄小说的一系列文学批评，显示着一种与那些牵肠挂肚的伤痛不同的忧伤和怀旧感。

鉴于本书第一章第二节中提到的石黑的创作与小津安二郎电影之间的联系，笔者认为，《远山淡影》中悦子对公公所表现的情感与哀伤，与小津安二郎电影《东京物语》中儿媳对公公的情感与物哀，有着相似之处。梅森在1989年的论文中也提到，《远山淡影》中悦子与公公绪方的关系，像极了小津安二郎电影中由原节子和笠智众饰演的儿媳纪子与公公周吉（Shukichi）的关系。③ 虽然没有就此展开分析，但梅森敏锐地探知到两部作品之间的相同之处。《东京物语》中的老公公周吉来到城市探望二儿子一家，但子辈们都为了现代生活奔波忙碌而无暇招待。唯有战时死去的大儿子的遗孀纪子，放下一切琐事对公公细心招待。电影中纪子带着公公在城市里观光。他们走到公园的一处，坐在山坡上休息，欣赏景色。二人面带微笑，但在琐碎的只言片语中，观众感到一种超出个人情景的伤世感物之情——感怀一个时代的过去，忧虑新的时代的到来。

《远山淡影》中的悦子也有类似的带着公公在城市里观光的经

---

① Maya Jaggi and Kazuo Ishiguro, "Kazuo Ishiguro with Maya Jaggi", in Brian W. Shaffer and Cynthia F. Wong, eds. *Conversations with Kazuo Ishiguro*, Jackson: Mississippi University Press, 2008, p. 116.

② 石黑在诺奖的演讲中特别感谢了在他1960年移民到英国时接纳他的小镇人，感谢他们当年开放地欢迎并接受了他和家人的加入："我总是惊诧于这个平凡的英国社区，竟以如此的开阔心胸，不假思索、宽宏大量地接纳了我们一家。正是战后的余烬中建立起一个令人叹为观止的崭新福利国家的那代英国人的开放与包容，让我有了一个充满爱、尊重和好奇的童年。直至今日，这份情感很大程度上来源于我在那些年中的个人经历。" See Kazuo Ishiguro, "My Twentieth Century Evening and Other Small Breakthroughs", Nobel Prize, Dec. 7, 2017.

③ Gregory Mason, "Inspiring Images: The Influence of Japanese Cinema on the Writings of Kazuo Ishiguro", *East-West Film Journal*, Vol. 3, No. 2, 1989, p. 137.

历。石黑巧妙地借用了《东京物语》中的"公园观景"场景。悦子回忆带着公公去市里观光，他们在午后来到一个叫"和平公园"的地方休息。在悦子对公园景致的描述中，我们能感受与电影中相似的、公公和媳妇在静默中传达的对物境变迁的感伤：

  尽管有孩子和鸟儿的叫声，这一大片绿地上却笼罩着一种肃穆的气氛。公园里常见的装饰，诸如灌木和喷泉，少之又少，而且都很朴素；平坦的草地、广阔的夏日天空以及雕像本身——一尊巨大的白色雕像——占据了公园的主要部分。①

  然而，与小津的电影不同的是，《远山淡影》里被悦子和公公聚焦的不是普通公园中的风景，而是一尊为纪念原子弹爆炸遇难者所矗立的雕像。在悦子看来，它"貌似一位希腊之神"，又"像在指挥交通的警察"。② 从集体与理性层面，塑像象征着在美国扶植下的、被绪方的学生称为"新曙光"的西方世界秩序的确立。同时，从悦子个人和感性层面，它也意味着公公所代表的日本传统家庭中以父权为中心的亲情的丧失。这里，石黑用小津电影中怀古叹今的物哀场景，转而表达出一种对被取代的旧秩序的感伤，同时又对取而代之的新秩序的忧虑之感。

  悦子的这种感伤及忧虑，一方面来自悦子从过去对公公错误的感性认识中醒悟后，仍然抑制不住其情感上的怀念，另一方面还来自悦子对过去的物哀式觉知。汪认为，石黑在《远山淡影》中用"物哀"描绘了悦子意识到两种不同的真实——自己的感受中的事实真相，以及客观历史中的事实真相。这种物哀，用保罗·德曼的解释是，人在试图理解事物时，对未知的一种敏锐感受（Sensitivity），

---

① Kazuo Ishiguro, *A Pale View of Hills*, New York: Vintage International, 1990, p. 137.

② Ibid., p. 176.

即"人在还没有开始形成对事物的认识之前,就感觉到这个事物的无法认识性"①。

汪所说的这种物哀中包含的人的敏锐感受,在物哀论中有专门的名称叫"知物哀"。它是从人的习得和体验角度讲,"感物而哀,就是从自然的人性与人情来触发认识,不受伦理及道德观念的束缚,对万事万物充满包容、理解、同情与共鸣,尤其是对思恋、寂寞、忧愁等使人挥之不去的、刻骨铭心的心理情绪有充分的共感力。"② 感受与情感在"知物哀"中成为一种觉悟、一种知识,它恰恰强调的是情感对认识的作用。"知物哀"概念的提出,其实是把这种由外物而引起的情动,升华为一种有待习得的特殊的认知。它同时表现了认知的推延性——人们似乎唯有后知后觉地对曾经有过紧密联系的人或事产生参透其本质的认识,但这种觉知却因为失去即时即地性(太晚),而与感伤和遗憾相融合且不能分。石黑恰将这种从中国儒佛之道的美学发展起来却又摒弃了儒佛以道德教训为本的日式物哀,与20世纪60年代以来的艺术的"情感转向",并在精神及思想上追求"感性的回归"的审美现代性思想结合了起来。

悦子对公公的感伤既夹杂着类似石黑一雄对自己爷爷的那种怀念,还夹杂着类似罗伯特·弗罗斯特(Robert Frost)在幽深的树林前驻足凝视那种对未知在渴望和却步之间的挣扎。用作者的话说是:"我总能感觉到,本有另一种可能的生活在等我去过,但那却不是比现在更幸福的生活方式。但总有一个十分重要的羁绊在那儿。"③ 特

---

① Cynthia Wong, *Kazuo Ishiguro*, Tavistock, UK: Northcote House Publishers, 2000, p. 29.

② 王向远:《"物哀"是理解日本文学与文化的一把钥匙》,载[日]本居宣长《日本物哀》,吉林出版社2010年版,第9页。

③ Maya Jaggi and Kazuo Ishiguro, "Kazuo Ishiguro with Maya Jaggi", in Brian W. Shaffer and Cynthia F. Wong, eds. *Conversations with Kazuo Ishiguro*, Jackson: Mississippi University Press, 2008, p. 116.

欧认为，石黑小说中经常表现出一种类似现代乡愁（Nostalgia）式的感伤。他引用潘姆·库克（Pam Cook）的解释说："这是一种对明知道不可能得到之物的渴望和追寻，它不同于弗洛伊德中常常与痛苦、压抑相连的哀伤（Mourning），这种乡愁式的情感可以帮助其主人公与过去和解。"[①] 而《远山淡影》中公公与儿媳在公园的静观场景，借着小津电影里所呈现的相似场景的物哀式表达，凸显了悦子的这种情感认识，以及作为受害者的悦子试图与过去他人及国家的过错和解的意图。

在小津安二郎电影里，物哀常常通过人物静观远方之景，观众随着镜头久久凝视山、水之类的自然物这些看上去是"闲笔"的场景得以体现。保罗·史瑞德（Paul Schrader）将小津电影中的物哀理解为一种"超验风格"（Transcendental Style），其目的是放大某种感性存在的神秘性。小津以此来展现了理性只是理解现实生活的诸多方式之一，但绝不是唯一方式。[②] 而这种物哀觉知，在小津电影中总以静观行为中人物的思想的涌动和行为的静止之间呈现的张力，得以表达。这就如同弗罗斯特发现了一条通往更高境界的通道，但是他却回撤不前，于是眼前有了一条没人走过的路；就像柏拉图的"洞喻"中那个发现通往外面更广阔更光明世界的隧道的人，但他又选择回到黑暗的地牢中来。小说中的悦子与公公一起在公园静观塑像的场景，乃至《远山淡影》的标题中隐含的静观场景，以及故事中多处悦子的静思和凝视自然的场景，都体现着类似的物哀式情感认识过程。比如，怀孕时候的悦子久站在窗前看着远山淡影而出神、对荒原的凝视、悦子寻找万里子时在桥头静观夜色等。这是一种夹杂了后见之明的、对过去场景的反思与冥想，也是短暂的、对没有

---

[①] Yugin Teo, "Memory, Nostalgia and Recognition in Ishiguro's Work", in Cynthia. F. Wong and Hulya Yildiz, eds. *Kazuo Ishiguro in a Global Context*, London: Routledge, 2015, p. 45.

[②] Paul Schrader, *Transcendental Style in Film: Ozu, Bresson, Dreyer*. Berkeley: University of California Press, 1972, p. 11.

走过的路的无限向往，但并不是因为理性上那代表着更好的选择或会引向更好的生活，而是因为情感上无法完成、无法终止的羁绊所致。

但《远山淡影》与小津电影中表现出的这种通过提升情感及感性价值来重建和恢复意义的"物哀"情感不同的是，悦子对公公的回忆还同时体现了一丝对感性认识的警觉。这让小说有了一种对认识存疑的审美现代性特征。在悦子的认识中，公公绪方不论是在社会集体层面、与悦子的私人情感层面，还是在悦子的理智与情感层面，都呈现了截然相悖的意义。情感上，绪方公公是悦子在战乱的痛楚中感受到的唯一的私人温情的来源；而理性上，绪方是军国主义的信奉者，象征着让东亚邻国、日本集体以及悦子个人遭受战争苦难的罪恶之源。而悦子在描述自己和公公的场景时恰恰凸显的是，与小津在《东京物语》中一样的，对过去的一种感性认识。感性被推崇，位于理性和道德之前，这也是物哀的一个特点。而被悦子留白的部分，恰恰是其理性层面的认识，是绪方在社会和历史生活中的形象。以这种方式，石黑将小津电影中彰显情感认识的物哀，转而用作悦子在考量公公绪方在社会历史生活中该承担的责任过程中，极力为其推责的有效手段，以此来提醒读者去反思当下人们对情感认识的过度推崇。

正如石黑一雄所言，如果 20 世纪深陷战争和国家操控意识形态危机的人们，需要对这类经国家机器把控的虚假现实反思和警惕的话，那么，我们当下所面临的是一种前所未有的被情感所操控的虚假现实："有时候我们不再关心究竟什么是对，什么是错，而只是关心其中表现的个人情感。如果过去的一件不确定之事能表达我的愤怒、感伤，那么我就可以假装它存在过。"[①] 在《远山淡影》中，个人的感受和情感（包括悦子对自己战后创伤的感受以及对公公社会

---

① Kazuo Ishiguro, "Literature Binds Our Divided World Kazuo Ishiguro Direct Talk Video on Demand NHK World English", Japan Tokyo, Dec. 24, 2017.

处境的同情）有时可以同时成为个人罪恶的伪装假面以及社会之恶的藏身之所。就如沃克维茨所说，当我们同样意识到悦子把自己的情感生活与他人的情感生活混为一谈时，我们之前对悦子的过去线性的理解，对与其相关事件的是非和归咎状态的理解，也一并被刷新了。读者再也无法对悦子眼前发生的事情或出现的人物，进行清楚地认知。① 这就如石黑自己所言：

> 真正能认识生活中的善与恶是一件相当困难的事。你也许坚信一些价值并相信自己正为社会进步做贡献，但世界往往另有一套前进的法则，将你甩在身后。历史慢慢揭露出那些被你深信的价值不过是假象、虚空甚至是邪恶之物，而你所在的社会也在随时改变着其价值取向。突然间，被历史留下的你，意识到："哦，我的生活竟是建立在'虚无'之上，甚至是'恶'之上。"②

《远山淡影》中悦子对过去的自己和别人的认识都与现实存在偏差。她一面逼迫自己在理智和情感挣扎中做出"对的"人生选择，一面却因为忽视或夸大主观的情感而错过看上去"对的"抉择和"好的"人的阴暗面。如果从故事的主线来看，悦子对好友幸子和女儿万里子的回忆，试图隐藏自己对女儿的不幸负有责任的感性面，那么从小说的另一条情节线索看，石黑一雄则利用与小津电影的关联，通过悦子对公公的回忆，试图把这种被压抑的感性投射到对别人、集体乃至国家认识的层面。但这种感性及情感认识是否正确呢？作者再次把这一围绕其创作始终的问题抛给读者。

这就像作者所说的苏格拉底的终极诘问使人从虚幻的认识中醒

---

① Rebecca L. Walkowitz, *Cosmopolitan Style: Modernism Beyond the Nation*, New York: Columbia University Press, 2006, p. 126.
② Kazuo Ishiguro, "Literature, My Secret of Writing Part 2 First Class Video on Demand HNK World", Japan Tokyo, Dec. 14, 2017.

悟的那个问题——人们是否可以确定对"好与坏"的认识？石黑一雄说："在我的小说中，人对自己也扮演着苏格拉底。"① 如同布鲁斯·罗宾斯（Bruce Robbins）和瑞安·椎姆（Ryan Trimm）所说，石黑擅于展示道德和伦理上的罪恶，不过源自那些满怀憧憬地希望通过恪守日常工作和生活准则去实现人生价值的普通人。② 而从悦子及绪方身上所反映的个人和集体的罪恶，亦是如此。因此，石黑一雄的小说，既邀请又挫败着我们对其人物在情感与认识上的认同力。

## 第三节 "知物哀"式的自我认知

《远山淡影》中的悦子通过其回忆邀请读者同她一起，慢慢地重现并建构着她过去的自己。这个过程像极了以留白为特点的感受"物哀"的过程。我们体验了一种感受——它仿佛从一个看不见的中心零零散散地向外扩散并不断增多，慢慢地侵入人心，然后猛然地让我们感知到那个未被揭示的未知中心的存在。小说里，悦子平淡的叙述由一些主观的记忆片段组成，且存在大量的留白和模糊点，因此充满了不确定性。

物哀论中的留白特别强调世界的真实存在于人的言语之外的部分，并将感受作为认知这部分真实的关键，感受被提升到美学的高度。石黑一雄有意识地在小说中使用了带有这种目的性的留白技法。作者说："我对在小说里运用留白来制造一种有力的、真空似的张力的手法十分感兴趣，我也总在创作中用到。当然这在我的处女作《远

---

① Susannah Hunnewell and Kazuo Ishiguro, "The Art of Fiction No. 196", *The Paris Review*, No. 184, 2008.

② Bruce Robbins, "Very Busy Just Now: Globalization and Harriedness in Ishiguro's 'The Unconsoled'", *Comparative Literature*, No. 53, 2001; Byan S. Trimm, "Inside Job: Professionalism and Postimperial Communities in 'The Remains of the Day'", *LIT*, No. 16, 2005.

山淡影》中用得尤其明显。"①石黑在 2015 年的一次访谈中进一步解释说,他小说中的主人公往往说话拐弯抹角、自欺欺人,向我们讲述着一切关于要害事件周边的事,但就是不讲要害事件本身。他觉得这是他的特点,同时也是日本人的特点。②他把这种由一个难以看清的中心所催生的无限内容和意味,称为"信息的黑洞"(Black Hole of Information)③。这种被石黑称为"信息黑洞"式的留白,跨媒介地与小津安二郎电影中最核心的物哀思想相互呼应,形成一种与东方禅宗思想、电影、绘画及氛围相关的审美现代性技法。就像中国南宋绘画中画月的手法一样,画家细致地描绘着月光之下的河面、河上的小船、岸上的树梢,而对于照亮一切的月亮,画家反用密云将其遮蔽,只现其朦胧,从而表现出月之美不在其本身,而在于被它烘托的氛围和环境。这种画中留下的余白,不是只有空间上的空白,而是在臆想中留存的空间及无限延伸的可能性,不是作为简单的"虚"的"无",而是一种充实的"无"④——一种用无心之心来填补,才能达到的"无中万般有"的意境。《老子》中也说:"天地之间,其犹橐籥乎。虚而不屈,动而愈出。"⑤ "橐籥"就是扇火用的风箱,其中间是空的,可是运动起来,可以扇风助火。意思是认为"有一个中空的东西,万物都从那里边生出来:中间的空虚是'无',无穷无尽的东西是'有',乃'有'生于'无'之意"⑥。

---

① Don Swaim, "Don Swaim Interviews Kazuo Ishiguro", in Brian W. Shaffer and Cynthia F. Wong, eds. *Conversations with Kazuo Ishiguro*, Jackson: University Press of Mississippi, 2008, p. 97.

② Elysha Chang and Kazuo Ishiguro, "A Language That Conceals: An Interview with Kazuo Ishiguro, Author of 'The Buried Giant'", *Electric Literature*, March 27, 2015.

③ Don Swaim, "Don Swaim Interviews Kazuo Ishiguro", in Brian W. Shaffer and Cynthia F. Wong, eds. *Conversations with Kazuo Ishiguro*, Jackson: University Press of Mississippi, 2008, p. 97.

④ 冯友兰:《中国哲学史新编》上,人民出版社 2007 年版,第 91 页。

⑤ 同上书,第 237 页。

⑥ 同上。

将"无"字刻在其墓志铭上的小津安二郎，在其电影中将"无"做了最大的发挥。小津电影叙事风格中的留白，体现为一种避免直接从视觉上呈现主要情节，并有意识地制造逻辑上及叙事上的间隔的技法。小津片中的人物基本上没有什么剧烈的动作，人物的感情都从细微的表情、神态以及对话中细腻地展现出来，而不是通过传统的故事情节或对话。中国当代导演贾樟柯在谈及小津安二郎电影中的留白时说："他的作品中保留了一些闲笔，保持了某一种叙事的低效率，而那个低效率的部分、无用的部分，恰恰是诗意的部分，是人们最应该去感受的生活的本质。"① 《远山淡影》中的留白对读者也行使一种类似于小津电影中表现的"知物哀"式情感教育。

悦子的叙述中的留白，常常令读者感到费解。德瑞格说，这使读者几乎无从知晓悦子最终决定离开日本的缘由。② 伟初西（Wai-chew Sim）更指出，悦子丝毫没有提及她为什么要与日本的前夫离婚，以及如何遇见了英国的新丈夫。③ 刘易斯同时指出，在小说中所有的被留白的内容中，女儿、公公和核弹爆炸，恰恰是故事的最核心的内容。④ 在石黑的这部以愧疚与救赎为主题的小说中的一个最大的留白莫过于，悦子自始至终没有直接地表达过自己对自杀女儿的愧疚。汪认为，留白是悦子对过去的追忆并试图重塑过去的证据，她回忆的本质动机其实是她想方设法地要忘记过去，以便将自己从过去的包袱中解脱出来并继续新的生活，而不是为了记忆过去。⑤ 德瑞格和沃茂德（Mark Wormald）都认为，悦子回忆中的矛盾、错位

---

① 贾樟柯：《贾想：贾樟柯电影手记》，北京大学出版社 2009 年版，第 137 页。

② Wojciech Drag, *Revisiting Lost: Memory, Trauma and Nostalgia in the Novels of Kazuo Ishiguro*, Cambridge: Cambridge Scholars Publishing, 2014, p. 89.

③ Wai-chew Sim, *Globalization and Dislocation in the Novel of Kazuo Ishiguro*, Lewiston, N. Y.: Edwin Mellen Press, 2006, p. 31.

④ Barry Lewis, *Kazuo Ishiguro*, Manchester: Manchester University Press, 2000, p. 44.

⑤ Cynthia F. Wong, "The Shame of Memory: Blanchot's Self-Dispossession in Ishiguro's 'A Pale View of Hills'", *CLIO*, Vol. 24, No. 2, 1995.

和留白，显露了她在两种相悖的冲动中的挣扎——"强迫自己坦白过去"的冲动和"极力掩饰过去"的冲动。①

其实，小说中的留白恰恰提示着过去的悦子与叙述的自己之间无法调和的断裂，以及这种认识过程中的物哀感受。物哀，于是在《远山淡影》中表现为，悦子将对女儿的愧疚的无法认识性推前感受——也就是说，悦子将之后获得的对其过错的认识，以叙述的方式，带入到她还没有开始形成这种认识之前，形成了一种特殊的"人在还没有开始形成对事物的认识之前，就感觉到这个事物的无法认识性"②的知物哀式认识。悦子在其记忆叙述中编造出另一个臆想中的自己，来与过去事实中的自己发生了交流和沟通。两个悦子，一个越是贤妻良母，就越反衬出另一个的冷漠无情。故事中的幸子，正是悦子虚构出的另一个自己：她去酒吧勾搭了一位叫弗兰克（Frank）③的美国大兵；她嘲讽着藤原太太的面馆；她口口声声说离开日本主要是为女儿着想，但事实上她既不关心女儿的教育，也不管女儿的安危，任她在周围虐杀儿童案频发的夜里四处乱跑，还让朋友也"别管她"。如今知晓"物哀"的悦子，似乎是带着对女儿的哀伤和对自己良心的拷问，以一个置身事外旁观者的身份，审视

---

① Wojciech Drag, *Revisiting Lost: Memory, Trauma and Nostalgia in the Novels of Kazuo Ishiguro*, Cambridge: Cambridge Scholars Publishing, 2014, p. 90, 228; Mark Wormald, "Kazuo Ishiguro and the Work of Art", in Richard J. Land et al. eds. *Contemporary British Fiction*, Cambridge: Polity, 2003, p. 228.

② Cynthia Wong, *Kazuo Ishiguro*, Tavistock, UK: Northcote House Publishers, 2000, p. 29.

③ 刘易斯和谢佛尔都指出，《远山淡影》中的美国士兵 Frank 与《蝴蝶夫人》里那个承诺要带蝴蝶夫人离开日本的美国军官同名。石黑似乎以此联系预示了悦子即将要被背叛的命运。Barry Lewis, *Kazuo Ishiguro*, Manchester: Manchester University Press, 2000, p. 23; Brian Shaffer, *Understanding Kazuo Ishiguro*, Columbia: University of South Carolina Press, 1998, p. 21. 但不同的是，悦子的悲剧不是因为爱人的背叛而没有离开日本造成的，而是即使她离开了日本也不能从过去完全逃离的悲剧。关于《远山淡影》与《蝴蝶夫人》的更详尽的讨论见 Cheng Chu-Chueh, "Making and Marketing Kazuo Ishiguro's Alterity", *Post Identity*, Vol. 4, No. 2, 2005。

并质疑着过去战乱中自私、无情的另一个自己。所以，我们看到，在幸子对万里子不管不问的时候，一旁的悦子却一遍遍地问幸子："她一个人出去你放心吗？她还没有回来，这么晚了，你需要我帮忙去找她吗？"① 几乎每次都是悦子把万里子寻了回来——她成了比万里子自己的妈妈更关心她的"另一个女人"。悦子是现时中以冷静的旁观者身份回眸并反思着过去的作为叙述者的"我"，而幸子则是过去时间中在纷乱、痛苦的感受烦扰下只顾生存和行事却无法思考的"我"。

石黑用小津式的"物哀"与留白呈现了两个不同的自己所体验的两种不同的真实共时存在的复杂性——一个是现时中以冷静的旁观者身份回眸并反思着过去的作为叙述者的"我"，另一个是过去时间中在纷乱、痛苦的感受烦扰下只顾生存和行事却无法思考的"我"；一种是作为受害者的"我"的真实，另一种则是作为施害者的"我"的真实。如果说物哀本是"人在还没有开始形成对事物的认识之前，就感觉到这个事物的无法认识性"的敏锐感受的话，悦子叙述中的物哀性，则表现在她在还没有对女儿漠不关心，没有给女儿成长过程留下的阴影而致其日后的悲剧之前，就感觉到她对自己的这种行为及其后果的无法避免性。

《远山淡影》中悦子的这种认识与体验的矛盾，反映了精神与物质、思想与情感的断裂，恰体现了前文所述的被帕特里夏·沃称为 T. S. 艾略特和伍尔夫式的，带有感受的深度和以各种新形式缝合"感性的失联"的英美式现代主义特点——也就是那种试图通过琐碎的日常生活，来找寻直击心灵深处的力量并发现自我之下隐藏的、与其对立的另一个我的审美现代性创作意图。② 石黑在

---

① Kazuo Ishiguro, *A Pale View of Hills*, New York: Vintage International, 1990, p. 169.

② Patricia Waugh, "Kazuo Ishiguro's Not-Too-Late Modernism", in Sebastian Groes and Barry Lewis, eds. *Kazuo Ishiguro: New Critical Visions of the Novel*, New York: Palgrave Macmillan, 2011, p. 16.

这部小说中，通过赋予悦子的回忆一种"知物哀"的特质，向我们提供了一种修补这种"感性失联"的途径。如梅森所说，石黑在表现其主人公情感时确实借用了日本物哀的美学技巧。物哀，既显出了悦子对自己真实想法的感知，又包含她对客观世界真实的感悟。这是在试图理解事物和面对世界时的一种敏锐的情感力，也是在认识事物的时候，感悟到在思想被意识激活之前、思想触碰到事物之前，认识的无力和匮乏。石黑通过物哀和悦子这个角色，向读者传递了这样一种集已知和未知于一体的特殊的感知方式。① 不论悦子怎么一遍遍地劝幸子关心一下她的女儿，幸子依然自私地无暇顾及万里子——幸子恰恰象征了悦子的思想触碰到事物之前认识上的无力和匮乏；而不断在一边提醒的悦子，则象征了试图理解和面对过去的当下英国的悦子，在感受和接触那个曾经发生的事上时行动上的无力和匮乏。她们共同组成了一种理性中能够缝合思想与感受的敏锐的情感力，合二为一地向读者传达了一种"知物哀"式的感受。

日本美学大师世阿陀在《致花道》中谈及"知物哀"在艺术中的表现时指出："观赏能艺之事，内行者用心来观赏，外行者用眼来观赏。"② 这里"心"指"知物哀"之心，有日本学者称之为"心眼"。也就是说"观赏能艺，不是观赏者客观观赏，或表演者主观表演分开来单方面的事，而是一种结合主观与客观之'心'来观赏"③。因此"知物哀"之心，强调了人们理解事物的时候，感受与思想、行为进行者与观察者的一体性。与之相似，罗兰·巴特在《走出电影院》（"Leaving the Movie Theater"，1975）中讲欣赏者所应具有的理想状态，恰恰也是一种二重身的状态：一个是被吸入情景的、看着荧幕上的别人犹如对镜自照一般无法脱离的"我"；另一个

---

① Gregory Mason, "Inspiring Images: The Influence of Japanese Cinema on the Writings of Kazuo Ishiguro", *East-West Film Journal*, Vol. 3, No. 2, 1989.
② 叶渭渠、唐月梅：《物哀与幽玄》，广西师范大学出版社2002年版，第90页。
③ 同上。

是疏远的、思考着被观察者本质的"我"。① 好像罗马神话里的门神雅努斯（Janus），有两张面孔，两双眼睛，一面望向过去，另一面看着未来——真正认识中的"自我"是两者的临界与融合。

《远山淡影》里的悦子的叙述以分身的方式，把自己陌生化为故事中的另一个人物去认识和接近，恰恰实现了"知物哀"中的这种故事内与外、思考中的叙述者与感受中的角色之间的极致融合。悦子的两个分身，一个沉浸在情景中，在主观感受的左右下，对昨日生活进行重现式的表演，一个则位于事外，对其做着客观观察和思考。理性的悦子在试图以故事外旁观者之眼，冷静而客观地观察和反思过去世界和身边的人的同时，也置身于故事中，一边感受着那个曾经在故事内的、被主观感受纷扰不已的自己的处境之难，一边忍不住地试图改变过去。这也意味着，悦子看上去轻描淡写、举重若轻的叙述，其实无法做到真正置身事外的客观性。辛西亚·汪用创伤叙事来分析石黑小说角色的这种分身，说："为了在叙述创伤及其影响的同时寻求安慰，石黑的叙述者往往分身为两个角色。读者在他的每部小说中都能发现叙述声音的两个层面：一个是故事外（Extradiegetic）的叙述者，另一个是同故事（Homodiegetic）的叙述者。"② 但悦子叙述中的分身，与其说是为了在创伤中寻求安慰，不如说是为了与从前的过失达成和解，以及为了获得良知和道德上的自我救赎。悦子在当下后知后觉地对过去与女儿相处的时光，有了新的认识。但这种觉知来得太晚。于是，悦子将如今这个思想被意识激活后的自我，投入到过去的回忆中——这同时是一个孤立的自我，思想有了触碰事实的能力却不具备即时即地感受情景的能力。而这个自我（当下在英国的悦子），通过回忆的形式，重返到过去与当时那个深处于情景里感受中的自我（幸子）同时出现，进行沟通

---

① Roland Barthes, "Leaving the Movie Theater", in Richard Howard trans. *The Rustle of Language*, New York: Hill and Wang, 1986, p. 349.
② Cynthia Wong, *Kazuo Ishiguro*, Tavistock, UK: Northcote House Publishers, 2000, p. 19.

并试图做出改变。同时，这种分身意味着，过去对女儿冷漠无情的悦子是无法改变的。悦子能做的只是借由感受中的幸子，重新触碰事实，重新认识并接近自己的女儿。

以这种方式，悦子的叙述本身在故事里就起着一种逐渐唤起读者"知物哀"之心的作用。本居宣长讲："所要感知的，有'物之心'和'事之心'之分，对于不同类型的物与事的感知，就是物哀。"①"根据具体不同的事情，而知其可喜可悲之缘由，就叫做'知物哀'。众生各有其能，对于事物的辨别与认识，有程度深浅之别。能了解事物本质并感知物哀，人也有深浅之差。"②"知物哀"因此被认为是一种发觉人性中有待唤醒和激发的认知上的潜力的过程。有学者注意到，悦子对关于她在战争和核爆炸中所经历的全部事情，都做了留白的处理。即便如此，这些事还是可以从战后生还的人们的残缺生活中隐约地看出来（Visible）。③ 与其说被读者"看见"，笔者认为这更像是石黑通过留白在读者心中唤起了一种"知物哀"的"见性"。

悦子与战争相关的哀伤，可以从周围人对她举止的反应中，被感觉到。无论是在现在的英国还是过去的日本，悦子周围的人，似乎都能感知到她的哀伤，即便她从言语上没有表现出来。小说中，悦子回到老家，在邻居藤原太太（Mrs Fujiwara）的面馆与其聊天。她们谈到藤原的五个孩子中唯一一位在战争中得以生还的"一雄"（Kazuo），提到一雄因为对死去的未婚妻难以忘怀，至今仍孤身一人。藤原由此提到了几年前因为失去爱人而同样难过极了的悦子。就在这种情景中，悦子偶然地提起了自己死去的爱人：

---

① ［日］本居宣长：《紫文要领》，载《日本物哀》，王向远译，吉林出版社 2010 年版，第 66 页。

② 同上书，第 14 页。

③ Matthew Beedham, *The Novels of Kazuo Ishiguro*, New York: Palgrave Macmillan, 2010, p. 12; Wojciech Drag, *Revisiting Lost: Memory, Trauma and Nostalgia in the Novels of Kazuo Ishiguro*, Cambridge: Cambridge Scholars Publishing, 2014, p. 91.

我有时候也会想起中村君。我忍不住……我太傻了,我说。不管怎么说,中村君和我,我们之间从来都没有什么,我是说,我们并没有定下什么事。藤原太太还是看着我,若有所思地点了点头……藤原太太细细地看了我一会儿,然后说:"你现在有那么多的盼头,悦子。你在为什么事情不开心呢?""不开心?可我一点儿也没有不开心。"她还是看着我,我紧张地笑了笑。……(藤原太太安慰悦子说)"孩子出生你就会开心起来的。"①

悦子避免表现自己的伤痛。即便如此,读者还是可以从藤原太太的反应和悦子的掩饰中,体会到悦子之伤。同样地,公公绪方来探访悦子的时候不停地询问悦子:"你幸福吗?"在听到悦子"我不能更幸福了"的回答之后,绪方又重复了同样的问题:"有了孩子会让你开心起来的。所以你是开心的吧?"② 除此之外,悦子的哀伤还在其与小女儿妮基的对话中得到透露。虽然我们能从母女平日的相处过程中看出妮基并没有跟母亲很亲密,相反,有着强烈女权主义意识的妮基与思想传统的母亲,存在文化上鲜明的隔阂。但在景子自杀后回家陪伴母亲的这段时间里,妮基仍然尽力安慰母亲不要过于自责。对于悦子当年做出带着景子离开日本丈夫、转嫁给一个英国记者的决定,她说:"你当年做了特别对的决定离开了日本,毕竟你总不能眼看着生活被毁。"③ 妮基认为母亲的抉择是不甘于忍受父权社会而做出反抗的现代女性的选择。从妮基的话一方面能反映出悦子的举手投足间表现的自己对景子自杀的内疚感,另一方面还反映出悦子的自责似乎到了让女儿担心她因此会做出什么傻事的程度。

无论是从原藤太太听到悦子故意说轻中村君和自己曾经的感情时若有所思地点头看,还是从公公绪方反复关切悦子是否快乐和幸

---

① Kazuo Ishiguro, *A Pale View of Hills*, New York: Vintage International, 1990, pp. 76–77.
② Ibid., p. 34.
③ Ibid., p. 90.

福,以及妮基反复地安慰妈妈当初做了特别对的决定来看,这些来自旁人的关切,都从不同侧面反映了被悦子故意留白的内心情感。虽然悦子从头到尾都没有明说,但是我们却能从旁人的反应中感受到,当年怀着景子的她,因为没有走出失去爱人的阴影的哀伤;战后与二郎结婚的她,也并不幸福;现时中的她,因为对女儿自杀负有责任而内疚。石黑以此方式,督促着我们用想象去补全悦子语言上的留白,看见她那些无法用文字记录下来的肢体语言及神情。《远山淡影》通过悦子充满留白的讲述,督促读者穿透言语的壁垒和掩饰的表面,从焦点以外的各种细节去感受身边之人和事——这也恰是一个体验和感受"物哀"的过程。

当下在英国的悦子告诉自己不要再去想过去的事了,她告诉自己当年离开日本也是为了景子好。但是悦子却不由自主地追忆过去。悦子的叙述似乎不受她控制地在这个让她重获新生却内心充满内疚的当下英国与那个 20 世纪 40 年代的日本之间来回跳跃。石黑似乎有意地制造了一种今日与昨日持续对比的效果,一方面展示了历史中那个混合着封建秩序与人性残酷面的日本,另一方面又呈现了当下这个意义尽失的英国。也是以这种对比的方式,悦子表达着对过去没有顾及大女儿的感受所做的离开家乡的抉择的愧疚感,以及对曾经坚信不疑是正确决定的怀疑。毕竟,当她经过一番挣扎,奋力地割舍了过去,抵达那个代表着她所期盼的、能给予她和女儿新生和幸福的现代社会之后,却发现一切都因为女儿的缺失而丧失了意义和目的性。现代主义中精神上"无家可归"的乡愁,在这部小说中亦表现为一种在现时与过去之间挣扎的羁绊。悦子在努力地与过去划清界限的同时,也发现自己像失了魂似的、不停地魂归故里,与死去的女儿为伴,似乎想寻回已失的情感的牵绊。

从更深层上讲,石黑对他的读者非常有信心。他似乎希望在读者身上激发一种同时超越了主观和客观的,能探知"悦子之哀"的情感体验。之所以可以超越,恰因为悦子的叙述本身,共同行使了言语的"灵媒"功能。拿佛教《金刚经》中常用的"筏喻"来解释一下此处所指之"媒"的意思。筏喻，比喻佛法之于"眼观事实"与"真相"的关系。所谓"到岸舍筏、见月忽指、获鱼兔耳弃筌蹄"，恰恰点明了语言的媒介性特点。语言是传递真理的工具、是通向彼岸的筏子、是指向明月的玉指、是逮鱼兔的工具，其目的是在于联系彼岸与此岸，在于教人放眼浩瀚、赏得明月。因此，无论是隐喻性的"法"（"筏"的谐音）还是文学修饰性绮语的本质，都是"媒"，人们不应予以留恋。这就像到岸的旅人不应对载舟依依不舍，望月之人不应留恋于指月之人一样，对于筏，我们应该"即相离相，离即同时"，既不完全依赖，也不完全脱离的意思。这是一种沉迷中又保持怀疑的态度，而唯有"同时"才能"见性"。在《远山淡影》中，回忆中在日本的悦子，变成了"指月之指"，带着我们看到过去的自己和女儿的生活，使我们能体会一种"离"和"即"同时的境界。然而，我们也能不完全依赖于悦子的语言，而体察到其当年的感受与挣扎。以此方式，石黑邀请我们关注一些像小津安二郎电影中看似与主题无关的闲笔式细节，从而唤起对眼前的事实的重新感悟。

比如说，不少学者注意到这样一个细节。小说的最后，悦子选了一本上面画有长崎港口风景的旧日历，送给将要离开的妮基。虽然悦子口口声声说给她日历没什么特别的原因，但其实她过去曾带着大女儿景子一起坐缆车去了日历画上的那个港口周围的山上游玩，因此日历代表着悦子和女儿唯一一个充满快乐的回忆——"那一天景子很开心"[①]，她说。而微妙的是，在小说的中段，悦子叙述了那天与她一起登山的却是她朋友幸子和女儿万里子——那天万里子很开心，悦子也很开心，因为悦子跟幸子说，她决定让未来的自己开心和幸福。刘易斯认为，这个细节和桥上悦子将万里子当成自己女儿一样，提示了悦子内外叙述的错位。这让故事的现实基础彻底失

---

① Kazuo Ishiguro, *A Pale View of Hills*, New York: Vintage International, 1990, p. 182.

去了稳定性:"我们无法弄清悦子究竟是弄混了自己和幸子的经历,还是悦子弄混了记忆与想象,还是悦子把自己的经历投射到幸子身上,还是悦子编出幸子和万里子的故事来抒发自己的愧疚感。"① 模糊的事实以一种偶然的口误方式被揭示了出来。我们在几种不确定性的可能之间犹豫的同时,也毫无防备地被一个如同飞来流弹一般的要紧事实击中:悦子和幸子在某种程度上看是同一个人。

另外,笔者之所以选取用"幸子"而不是《远山淡影》中译本里"佐知子"的译法是因为,后者掩盖了石黑一雄在人物名字的选择上的特别用意。作者用幸子与悦子的名字,含蓄地鼓励读者去发现,表面上被悦子称为不同的两个人似乎是同一个人这个深意。悦子好友的日文名"Sachiko"用汉字有两种写法,分别是"佐知子"和"幸子",更常用的写法为"幸子":意为幸福、快乐的人。而中文译本则采用了另一种写法"佐知子"作其译名,这一定程度上阻碍了我们对这个微小细节所透露信息的感知。根据名字的原意,幸子(Sachiko)与悦子(Etsuko,意为喜悦、快乐之人)的含义是基本一致。石黑从这一细节暗示着她们两人身份的相似性。然而,两者的命运恰与其名字的含义形成反讽,因为她们自身连同她们的女儿的一生,既不快乐也不幸福。

尤其是考虑到悦子对女儿的名字的挑选是如此的别有用心,这似乎从侧面印证了我们对悦子和幸子名字中所透露的身份信息的观点。在《远山淡影》的开篇,悦子向我们解释了二女儿名字的由来:"我们最终给小女儿取名叫妮基。这不是缩写,这是我和她父亲达成的妥协。真奇怪,是他想取一个日本名字,而我——或许是处于不愿想起过去的私心——反而坚持要英文名。他最终同意妮基这个名字,觉得还是有点东方的味道在里头。"② 大女儿景子的命名,虽然

---

① Barry Lewis, *Kazuo Ishiguro*, Manchester: Manchester University Press, 2000, p. 36.

② Kazuo Ishiguro, *A Pale View of Hills*, New York: Vintage International, 1990, p. 1.

没有被悦子提及，我们依然可以从故事的标题"远山淡影"（"A Pale View of Hills"），以及过去怀孕中的悦子曾经经常盯着日本公寓窗外的模糊的山景放空自己这两处细节发现，"景子"（Keiko 意为光景、风景、景象）名字所含之意——景子，就如同悦子曾经在日本隔窗静观的河对岸的山景一样，与悦子存在着无限距离和隔阂。无论是过去的日本，还是现时的英国，女儿在悦子的记忆中都不失为一道在悦子枯燥难耐的现实生活中萦绕不去的看似平淡、简单，其实激烈、复杂的景致。

本章深入分析了主人公在追溯过去伤痛的过程中表现出的闪躲、遗憾、愧疚，以及尝试与过去的罪过及哀伤和解的复杂感伤，揭示出作者对这种情感及认识持有既理解又警惕的矛盾态度。《远山淡影》既邀请又挫败着我们对其主人公在情感上的认同力。这使我们开始质疑一切所见之物，也让读者和叙述者之间充满了张力，更使小说表现了一种审美现代性式的怀疑。如上所析，笔者认为这种现代审美式的怀疑表现为两个方面：一面是凸显着现实中的诡异面的、内外世界之间界限消失的怪诞式欧陆审美现代性，另一面是凸显着精神与肉体、情感与理性之间失联的英美审美现代性。石黑一雄试图通过东方特点的物哀、知物哀和留白，从记忆及心灵深处，探索缝合这种感性失联的可能。

# 第 三 章

# 《被掩埋的巨人》与多种现代电影技巧

上一章考察了石黑一雄《远山淡影》与小津安二郎电影在审美现代性上的关联，本章将聚焦于石黑一雄的《被掩埋的巨人》。这部同样具有鲜明的反思和怀疑特点的审美现代性的作品，与黑泽明、沟口健二和塔可夫斯基的电影在叙述技巧上有着密切的关联。

《被掩埋的巨人》的故事背景设在后亚瑟王时期的英格兰，这让许多评论家大惑不解。一个多世纪以前，丁尼生（Alfred Tennyson）的那部讲述亚瑟王王朝兴衰历史的《国王叙事诗》（*Idylls of the King*，1859）也因为同样的原因让读者们感到困惑。丁尼生在1858年的一封书信中说："我在19世纪鼎盛时期尝试写这样的作品，简直是疯了。"[1] 而用现代的眼光看，诗人显然是想把这个讲述了人们如何在蛮荒之中慢慢地建立起文明社会的亚瑟王故事，与他所在的时代联系起来。丁尼生的诗中，亚瑟王出现的时候，英国处在族群混战当中："仍然有许多异教徒不时地抢夺掳掠，蜂拥海外。大量土地成了荒蛮之原，野兽大肆繁殖，越来越多。"[2] 而亚瑟死

---

[1] Afred Tennyson, *The Letters of Alfred Lord Tennyson* Vol. 2, ed. Cecil Y. Lang and Edgar F. Shannon, Cambridge: Harvard University Press, p. 212.

[2] Alfred Tennyson, "The Coming of Arthur", *Idylls of the King*, lines 8 – 11.

后，英格兰"再次落入野兽之掌"①。《被掩埋的巨人》紧随着这个历史背景开始。故事里，这片土地被一种让人忘记过去的迷雾所笼罩，它成为阻止撒克逊人和布立吞人（Britons）陷入内战的唯一因素。主人公埃克索（Axl）和妻子比阿特丽斯（Beatrice）为了寻找他们的儿子踏上旅程，中途遇见了亚瑟王的侄子高文爵士（Sir Gawain）、撒克逊族的成年武士维斯坦（Wistan）和小男孩埃德温（Edwin）。他们都在寻找着迷雾的来源——母龙（Querig），恰是她呼出的雾气导致人们忘记了过去。埃克索天真地以为，只要龙死了，他和妻子就会重拾美好的昔日生活，记起失散的儿子的住所；维斯坦则决心屠龙，来唤起两个民族之间的仇恨，为过去被布立吞人屠杀的撒克逊人复仇；年事已高的高文则要誓死守护这只龙，以确保历史不被记起，战争不再重演；而年少的埃德温长大后要么会记得不列颠夫妇对他的好，要么会跟随他的师傅维斯坦踏上复仇之路。文学批评家唐纳德·斯通（Donald D. Stone）认为，石黑的后亚瑟寓言故事也是对美国"川普"时代、英国脱离欧盟时代以及日本战后时代的写照。② 而作者本人也毫不掩饰小说中蕴含的这种人类集体层面上的政治及历史隐喻。石黑称他在 1999 年参观了奥斯维辛集中营博物馆。在参加了围绕是否应该忘记这段历史的讨论之后，他的脑海中浮现出一个疑问："自由和稳定的国家是否能建立在蓄意遗忘历史（Willful Amnesia）和压制正义（Frustrated Justice）的基础上？"③之后他便写了这部小说。

但《被掩埋的巨人》主要还讲述了一个个人层面上的爱情故事。正如作者所说："这是一个关于信徒的天路历程式的故事（Pilgrim

---

① Alfred Tennyson, "The Passing of Arthur", *Idylls of the King*, line 26.
② 参见沈安妮《石黑一雄小说中的抉择之难》，《外国文学动态研究》2018 年第 1 期。
③ Kazuo Ishiguro, "My Twentieth Century Evening and Other Small Breakthroughs", Nobel Prize, Dec. 7, 2017.

Story），也是一个爱情故事。"① 而小说这一关于个人爱情层面的内容，常常被研究者所忽略。这也是本章所要聚焦的内容。石黑的故事主要围绕一对叫埃克索和比阿特丽斯的布立吞族老夫妇的旅程展开。他们原本生活在后罗马时代不列颠一个村落的洞穴里。因为无法忍受同样信奉上帝的村民在神父的纵容下，剥夺了他们用蜡烛照明的权利，他们断然决定离开家，踏上征途去寻找模糊的记忆中失散多年的儿子。途中他们在一个罗马宫殿的废墟中遇见一位摆渡人，其职责是送乘客到彼岸的一个神秘"岛"（冥界）——那里人人都孤身一人，但只要爱侣们能向摆渡人证明他们彼此真心相爱，摆渡人便能送他们一同到彼岸。从那之后，夫妇二人一路上都在担心他们是否能通过摆渡人的检验，能不能永远在一起。为此，他们努力地回忆过去，试图记起彼此相爱的证据。中途他们遇到各种人物，经历了各种艰辛。随着众人失忆的秘密被揭开，埃克索也想起了以前做过对不起妻子及儿子的婚外事——他们的感情竟是建立在遗忘了过去的不快乐的基础之上。埃克索与妻子最后来到摆渡人跟前，他像对神父一般对摆渡人坦白罪过，但是最终摆渡人只带走了他的妻子比阿特丽斯，留他一人孤守此岸。

石黑一雄在一次访谈中指出，故事中的摆渡人是死神的象征：

夫妇俩以为他们的爱是如此特别，也许死神本人能为此给他们特权，让他们一起步入死亡之界。这对夫妇就如同《别让我走》中的汤米和凯茜一样，最终让他们害怕的不是死亡，而是被迫分开。他们显然愿意接受死亡，只要能在一起。②

同时，石黑表示不知道读者是否能理解他的深层意图，是否会

---

① Kazuo Ishiguro, "Kazuo Ishiguro Interview on 'The Buried Giant' in 2015", Manufacturing Intellect, Oct. 7, 2017.

② Kazuo Ishiguro, "Interview with Writers & Company CBC Radio", Canadian Broadcasting Corporation, Nov. 13, 2017.

从表面上仅仅把它看成一个奇幻小说故事。① 文学批评界对这部小说的反应，恰好印证了作者自己的担心。一些评论者把小说中出现的梅林魔法、龙、食人兽等超自然元素与亚瑟王时代带有奇幻元素的传说联系起来，将《被掩埋的巨人》简单地看作是像《指环王》（*The Lord of the Rings*，1954）和《冰与火之歌》（*A Song of Ice and Fire*，1991）之类的奇幻文学（Fantasy Literature）。② 利夫·格罗斯曼（Lev Grossman）注意到，这几乎成了评论界对石黑每一部刚出版的小说的惯例性文类问题反应——文学批评家们常常先围绕其小说的归属文类展开激烈的争辩，这往往伴随着对小说中心思想的一连串误读。文学作品中出现的怪兽通常会成为纸上苍白无力的隐喻，但在《被掩埋的巨人》里，它们却要求作为实际的存在被接受。③

杰森·考雷（Jason Cowley）认为，《被掩埋的巨人》同时富有多种解读的可能性，从最表面上看，它是一对夫妇经历各种磨难的探险旅行故事，但它同时也是充满隐意的追寻故事（Quest Narrative），还是一个关于人们从战争的创伤中恢复的寓言故事，更是一个揭示爱的各种层面意义的故事。④ 国内学者主要聚焦小说的集体层面及其与现实的关联展开讨论。有学者延续了禹金·特欧《石黑一雄与记忆》（2014）一书中的创伤记忆论题，认为小说作为隐喻文本表现了"国家、社会、集体对创伤历史的铭记，以及对战争和血腥屠杀的不妥协态度"⑤。还有学者关注小说对亚瑟王历史的隐喻，认为小说通过历史上一个片段折射整个西方文化对人类未来的担忧，呼应了叶芝《基督

---

① Alexandra Alter, "A New Enchanted Realm", *The New York Times*, Feb. 20, 2015.
② Ibid..
③ Lev Grossman, "The Return of the King: The Author of 'Never Let Me Go' Comes Back with an Arthurian Epic", *The Times*, March 9, 2015.
④ Jason Cowley, "'The Buried Giant', by Kazuo Ishiguro", *The Financial Times*, Feb. 27, 2015.
⑤ 郑佰青：《穿越遗忘的迷雾——石黑一雄〈被掩埋的巨人〉中的记忆书写》，《外国文学》2018 年第 3 期。

·再临》之前的"反基督"混乱无主的人类状况。① 更有学者认为,民族矛盾才是小说最主要的情节冲突。小说的标题成了"他者"群体的隐喻,预示了"单一民族压迫统治另一民族模式的瓦解"②。

有外国读者注意到石黑那种游走于现实和超现实之间的不确定风格,并认为这才是小说深度的隐藏处。③ 英国当代著名小说家大卫·米切尔(David Mitchell)认为,石黑借用魔幻小说形式和话语的外壳,实际上探讨了关于爱与死亡的深刻主题,打破了人们对魔幻小说中的现实的期待。现实,在小说中有着打破常规的复杂性,这使得米切尔把这部新作奉为作者至今最好的小说。④ 评选诺贝尔文学奖的瑞典学院终身秘书长——莎拉·达纽斯,同样选择《被掩埋的巨人》为石黑作品之最佳,并在诺贝尔文学奖书面声明中评价其"以巨大的情感力量,发掘了隐藏在我们与世界联系的幻觉之下的深渊"⑤。石黑的作品总能揭示出人们对现实中藏有"虚像性"的认识,这部小说也不例外。其实,《被掩埋的巨人》对现实的揭示,不如现实如何被伪装起来显得重要。因为在现实主义的表面下,小说强调的是更深一层的、被掩埋起来的审美现代性式的、对"现实"和"现时"的质疑。而这很大程度上跟第三人称叙述者的神秘的身份有关。故事中的摆渡人实际上是希腊旧神卡隆的化身,他象征死亡本身的同时,也是小说的第三人称叙述者。他引领读者走入了一个好像卡夫卡笔下虚构的布拉格,我们像漫步在无聊的广场和压抑的楼梯间的人,一边沉浸

---

① 王岚:《历史的隐喻——论石黑一雄〈被掩埋的巨人〉》,《解放军外国语学报》2018年第1期。

② 叶伟:《〈被掩埋的巨人〉中他者的瓦解与建构》,《外国文学动态研究》2019年第2期。

③ James Walton, "The Buried Giant", *The Spectator*, Feb. 28, 2015; James Wood, "Uses of Oblivion", *The New Yorker*, March 23, 2015.

④ Alexandra Alter, "A New Enchanted Realm", *The New York Times*, Feb. 20, 2015.

⑤ Sara Danius, "A Live Interview with Sara Danius", Announcement of the Nobel Prize in Literature 2017, Nobel Prize. Oct. 5, 2017.

在一种萧瑟的宿命论气氛中，另一边又觉得周围充满了挑衅的异常。①事物一面清晰可见，另一面又在行动中呈现出摇摆不定的超现实的样貌。这大概是瑞典学院用"简·奥斯丁和卡夫卡的混合体"② 来评价石黑一雄的一个重要原因。

《被掩埋的巨人》中石黑一雄一改其擅长的第一人称叙述，采用了第三人称全知叙述，却又出乎意料地在小说的结尾转为以全程少有出现的摆渡人为视角的第一人称叙述。这让不少研究者感到困惑。这也在很大程度上使评论向以批评为主的极端倾斜。许多评论鞭笞《被掩埋的巨人》是"令人失望之作"和"一场十足的灾难"③。托比·利希蒂格（Toby Lichtig）认为，这部小说是石黑作品中最失败的一部，他将小说失败的原因归结为三点：小说的"反高潮"的故事情节，像高中生翻译一般的"仿古"语言风格，以及第三人称叙述。针对最后一点，他说，叙述者好像是一位处于当下某一时刻的说书人，"其奇怪而呆板的风格，再也无法收获之前石黑第一人称叙述作品中的出色效果，无法表达出某种处于精神痛苦状态的个体意识"④。詹姆斯·沃尔顿（James Walton）在对这部小说赞扬的同时，也对其提出批评。他指出，作者想制造一种在隐喻和原意之间游走的不确定意味，却因为琐碎的笔墨，而使故事充斥着无效的细节，分散了其隐喻之力。⑤ 詹姆斯·伍德（James Wood）对小说的整体上的情感张力表现表示失望，但他却有力地反驳了以上针对这部小说的语言风格的批评。他认为，小说的微妙之处，恰是第三人称叙述者平平淡淡、不加缀饰的叙述话语，以及看似波澜不惊地将一切

---

① 这在某种程度上解释了为何有评论家将石黑一雄与卡夫卡进行比较。这类比较研究详见 Richard Rorty, "Consolation Prize", *Village Voice Literary Supplement*, Oct. 10, 1995.

② Sara Danius, "A Live Interview with Sara Danius", Announcement of the Nobel Prize in Literature 2017, Nobel Prize. Oct. 5, 2017.

③ Toby Lichtig, "What on Earth", *The Times Literary Supplement*, Oct. 5, 2017.

④ Ibid..

⑤ James Walton, "The Buried Giant", *The Spectator*, Feb. 28, 2015.

不加干涉地尽收眼底的陈述。这些被沃尔顿认为琐碎而无效的、包含大量无用细节的叙述，才是小说深度的隐藏地。① 考雷猜测《被掩埋的巨人》中的叙述者就是石黑一雄本人。② 与石黑其他作品一样，在这部小说中，读者和主人公同样经历着像考雷所说的"一切皆非眼前所见"的体验。处处似乎都在暗示有更深层的意义，但我们却无论如何不能完全把握到它。石黑的小说让我们感受到艾略特的《四重奏》所说的"人类承受不了太多真相（Human kind cannot bear very much reality）"。③ 下文将进一步对这个方面进行探讨。

另外，不乏一部分学者对小说中充满谜团、魔法和神秘的世界感兴趣。考雷注意到，《被掩埋的巨人》在整体效果上制造了一种神秘和神话式的氛围："我们也许会忘记故事中的某些细节和个别人物，但绝不会忘记其中的感受和氛围。"④ 同时，作者本人也为本部分接下来从神话与电影方面的解读，提供了一些线索。当被问及新作中鬼怪之类的超现实元素是源自何处时，石黑一雄这样回答：

> 我很喜欢读古希腊的东西，喜欢埃斯库罗斯和欧里庇得斯的作品，喜欢其中那种神的行为会被人亲密地感受到，甚至会被视为最平常无奇之事的感觉。我的意思是，那个时候的人，从不为他们可以与神说话这件事感到惊奇。荷马《伊利亚特》里一个人会说，"如果雅典娜出手相助，那我就能打败前面这个敌人"。我喜欢神、超现实的存在与人类的日常生活共存的这种氛围和状态。……我从小也看武士故事长大。虽然我的看法不一定准确，但我觉得，在很多武士故事里，超现实的事物经常会以自然的方式出现。这没什么稀奇。比如，一个武士路过一个村庄。村里的

---

① James Wood, "Uses of Oblivion", *The New Yorker*, March 23, 2015.
② Jason Cowley, "'The Buried Giant', by Kazuo Ishiguro", *The Financial Times*, Feb. 27, 2015.
③ Ibid..
④ Ibid..

人对他说:"我们这有个魔鬼常常抓人和吓人,你是带剑的武士,能不能帮忙处理一下?"武士会说:"如果能免费给我一餐饭,我就试试看。"这种情节在民间传说里很常见,而且在一切凡是有武士存在的日本故事里也会出现。那时的人们已经进入了18世纪的现代城镇,在那种背景里,我总觉得经常会出现日本民间故事中被称作鬼(oni)的东西,它是一种类似西方鬼怪、食人兽的,有时候以会变形的狐狸样子出现的东西。他们与人们共存,这很正常。鬼,似乎和某种古老又深刻的东西相连,所以对我来说,它总是很自然地信手拈来。因此,我还蛮惊讶,《被掩埋的巨人》一出版时,多数人关注的是它是否符合现代奇幻小说这一文类的问题。其实,在我看来"是"或"不是"没那么重要,因为我只是需要这些元素来讲故事。[①]

从这段采访中我们看出三方面内容。第一,石黑认为,一些文学批评家对小说奇幻文类的争辩,误导了读者对小说核心内容的关注。第二,作者提到的两位古希腊悲剧作家——埃斯库罗斯(Aeschylus)和欧里庇得斯(Euripides),他们的作品都表现了独特的道德和宗教信息。埃斯库罗斯的《俄瑞斯忒亚》(*The Oresteia*)三部曲主要围绕人与宇宙、人与神的关系而展开。[②] 而欧里庇得斯则被认为是受智者派学说影响的宗教怀疑论者——他相信神祇与神对恶的惩戒作用。[③] 第三,也是最主要的内容,石黑在采访中举的武士故事的例子,恰是来自黑泽明的电影《七武士》(*The Seven Samurai*, 1954)

---

① David Barr Kirtley, "Kazuo Ishiguro Interview", The Geek's Guide to the Galaxy Podcast, April 10, 2015.

② Sarah B. Pomeroy, *Ancient Greece: A Political, Social, and Cultural History*, New York City: Oxford University Press, 1999, pp. 224 – 225.

③ 欧里庇得斯同时也被认为是一个现实主义者,他把神话中的传统英雄,描绘为在非凡环境中长大的普通人。Bernard Knox, "Euripides", in P. Easterling and B. Knox, eds. *The Cambridge History of Classical Literature I: Greek Literature*, Cambridge: Cambridge University Press, 1985, pp. 317 – 318.

里的一个场景。石黑自己说这部小说中的魔鬼和妖魔之类的超自然元素，就是启发于他所喜欢的古希腊悲剧和神话中的、那种人和神在日常无奇中的交流方式，以及在日本武士片里常见的、与超自然鬼故事混合的情节。"某种古老的东西"与这些相连，于是，他自然地将其用到了这部小说里。

石黑在小说中将西方古希腊神话与东方日本电影中的鬼联系起来，恰是为了"与这种古老的东西相连"——为了表现超现实与现实、现时与远古之间的具有审美现代性的联系。这直接为本书把古希腊之死神和日本电影里的鬼联系起来挖掘《被掩埋的巨人》主题，提供了依据。根据以上，下文我们将讨论石黑一雄如何借鉴了沟口健二的《雨月物语》中带有东方特点的女鬼诱惑情节以及魂鬼思想，来揭示埃克索有着最深、最真联系的妻子比阿特丽斯与女鬼之间的隐秘联系，让原本埃克索在比阿特丽斯引领下的《神曲》式追寻世界的真知之旅，演变为一场由鬼魅引诱导向死亡的旅程，以此来表现对现时中的上帝和对现实中的爱情的审美现代性式怀疑。

还有少数批评家也注意到《被掩埋的巨人》与电影的关联。英国小说家兼批评家亚当·马尔斯－琼斯（Adam Mars-Jones）为我们指出了这部小说与电影的紧密联系："对于读者来说，这部小说的阅读过程，就像是人们原本准备好去开掘一座矗立在中世纪背景下的修道院，却意外地发现它其实是一座被废弃的综合性电影院（The Ruins of a Multiplex Cinema）。"[①] 珊达·蒂泽尔（Shanda Deziel）更补充说，石黑的小说与萨拉·波莉（Sarah Polley）的电影《柳暗花明》（*Away from Her*, 2006）类似，都讲述了关于个人和集体层面的阿兹海默症（Alzheimer's Disease）的故事。[②] 下文也将讨论《被掩埋的巨人》如何将常见于现代电影中的"思想实验"结构，用来表

---

① Adam Mars-Jones, "Micro-Shock", *London Review of Books*, Vol. 37, No. 5, 2015.
② Shanda Deziel, "The Big Read: Committed to Memory", *Chatelaine* (English Edition), Vol. 88, No. 4, 2015.

现审美现代性的怀疑性特点。

总的来说，石黑一雄通过《被掩埋的巨人》与日本导演黑泽明的《罗生门》、沟口健二的《雨月物语》以及俄国导演塔可夫斯基的《潜行者》的关联，表现了审美现代性式对"现实"和"现时"的质疑。本章将从以下三个方面探讨这个审美现代性的特点在小说中的表现：故事中的主人公对（包括爱人和陌生人在内）的现时中的人和上帝信仰以及现实世界的怀疑、读者对复杂多面的中性叙述风格的质疑、作者利用思想实验来表现的对"现实"和"现时"的质疑。

## 第一节 可疑的他者式人物

《被掩埋的巨人》揭示了人们对现实和现时持有的一些普遍认识常常存在问题。如前文所述，对现实和现时存疑，在福柯[①]以及卡林内斯库[②]那里，都是审美现代性的一个重要特征。《被掩埋的巨人》中主人公埃克索与比阿特丽斯先后三次遇到的三位女性，以及三位看上去不同但似乎是同一个人的摆渡人，都在不同程度上被埃克索和读者视为现时中他者的存在。摆渡人和黑衣女人都不同程度地被埃克索和读者忽视并当作是不重要的，但其实他们使埃克索对"现实"和"现时"的认知产生了怀疑。三个摆渡人实际上是同一个希腊旧神卡隆的化身，他象征死亡本身的同时，

---

① Michel Foucault, "What Is Enlightenment?" in Paul Rabinow ed. *The Foucault Reader*, trans. Catherine Porter, New York: Pantheon, 1984, pp. 39–42.

② 卡林内斯库则从创作主导因素（The Dominance of Writing）的方面，把现代主义小说与后现代及现实主义小说区分开来：现代主义写作是认识论的，关心"知识怎样从一个知音传达到另一个，这又在多大程度上是可靠的"的问题。后现代主义写作是本体论的，关注"什么是世界，文本存在模式和文本所投射的世界"等问题。现实主义写作则是价值论的，关注"世界的意义、造成黑暗的原因，以及如何改造为更好世界"的问题。Matei Calinescu, *Five Faces of Modernity*, Indiana: Indiana University Press, 1977, p. 306.

也是小说的第三人称叙述者；而小说中的三个黑衣女人，从某种角度可以理解为比阿特丽斯死后的鬼魂的三个分身。从这些主人公现时中的"他者式"人物身上，我们一方面能发现现实世界不能满足于单一解释的多元性和复杂性；另一方面我们还可以探出小说中隐藏着某种返魅式的前现代思想，它对小说世界中既成的上帝观念提出质疑——最后上帝的信徒们发现自己似乎活在一个被前现代的死神以及幽灵所掌控的世界。由此，通过塑造摆渡人以及黑衣女人的角色，石黑一雄鼓励我们用审美现代性式的质疑性眼光，重识现时中的平凡之人与既成的观念及秩序。

### 一　摆渡人的神化和可疑性

《被掩埋的巨人》通过塑造摆渡人这个几乎被忽略的他者形象，暗示了主宰小说世界的这个旧神，不仅不会像上帝一样原谅并遗忘人们的过错，还必然会让布立吞族集体为过去屠杀他族的暴行付出代价。这个旧神不仅不会让曾经背叛妻子的埃克索与爱妻前去对岸一起生活，而且还将读者所在的现时世界与彼岸的鬼魅世界联系起来。于是，小说中信仰上帝的主人公变成了在死神卡隆的注视和引导下，凡是犯下过错必会付出代价的玩偶。由此，石黑一雄一面鼓励我们对现时中平凡"他者"给予一种审美现代性式的、带有质疑性的特别关注，另一面又督促我们对这个"他者"所象征的现时中的已成观念及秩序进行反思和质疑。

正如考雷指出，《被掩埋的巨人》中的一个谜团涉及不在场的叙述者是谁的问题。作为读者的我们，并不清楚谁在操控着整个故事，"只感觉到这个羞于露面的、鲜有谈及自己的存在者，似乎从某个未来的视角在直接跟我们讲故事"①。考雷称这个叙述者为石黑本人，但他显然对此非常不确定，因为"在小说的最后，随

---

① Jason Cowley, "'The Buried Giant', by Kazuo Ishiguro", *The Financial Times*, Feb. 27, 2015.

着叙述时态由过去时转为现在时、第三人称转为第一人称,一个像是卡隆的摆渡人似乎接过了叙述者的指挥棒"。① 这显然让考雷感到困惑。而笔者认为,小说中的主人公埃克索与比阿特丽斯在旅途中先后三次遇到的三位看上去不同但却是同一个人的摆渡人,实际上是希腊旧神卡隆的化身,他象征死亡本身的同时,也是小说的第三人称叙述者。

《被掩埋的巨人》② 中的叙述者正是摆渡人代表的死神,他前后三次出现在小说的开始、中间和结尾部分,对埃克索夫妇上演了一场诱人上钩的魅惑戏法,让他们几经周折终究还是回到他的死亡之船上来。值得注意的是,这并不是像《暴风雨》(*The Tempest*,1610) 里普洛斯彼罗 (Prospero) 的魔法书和魔棒那样的西方传统巫术靠语言性或物性所引起的幻境,而是一种常见于古希腊神话的人与神得以自然交流的情境。如前所述,作者指出《被掩埋的巨人》中的世界,源自古老的武士故事、日本神话传说、古希腊神话,还有黑泽明的电影。③ 我们在作者的澄清中,同时能窥探到东方和西方的古老神话传说以及现代日本电影对这部小说的影响,这为我们解读小说中的神秘摆渡人与主人公之间的关系提供了方向。

叙述者采取了一种神话式情境和策略:神先把自己降格到一种被世人接受的、不使人生疑的、不介入的语境中,使人抛弃原本的观念主动地寻找他和靠近他,让人在不知不觉中自愿地成为被卡隆载渡的亡魂(被死神主宰的对象)。古希腊神话里,鬼魂乘坐卡隆的

---

① Jason Cowley,"'The Buried Giant',by Kazuo Ishiguro",*The Financial Times*,Feb. 27,2015.

② Kazuo Ishiguro,*The Buried Giant*,New York:Alfred A. Knopf,2015. 若无特别说明,本书对此作品的译文均采用 [英] 石黑一雄《被掩埋的巨人》,周小进译,上海译文出版社2016年版。

③ Kazuo Ishiguro,"Interview with Writers & Company CBC Radio",Canadian Broadcasting Corporation,Nov. 13,2017.

第三章 《被掩埋的巨人》与多种现代电影技巧　169

船来到冥王哈迪斯的国度。人们用这种把死亡过程生活化、祛魅化、琐碎化的方式，来降低对死亡的抵触和恐惧。① 乘坐卡隆的船去往地府的鬼魂，被称作"影"（Shades）②，原意为人的影子。部分学者认为，卡隆在古典时期以前的青铜时期（B. C. 1600—B. C. 1100）曾被认为是比宙斯年长两辈的、存在于民间的神。曾被古希腊的皮发斯基族奉为死神的卡隆，在当时其实与冥王哈迪斯（Hades）、死神塔纳托斯（Thanatos）没有明确的区分；到了后来的荷马时期，卡隆的神性被荷马史诗所压制，从此，卡隆神话便只以民间传说的形式流传，直到他以摆渡人的身份重现于艺术作品中。③ 据《神谱》的记录，卡隆从未在地狱边界以外的其他场合出现过，他困身于两个世界的交界处，不属于任何一边。换言之，卡隆只与死亡的情境捆绑在一起。因此，《被掩埋的巨人》中摆渡人卡隆的出现，就如一个方位标，立刻为我们定位了小说与某种特定死亡情景的关联。

　　《被掩埋的巨人》中的死神便借鉴了古希腊神话中摆渡人卡隆的

---

① Christiane Sourvinou-Inwood, "*Reading*" *Greek Death*, Oxford: Oxford University Press, 1996, p. 308.

② 在希腊神话中，一个人的影子又叫作"影鬼"（Shade），从希腊语 σκιά，后被拉丁语承袭为 *Umbra*，后传到英语中，原意为影子（Shadow）。人们常取其比喻意来指人死后去往地府的灵魂或鬼魂。而地狱中的鬼魂栖居在影子中的意象，对于古时候的近东地区的人们也不陌生。希伯来语圣经用 *Tsalmaveth* 来描述它，意为死亡之影（"Death-Shadow"或"Shadow of Death"）。"影鬼"，更出现于荷马的《奥德赛》和维吉尔的《埃涅阿斯纪》中当埃涅阿斯去往地府的时候。与《被掩埋的巨人》一样发生在中世纪、具有丰富宗教色彩的但丁的《神曲》中，地狱中的鬼魂以及但丁的引导者维吉尔，也一起被称作"影鬼"（意大利语为 Ombra）。详见 Christiane Sourvinou-Inwood, "*Reading*" *Greek Death*, Oxford: Oxford University Press, 1996, pp. 209 - 310。前文中我们提到过石黑一雄受古希腊文学的影响。作者称自己会收集《奥德赛》的不同英译本进行反复阅读。见 David Barr Kirtley, "Kazuo Ishiguro Interview", The Geek's Guide to the Galaxy Podcast, Apr. 10, 2015。因此石黑对"死亡之影"不会陌生。虽然作者没有具体提到但丁对自己小说的影响，但是考虑到《神曲》在中世纪文学乃至整个文学史上的地位，石黑不可能对《神曲》不了解。

③ Christiane Sourvinou-Inwood, "*Reading*" *Greek Death*, Oxford: Oxford University Press, 1996, p. 348.

形象。卡隆的年龄是含混的，他接近中年或年长。① 最具代表性的"阿提卡"（Attica——古希腊时期文化繁盛的中东部地区）的白色陶瓶画中描绘的卡隆，是一位留着胡子且身穿牧羊人（或渔夫）常穿的那种兽皮做的长袍的船家。② 这恰就是小说中描绘的摆渡人的形象。死亡被描绘成卡隆的一场乐善好施的接待。人们对死亡的畏惧同时被这种日常熟悉的情境中和了。死亡从一个令人战栗的神的位置被拉到凡间，以一副看上去与常人无异的摆渡人的样貌示人。《被掩埋的巨人》对死神的刻画，还有点类似艾米莉·迪金森（Emily Dickinson）在第479首诗中对死神的刻画。两者都把死亡过程描述成生活中的场景：一个是驾着马车来迎娶新娘的场景，另一个是老夫妇的岸边之旅。在两者的描绘中，一方面日常之事有了某种永恒的意味，另一方面死者还对死神持有一种异于常人的、自愿的、满怀期待的接受态度：一个将死神描绘成在爱人期待中前来迎娶她的白马王子，另一个则将死神看成为路上偶遇的好心船家。

在《被掩埋的巨人》中，主人公对死神的态度经历了从陌生人式的忽略，到主动向其求助的变化过程。在小说的开始，卡隆看上去就是一位主人公在路上偶遇的、不起眼的船家；自始至终，卡隆自称是出于善意和热心而帮助夫妇俩渡海。比如，摆渡人在第二次与埃克索夫妇邂逅时，是以一个不起眼的路人形象出现在夫妇路过的船坞中，平常到了几乎完全没有吸引到我们的注意力的程度。这时的埃克索站在几乎漆黑一片的船坞中，我们随着埃克索的目光，在逆光情况下看见了摆渡人的形象。呈现在我们眼前的是一个缺少细节又模糊的轮廓，但同时也是在"暗中"③ 注视着他们的人："接着，一个男人的身影从左侧的黑暗中站起来……那人走到亮处，打

---

① Christiane Sourvinou-Inwood, *"Reading" Greek Death*, Oxford: Oxford University Press, 1996, p. 348.
② Ibid., p. 349.
③ 这里的"暗中"，有自然与隐喻两个层面的意义，详见下文分析。

量着他们。他是个身材魁梧的中年人,留着胡子,身上披着几层兽皮。"① 再来对比一下埃克索第一次见到摆渡人时对他的描述:"这人看来年纪不大,但头顶已经秃了,光亮亮的,只有脑袋两侧有两丛黑色的头发。"② 读者很难从以上两处对摆渡人的形容中,测探到这两位摆渡人之间有什么显著的差异。

死神在小说的三个不同地方,以相似的方式出现了三次。而埃克索则一度将其误认为是三个不同的摆渡人,这一文本细节可能有以下三种解释:第一,小说中所有人的记忆都不会滞留很久(这一特点也再次被叙述者描述为一种平淡无奇的日常状态),因此,被埃克索几次观察到的同一个摆渡人,却感觉像是一个未曾见过的陌生人。第二,读者的视线随着埃克索始终关注着比阿特丽斯那令人担忧的身体状况,所以我们的注意力几乎没有分散到这个刚刚出现的陌路人身上。由此产生了一个奇特的效果——埃克索连同读者一起,像对待日常路上偶然撞见的路人甲一样,自然地忽略了摆渡人的面部特征与其他相关细节。第三,也是笔者想强调的一点:小说如此安排,也展现了一种审美现代性式的对现时中平凡"他者"的特别关注,让"他者"在文本中担任的角色得到前所未有的提升。

福柯在《什么是启蒙?》("What is Enlightenment?", 1984)中,把(审美)现代性看作是对现在与永恒的一种关系和态度,认为永恒的东西,既不是在现时之外,也不是在现时之后,而是在现时之中。(审美)现代性是这样一种态度,"它促成人们把握现时中'英雄'(heroic)的一面。(审美)现代性并不是对短暂飞逝的现在的敏感,而是将现在'英雄化'的意志"③。同时,福柯也认为,这种现时的"英雄化"在现代主义当中无疑是反讽性的。有学者在福柯对审美现代性定义基础上进一步指出,战后英国现代主义小说中

---

① Kazuo Ishiguro, *The Buried Giant*, New York: Alfred A. Knopf, 2015, p. 223. [英] 石黑一雄:《被掩埋的巨人》,周小进译,上海译文出版社 2016 年版,第 226 页。
② Ibid., p. 34. 见中文版第 33 页。
③ [法] 米歇尔·福柯:《什么是启蒙?》,李康译,《国外社会学》1997 年第 6 期。

"反英雄"形象的不断出现,既是英国小说人物挥之不去的异化感、焦虑感的演变,也是现代主义作家对传统人物形象危机所做出的强烈反应;现代主义作家纷纷抛弃了凡是有资格进入小说的主人公都是有地位、财产或有不同凡响的人生经历的人的传统小说人物观;现代主义者告诉我们,现时中平凡的人物同样值得关注,因此他们在文本中担任的作用得到前所未有的提升。[①] 这种"英雄化"在《被掩埋的巨人》中表现为对其中看似平凡无奇的摆渡人角色的神圣化上。

随着故事进行到尾声,读者渐渐发现,这个看似不介入故事并保持着客观与中性的叙述者,其实正是左右着埃克索和比阿特丽斯命运的、具有永恒与神圣性的旧时死神,同时也是那个现时和平凡中始终与埃克索夫妇保持着距离的摆渡人。现时中的他,看似世俗却具有神圣性。希腊神话中的卡隆,一方面在与某种神秘的永恒性相联系的同时,又不再属于被世人所信奉的神族之列,为此他被世人和神界都排斥为"他者";另一方面,他又因为被现时现地所困而无法完全投身于永恒与神圣当中,这令他陷入了此岸与彼岸的挣扎中。相似地,石黑一雄小说中的摆渡人,一方面因为拒绝将爱侣们同时渡至彼岸而在此岸遭受黑衣女人们的怨恨和烦扰,另一方面他似乎也从未踏上过彼岸之"岛",他的船总是回到此岸上来,就连他自己也表现得同此岸的普通人一样健忘。神话中的卡隆和小说中的摆渡人都受到此岸"现时性"与彼岸"永恒性"的双重制约。古老神族人物于是变成了一个意义丰富的、被世俗观念所压制的、现代意义上的"他者"。因此《被掩埋的巨人》的叙述者的身份,实际反映出对"现时"和"英雄"的审美现代性态度:永恒,来自于即时日常中的一刻;神圣和英雄,来自于即时即地中的、普通人当中的一个"他者"。

主人公埃克索和比阿特丽斯在小说的一头一尾遇见摆渡人的结构设置,也因此别具意义。毕竟读者们不可能在第一次阅读主人公

---

[①] 李维屏:《论现代英国小说人物的危机与转型》,《外国语》2005年第5期。

遇见摆渡人的"废宅避雨"的场景时就发现与这些相关的深层内容，甚至我们会跟埃克索夫妇一样，想快点从这些看似无关紧要的外人的纠纷中脱离，以便继续跟进他们寻找失散的儿子的进程。石黑一雄有意让读者通过重复的阅读，在同一段文字中分别体会到"现时"与"现实"的琐碎与永恒之味。

首先，小说使用了电影的叙述技巧，为这种审美现代性的表现增添了一层视觉上的想象力和深度。意大利新现实主义电影导演托里奥·德·西卡（Vittorio De Sica）的电影总能引导观众反思自己的认识和观察方式。在其代表作《终站》（*Stazione Termini*，1953）中，镜头叙述让事情带着其全部的意义，无差别地展现在我们面前，让我们感受到，恰是我们自己的目光与思想，在多层的意义中做出了挑选——以为现实是这样，而不是那样。石黑用文学特有的方式，继承并发展了新现实主义电影在运用摄像机捕捉现实时表现出的这种"中性"（Neutral）又自觉的风格。

如前言所述，以巴赞和马涅为代表的理论家，将"中性"风格看作是20世纪初意大利新现实主义（Neorealism）电影与现代主义小说共有的现代美学特征。《被掩埋的巨人》中叙述者的塑造，再次让我们联想到了新现实主义电影导演德·西卡在电影《终站》中所使用的这种带有中性特点的描绘人物技巧。影片中，女主角在赶去见男主角的路上，经过火车站，穿梭在众人之间。导演用"深焦镜头"[①] 将与女主角占用同一个画面空间的其他陌生人的面孔和行为，以同样清晰的画面呈现出来；即使主人公已经走出镜头，镜头也不会继续跟上去，而是滞留在原地，注视着陌生的群众脸孔。也就是说，德·西卡的摄像机没有因为聚焦于主人公而忽略其他人。画面中的众多非个性化的"他者"的面孔，呈现出一种与故事中的主人

---

[①] 根据法国电影美学家巴赞的解释，电影中的深焦镜头（Deep Focus）"能够以同样的清晰度，收入处在同一戏剧场景中的整个视野"。Andre Bazin, "An Aesthetic of Reality: Cinematic Realism and the Italian School of the Liberation", in *What is Cinema?* Vol. 2, trans. Hugh Gray, Berkeley: University of California Press, 1971, p. 28.

公的面孔同样的活力。导演以此展现了现代电影的"中性"特质。这些镜头因为分散了观众对主人公和情节的关注而常常被人认为是无用且多余的,但实际上其中隐含着导演对在镜头之外的芸芸众生和大千世界之多元性的尊重,也表现出艺术家对被主观个体所凝视与聚焦的现实的反思和质疑精神——我们随眼前的镜头而聚焦的画面,只是广阔世界的惊鸿一瞥;而在这种凝视中,被我们错过的事物远远要多过我们现在所感受的一切;世界以多种深度不偏不倚地、共时性地展现着自己,是我们个人的意识,在选择着焦点并制造着各种意义。然而,德·西卡电影中将焦点暂时移出主人公身上而去聚焦陌生路人的技巧,在提醒人们关注生活中常被忽略的平凡人的生活的同时,也将这种关注"他者"的现代式审美,过度形式化和孤立了起来。因为他的镜头并没有在真正意义上——与故事主线平行地——继续关注这些"他者"面孔背后的故事,而只是用上述闲笔式镜头,对非个性化的众人形象表示致敬。这让他的风格和形式,成为大于内容本身的、仅仅用于表露现代艺术家反对资本主义社会过度强调英雄性和个体性的一个符号和姿态。

而石黑在《被掩埋的巨人》中则走出了这种在德·西卡电影中几乎流于形式的对"现时"和"他者"的关注。石黑不仅更注重"我和他者""现时和永恒"在内容上的联系,还利用摆渡人这个角色把"他者"和"永恒"对等起来。在故事中,不仅三个看似不同的摆渡人与主人公埃克索的命运在冥冥之中有着交织,而且三个去个性化的摆渡人还与具有永恒性和神圣性的卡隆相关,以此作者突出了现时中非个性化"他者"群体的"英雄性",从而真正地从内容上实现了前文所述的"将凡人抬升至前所未有的关键位置"的审美现代性特征。这是笔者认为《被掩埋的巨人》区别于其他现代主义小说的独特之处之一。

其次,石黑的这部小说独具一格的另一个主要特征在于,摆渡人在小说中的作用的提升,采用了与现代主义者不同的方法来实现。通常的方法是,即使人物在社会地位和经历方面是普通的,现代主义者也会通过文字描绘其精神和心理的复杂性,来展现其"英雄"的一面。[1]但石黑小说中的"他者的提升"却不是采用现代主义者那样通过透视性地描绘人物的内在真实来实现的,而是采用一种类似反证的方法来实现的。作者不仅给摆渡人赋予了普通人的社会职业和外貌形象,而且还用一种与现代主义的意识流小说相反的、近似二维画面的、拒绝透视的勾勒人物方式,向我们展示了摆渡人在埃克索直观感受上的"普通"与他者性。"普通人"和"他者"在《被掩埋的巨人》里更多地意味着,拒绝被描述、被看穿的、容易被错过之人。但如果我们真的把小说中的摆渡人当作一闪而过的陌生人和普通人,便会错失小说寄寓于此的深层主旨。石黑通过展现这个掌握着埃克索夫妇的命运的叙述者是如何在"现时"里被当作无关紧要的"他者"被忽视和错过,而又在之后被觉察其重要性这种反例的方式,来凸显"他者"在文本中的"英雄性"地位。石黑几乎是以一种让我们后知后觉的方式提醒着人们,应当把握现时中普通人的"英雄"、或者说"神圣"的一面。

最后,小说同时还邀请读者对这种现时中的神圣性(英雄性)提出怀疑。摆渡人身上的这种不足以让目光和思维滞留的平常特质,同时在小说中表现为一种常常为那些精明的猎人所用的、将自己和自然背景融为一体的障眼法和伪装术。

在《被掩埋的巨人》中,叙述者的死神身份并没有经过叙述者介入式言说直接揭示出来,而是需要我们经过一番文本解谜和推敲才能得出。而在这个过程中,石黑独出心裁地将小说与黑泽明的电影《罗生门》(*Rashomon*,1950)中的"入画"场景进行了拼接,通过一系列相似于《罗生门》中的"正反打镜头"和"入镜镜头"之类的电影叙事技巧,向我们透露了叙述者是神话中的摆渡人的身份信息。用这种文学与电影之间跨媒介的关联,小说以一种不介入、不言说的方式,显露了审美现代性式的对"现时"的"英雄性"的怀疑。

---

[1] 李维屏:《论现代英国小说人物的危机与转型》,《外国语》2005年第5期。

《罗生门》的开头展现了故事现时中所在的场所：暴雨中的一座古时候留下来的残破建筑物，名叫"罗生门"。然后，镜头转向正静坐在残垣断壁中面无表情地观着雨的一个僧人和一个樵夫。镜头随后将我们的目光引向屋外的雨中，随着一位从雨中匆忙跑进来躲雨的旅人，再次进入到废宅内。镜头随着这个旅人的视角，再次仔细地观察着屋里处于静止状态的僧人和樵夫。这一系列由摄影机引导的"正反打镜头"，实际上暗示着这个从雨中闯入的旁观者与影片所讲故事之间的内在联系——随着旅人从雨中跑进"罗生门"，这个旅人一方面成为了樵夫接下来要讲述的故事的旁听者，另一方面他也慢慢地参与到其中，成为电影所叙述的故事的一部分。于是，旅人渐渐地发现，自己其实参与了这个原本在他看来与自己毫无瓜葛的、发生在别人身上的故事。与此同时，观众也不知不觉地经历了相同的过程——原本随着旅人的局外人视角观察着宅中人，倾听着其故事的我们，发现自己慢慢地被带入到故事中，成为了见证这一切的目击者。而影片片头所呈现的这种"看与被看"的复杂关系，恰被这组"正反打镜头"表现了出来。这个看似无意的镜头转换，呼应着电影旨在表现的扑朔迷离的审美现代性主题——现实在不同人的眼中具有不同的面向，因此无法被人完全认识。

在小说第二章的"废宅避雨"场景中，石黑选择性地文本化了《罗生门》开头的这个场景。黑泽明影片里从大雨中奔入废宅避雨的旅人，在石黑的小说里被形影不离的埃克索夫妇所替代；而在电影里的废宅中静坐的僧人和樵夫，在小说里被换成了同样代表了一种宗教信仰的摆渡人和他的一名老船客。《罗生门》中，樵夫对一件自己经历过的奇案感到不解，坐在其身边的僧人已经听过这个故事，于是樵夫转而讲给这位刚刚从外面闯入的陌生人听，并让这个陌生人对自己和僧人对这个故事的两种不同理解作出评判。相似地，在《被掩埋的巨人》中，埃克索夫妇在旅途中遇上暴雨，他们奔入一座废宅中避雨，遇到了同一屋檐下静坐的摆渡人和奇怪的老太太。他们偶然地倾听了老太太对摆渡人控诉的"公案"①，并不知不觉地参与到这个"公案"的评判过程中。

除此之外，石黑还在《被掩埋的巨人》第二章和第十七章中加入了与《罗生门》开头的"正反打镜头"相似的，与小说主题的呼应和"入画"设计。第十七章中，第三人称叙述打破了小说之前遵循的于"埃克索—高文—埃德温"的视角之间切换的模式，首次以摆渡人的第一人称视角进行叙述。这种视角及人称转变在此别具意味。这里恰为故事的结尾，也是夫妇二人在故事中第三次碰到摆渡人。除了视角从埃克索转为摆渡人，此处重复了小说的开篇第二章夫妇二人第一次遇见摆渡人时的情形——同样是在大雨天，埃克索搀扶着比阿特丽斯来到蔽舍下躲雨。石黑将黑泽明电影中用"正反打镜头"所表现的从两个视角分别看同一件事的场景，独具匠心地分开放置到其小说的开头和结尾处。在开头，读者随着埃克索夫妇的视角，从大雨中进入到宅子内，一边观察摆渡人，一边听他讲故事，之后他们也慢慢进入到这个故事里，成为了摆渡人所讲的关于"岛"的故事主人公；而在结尾，读者又跟着摆渡人的视角，目睹了夫妇从大雨中再次奔入了摆渡人的领地。如果我们将以上两处拼接起来看，恰能组成与《罗生门》的开头相似的一组"正反打镜头"。以此，石黑不仅巧妙地让叙述者和被讲述的人物进行了隔空的对话，还使小说的主线故事情节绕回到了原点，形成了一个环形的叙事结构。为了更清楚地解释，我们将这两处的视角变化做对比，如下：

第十七章在摆渡人视角下："离最近的树也只有二十来步了，为什么要在泥浆中停下来呢？……就算是图画里的人物，完成任务也不可能这么慢吧？"（Could they perform the task more slowly were they *painted figures in a picture*?）②

---

① 《罗生门》便是利用"公案"体叙事的典型例子。关于电影《罗生门》的内容详见第一章介绍。关于"公案"进一步解释及分析见后文。

② Kazuo Ishiguro, *The Buried Giant*, New York: Alfred A. Knopf, 2015, p. 302. ［英］石黑一雄：《被掩埋的巨人》，周小进译，上海译文出版社 2016 年版，第 311 页。

第二章在埃克索视角下:"高个子男人和老太太奇怪的僵硬姿势似乎给埃克索和比阿特丽斯上了魔咒,他们两人也一动不动,一句话都没说,好像他们看到了一幅画,迈步走进画里,于是只好变成了画中人。"(It was almost as if, coming across *a picture* and *stepping inside* it, they had been compelled to become *painted figures* in their turn。)①

第十七章中的描写不仅与第二章中埃克索夫妇第一次遇见摆渡人时的描写,形成呼应。而且,同一个"入画"的比喻还提示着我们,最后出现的第一人称叙述者和之前的第三人称叙述者是同一个人。像《罗生门》一样,《被掩埋的巨人》的叙述者邀请我们用两个不同的视角去观察同一个"避雨"的场景。同时,两个场景之间的诡异的相似性,还印证了第二章里老太太的忠告——她认为摆渡人对爱侣们施了特别的"魔咒"。作者似乎以这种方式向读者暗示,小说的第二章中出现的看似与故事主人公毫无关联的一件事情(看似无关联是因为这件事情没有发生在他们身上,而是被他们道听途说),却成为他们现实中即将经历的旅途(死亡之旅)的起点(也是终点),由此,现实与现时被赋予了某种永恒的意义。这同时也标志着小说中的主人公对现时发生之事的态度的转换——从疏远和中立,到慢慢地接近,再到不由自主地融入,从一个镜头画面外的观察者,鬼使神差地"入镜"成为故事的参与者的过程。

当我们再一次回顾小说第二章中的情境时还能发现,摆渡人蓄意地与埃克索夫妇保持距离的举动,也透露着一种道德与价值观上的可疑。实际上,被老太太称为摆渡人对船客的"施魔",就是从这里开始。在隐喻层面上,埃克索夫妇从现实的观念域步入了一个超现实魔幻式的观念域中,也从先前的活动状态步入了画中的静止状态:

---

① Kazuo Ishiguro, *The Buried Giant*, New York: Alfred A. Knopf, 2015, p. 35. [英]石黑一雄:《被掩埋的巨人》,周小进译,上海译文出版社 2016 年版,第 34 页。

两人步入一片灰色的亮光中，来到一个宽敞的房间，有一堵墙全塌了。隔壁的房间整个消失了，杂树乱草密密匝匝，径直漫到了房间地板的边缘……靠墙有两个暗黑的人影，一坐一站，相距较远。……同一堵墙根下，有一个瘦削的男人，身材异常高大，站得远远的，好像是要在能够避雨的前提下，尽可能离老太太远一些。……他僵硬地站着，背对着房间，一只手扶着面前的墙，好像在认真倾听墙那边的声音一样。埃克索与比阿特丽斯走进来的时候，他回头望了一眼，但没说话。老太太也在默默地盯着他们。埃克索说了句"愿你们平安"，那两人才动了起来……四个就这样待着，风暴更加猛烈，一道闪电照亮了屋内。高个子男人和老太太奇怪的僵硬姿势似乎给埃克索和比阿特丽斯上了魔咒，他们两人也一动不动，一句话都没说，好像他们看到了一幅画，迈步走进画里，于是只好变成了画中人。①

犹如静观中等待猎物的猎手一般，摆渡人开始先与猎物保持距离，在静止中观望之，直到猎物主动地靠近，他才采取进一步行动。埃克索先发话说："愿你们平安"（Peace be with you），他的话同时也启动了与其"平"（Peace）的期许截然相反的效果：静止的待候被打破了。猎手一样的摆渡人，作为回应而行动了起来，这标志着摆渡人引老夫妇步入陷阱的开始。叙述者说的"变成画中人"似乎意味着，老夫妇从观察者的位置，转移到了被观察者的位置上。跟老太太所怀疑的一样，恰是摆渡人的声音，让爱侣们进入了一种梦境。摆渡人曾经也是以此手段，不知不觉中蛊惑了老太太及其丈夫。

文中埃克索夫妇的"入画"（Stepping Inside a Picture）如同《罗生门》中旅人"步入镜头"一样，埃克索夫妇步入了静静地在

---

① Kazuo Ishiguro, *The Buried Giant*, New York: Alfred A. Knopf, 2015, p. 34. ［英］石黑一雄：《被掩埋的巨人》，周小进译，上海译文出版社2016年版，第33页。

宅中观雨并等待着他们的摆渡人和老太太的视野，也步入了与之相连的神话氛围。就像考雷说的，石黑在《被掩埋的巨人》的整体上制造了一种神话式的氛围，这构成了故事令人难忘的关键，即使"我们会忘记故事中的某些细节和个别的人物"[①]。被神秘的老太太称为摆渡人的"魔法"的，其实是摆渡人对恋人们施展的一场"入画"式诱惑。老夫妇与摆渡人对话的情景在整体上，好像一幅画吸引着观察它的人逐渐将自己变为画的一部分。摆渡人把埃克索夫妇逮入到一种特定的氛围中框住了，将他们变为了被读者观察的对象。他通过潜伏在埃克索夫妇周围，并间接引导他们慢慢认同关于"岛"（死亡的国度）的观念的方式，把老夫妇框住在这样一种异教徒的认识体系之中。这里的"框"既是客观物质存在上的，也是主观思想上的。因为从此以后，埃克索夫妇便一直努力地试图在遗失的记忆中寻回能够证明他们彼此相爱的证据，生怕落得跟老太太一样的与爱人相隔两岸的下场。小说中决定主人公命运之人与主人公在日常生活产生联系这种关系，恰是通过与电影的关联，被隐含地类比为一种画面内外的"观察者"与"被观察者"之间的、不可分割的、持续着的、如同子体沉浸在母液中那样的关系而呈现出来。

　　同时，我们能发现摆渡人蓄意地与埃克索夫妇保持距离的举动中，也透露着一种令人怀疑的计谋性，以及道德与价值观上的可疑。特别当我们对比小说结尾当埃克索夫妇第三次遇见摆渡人的反应时会发现，摆渡人在表现出一种闪躲、托词、又有距离的姿态的同时，还透露着令人怀疑的难以捉摸，甚至在当事人看来的些许恶意和恐怖。摆渡人在第十七章中这样描述："他们默默地看着我，她疲惫而开心，他则愈加恐惧。"[②] 埃克索因为记忆恢复而慢慢地觉察到其反复遇见摆渡人的事实及其即将面对的死亡和离别。他甚至向摆渡人

---

[①] Jason Cowley, "'The Buried Giant', by Kazuo Ishiguro", *The Financial Times*, Feb. 27, 2015.

[②] Kazuo Ishiguro, *The Buried Giant*, New York: Alfred A. Knopf, 2015, p. 304. ［英］石黑一雄：《被掩埋的巨人》，周小进译，上海译文出版社2016年版，第313页。

问道:"那么你是船夫吗,先生?我们以前有没有在哪儿见过?"埃克索需要摆渡人做出一个明确的回答(见过/没见过)。而摆渡人却用一个偏离问题的托词,做了一个中性的回答:"没错,我是船夫",摆渡人这么告诉他,"至于我们有没有见过,我记不得了。我每天要划船很长时间,送很多人。"① 石黑一雄曾将自己早期的小说与黑泽明的电影《罗生门》共有的复杂心理逻辑进行比较,说:"这种语态让我感觉很兴奋,也就是当叙述者说自己不太记得的时候。这就像是《罗生门》里通过不同视角看到的同一个故事一样。"② 作者的这句评价同样能解释此处摆渡人所说的"不太记得"的托词。《被掩埋的巨人》中,石黑首次尝试用第三人称转换视角的叙述,这也使其更便利地借鉴《罗生门》中的这一手法。小说的最终章中埃克索夫妇见到摆渡人的描写与第二章中他们第一次遇见摆渡人时的描写几乎一致。这提示着我们,小说结尾处从第三人称全知叙述到以摆渡人为视角的第一人称叙述的转换,标志着一个神秘未知的叙述者从幕后走到台前,向读者及埃克索夫妇揭示自己身份的神圣时刻。这同时让我们意识到,小说的开始和结尾处主人公第一次和最后一次遇到摆渡人的场景,其实是两次通过不同视角对同一个"避雨"场景的描述。如克里斯丁·斯莫伍德指出,石黑一雄在为我们展现了主人公内心之外的更多视觉内容的同时,也隐藏了同等分量的内容。③

再来看摆渡人的托词,它因为颇具中性的特点而意涵深刻。因为对于如此的问题,摆渡人应该经常面对。在此他虽然无意回答,

---

① Kazuo Ishiguro, *The Buried Giant*, New York: Alfred A. Knopf, 2015, p. 304. [英] 石黑一雄:《被掩埋的巨人》,周小进译,上海译文出版社 2016 年版,第 313 页。

② Sebastian Groes and Kazuo Ishiguro, "The New Seriousness: Kazuo Ishiguro in Conversation with Sebastian Groes", in Sebastian Groes and Barry Lewis, eds. *Kazuo Ishiguro: New Critical Visions of the Novels*, New York: Palgrave Macmillan, 2011, p. 256.

③ Christine Smallwood, "The Test of Time: Kazuo Ishiguro's Novels of Remembering", *Harper's Magazine*, April, 2015.

却没有直接地表现出来这种拒绝,而是表现出一种打破"是与否"的中性态度,试图从问题中抽身隐退:"我每天要划船很长时间,送很多人。"① 他的回答,相对埃克索所期待的"是/否"的回答而言,"是"的可能性较大。可摆渡人却以"我不记得了"这句之后被他自己也视为托词的话,冠在其解释之前。其效果是,他既没有肯定,也没有否定"见过"夫妇俩的事实,而是把这种聚合关系移入了另一种聚合关系之中——"时间长,人很多"。斯莫伍德注意到,在小说中这个人人都遭受着失忆折磨的世界中,作为最终仲裁者的摆渡人自己,却表现得什么也不曾忘记,什么也不曾记住。他只是关心"你"是否记得。②

笔者认为,这其实隐含了摆渡人所遵循的另一套令人诧异的时间和价值取向——他似乎在说,你们是"我"经历的漫长时间中的一瞬间,是我路过的众多乘客中的一员。埃克索的现时中所经历的被赋予个人化意义的一切,原来在摆渡人看来是如此微不足道和没有意义。显然摆渡人也不认为"被见过"是"被记得"的同义语。这反映出叙述者"中性"且不通人情的道德价值倾向。同时,摆渡人还用了一个符合(小说中)现实经验的理由,来搪塞埃克索夫妇的提问:人们因为"迷雾"的原因普遍丧失记忆,所以即使他自己不记得曾经见过之人,在这个语境下也是合情合理的。这场对话的巧妙之处就在这里:平静背后的奇险峭峻,隐含着令人恐惧的意义,诱使我们去反思摆渡人的中性态度和神圣性。

故事中的摆渡人再次表现了类似石黑前作《长日留痕》中的达林顿公爵(Lord Darlington)的一种"善意中的无知"(The Naivety of Good Intentions)。石黑曾经对这个沦为法西斯拥护者的英国绅士这么评价:"虽然他出于一番绅士式好意,想帮第二次世界大战后的

---

① Kazuo Ishiguro, *The Buried Giant*, New York: Alfred A. Knopf, 2015, p. 304. [英]石黑一雄:《被掩埋的巨人》,周小进译,上海译文出版社2016年版,第313页。

② Christine Smallwood, "The Test of Time: Kazuo Ishiguro's Novels of Remembering", *Harper's Magazine*, April, 2015.

德国一把，但由于他愚蠢的无知，却慢慢地成为残暴和邪恶的法西斯主义的拥护者。"① 这让我们想起汉娜·阿伦特（Hannah Arendt）的"平庸之恶"（The Banality of Evil）所涉及的职责与恶的关系：

> 人会被诱惑去行善，且需要努力以作恶，就像他们需要努力去行善，会被诱惑去作恶一样。马基雅维利在《君主论》中说，统治者必须被教授"如何不为善"，他的意思并不是说他们应该被教授如何做邪恶之人，而只是说他们应被教授如何避免这两种倾向，即按照道德的、宗教的原则行动或按照犯罪的原则行动，而统治者应该按照政治的原则去行动。②

《被掩埋的巨人》中的摆渡人与之类似，他按照自己的一套道德行为准则去行动，虽然他对是否要帮助主人公充满了踌躇和焦虑，但却努力地保持中立。但除开摆渡人自认为的帮助旅人的一番好意，读者却慢慢地发觉，他同样出于无意识或无知，或别的某种原因（但绝不是因为愚笨或激进的恶意），与黑暗、邪恶的一方为伍。

然而，与阿伦特所讲的由于缺乏一种"存在于我自己与我之间的无声对话"③ 的自我思考能力，而丧失了道德判断力并沦为恶的傀儡的庸人们不同，石黑一雄笔下的众多男性角色——从《远山淡影》中的绪方先生，到《浮世画家》中的小野，又到《长日留痕》里的管家史蒂文斯，再到《被掩埋的巨人》最后以第一人称出现的摆渡人——都有着丰富的内心对话和思考的能力。但不可否认，《被掩埋的巨人》中摆渡人确实是平庸的，并且他也在基督教的观念中代表了"恶"（象征了死神和地狱）的一方。以此，小说将叙述者

---

① Eleanor Wachtel and Kazuo Ishiguro, "'Books on Film': A Conversation at TIFF", Toronto International Film Festival, Oct. 5, 2017.

② [美]汉娜·阿伦特：《责任与判断》，陈联营译，上海人民出版社 2014 版，第 98 页。

③ Hannah Arendt, "Eichmann in Jerusalem-I", *The New Yorker*, Feb. 16, 1963.

的"平庸之恶"的问题抛给了读者。

石黑的小说似乎更倾向于督促读者来反思一种超出单一的意识形态认识的"恶"的复杂性和相对性问题,而不是恶的起源性问题。这似乎更类似萨特式的"他人即地狱"的恶。同时在石黑的作品中,这还更多地表现为一种不被自我所认识的、只有在他人眼光中才能反照出的、本属于自己之"恶"。《被掩埋的巨人》中,恶似乎表现为一种属于每个人的、待认识的本质性特征。恶之"平庸"在于,对身边之人、对自己的认识不明,以及对这种不明认识本身的不觉。

这也许能进一步解释为什么埃克索会在听了摆渡人这番回答之后感到更加害怕。因为恐惧,他蹲在妻子身边,将她紧紧抱住。这一瞬间对于埃克索和读者来说,就像是体会了雅克·拉康(Jacque Lacan)的"纽扣串点"① 的时刻。埃克索的反映似乎显示了他因为意识到卡隆的现身和死亡的临近而心生畏惧。但其实让他害怕的,有两方面内容:

(1) 如前文中作者所言,让埃克索怕的是与妻子分离。埃克索开始对自己与比阿特丽斯的爱情产生质疑(见下文分析),也意识到如果死神豁免爱人的特权确实存在,他对自己爱情的质疑,不会让他们得到这种特权。

(2) 埃克索同时后知后觉地意识到,原来摆渡人用环绕在他们身边的死亡氛围将他们框住,使他们原地绕圈圈。死神的考验似乎早已开始,他们故事的终点早就冥冥之中被安排好了,而且

---

① 纽扣串点(Point de Capiton,英文也译作"Quilting Point"or"Anchoring Point"),指不同种遵循着转喻法则的象征链以及其所在的象征层,在同一个意象上,短暂地滞留并建立联系,从而塑成意义的一个瞬间。只有在这个瞬间,原本不停滑移的能指,指向了同一个所指,从而产生了某一固定的意义。这就像不同纽扣用缝针串联在一起。拉康通过此比喻,表述了一种在遵循转喻法则的原意语言基础上建立隐喻的途径。See Dylan Evans, *An Introductory Dictionary of Lacanian Psychoanalysis*, London: Routledge, 1996, p. 151.

被他们过去的经历所安排。最终审判埃克索夫妇的，不是遥不可及的上帝，而是这个看似不相干的、时而向他们求助、时而又向他们伸出援手的普通路人；他和妻子一早便成了希腊死神锁定的目标，他们一路以来的经历，似乎是摆渡人考验他们之间爱情的一个形式，是由摆渡人设计的一场"思想实验"（本书最后一节会对此展开讨论）。这个旧时的死神似乎一直潜藏在为埃克索所认识的上帝世界之中，而这个死神对世界有着不同于无限宽容罪恶的上帝的另一套规定：只有真正相爱的伴侣才能一起越渡到下一个世界。违背规则的人便会受到在那个世界落得形单影只的惩罚。这个神会不会像上帝那样，只要信徒向其祷告和忏悔，一切罪行都会被宽恕呢？埃克索显然不能确定。

另外，同样在故事第二章的"废宅避雨"中的"废宅"这个空间场域，也提示着摆渡人身份的可疑。与黑泽明的《罗生门》相似，《被掩埋的巨人》的叙述者随着从暴雨中步入宅中的夫妇俩的眼光，聚焦到暴雨中的这座废宅中来。读者随着埃克索的眼光，观察着这座废宅现时的没落并想象着其昔日的辉煌：

> 在罗马人统治的时代，这也许是一栋辉煌的宅子，但现在只剩下一小部分，其余的都坍塌了。一度气派非凡的地板暴露在风吹日晒之下，到处都是水坑，地砖破损，缝隙里长满了杂草。残垣断壁，有的地方只有膝盖那么高，依稀能看出以前的房间布局。[①]

夫妇俩跨入一道和"罗生门"相似的拱门之后，"步入一片灰色的光亮中，来到一个宽敞的房间"[②]。在这里，他们遇到这所废

---

① Kazuo Ishiguro, *The Buried Giant*, New York: Alfred A. Knopf, 2015, p. 34. [英]石黑一雄：《被掩埋的巨人》，周小进译，上海译文出版社2016年版，第32页。

② 同上。

宅曾经的主人——摆渡人。摆渡人对他们讲述着自己的职责和往事。埃克索觉得，这个情景多少有点诡异，因为摆渡人好像是在梦里自言自语一样："朋友们，这儿就是我的地方。我曾是个无忧无虑的孩子，在这栋宅子里长大。宅子和以前不一样了，但对我来说，这儿有宝贵的记忆，我到这儿来，只求能够安安静静地享受我的记忆。"① 如摆渡人所言，这个废宅正是让他曾经住宿过的荣华家宅，现在却家境败落。结合神话中卡隆的身份来看摆渡人此处的独白，我们能发现，这似乎也是神话传统和信仰在现代逐渐衰落的写照——卡隆的神位自罗马从不列颠撤军之后便遭受了冷遇，慢慢被基督教的上帝所取代。

石黑一雄用藏在文本中各种不起眼的细节，婉转地透露着关于这个拥有权威性的叙述者的重要信息。但因为摆渡人话语中含有不确定的梦中呓语成分，主人公的回忆似乎又带有不可靠性。以上双重因素使得我们在获得这个重要信息的同时，也获得了双重的不确定性。

值得注意的是，《被掩埋的巨人》中埃克索夫妇的认知方式，主要是建立在基督教信仰中内含的二元聚合关系之上的。他们一边相信至善的、唯一的上帝，一边在路上警惕着至恶的魔鬼的侵袭。从这个意义上，作为基督教徒的埃克索夫妇旅途中反复遇见象征着异教的希腊死神，也代表着他们现时中的唯一神教观念不断遭遇到旧时的多神教观念的挑战和质疑的过程。石黑为我们展现了现时中持有基督教式"善与恶""人与神"相互对立的二元式世界观的人们，慢慢发现自己似乎处在一个上帝的规则均不适用的陌生世界。他们的现实并非基督教认识所解释的那个样子，而似乎是被一个来自前现代的"非善非恶""非人非神"的古希腊死神所左右。也许这就

---

① Kazuo Ishiguro, *The Buried Giant*, New York: Alfred A. Knopf, 2015, p. 37. [英] 石黑一雄：《被掩埋的巨人》，周小进译，上海译文出版社 2016 年版，第 35 页。

是为什么芭芭拉·纽曼（Barbara Newman）认为，那些知道了摆渡人才是决定主人公命运之人的成熟读者，会发现这部小说在脑海中无论如何都挥之不去。[1] 最后，埃克索在这场旅程终点，向象征着死神的摆渡人忏悔从前背叛妻子的罪过，希望死神能像上帝一样理解和宽恕他的罪过，既往不咎并给予他和妻子至死不离的特权。摆渡人虽然答应了埃克索的要求，但仍旧只带走比阿特丽斯而留埃克索一人在岸上。至于摆渡人之后是否会遵照约定，回头接埃克索与妻子会合，埃克索连同读者都无法确定。这使我们与故事的主人公一起，对现时中的摆渡人、现实世界和现时中的信仰及秩序，产生了质疑。

### 二 黑衣女人的鬼魅化与潜在的魔幻现实

有评论者在《柯克斯书评》（*Kirkus Reviews*）中提到作为主人公之一的比阿特丽斯之名，并不是亚瑟时代的常见人名，其中似乎富有深意。[2] 不难发现，小说中与但丁（Dante Alighieri）《神曲》里的贝缇丽彩（Beatrice）同名的比阿特丽斯（Beatrice），一路上带着丈夫埃克索坚守着对上帝的信仰，穿过异教徒的村落和记忆的晦暗，最终寻得真相并到达彼岸的情节，跟《神曲》有相似之处。在此背景下看石黑一雄用《神曲》里带着但丁穿过晦暗寻找真相的比阿特丽斯（原意有源起、母体、旅程之意）来命名《被掩埋的巨人》的女主人公，似乎具有某种反讽的意味。也许这也是让芭芭拉·纽曼猜测，埃克索夫妇可能是年迈的但丁与贝缇丽彩的原因——他们最终又一起跋涉，追逐真相，只不过在过程中忘记了自己身份。[3] 笔者则认为，石黑一雄

---

[1] Barbara Newman, "Of Burnable Books and Buried Giants: Two Modes of Historical Fiction", *Postmedieval: A Journal of Medieval Cultural Studies*, No. 7, 2016.

[2] See Gregory McNamee, "The Buried Giant," *Kirkus Reviews*, Jan. 1, 2015.

[3] Barbara Newman, "Of Burnable Books and Buried Giants: Two Modes of Historical Fiction", *Postmedieval: A Journal of Medieval Cultural Studies*, No. 7, 2016.

在《被掩埋的巨人》里借鉴了沟口健二的《雨月物语》中那带有东方特点女鬼诱惑的桥段和魂鬼思想,来把与埃克索有着最深刻、最真实联系的妻子比阿特丽斯与具有虚幻特点的女鬼联系起来。这让埃克索原本在比阿特丽斯的引领下进行的《神曲》式追真之旅,演变为一场由鬼魅诱惑并引向不确定和未知的死亡旅程。小说以此表达了人对现时中的上帝和对现实中的爱情心生质疑的审美现代性特点。

小说中作为基督徒的埃克索与比阿特丽斯从教会那里获得了一种对世界的认识:至善与无限怜悯的上帝决定遗忘人们的过错,因此才会有让人忘却过去的迷雾。但小说却通过借用并发展沟口健二(Kenji Mizoguchi)的电影《雨月物语》(Ugetsu Monogatari,1953)中的带有东方特点的女鬼诱惑场景和叙事手段,为我们展示了秉承着这种基督教世界观的主人公对世界现实和爱情现实的反思和质疑。小说中这个看似被上帝主导的世界现实中还藏有更深一层的"综摄"① 了古老东方和西方神话传说的鬼魅性现实。以此小说表达了,现实世界具有不能被基督教教会单方面解释的、综摄了多种神秘性前现代思想的复杂性和多元性,更揭露了现时的基督教世界观对现实的难以解释。

(一)女鬼的召唤和被质疑的爱情

《被掩埋的巨人》中有一个隐含的鬼故事。小说中埃克索夫妇先后三次遇到摆渡人中的两次,都同时遇到了一个追随着摆渡人的神秘老太太。这令人想到了古希腊神话艺术中总是与摆渡人卡

---

① 综摄(Syncretism)是宗教学中的一个特别的名称,指一种同时有着不同甚至矛盾的思想,而又结合各种不同来源的仪式和做法。"综摄"常发生在文明被征服,入侵者带来新的信仰却不能消除被征服文明的旧信仰和习俗的历史时期。See Keith Ferdinando, "Sickness and Syncretism in the African Context", in Antony Billingtoned. *Mission and Meaning*, Carlisle: Paternoster Press, 1995, p. 265. 另见[美]尤瓦尔·赫拉利《人类简史:从动物到上帝》,林俊宏译,中信出版社2012年版,第212页。

隆一起出现的女鬼，也叫"影鬼"①。这似乎暗示了《被掩埋的巨人》里伴随着摆渡人出现的黑衣老太太的鬼魅性。小说中的埃克索及比阿特丽斯与神秘女人及摆渡人之间存在一种复杂的关系，这种关系似乎与古希腊白色莱基托斯陶瓶画中总伴随着卡隆形象出现的"影鬼"形成了某种呼应。希腊神话里的卡隆向"影鬼"收取金币作为报酬，没给他金币的"影鬼"可能被困在两个世界的临界，不停地徘徊和游荡，找不到出路。文中的埃克索夫妇跟纠缠着摆渡人的老太太一样，始终没有付钱给摆渡人。这貌似预示着，比阿特丽斯会落得像老太太一样的下场——无法渡至彼岸的她，徘徊于河岸边，与摆渡人无休止地进行纠缠。小说的最后通过摆渡人的视角，恰描述了一个与古希腊白陶瓶艺术中描绘十分类似的卡隆与"影鬼"的情景：比阿特丽斯被卡隆带走，留埃克索在岸边。

　　本部分将特别指出的是，小说中的神秘老太太与女鬼的联系，还通过与沟口健二《雨月物语》中的经典琵琶湖场景的交织和关联得以实现。小说由此表现了隐藏于主人公基督教式的认识之外的、带有东方神秘主义色彩的魂鬼思想。而读者只有结合小说与电影的关联，在对某些反复出现的细节进行回顾之后，才能发现

---

① 有学者专门将古希腊阿提卡的白色莱基托斯陶瓶画中描绘的卡隆与伴随他的"影鬼"形象做了梳理，分为多个类型。最常见的类型为一个女人与卡隆的场景：站在船上的卡隆迎接着即将登船的一个站在岸边的"影鬼"。这像极了《被掩埋的巨人》最后离别的场景。而在专门以卡隆和"影鬼"为主题的场景中，最为常见的还有多个女人和卡隆的场景：如一个女人坐在卡隆的船里，在岸边站着跟随着赫耳墨斯的另一个女人。这常被解释为在同一个画面中对同一个女人随卡隆而去过程的历时性描绘，见 Christiane Sourvinou-Inwood, *"Reading" Greek Death*, Oxford: Oxford University Press, 1996, pp. 308, 322-323。用多个形象对同一主体的历时性呈现在古希腊艺术中颇为常见。而这种特点也体现在《被掩埋的巨人》对摆渡人及黑衣女人形象的刻画中。随着基督教的发展壮大，卡隆与"影鬼"慢慢地被用作一个故事元素，与后来进入的新观念和习俗中的相关主题相互嫁接。这就像是石黑一雄通过这部小说所做的事——故事将伴随卡隆出现的"影鬼"与沟口健二《雨月物语》中的"鬼—影—女人"之间的微妙联系相融合，再现了卡隆神话画幅的现代意义。

这一深层的超自然含义。如第一章所述，石黑一雄的写作深受沟口健二的《雨月物语》影响。虽然有电影学者一早注意到《雨月物语》中的神秘氛围与石黑作品的风格有相似性，但两者的关联一直以来被多数文学批评家所忽视。石黑一雄与沟口健二的关联尤其表现在《被掩埋的巨人》中的"幽灵船"情景对《雨月物语》中的"琵琶湖"桥段以及鬼魅氛围的借鉴和发展上。石黑将此处老太太的呼救变成了一场与沟口健二的《雨月物语》交叉关联的、被鬼勾魂的过程，从而展现了主人公对现时中的他者及自己的爱情的怀疑。

先来介绍一下沟口健二及这部鬼故事片。沟口健二是公认的将日本传统文化搬上世界荧幕的电影大师。他的电影被认为有着比日本传统美感更为幽远的东方意境之美。不同于小津安二郎的电影所表现出来的那种带有传统日本民族特殊性的美感，沟口健二的影片所展现的是对传统带有泛东亚性的描绘，其中传达的是带有东方韵味的美感。而沟口健二电影中对神怪、女鬼这些神秘之物的呈现多具有文学性特征，它们多出自中国明清时期的神怪传说，再加上中、日、韩三国代表的东亚文化本属同源，因此使得沟口被认为是"日本当代将传统文化、东方意蕴发挥得最为恰到好处的导演"[1]。电影《雨月物语》恰是改编自日本江户时代的小说家上田秋成（Ueda Akinari）的一部讲述了日本与中国民间鬼神故事的志怪小说集《雨月物语》（*Ugetsu Monogatari*，1776）中的两则故事——《浅茅之宿》（*Asajiga Yado*，又译《夜宿荒宅》）和《蛇性之淫》（*Jasei no In*）。[2] 前一则故事，改编自中国明代瞿佑所著的小说《剪灯新话：爱卿传》（1378）；后一则故事，改编自中国明末清初作家冯梦龙的白话小说《警世通言：白娘子永镇雷峰

---

[1] 罗珊：《行云流水，画卷如歌——沟口健二电影中的东方意境美》，《湖南大学学报》（社会科学版）2010 年第 3 期。

[2] Keiko McDonald, *Mizoguchi*, Boston: Twayne Publishers, 1984, p. 116.

塔》（1624），主要讲述了中国民间传说中《白蛇传》的故事。沟口在他的这部电影改编中不但在原著的基础上掺入许多个人的看法，而且还同时去除了中国明清作品中以劝善惩恶为主题的构思方式以及上田的恐怖风格，建构起其独树一帜的既浪漫又凄美的虚幻世界。这使《雨月物语》成为世界电影史上最经典的鬼故事片之一。以往的电影批评除了关注《雨月物语》对原著中的两则中国鬼神故事的改编之外，还特别指出了电影中的一个别具匠心的神来之笔：沟口特别将勾引男主人公的女鬼，与男主人公的妻子联系了起来。[1]

石黑一雄在《被掩埋的巨人》中恰借鉴了这个同《雨月物语》相似的神来之笔。他利用发生在不同时间和不同的主体之间的同一场景和同一种体验，把小说中勾引埃克索的女鬼与妻子比阿特丽斯联系起来，以此来暗示，他们的爱情并非埃克索所想的那样完美，埃克索曾经背叛了与妻子的爱情，被其他女人诱惑。沟口在《雨月物语》中将带有超现实特征的"鬼魂"叙述线索隐藏在具有传统现实主义特点的日本时代剧风格之中，被20世纪50年代以巴赞为代表的法国批评圈盛赞为审美现代性美学的杰出代表。石黑一雄在《被掩埋的巨人》中借鉴了沟口的这种风格，并利用一些自然背景中的隐藏细节来暗示着小说中的"鬼魂"故事线索，以此来不着痕迹地将故事的风格从现实转向超现实，使故事中一度让读者感觉确定、稳固的世界，渐渐地滑向不确定、崩塌的边缘。

沟口在《雨月物语》中通过一个经典的"琵琶湖"场景来实现这种转换。[2] 故事讲了一对夫妇乘船到对岸去谋生，湖上被大雾

---

[1] Robin Wood, *Sexual Politics and Narrative Film: Hollywood and Beyond*, New York: Columbia University Press, 1998, p. 243.

[2] Masahiro Shinoda, "Two Worlds Intertwined: A 2005 Video Appreciation of 'Ugetsu'", The Criterion Collection of Ugetsu, Archived From the Original on Oct. 12, 2012.

笼罩，让这里像通往死亡之界的冥河一样。过程中，他们遇到一艘神秘的弃船，并将弃船里垂死的船夫误以为是鬼，战战兢兢地靠近他。船夫特别警告男主人公要照顾好自己的女人。而接下来发生的事，恰印证了像鬼一样的船夫的预言。男主人公受到女鬼的诱惑，背弃了自己对妻子的承诺，去了对岸并流连忘返。最终，被离弃的妻子在战乱中被杀害。她的鬼魂徘徊回家中，等待着夫君的归来。有电影批评家认为，片中船夫的角色是影片的风格从超现实渐入现实的标志性人物。①

《被掩埋的巨人》中"幽灵船"情节里的老太太，同样是揭示小说的现实所具有鬼魅面的关键角色。小说的第十一章描绘埃克索夫妇第一次尝试渡到彼岸寻找儿子的情形。这里，他们继小说第二章之后，第二次遇到摆渡人和手里拿着兔子的诡异的老妪。摆渡人在埃克索的恳求下借给他们两个筐子，让他们坐在其中，随波逐流。渡水的过程中，埃克索和比阿特丽斯的筐子被浮草缠住而无法前进。此时，他们遇见了同困在芦苇丛中的另一艘船。一个垂死的老太太被困在船中，她向埃克索发出求救。与《雨月物语》中的遇鬼情形相似，小说中的女鬼同样也是先以一副具有触感和真实的现实主义的伪装，吸引着我们的注意力。老太太静静地瘫坐在甲板上。埃克索连同读者于是自然地将那个呼救的声音与这个静止不动的身体相联系。但当我们回顾一些细节的时候，便能意识到，老太太其实是一个死人。这些提示着老妪已死的细节②包括：

（1）老太太坐的姿势奇怪到令埃克索担心——脑袋朝一边歪

---

① Masahiro Shinoda, "Two Worlds Intertwined: A 2005 Video Appreciation of 'Ugetsu'", The Criterion Collection of Ugetsu, Archived From the Original on Oct. 12, 2012.

② Kazuo Ishiguro, *The Buried Giant*, New York: Alfred A. Knopf, 2015, pp. 229 - 230. [英] 石黑一雄：《被掩埋的巨人》，周小进译，上海译文出版社 2016 年版，第 232—233 页。

着，几乎碰到了船的地板。

（2）埃克索虽然听到了老妪的求救声，但埃克索注意到她自始至终却并没有动，似乎只是嘴里低声说道——这显示着声音与行动的割裂所产生的异样。

（3）埃克索注意到老太太的眼睛一直盯着他的脚下，目光非常专注。

（4）当他屈身扶她起来时，手碰到了她，这时一把生锈的刀从她手里掉下来，落在地板上。

从以上种种的细节，我们可以拼凑出一幅老太太已死的图景。但同时，这些细节是我们从埃克索侧视的余光中观察到的，石黑从没给我们机会仔细地凝视并思考这些细节所暗含的意味。与此同时，文中并没有排除另一种符合故事现实状况的合理性解释。从故事的后文中我们得知，埃克索自己在发烧。这让他的意识存有潜在的不确定性，因此，埃克索很可能是在对着死去的老太太自言自语。我们再次注意到，小说中现实以如此模棱两可的方式展现，而超现实却首先是以一副清晰的现实化的面貌呈现在我们眼前。以这种方式，石黑让这个场景中的超现实比现实显得更具有真实感。

石黑将《被掩埋的巨人》中的老太太赋予了同《雨月物语》中勾引男主人公的女鬼相似的鬼魅性。埃克索似乎慢慢意识到一个重要的事实，他琢磨着，"这个女人的衣服似乎让他想起了什么"[1]。这里的老妪正是他和妻子之前在岸边遇到的一边控诉摆渡人、一边剥兔子皮的老太太。随后，这个死去的老太太呼唤着埃克索让其把妻子交给她，而之前被老太太剥了皮的兔子则变成无数只妖精，它们将埃克索包围在女鬼身边，也将比阿特丽斯的身

---

[1] Kazuo Ishiguro, *The Buried Giant*, New York: Alfred A. Knopf, 2015, p. 229.
［英］石黑一雄：《被掩埋的巨人》，周小进译，上海译文出版社2016年版，第232页。

体与老太太的身体一同埋了起来。于是，埃克索向鬼老妪伸出援助之手的过程，变成了一场被女鬼诱惑的过程，而女鬼诱惑的目的则是让他交出妻子比阿特丽斯。

石黑一雄把沟口的《雨月物语》中男主人公被女鬼所诱惑的情节，从时间到空间上进行了压缩。电影《雨月物语》全程地为我们展示了一场横跨两岸千里又历时数月的女鬼勾魂的过程。而这个过程则被石黑浓缩为一场发生在水上漂着的弃船与筐子的咫尺之间的、在埃克索伸出援手与发现异样而退缩的动作之间的、漫长的心理绵延与挣扎。埃克索在此之前无时无刻不注意着妻子比阿特丽斯的安危，然而就在这个瞬间，他几乎完全忘记了身边的比阿特丽斯，而奔向了另一个女人。这让比阿特丽斯一路上呼唤并提醒着埃克索"你还在那儿吗，不要忘了我"，有了更深一层的含义。

每次比阿特丽斯这样呼喊，埃克索都答道，"还在，公主"。这在纳撒尼尔·瑞奇（Nathaniel Rich）看来，精练地概括了埃克索夫妇的爱情经历。这句反复出现的比阿特丽斯对埃克索的呼唤，像咒语一样萦绕着整个故事，仿佛预示着埃克索不会一直在她身边。[1] 比阿特丽斯对埃克索的呼喊其实还藏有一种东方民间古老传统中特有的"招魂"功能。根据史学家孔飞力（Philip A. Kuhn）的解释，把从身体分离的魂"召唤"回来，是一种可以追溯至公元前3世纪的中国汉族民间宗教的非常古老的观念。这种观念后来随佛教文化传入日本，与人病后康复过程以及死后的礼仪活动联系在一起。人死后，死者家属往往用声音呼喊的方式，把他的魂召回来与他的魄团聚。这种与冥物"抢精神"以便从偷去了他的魂的冥物那里，将魂找回来的仪式，被称作"招魂"或"叫魂"。[2] 招魂，表达了活着的人在死者刚死时不愿接受死亡的事实，不愿让其离去，还有可能

---

[1] Nathaniel Rich, "The Book of Sorrow and Forgetting", *The Atlantic*, No. 3, 2015.

[2] ［美］孔飞力：《叫魂：1768年中国妖术大恐慌》，陈兼等译，上海三联书店1999年版，第134页。

将他召唤回来的希望和情感。但孔飞力特别指出，东方传统中的"叫魂"，有时与"夺魂"（勾魂）是同一个意思。挚爱的亲人与妖魔鬼怪，都在对"魂"进行召唤，然而，其中有一个细微差别：一个是要将魂唤回人体内；另一个却是要将魂从人体内唤走。① 《被掩埋的巨人》中比阿特丽斯对埃克索的反复召唤，类似于《雨月物语》中的妻子在河岸边对即将离开去对岸的丈夫的反复召唤（叫魂）——她叮咛着，生怕丈夫背弃于她，希望丈夫赶快回到她的身边。而小说里鬼太太的召唤，就如同电影里因为放不下前世爱人的女鬼的勾魂——她想要把他从其妻子身边引走。极具意味的是，沟口的电影里男主人公的妻子最后也化成了鬼，于是妻子的呼唤与女鬼的呼唤从某种意义上变成了同质性的"叫魂"之意。由此，现实与超现实的界限不再清晰。通过这种小说与电影的关联，石黑一雄利用比阿特丽斯对埃克索的召唤以及鬼太太对埃克索召唤这两个细节，特别地玩味了这个源自中国的"叫魂"的双重意思，并把其中的两个相互差别的隐含义，融合在同一个无差别的"勾魂"过程当中。作者仿佛在向我们暗示，在这个被基督教徒们坚信"人—鬼怪"相互对立的世界中，存在一种能消除"人—鬼怪"之间差别的来自东方的神秘性逻辑。

以此来看，小说中比阿特丽斯与埃克索如影相随的夫妻关系，也折射出一种超出他们基督教认识观之外的、有着中国缘起的灵魂观。虽然沟口健二电影的东方语境中关于灵魂脱壳的看法，是建立在日本有关灵魂构成的复杂信念基础上的，但学界仍有一种看法认为，日本的灵魂观念来自于中国佛教针对死亡问题展开的"最后的审判""转世""轮回报应"的思想。它与早在公元前二世纪就在中国存在的"阴阳相依"宇宙观相互综合而形成。② 而这

---

① ［美］孔飞力：《叫魂：1768 年中国妖术大恐慌》，陈兼等译，上海三联书店 1999 年版，第 135 页。

② 同上书，第 130 页。

个中国的古老思想认为，灵魂具有多层次性——在一个人的身上，同时存在代表精神之灵的"魂"和代表躯体之灵的"魄"。魂，与阳以及男性、轻质、动态概念相联系；魄，则与阴，以及女性、重质、静态概念相关。魂，控制具有较高机能的脑与心；魄，则管理有形的感觉和身体的功能。① 同阴阳相乘一样，人活着的时候，魂魄和谐地共存于一体，而当人死了之后，灵魂的两个部分便分开了。魂因为其轻飘易逝的特质，更容易在非自愿的情况下被其他人或某种超自然力量偷走。人们常常让具有复仇性的鬼魅和妖魔来为此承担责任。②

从这个与中国魂鬼思想相关的角度来解读《被掩埋的巨人》中主人公的爱情故事能发现，埃克索与比阿特丽斯的离别同时象征着人在死亡时"魂与魄""精神与躯体"的分离过程。如此来看故事中的"幽灵船"情景中鬼老太太向埃克索求救，也是一场死神与埃克索争夺比阿特丽斯的战斗。

但有一点值得注意。鬼魅老太太诱惑埃克索的最终目的，是为了让埃克索自愿地放走妻子，从而得到比阿特丽斯之"魄"。这将埃克索与比阿特丽斯的分离，由一场非自愿方式的"夺魂"，变为一场自愿的、带有日本起源神话意味的"魂游"③过程。

有日本学者根据18世纪日本美学家本居宣长的观点表达了与前面提到的"魂鬼的中国起源说"不同的"日本起源说"，认为日

---

① Ying-Shih Yu, "'O Soul, Come Back!' A Study in The Changing Conceptions of The Soul and Afterlife in Pre-Buddhist China", *Harvard Journal of Asiatic Studies*, Vol. 47, No. 2, 1987.

② C. Stevan Harrell, "When a Ghost Becomes a God", in Arthur P. Wolf ed. *Religion and Ritual in Chinese Society*, Stanford: Stanford University Press, 1974. pp. 131–182.

③ 东方人相信，灵魂可以通过自愿和非自愿的方式与躯体分离。魂游，属于前者，这与包括古英国在内的雅利安和闪族的民间传说具有相似性。他们都认为，有的人能使魂主动离开躯体，特别是为了达到看见隐形事物的目的。详见 Nicholas Belfield Dennys, *The Folk Lore of China and its Affinities with That of Aryan and Semitic Races*, London: Trubner and Ludgate Hill, 1876, pp. 59–61。

本的魂鬼思想，源自日本神道创世神话《古事记》（*Kojiki*，711—712）中的黄泉丑女（Yomotsu-Shikome）故事。这个神话故事讲了在象征着生与死的创世之母伊邪那岐（Izanami）死后，其丈夫伊弉冉尊（Izanagi，即创世之父）因为难忍对妻子的思念，追去黄泉并试图接回妻子的故事。妻子对丈夫说，返回阳间很难，因为她吃了让人无法离开阴间的黄泉之果。在他们回阳间的路上，妻子让丈夫许诺一定不能回头看。然而，丈夫还是抵不住诱惑回头相望，并惊讶地发现妻子变成了一个丑陋无比、满身爬着蛆虫的女人。他吓得落荒逃回世间，妻子则被永远留在了地府。像石黑一雄说的，鬼怪之类总与某种古老的东西相连。① 这个日本神话类似于希腊神话里俄耳甫斯（Orpheus）去冥界寻找爱妻欧律狄刻（Eurydice）的故事——他们都因为一个好奇的回眸而让妻子落回到地府。但这个日本神话的特殊之处在于，被抛弃的妻子由此变成了女鬼，返回人间找丈夫复仇，因为她认为是丈夫让她蒙受永世的羞辱。日本之鬼，恰是从这个被丈夫蒙羞的女神神话中衍生而来。这个以女鬼的复仇为动机的故事结构，从此便被日本的鬼故事所沿用。② 沟口健二的《雨月物语》中的女鬼诱惑，恰恰遵循了这种经典日本鬼故事模式。③ 片中的女鬼，原本是一位幸福的公主，却因为被爱人抛弃而死，因此回魂寻夫。而故事中的男主角也因为被女鬼勾引抛弃了妻子，而导致了妻子的死亡，妻子继而变成女鬼，守候此岸，盼与爱人重逢。由此，故事中的妻子和女鬼有了周而复始的轮回式的联系。

循着这个神话和电影的关系来看《被掩埋的巨人》能发现，石

---

① David Barr Kirtley, "Kazuo Ishiguro Interview", The Geek's Guide to the Galaxy Podcast, April 10, 2015.

② Noriko T. Reider, *Japanese Demon Lore: Oni from Ancient Times to the Present*, Logan: Utah State University Press, 2010, p. 4.

③ Tadao Sato, *Kenji Mizoguchi and the Art of Japanese Cinema*, trans. Brij Tankha, Oxford: Berg, 2008, p. 114.

黑巧妙地将日本魂鬼思想的起源以及《雨月物语》的情节进行了拼补，来描绘了埃克索被鬼老太太纠缠的桥段，并以此埋藏了比阿特丽斯与女鬼之间的隐秘联系。埃克索回眸所见的场景，其实具有两种意义：第一，埃克索既预见到比阿特丽斯未来死亡的模样；第二，他想起了自己曾因为眷顾其他女人而背叛比阿特丽斯的过去。这两种意义缠绕在一起，由眼前这个女鬼呈现在埃克索眼前：

> 后面有声响，他转过身去，船的另一边仍然沐浴在橘色光亮之中，老太太所在船头，浑身上下爬满了小妖精，多得数不清。初看之下，她似乎颇为享受，那些又瘦又小的家伙在她的破衣服里、脸上、肩膀上跑来跑去，好像都急着表达对她的喜爱……埃克索弯腰去拿那件长柄工具，但他也被一种静谧感包裹住了，发现自己从乱糟糟的渔网中抽出工具时，悠闲自在得出奇。……它们（妖精们）的声音合在一起，在他听来，好像是孩子们在远处玩耍。①

从老太太的呼唤到埃克索应声回头看见她那被疾病、死亡侵蚀的身体的过程，在此被描述为一个带有情爱色彩的诱惑式场景。这同时暗示着，死亡对爱妻比阿特丽斯来说意味着解脱跟自由。爬满老太太身上的精灵，像是伊弉冉尊回眸看见爬满妻子身体的蛆虫，更象征着侵蚀着比阿特丽斯身体的疾病。但老太太却看上去很享受被精灵侵蚀这个过程。由此，精灵对其身体的侵蚀，变成了一场热切的情欲和爱慕的表演。凝视着这一切的埃克索，仿佛被勾去了魂，被这种静谧慵懒的爱慕氛围俘获，又像被蜘蛛网黏滞住的昆虫一般行动困难。以一种情欲式的诱惑，老太太和精

---

① Kazuo Ishiguro, *The Buried Giant*, New York: Alfred A. Knopf, 2015, pp. 231 – 232. ［英］石黑一雄：《被掩埋的巨人》，周小进译，上海译文出版社2016年版，第234—235页。

灵们引诱着埃克索，使他陷入一场心理挣扎，并成功地将他的注意力从爱妻比阿特丽斯身上分散开：

> 叙述者：他不是该保护比阿特丽斯，不让这群东西侵犯她吗？可是他们不停地涌过来，越来越多，还是从那个箱子里出来的吗？……现在他们是不是已经围住了在筐子里睡觉的比阿特丽斯？……那位老太太只是个陌生人，与自己妻子相比，他对她能有什么义务呢？
>
> 无形的声音：你可是个明智的人啊，陌生人。你很早就知道，她的病已经没救啦。……你希望这一天快到来吗？……把她交给我们，我们保证，她将不再感到疼痛。……要留着她干什么呢，先生？除了动物被杀那样的痛苦，你还能给她什么呢？①

石黑在此处把沟口健二电影中的女鬼的情欲式诱惑，以及日本魂鬼起源神话中的禁欲式诱惑这两种状态之间的全部关系，压缩到了埃克索从"筐子"到"船"跨步的一个瞬间、一个地点及一种内心绵延和挣扎的过程当中。以这样神秘的、超现实的方式，作者向读者暗示，埃克索回眸看见了自己太太的死亡的情景。老太太最初给埃克索留下的奇怪印象，恰就是埃克索慢慢回忆起过去的反应——埃克索从鬼老妪身上同时看到了，他过去对爱情的不忠与他未来所要面临的失去爱人悲剧之间的因果联系。

石黑一雄通过"幽灵船"情节向我们暗示了这样一个东方式的死亡线索：埃克索夫妇的流亡，成为了埃克索在爱的牵绊中与死神展开的一场争夺比阿特丽斯的周旋和抗争，也是一场在死神

---

① Kazuo Ishiguro, *The Buried Giant*, New York: Alfred A. Knopf, 2015, pp. 232 – 234. [英]石黑一雄：《被掩埋的巨人》，周小进译，上海译文出版社 2016 年版，第 235—237 页。

操纵下，欲使生命臣服于死亡的劝说和魅惑。随着我们意识到那些一度被埃克索误看作是老太太外衣的一部分的斑点，其实就是覆盖其身上的妖精，我们也进一步认识到，埃克索眼中的老太太、兔子/小妖精这些在视觉上有主次、内外部之分的事物，似乎从声音感觉上是一体的。他们的肉体，仿佛统一变成传达死亡消息的工具。埃克索被一种抛弃妻子的想法诱惑住了，这就像他曾经被别的女人诱惑而背弃妻子一样。这同时也预示着这场抗争将会以埃克索的失败而告终。小说的最后留给我们一个开放的结局：埃克索头也没回地让摆渡人带走了比阿特丽斯。埃克索会不会最终在"神秘岛"上与妻子相会呢？答案似乎无须言明。

《被掩埋的巨人》中，摆渡人只会将真心相爱的爱人带离此岸到彼岸的"岛"上共同生活。一路上埃克索夫妇渴望找回记忆，好把彼此相爱的证据给摆渡人看，然而随着他们记忆的恢复，过往不快乐的回忆也重新浮现。最后见到摆渡人时，埃克索向其坦白了他背妻弃子的过去——他并不是看上去那个深爱自己的妻子的好丈夫。蒂泽尔认为，石黑在《被掩埋的巨人》中以埃克索夫妇为例对浪漫的爱情观念提出了强烈的质疑，暗示着即使是真心相爱，他们也难于承受其中一方在过去有过不忠行为。而面对这种过去，人们似乎更容易选择忘记。[1] 斯莫伍德指出，总是嘴上说"我不在意那些过往"的埃克索，其实也从这个让人失忆的迷雾中获益，因为失忆便利地为他忘记（或抵制）自己失败的、背信弃义的过去提供了借口。[2] 然而，像斯莫伍德所说，"在小说里没有什么能被彻底地遗忘，一切被抑制的事都会以险恶的方式被重新记起"[3]。石黑恰恰通过将小说与沟口健二电影及其涉

---

[1] Shanda Deziel, "The Big Read: Committed to Memory", *Chatelaine* (English Edition), Vol. 88, No. 4, 2015.

[2] Christine Smallwood, "The Test of Time: Kazuo Ishiguro's Novels of Remembering", *Harper's Magazine*, April, 2015.

[3] Ibid..

及的中国和日本两种魂鬼思想相关联的方式，在埃克索对比阿特丽斯忠贞爱情的表面之下，掩藏了最终毁灭他们爱情、导致他们分离的隐性情节——埃克索对妻子的不忠。这一方面揭示出埃克索对他和比阿特丽斯的爱情现实产生的疑虑，另一方面也暗示着小说最后两人注定分离的结局。同时，小说把这些取消了"人—鬼""生—死"对立关系的来自东方的神秘主义思想，深埋在了被埃克索夫妇所接受的、以"爱"之名追寻"真知"和"彼岸"的基督教思想之中。由此，作者似乎隐秘地表达了，埃克索自以为对现时中的爱情和现实世界深信不疑的背后，其实充满了漏洞、背叛和不确定的审美现代性主题。

（二）比阿特丽斯与黑衣女人的共同命途

小说利用与电影《雨月物语》在情节上的交织，向我们多次暗示了，比阿特丽斯和摆渡人身边的老太太是同一主体的不同种变格。但石黑却在小说中的女鬼和女主人公之间的联系中注入了综摄了多元思想的复杂性，将这个《雨月物语》中的鬼公主变为三个看似不同却实际为一体的黑衣女人。由此，通过呈现埃克索夫妇反复遇见黑衣女人的情节，石黑在故事中隐藏了一个暗含了比阿特丽斯视角的鬼故事线索。随着比阿特丽斯的健康状况每况愈下，我们发现，比阿特丽斯与其他女人们有着相同的命运和羁绊。而比阿特丽斯先后遇到的神秘女人和老太太，则类似她自己在死后重返世间的鬼魂。这暗示着比阿特丽斯似乎注定要离开埃克索，成为伴随卡隆左右的"影鬼"中间的一员；同时这也代表着比阿特丽斯无法超脱的佛教式轮回的开始——因为比阿特丽斯同时被自己的替身所骗，取而代之成为摆渡人下一个目标。也恰是比阿特丽斯现时中的自己，将未来的别个自己，从困境中解脱出来。以此，石黑在不脱离主人公的基督教信念的同时，还在其中掺入了一种东方的轮回式的思想，来营造《被掩埋的巨人》中超出单一宗教认识体系的"综摄"性世界观。小说不只像瑞奇所说的，从社会集体层面体现了乔治·桑塔耶拿（George Santayana）

的那句"忘记过去的人注定要重演过去"的谚语，① 还从主人公的私人爱情层面将其体现出来。这进一步反映出主人公对现实世界和现时爱情的不确定性的认识。

至今被批评界所忽视的一个关键细节是，《被掩埋的巨人》中的比阿特丽斯与故事中出现的黑衣女人之间存在着一种神秘的联系。这集中地体现在比阿特丽斯在旅途中先后三次遇到三个看上去不同的黑衣女人的场景中。为了方便讨论，我们在此用A、B、C加以区分，如下：

A：一次是在小说的第一章，在他们踏上旅程之前，比阿特丽斯被一位身披黑色斗篷的、被村民看作是魔鬼的中年女子带到丛林中（女人A）。

B：另一次是在之前讨论过的第二章的"废宅避雨"情节中，夫妇俩遇到的向他们抱怨摆渡人的、带着兔子的神秘老太太（女人B）。

C：再一次是在前文提到的第十一章的"幽灵船"情节中死去的老太太（女人C）。

如果具体地对比以下三处比阿特丽斯遇到黑衣女人A、B、C的场景，我们能发现，她们几乎总是在和比阿特丽斯的比较中出现，这让我们注意到这三个黑衣女人与比阿特丽斯的惊人相似点：

A：女人A出现时，与埃克索第一次及第二次见到摆渡人时相似，埃克索在逆光情况下打量着神秘女人的轮廓：

埃克索穿过迷雾上坡时，看到只有两个女人，并不感到奇怪。两人的身形映在背后白色的天空上，几乎成了剪影。那个陌生人坐在那儿，背靠着岩石，穿着果然奇怪。至少从远处看，她的斗篷是用很多块布片缝起来的，在风里呼呼扇动，让

---

① Nathaniel Rich, "The Book of Sorrow and Forgetting", *The Atlantic*, No. 3, 2015.

她看起来像一只要飞起来的大鸟。比阿特丽斯在她身旁——还站着，低着头——显得娇小脆弱。①

B：女人 B 出现时候，埃克索同样地在暗处瞥见了其模糊的影子：

> 靠墙有两个暗黑的人影，一坐一站，相距较远。一块跌落下来的砖头上，坐着一个身形瘦小的女人，像只鸟一样，显然上了年纪——比埃克索和比阿特丽斯还老——披着黑色斗篷，兜帽推到脑后，现出一张惨老的面孔。她双目深陷，几乎看不到。……那个鸟一般的老太太终于开了口，……她那只手却像鹰爪一样死死抓住兔子。②

C：女人 C 出现的时候，埃克索迎着船尾橘色的光，隐约觉察到女人 C 与女人 A 的相似：

> 她的衣服比较特殊——是由很多黑色的小布片拼缀而成的，而且脸上满是污垢，让埃克索一时没认出来……这个女人的衣服似乎让他想起了什么。③

无论从形象上，还是根据我们之前的分析看，黑衣女人 B 都等于女人 C。她们毫无疑问是同一个用刀宰杀兔子的奇怪老太太。从以上的对比中我们还能看出，让埃克索想起的并不仅仅是 B = C 的联系，还有以"鸟"的形象所串联起的黑衣女人 A、B 和 C 之间的共同联系。女人 A、B 和 C 都披着相似的黑色的、用碎布片拼接

---

① Kazuo Ishiguro, *The Buried Giant*, New York: Alfred A. Knopf, 2015, p. 14. ［英］石黑一雄：《被掩埋的巨人》，周小进译，上海译文出版社 2016 年版，第 14 页。
② Ibid., pp. 33-35. 见中文版第 33—34 页。
③ Ibid., p. 229. 见中文版第 232 页。

起来的斗篷；而在埃克索看来，女人 A 和 B 都"模糊"地与一个"鸟"的意象相连；在最后一章，作为摆渡人的叙述者再次以同一个"鸟"的意象，来形容病弱无力的比阿特丽斯，说："她瘦弱如雀鸟（She's but a thin sparrow）。"①

比阿特丽斯与她第一次遇到的那个貌似"被鬼附身"的女人 A，以及之后的女人 B 及女人 C 的相似处，不仅体现在外形和衣着上，还反映在她们相似的经历上。首先，她们都不同程度地被人当作"魔鬼"——女人 A 被村民们看成为是魔鬼，女人 B 是总伴随摆渡人出现的类似"影鬼"之人，而女人 C 则以"鬼"的形象直接出现在埃克索面前。其次，女人 A 和 B 都向比阿特丽斯讲述着同一个经历，而这随后也被比阿特丽斯所经历。在"废宅避雨"场景之后，比阿特丽斯也意识到了这点，她跟丈夫说：

（女人 A）她跟我讲的故事，和刚才那位老太太（女人 B）说的有很多相同的地方。（女人 A）她的丈夫也是被一名船夫带走的，她被留在岸上。她孤孤单单，一边哭一边从海湾往回走，发现自己来到一个深谷的边缘，眼前的路、身后的路，都能看得一清二楚，路上都是像她一样哭哭啼啼的人。②

三个黑衣女人的经历都不同程度地迫使比阿特丽斯去反思并改变她所在的现实世界：女人 A 让她下决心踏上旅程远行去找失散的儿子；女人 B 印证了比阿特丽斯对遗忘的焦虑和"岛"的传说；而女人 C 则为了取代比阿特丽斯在埃克索心中的位置，而上演了

---

① 此为笔者译，小说中文译本并没有将"麻雀"或任何与鸟的相关意思翻译出来，而仅译为"她又瘦又小"。因此掩埋了这层隐含意。另见［英］石黑一雄《被掩埋的巨人》，周小进译，上海译文出版社 2016 年版，第 311 页。

② Kazuo Ishiguro, *The Buried Giant*, New York: Alfred A. Knopf, 2015, p. 44. ［英］石黑一雄：《被掩埋的巨人》，周小进译，上海译文出版社 2016 年版，第 43 页。

一场上文所述的"幽灵船"夺魂。最后,比阿特丽斯确实也坐上了摆渡人的船,取代了原本属于女人 C 的位置,被摆渡人带离此岸。这似乎预示着,比阿特丽斯也同样会像女人 C 一样,死在摆渡人船上。

随着小说的展开,比阿特丽斯其实已经开始重复着那个纠缠着摆渡人的女人 B 的经历了。根据摆渡人的说法,女人 B 是他负责渡海的众多船客之一。他会对一同渡海的夫妻进行一番测试,只有被确定真正相爱的人,才有资格一同抵达彼岸之"岛",开始新生活。但女人 B 及其丈夫没能通过测试。而当得知不能和爱人一同到达彼岸时,女人 B 称自己放弃了独自赴岛的机会,而返回原地,从此像冤魂般纠缠着摆渡人。女人 B 坚称自己被摆渡人迷惑,并警告埃克索夫妇,摆渡人会狡猾地劝人相信"岛"的传说,然后出尔反尔地诱使爱侣们分离。结果在这场相持不下的争论中,埃克索夫妇连同读者,都站在了偏袒摆渡人的一方。斯莫伍德注意到,对埃克索夫妇来说,在这个出现在小说开头的争论场景中,因为摆渡人提出了"岛的传说"和对爱侣的检验的命题,而成为一场命运式的邂逅(A Fateful Meeting)。① 确实,当我们回看"废宅避雨"场景中女人 B 对摆渡人的控诉时,能发现之前被忽视的、女人 B 与比阿特丽斯之间惊人的相似点:

(女人 B 说)正是因为这个船夫,我才和丈夫分开。先生,我丈夫可是个明智、谨慎的人,那次旅行,我们计划了很久,多少年都谈着它、梦着它。最后总算做好了准备,需要的东西都备齐了,我们上了路,几天后找到了那个海湾,只要过去就能到岛上。我们等着船夫,不久就看到了他的船。真是走霉运啊,来的就是那个人。你看看他个子多高。他站在船上,手里

---

① Christine Smallwood, "The Test of Time: Kazuo Ishiguro's Novels of Remembering", *Harper's Magazine*, April, 2015.

拿着长桨，背后就是天空，就像演戏的人踩高跷一样。我和丈夫站在石头上，他来到跟前，把船系好。他骗了我们，到今天我都不明白他是怎么做到的。我们太信任他了。岛近在眼前，这个船夫带走了我丈夫，却把我丢在岸上等着，我们在一起四十多年啊，几乎没分开过一天。我不明白他怎么能骗住我们。他的声音可能让我们进入了梦境，我还不知道怎么回事，他就划着船，带走了我丈夫，而我还在岸上。①

女人 B 称不清楚摆渡人是怎么欺骗他们的，但其实她自己在控诉摆渡人的同时也成了摆渡人欺骗埃克索夫妇的帮凶。读者在这里目睹了一场经由卡隆设计的、以检验真爱为名的测试的开始。

摆渡人的诱惑，以一个求助者的姿态，从一个请求开始。他对埃克索夫妇说："朋友们，我请求你们，想点办法让她走吧。劝劝她，这样做是对神不敬。你们是从外面来的，也许能影响她。"② 这里，石黑一雄不仅巧妙地透露了卡隆是死神的信息，而且还让信仰基督教的埃克索夫妇站在了"错"的一边——两人自然地以为这里的"神"指的是上帝，但其实摆渡人指的是死神。摆渡人同时还自然地向他们灌输了"岛"的传说。摆渡人看似是借助一对"局外人"之力，让自己脱离了被"影鬼"纠缠的困境，但其实是一个诱使埃克索夫妇从"局外"到"局内"的伎俩。随后，埃克索和比阿特丽斯发现自己恰恰是承受着摆渡人所讲的这个故事的主角。于是，此处的比阿特丽斯实际上在被自己的"鬼魂"所骗，并取而代之成为摆渡人的下一个目标，成为一个无法超脱的不断循环与重复的叙事的一部分。这个看似偶然的

---

① Kazuo Ishiguro, *The Buried Giant*, New York: Alfred A. Knopf, 2015, p. 40. [英] 石黑一雄：《被掩埋的巨人》，周小进译，上海译文出版社 2016 年版，第 37 页。

② Ibid., p. 39. 见中文版第 36 页。

时刻，恰是摆渡人用诡计迷惑相爱的夫妇的开始。这个死神，让人们在过去的回忆和现在的体验中，面面相对，他人和自我的故事杂糅起来成为一体。摆渡人所提及的"神"，显然也不是基督教中的上帝，而是在整个故事进程中暗中操纵而不被看见的神秘死神。

女人B初次见到老夫妇时，不动也不语。女人B对比阿特丽斯的出现感到惊讶。过了一会儿，她对他们说："兄弟姐妹们，愿上帝与你们同在，请原谅我没有早点打招呼，刚才看到你们来，我非常惊讶。不过还是欢迎你们。"① 值得注意的是，稍后摆渡人对埃克索夫妇重复地说了几乎和女人B之前说的一样的话，仿佛是与女人B商量好了一样："朋友们，刚才看你们进来，我也很吃惊，但现在我很高兴。"② 女人B一边警告着埃克索夫妇说摆渡人会用花言巧语让他们相信"岛"的传说，一边却不自觉地成了摆渡人的帮凶，并且在她的反驳下，摆渡人对"岛"的解说似乎更具有例证性的说服力。而比阿特丽斯在开始就对老太太说的经历表示感同身受，以至于在小说的最后，比阿特丽斯将自己记忆与女人B的记忆混为一体：

> （比阿特丽斯对摆渡人说）我曾听过一个传说，也许在我还是孩子的时候吧。说是有个岛，树木葱葱、溪水潺潺，但是那个地方有一些奇怪的特点。很多人渡海上了岛，但是，对在岛上居住的每个人来说，好像他是一个人在岛上行走，他的邻居，他既看不见也听不见。我们面前的这座岛是这样的吗，先生？③

---

① Kazuo Ishiguro, *The Buried Giant*, New York: Alfred A. Knopf, 2015, p. 35. [英]石黑一雄：《被掩埋的巨人》，周小进译，上海译文出版社2016年版，第34页。
② Ibid., p. 36. 见中文版第35页。
③ Ibid., pp. 306－307. 见中文版第316页。

比阿特丽斯自称小时候就听过这个"岛"的传说，但这与事实完全不符，因为比阿特丽斯其实是在第一次见摆渡人和女人 B 时才首次得知了"岛"的传说。更确切地说，她是在我们上面列举的这次女人 B 和摆渡人一唱一和的控诉与应答中了解到的。而声称自儿时起便知道这个传说的人，其实是女人 B，也是希腊神话中那个一直追随着卡隆的"影鬼"。

（女人 B）：这个船夫嘴巴会讲（sly one），老妇人说。你们是外面来的，可他还是敢欺骗你们。他会让你们相信，岛上每个人都是孤魂野鬼，可实际上不是这样……实际情况是，很多夫妻都被允许渡海，到岛上一起生活……我和丈夫知道这回事。我们小的时候就知道了。两位好心人啊，你们在记忆里找一找，现在就能想起来，我说的是真的。①

以上可见，比阿特丽斯似乎不知不觉地挪用了这个女人的经历和记忆，将其当作自己的，像是"鬼"上身了一样。

"被鬼附身"在石黑的小说中可以被理解为，一个对过去的执念，在现时中寻找着得以自我表达的新的契机和载体的过程。在《被掩埋的巨人》中，这种"附身"还表现为比阿特丽斯被"他人"所替代的过程——现时中的她，被看似来自"他人"的某种对过去的执念，引诱着与未来时间中的自己的死亡统归合一的过程。而与沟口健二电影中的女鬼和妻子基于相同的对前世的爱的执念与相同的死亡命运的联系相似，引诱《被掩埋的巨人》中的比阿特丽斯走向死亡的源自黑衣女人的这个对"岛"的执念，恰恰来源于她自己。至此，小说的线型时空逻辑被彻底地颠覆了。

---

① Kazuo Ishiguro, *The Buried Giant*, New York: Alfred A. Knopf, 2015, p. 40. [英]石黑一雄：《被掩埋的巨人》，周小进译，上海译文出版社 2016 年版，第 38 页。

然而，与沟口健二电影中的女鬼出于寻找亡夫的替身而诱惑男主人公的动机不同，《被掩埋的巨人》中的老太太诱惑埃克索的最终目标，却是比阿特丽斯。以往的女鬼针对异性才施展的诱惑，在石黑的小说中，却源于一种对同性的渴望和同源身份的认同。这再次串联起女鬼与比阿特丽斯，以及女鬼与死神卡隆之间的联系。比阿特丽斯开头遇见的女人A和女人B（鬼老妪）都称其丈夫被摆渡人带走了。随着故事接近尾声，我们发现比阿特丽斯完全重蹈了那些丧夫的黑衣女人们的覆辙。这似乎预示着她最终不会与爱人在彼岸重逢，会慢慢变成为一个游荡在岸边的女鬼，与摆渡人不断地纠缠。也就是说，女人A、B、C构成了比阿特丽斯的隐含故事线索——她将从一个被病魔缠身将死的人，变成一个在摆渡人驱使下与爱人分离，之后在此岸徘徊不前的幽怨女鬼。

由以上分析可见，比阿特丽斯的命运与黑衣女人的命运相互交织并相互影响，从而形成了一个循环往复的命运结构。这是受战争所害，不得不跟丈夫生死分离的女人们的普遍命运的写照。一个超出了埃克索夫妇的基督教式认识的、具有东方神秘主义特点的世界逻辑，就如此呈现在小说中——三个黑衣女人，从某种程度上，成为不同时间阶段中的比阿特丽斯，她们共时性地占领着同一个小说空间，侵越着比阿特丽斯的现时世界，更决定着埃克索和比阿特丽斯的爱情归属。女人A作为比阿特丽斯的未来命运的化身之一，向她植入了寻找神秘岛的想法；其另两个化身女人B和C，则对比阿特丽斯重复实施着类似的影响；她们最终使比阿特丽斯踏上了与其他黑衣女人一样永无止境地纠缠着摆渡人的命运旅途，引她被同一个摆渡人欺骗，令她落得被迫与丈夫分离的结局。有着基督教信仰的埃克索和比阿特丽斯，在生命的尽头发现的不只是最终审判他们的竟是一个来自异教之神，而且自己的命运竟然像"吃自己尾巴的蛇"一样，遵循着某种来自东方的神秘循环论逻辑。埃克索最后似乎因为意识到以上事实，而感到惊恐和不安，并陷入五味杂陈的沉默。

根据这个深埋在故事中的鬼故事线索，我们能在《被掩埋的巨人》中发现有四种能够解释黑衣女人A、B、C和比阿特丽斯现时经历之间的相似的可能性。第一种是综摄了古希腊神话、东方鬼魂附身及回轮之说的神秘主义解释。比阿特丽斯、女人A、女人B及女人C，按其各自在小说的出场顺序排列分别可以看成，同一个女人所经历的，以比阿特丽斯为起点并以女人A为终点的生命历时过程。所以，如果我们按她们实际经历的历时顺序重新排列的话，她们的出现顺序以及相应的故事线应该以如下所示：

（1）比阿特丽斯——被病魔缠身的她，被摆渡人所蒙骗的、一路上与丈夫流浪着寻舟渡海。她的故事止于小说的结尾，也就是在她与丈夫分开，孤身躺在摆渡人渡向彼岸的船里那一刻。

（2）女人C——她在船未到岸时，就死去了，之后成鬼，向埃克索求救。

（3）女人B——她因为摆渡人拆散了其与爱人，而从此尾随于摆渡人，不停地对其埋怨与纠缠，并试图警告其他夫妇不要重蹈覆辙。

（4）女人A——她在看清了前途后路之后，从岸边回到村里，向比阿特丽斯发出警告，却被村民们看成是"被魔鬼附身"女人。

也就是说，小说故事的主线向我们展现的，仅仅是由（1）（2）（3）（4）组成的一个女人的完整故事的前四分之一的部分，而这部分的主人公正是比阿特丽斯及其丈夫。若换成是别的部分，其他的女人便会替代她成为故事的主角。女人A、B、C的故事和比阿特丽斯故事一样，其实是对同一个黑衣女人故事的不同种变格叙述的形式。

同时，从另一个角度看，这个顺序完全可以被颠倒过来。比阿特丽斯和埃克索一路上形影不离，这是一种被所有在战争中失去丈夫的黑衣女人所希冀的理想爱情状态，而这完全可视为他们渡海旅程的终点和目的，而非起点和条件。故事发生的现时现地，或许正是摆渡人所指的"岛"上。在这个有着类似柏拉图《会饮篇》中描述的上帝将人一分为二的神秘之地，所有的人都以为自己独身一人，都在寻找着自己的另一半。这恰恰也是故事中每个主角所做的事——埃德温不停寻找着母亲，武士和骑士寻找着母龙，游荡于荒野的黑衣寡妇们寻找着丈夫。但唯独埃克索夫妇不同，他们俩形影相随地一起踏上旅途。似乎他们就是摆渡人所描述的"岛上"的例外。也许埃克索夫妇就是摆渡人所说的、少数被允许渡海继续一起生活的夫妻中的一对——他们"在岛上一起生活，手挽着手，在树林里和安静的沙滩上散步"①。或许，因为小说中记忆不可持存的原因，人们即使上了岛，也未必意识到这点，还继续追逐自己先前的执念；又或许，摆渡人对"岛"上的人也使用了同一种伎俩，使他们对彼岸产生同样的希冀。如此一来，黑衣女人们（包括女人A、B、C）在一定程度上成为比阿特丽斯的替身。她们也代表了无数种与现时世界平行的世界中的比阿特丽斯与埃克索分开的可能性。从这些看上去与主人公不相干的"他者"的命运中，我们能窥见主人公比阿特丽斯以及她与埃克索爱情的最终命运。但换一个角度看，承担了这种悲剧命运，即将成为下一个黑衣女人的比阿特丽斯，同时也把其他女人从同一种命运中解救了出来。比阿特丽斯表现出的这种"向他者"性及"向死亡"性和其他女人的"向无限"性，有着一种列维纳斯式的一致性。走向/接近他者，借用当代著名法国哲学家列维纳斯（Emmanuel Lévinas）的话说是从"万有"（There is，一种无限观念）中走出并获得救赎的唯一途径。②"走向他者"对比阿特丽斯来说，意味着自我的销毁，即死亡；而对其他女人来说，则意味

---

① Kazuo Ishiguro, *The Buried Giant*, New York: Alfred A. Knopf, 2015, p.39. ［英］石黑一雄：《被掩埋的巨人》，周小进译，上海译文出版社2016年版，第38页。

② ［法］伊曼纽尔·列维纳斯：《总体与无限：论外在性》，朱刚译，北京大学出版社2016年版，第165、296页；另见［法］列维纳斯《从存在到存在者》，吴蕙仪译，江苏教育出版社2006年版，第56—61页。

着自我的救赎，即重生。"他者"成为未来的我，走在"我"的前面，先与"我"交谈，后使"我"成为"他"。间或出现在小说中的神秘的黑衣女人（A、B、C）以此方式，诱使比阿特丽斯加入她们的行列，直面自我的命运。但作者在描绘这种"我"与"他者"的交织关联中强调的似乎是，转向他者过程的那一瞬间的重要性——那个代表着无限可能性的第一步的迈出，以及在"要迈"与"不迈出"之间的咫尺和永恒性。若是真正走了过去，不论是成为女人A、B、C还是比阿特丽斯中的哪一个，就会被困住，不得超生。这恰恰符合故事的核心场景所在地的特征——一个被摆渡人主宰的存在于彼岸和此岸、现实与超现实之间的中性的临界地。

第二种是综摄了希腊神话与日本电影所共同反映的东方神秘主义式解释。比阿特丽斯更像是女人B的替身，女人B的经历更像是包含了比阿特丽斯经历在内的一个更巨大的集体经历的一部分——黑衣女人群体的经历。小说的最后，比阿特丽斯的病症再次恶化，于是她与丈夫在山顶坐着休憩。这时，埃克索指着阳光下的一群黑鸟对妻子说："那不是士兵（Soldiers/Legion），也不是人，是一排鸟……黑色的鸟，它们排成一排，坐着。"[①] 埃克索认为一群黑鸟中的一只，离开鸟群飞上了天，而比阿特丽斯却只见到一只腾空的单鸟，而不见群。她特别说，它不从群鸟中来，不知来源。[②]

这里的黑鸟再次暗示着死神的逼近。黑鸟在古希腊白瓶画中总与卡隆相随出现。同时，黑鸟与希腊神话中的海妖塞壬（Siren）也有关联。塞壬，又称美人鸟，在希腊神话里被描绘为一个女人和鸟相结合的形象的食人妖，其以动人的声音诱惑水手进入梦乡

---

① Kazuo Ishiguro, *The Buried Giant*, New York：Alfred A. Knopf, 2015, p.245. ［英］石黑一雄：《被掩埋的巨人》，周小进译，上海译文出版社2016年版，第249页。

② Ibid., p.248. 见中文版第252页。

然后杀死他们。① 在古希腊的古典时期（B. C. 500—B. C. 400），以麻雀（Sparrow）为身、女人为头的塞壬形象，常出现在陪葬品相关的艺术作品中。而且塞壬和卡隆一样，都一度被人们认为具有"领路神"的职能，能陪伴死者到彼岸的世界。②

《被掩埋的巨人》中出现的这个黑鸟的形象，还显示着石黑对黑泽明那部改编自莎士比亚《麦克白》的电影《蜘蛛巢城》（*Throne of Blood*, 1957）的借鉴。③ 本书的第一章对石黑的创作与黑泽明的那种融合了西方和东方特点的战后日本电影的关联做了详细的阐述，这里不再重复。我们不妨把《被掩埋的巨人》和《蜘蛛巢城》的关联，与鸟的意象在希腊神话中特殊的含义联系起来看。在黑泽明的《蜘蛛巢城》中，向麦克白预言的女巫，出现在像鸟笼的残舍中，她打扮得像一只巨大的黑鸟。黑鸟的意象，随后出现在电影的各个桥段中，来映射主人公内心的紧张与负罪感。比如，在呈现麦克白杀邓肯的场景时，其四周一片寂静，唯独能听到一声鸟鸣；而当呈现麦克白在兵临城下发疯时，黑泽明让无数只黑鸟从屋外飞入来袭击他。黑鸟，在电影中象征着一种超自然的力量，一种命运的信使，以及一种被外部世界的自然形象所掩盖的精神作用力。《被掩埋的巨人》里的黑鸟意象，同时继承了希腊神话和黑泽明改编电影中黑鸟的两种意义，并与故事中

---

① See "The Sirens", in the online edition of the Ada Adler English translated edition of *The Suda*— The Tenth-Century Byzantine Encyclopedia. 《苏达辞典》（*The Suda*）是10世纪末由拜占庭学者编纂的一本介于词典与百科全书之间性质的辞书。

② Walter Copland Perry, "The Sirens in Ancient Literature and Art", in James Knowles ed. *The Nineteenth Century*, Vol. 14, London: Sampson Low, Marston & Co., pp. 109-130.

③ 石黑在1987年筹备撰写并拍摄一部以"日本鬼故事"为主题的电视纪录片。在此期间，石黑对日本女鬼的起源和现代荧幕呈现方式做了详细的调研。他在完成的剧本大纲中，特别列举了黑泽明《蜘蛛巢城》和沟口健二的《雨月物语》两部电影，准备将它们用于其剧本中，来展现现代日本电影所呈现的、不同以往的"鬼"之形象。可见，石黑对这两部电影有深刻的了解。参见 Kazuo Ishiguro Papers Collection, Harry Ransom Center, The University of Texas at Austin, 49.12。

反复出现的黑衣女人形成呼应,共同暗示着比阿特丽斯的命运。小说中黑鸟的出现,也象征了人的内在想象(开始只是埃克索观察中的一个比喻和虚拟形象)逐渐向外在现实(实存)转变的过程。至此,虚与实融为全然不可分的同一整体。

我们也可以将三个女人渐渐合一的过程,理解为一个更符合主人公基督教认识的被"魔鬼附身"的过程——比阿特丽斯像是渐渐地被《圣经·新约》中的"群鬼"附了身。这也是笔者认为能解释比阿特丽斯与黑衣女人相似性的第三种可能。《圣经·马可福音》中讲述了一个被"群鬼"附身的故事:耶稣乘船渡到海的彼岸,遇到一个昼夜在坟墓和山间游荡的被"污鬼"(Unclean Spirit)附身的人。"耶稣问他名叫什么,回答说,我名叫群(legion),① 因为我们多的缘故。"(Mark 5:9)因为英译版圣经中用魔鬼(Devils)和污鬼(Unclean Spirit)作"群"的同位语,所以"群"也被称作"群魔"②。随后,耶稣将群魔从这个人的肉身驱赶到猪群身上,之后这个群鬼随猪群投海而被淹死。那个经耶稣驱魔而恢复正常的人,从此变成了耶稣的信徒,求"主"带他一同乘船离去。

石黑一雄似乎巧妙地在《被掩埋的巨人》中利用黑衣女人和黑鸟与黑泽明改编电影中"黑鸟"的关联,以及与圣经中的"群

---

① 和合本圣经将"Legion"译为"群",而思高本圣经则取了词的原意,译为"军旅"。

② 陀思妥耶夫斯基的著名长篇小说《群魔》(*Demons*,1872),其俄文原标题Bésy为复数名词,意为魔鬼,就是取了这个意思。这段圣经中的原文不仅被陀思妥耶夫斯基多次引用,而且在一封给好友的书信中,陀思妥耶夫斯基还提及了书的标题,正是从路加福音里驱魔格拉森鬼附身一段故事而来:"同样的事也发生在我们的国境内,群魔从那个俄国人身上涌出,附身到一群野猪身上。它们已经淹死了,或将被水淹死,那个魔神出窍的人如今跪坐在耶稣的脚下。"参见 Joseph Frank, *Dostoevsky: A Writer in His Time*, Princeton: Princeton University Press, 2010, p. 607。路加福音里也讲了同一段的群魔附身的故事,但是渡海被改成了渡湖(Luke 8:26-29)。而在马修福音里,这则驱魔的故事被大幅地删减,由群魔附身在一个肉身上改为在两个人身上(Matthew 8:28-34)。

鬼"的关联,制造出了一种特殊的、含混的现代性死亡意义。小说中像黑鸟一样的黑衣女人A、B和C,属于披着黑衣的寡妇的集体——一种被某种神秘的一致性精神统一支配的群体。像被"群鬼"附身的猪群一样,黑衣女人身上表现出动物所具有的、在精神上的高度一致性。石黑在此处将圣经中的猪群,换作了黑泽明电影中的"黑鸟"。像鸟群一样的黑衣寡妇,不止代表了死亡,还代表了她们看似独立的肉身之下所隐藏的一种统一支配她们的超自然精神(污鬼原意恰为不纯的、非单一性的精神)。这就仿佛是同一个意识,在不同的个体中同时存在,交替地登场。这种精神,在巴特看来,是一种颠覆结构性的情结和羁绊,是"解不开的,无法简化的情节"[①]。在小说中,它具体表现为,一种从外部反照故事内核的、不断质问与倾诉的力量,也是那个呼唤着主人公去自省和回忆的内驱力。就像是埃克索与女人C的对话所达到的效果一样,它同时是主人公在没有旁听者在场的情境中,与未知者进行的一种反思性交谈。但是与圣经里的驱魔故事不同,石黑在这里向读者展现了一个被群魔诱惑、被某种走向共同生活的理想主义式幻象所俘获的返魅式的神秘体验。埃克索像《新约》里见到猪群投海的村民一样,看到了复数的"群"(legion),而比阿特丽斯却像那个附身的人一样,亲身经历了同为一体的"群"及它的多元性和复杂性。支配他们的某种精神,以分散的独立个体形式出现——看似不相干的女人A、B和C,和她们所归属的同一群黑衣寡妇以及比阿特丽斯,都是它的附身和显现。这象征了比阿特丽斯最终会成为盘旋在卡隆周围的黑鸟中的一员,会成为群鬼的化身,并终会蜷坐在摆渡人脚下,离开了埃克索,与彼岸的死神为伍。站在一个基督教徒的立场,我们同样可以说,圣经里被驱魔的人未能实现的愿望(他欲乘船与耶稣同

---

[①] [法]罗兰·巴特:《中性》,张祖建译,中国人民大学出版社2011年版,第304页。

去）被比阿特丽斯极具讽刺性地实现了。

　　值得注意的是，以上三种隐含意义，作者没有按读者熟悉并期待的方式揭示出来，而是让读者从一些散落在各个角落的微小细节中拼凑出在臆想中显得模棱两可的事实的模样；也就是说，对于石黑一雄来说，事实无疑是存在的，但主人公同读者却不一定能完整、清楚地认识它。小说中也没有任何明显地给出事实的行为。如此，作者技巧性地回避掉了话语作为传达信息的媒介这一功能。事实没有经过言语的加工或经由叙述者的筛选被说出，而是自然地摆在读者眼前。这里的"自然"是指，事物镶嵌在背景中，带着它与周围的人或物的所有紧密关联，不加筛选地一起出现在读者的感知范围内。比如，小说并没有专门、集中地提到过女人 A、B、C 和比阿特丽斯的联系，也没有把主人公每次遇到摆渡人的情形当作一个需要特别关注的事件（Event）来描述。相反，叙述者在描述现时中的聚焦人物连带其周围环境时，顺便将这些信息交代给了读者。这就好像是中国的长幅卷轴画，在每展开的一尺时总是与前一尺在所有空间位置关系上显示出不可分的一致性，使得每一处都是焦点。石黑的文本，在具有对现实和现时的多种看法的包容性的同时，还使每一种现实和现时具有了不确定性。

　　与此同时，小说在隐含以上多种对小说中比阿特丽斯与其他黑衣女人的相似性的丰富性解释的同时，也并没有排除一种最符合主人公认知观的世俗化现实主义的解释（也是笔者说的第四种解释）：比阿特丽斯可能假借了别人的经验，来讲自己的故事，将女人 B 作为自己话语中的替身。这就像《远山淡影》里悦子借着诉说幸子与其女儿万里子的事情，来道出自己与死去女儿景子的故事一样。《被掩埋的巨人》里的比阿特丽斯，可能用了跟悦子一样的策略。就像人们平时讲故事时，会不经心地拿别人的经验充当自己的来说明某个观点一样，比阿特丽斯也许下意识地盗用了女人 B 的经验，来向摆渡人证明自己对"岛"早有认识。

石黑一雄一直遵循着一套独有的"隐晦"式现代美学逻辑。在早期的一个访谈中说:"意思决不能自行呈现于纸上,它必须是隐晦的(Oblique),让人不得不在字里行间找意思。"① 在这部小说里,从表层上看,石黑和往常一样简单地理顺着物质世界中最平淡无味、不足挂齿的日常之物,但他也要求其读者从中领会出表面之下的更深层的意义——他笔下描绘的看似日常的世界中,貌似也隐藏着超自然世界的影像;看似稳定的单一信仰体系中,似乎也渗透着能被其他多种信仰及思想解释的多样可能性。

正如斯莫伍德指出的,在《被掩埋的巨人》中,没有什么能被彻底地遗忘,一切被抑制的事,都会以险恶的方式被重新记起。② 作者似乎督促着其读者去关注身边那些平常之人所掩藏的深刻意义。对平凡事物的关注,可以在某些情况下,形成对某种形而上秩序的洞见,这个见解是浪漫主义诗学和宗教神秘主义的共同主张。把一颗石头或一只蝴蝶当作反映较高层次现实的冥想的对象,这种观念根植于西方浪漫主义传统里。但石黑小说制造的新意在于:他通过埃克索身边的、不被注意的"他者"形象揭露出表面下更深层的意义的同时,仍然能尊重他们的平凡性。也就是说,即使摆渡人或黑衣女人作为隐藏着死神或"影鬼"身份的人被注视,这些人仍继续保持着符合他们各自身份的日常性——那可以是一位被忽略、被错过路上偶遇的船家或老太太,也可以是一群被视而不见的翱翔在旷野背景里的黑鸟,还可以是一对平淡无奇的年迈夫妇的普通岸边之旅。作者在不完全脱离主人公所秉承的上帝信仰和基督教世界观的同时,又融入多种前现代的文化思想和观念来缔造《被掩埋的巨人》中返魅性的现实世界。以此,

---

① Kate Kellaway, "Kazuo Ishiguro: I used to see myself as a musician. But really, I'm one of those people with corduroy jackets and elbow patches", *The Guardian*, March 15, 2015.

② Christine Smallwood, "The Test of Time: Kazuo Ishiguro's Novels of Remembering", *Harper's Magazine*, April, 2015.

小说体现了主人公和读者对周围现实世界和现时中的人（包括他者和爱人）的质疑，以及审美现代性观念中对返祖式魅力的推崇。

继《远山淡影》之后，石黑一雄再次用了"鬼"这个超自然元素，表现了审美现代性式的对现实和现时的质疑。与《远山淡影》不同的是，作者在《被掩埋的巨人》中不仅用鬼来揭示主人公对个人层面上的爱情的怀疑，而且还利用鬼在前现代宗教故事中的象征模式，在集体层面上表现了一种对作为西方文化核心的上帝观念的质疑。在前现代的中世纪文学里，鬼故事为基督教布道服务。鬼走向地狱，被圣徒看见，非常人所能见；鬼代表恶与地狱，为"反衬圣徒之神圣，罪恶之恶"出现在故事中。[1] 前现代的宗教故事中的鬼的特点是，不为一般人所见，其出现有明确目的和信息要传达：比如，鬼被当作一种指向地狱客观存在性的意象，或作为证明一种世界秩序（天堂、地狱、人间认识结构）的证据出现在文本中——鬼在前现代鬼故事中的存在意义主要为了指向宗教秩序本身，[2] 为了反衬"好与善"的一面[3]而存在。鬼不会像19世纪哥特小说中呈现的那样，跟某一特定时间、地点绑定，或因为某种羁绊阴魂不散地去烦扰人。但丁根据《圣经·新约·哥林多前书》中所说的"外邦人所献的祭，是祭鬼，不是祭神"（1 Corinthians 10：20）指出，异教的神就是《圣经》中所说的鬼。因此，他在写《神曲·地狱篇》时，大胆地利用了卡隆这个异教神话中的幽冥和夜之子。[4] 石黑同样在《被掩埋的巨人》中借摆渡人（卡隆/死神）和黑衣女人（影鬼/女鬼）来暗示一种存在于基督教认识的世界秩序之外的来自异教的世界观。

---

[1] Noriko T. Reider, *Japanese Demon Lore: Oni from Ancient Times to the Present*, Logan: Utah State University Press, 2010, p. 171.

[2] Ibid., p. 173.

[3] Ibid., p. 177.

[4] ［意］但丁：《神曲·地狱篇》，田德望译，人民文学出版社1990年版，第21页。

石黑一雄对宗教的看法是复杂的，这一点鲜有研究关注。石黑一雄透露，他厌倦了称自己是无神论者，① 但他确实从小就对基督教式的狂热保持着一种旁观者的警醒。我们可以从作者与苏珊娜·汉娜维奥（Susannah Hunnewell）的访谈中看出石黑与西方宗教观的距离的形成跟他的家庭背景有关。石黑说他的父母不是基督教徒，严格来说，他们不认为基督是神。石黑的母亲是一位典型惯于相夫教子的日本传统女性。而他的父亲则不那么具有日本性。从小在中国上海长大的石黑的父亲，反而有些中国人的特质。② 石黑回忆说，他们一家在他五岁那年移民英国，当时正逢西方的复活节。他的全家对当地人把血淋淋地描绘基督殉道的圣像画给小孩子看的举动，大为震惊。在他们眼里，"甚至是在火星人眼里，这都极其荒谬和野蛮"③。当石黑被问到为何在《被掩埋的巨人》中涉及了对魔鬼与基督教之神描写时，他表达了自己对基督教的看法：

现代人把魔鬼、龙一类的东西看成人对希望、恐惧等情感的表现。现代科学把地狱里的生物都祛魅了，变成臆想之物，但上帝却还安然无恙。圣经不会被认为是幼稚的奇幻故事，它仍然被认为是人们正当并深刻地表达和理解世界的方式。在我的小说里，人们也对上帝起争议。因为我故事里的撒克逊人占多数，他们是异教徒，还没有从属于基督教的信仰。相反，本土的布立吞人却早就跟着罗马人转信了基督教。小说里一个撒克逊武士对基督教徒指责说："你们为自己制造了一个无限宽恕仁慈的神，简直是便利极了。因为无

---

① Cody Delistraty, "Lost Toys and Flying Machines: A Talk with Kazuo Ishiguro", *The New Yorker*, March 20, 2015.

② Susannah Hunnewell and Kazuo Ishiguro, "The Art of Fiction No. 196", *The Paris Review*, No. 184, 2008.

③ Ibid. .

论你们犯下什么罪行，只要肯祈祷，做出虔诚的行为，或供上俸禄，他总能给予原谅并既往不咎。但这在我们异教徒看来，不过是纵容了恶行。我们的神，一旦有人违反了规矩，就会得到神的惩处。"这反映了犹太—基督信仰中的一个问题：一个至善慈悲的神，只要人做出忏悔，就能无限原谅并纵容恶行的是非性问题及影响。①

石黑在一次与寇蒂·迪丽斯翠缇（Cody Delistraty）进行的采访中，表现了同样尖锐的反基督教立场。② 他再次用了前面提到的《被掩埋的巨人》中撒克逊武士指责基督教徒信仰的一段话来表达他对上帝信仰的强烈怀疑。③ 作者由此暗示，小说中两个民族的战争的宗教性实质："是不是因为基督教的观念和信仰，才使得中世

---

① David Barr Kirtley, "Kazuo Ishiguro Interview", The Geek's Guide to the Galaxy Podcast, April 10, 2015.

② 石黑一雄说："宗教是人们想象出来的，姑且不谈上帝是否为人们的想象之物，宗教是人造之物，这点确实无疑。"他继续说，"我觉得这也许不仅仅是巧合，基督教社会群体恰恰是那个在历史上四处杀戮，钉人在十字架，掳掠异教来做奴隶的族群。他们以基督教之名，在世界的各个角落建立帝国。如果没有那个基督教所谓的'做了坏事，你的良心会备受谴责，但只要向上帝祈祷，一切终将被原谅'的教条，他们做这一切是否还会如此得心应手呢？"参见 Cody Delistraty, "Lost Toys and Flying Machines: A Talk with Kazuo Ishiguro", *The New Yorker*, March 20, 2015。

③ 我们同样可以从石黑在采访中零散透露的他对艺术的私人喜好，窥见他对基督教的怀疑态度。石黑在一次采访中还表示对马利翁·布拉德利（Marion Zimmer Bradley）的小说《阿瓦隆的迷雾》（*The Mists of Avalon*, 1983）的兴趣，而这恰是一部描述在基督教普及前英格兰大陆被崇拜女神的异教信仰统治的故事。石黑说他喜欢读古希腊的文学，特别是柏拉图的对话："在他那里，善与真的实质往往是虚假的，而其中的苏格拉底是为人们揭穿曾经令人深信不疑信念之虚假的人，而在我的故事里，每个人都是自己的苏格拉底。"参见 Susannah Hunnewell and Kazuo Ishiguro, "The Art of Fiction No. 196", *The Paris Review*, No. 184, 2008。另外，在2010年的一个在日本的访问中，石黑还透露自己最近特别喜欢一部叫《鱼的故事》（*Fish Story*, 2009）的电影。这是一部充满了对基督教隐晦讽刺的电影，片中怀疑圣经的起源是基于一个没有能力的翻译者的误解。参见 Kazuo Ishiguro, "Kazuo Ishiguro's Press Conference at the British Embassy in Japan", 2011。

纪以降的西方列强,常常打着上帝的旗号四处杀戮,建立帝国?因为相信自己有无限宽容地原谅其一切罪恶的'主'的无限支持。"①

詹姆斯·伍德认为《被掩埋的巨人》继《别让我走》后再次表现了鞭笞神学（Blasted Theology）的主题。但他也认为,小说采取了介于无神论和有神论之间含混不明的态度,这大大削弱了对这一核心主题的表现。② 笔者认为,恰恰是这种含混为石黑的小说在质疑神学的主题上增添了深度。小说一方面站在了类似无神论的立场揭示了迷雾并不是上帝为了有意让人类忘记过往而造成的,而是人类统治者为了掩盖历史维护和平的操控手段。基督教会成了一种帮统治者隐瞒暴行、对人们进行政治催眠的工具。小说里,以乔纳斯（Jonus）为首的基督教神父宣称,为了人类的整体利益,真相有必要被掩埋。恰是教会一直以来保护着亚瑟王所留下的龙的秘密。而恰是梅林的龙所制造的迷雾,让布立吞人忘记了亚瑟王时代为了抵御撒克逊人所进行的残酷杀戮。但是如此蓄意的欺瞒,反而导致了两个种族间更激烈冲突的爆发和布立吞人集体从历史上被灭族的厄运。但从另一方面来看,石黑在小说中显然也不是持简单的无神论立场。从小说中对神出于愤怒或愧疚原因惩戒人类的讨论,以及对时隐时现的死神描绘看,故事所在的世界显然不是一个单纯的被神遗弃了、被祛魅了的世界。这里的人与神鬼有着前现代式亲近的交织。与其说石黑在《被掩埋的巨人》中采取了介于无神论和有神论之间含混不明的态度,不如说石黑在小说中有意地将基督教信仰的上帝与异教徒相信的死神,赋予了平等的地位,并让两者具有了同等的不可靠性和不确定性。石黑关心的似乎不是"有神"或"无神"这个常被现实主义者追问

---

① Kazuo Ishiguro, "Interview with Writers & Company CBC Radio", Canadian Broadcasting Corporation, Nov. 13, 2017.

② James Wood, "Uses of Oblivion", *The New Yorker*, March 23, 2015.

的问题,而是真实是否可以被完整地认识这个常见于现代主义写作中的主题。

小说的题目"被掩埋的巨人"正代表了被掩盖起来的、不能在现时中觉察的事实;而其中的"巨人"则象征了揭露这个事实,对集体和个人的未来的巨大影响。《被掩埋的巨人》恰恰文学化了从公元410年罗马撤军之后到公元490年不列颠完全被撒克逊统治之间的这段鲜有记载的历史。众历史学家对撒克逊族人一夜间统治了英国以及原住民布立吞人突然消失,并没有统一和确切的认识。① 石黑解释说,他知道这个事情在历史上没有定论,他的小说中也没有对此做详细的介绍。小说的背景是基于他对历史的猜测,但这个故事之后确定会发生的事是:"撒克逊人屠杀了布立吞人,因为之前亚瑟王率领的布立吞人,在抵制从欧陆入侵而来的撒克逊人的战争中,打破了两族人订立的不杀女人和儿童的约定,取得了暂时的胜利。亚瑟让梅林用魔法迫使人们忘记过去,维持和平。但在亚瑟死后,撒克逊人卷土重来,进行复仇

---

① 在历史上的这个期间,人数上占多数的本土布立吞人,以某种方式在短时间内与人数上占少数的入侵者撒克逊人在宗教信仰和习俗上融合为一个统一的民族,形成了如今的英国。但现今学者无论从考古学和语言学史上,仍然无从考据"盎格鲁—撒克逊迁徙"(Anglo-Saxon Settlement)之前的凯尔特布立吞土著民集体消失的秘密。针对盎格鲁—撒克逊与布立吞这两个民族的相对快速的融合过程,学界总体上有两种猜测。一部分学者认为,与历史上发生在俄国、南非等地区的情况一样,这种融合被解释为一个强大的少数派文化在短时间内被本土的主导性文化所吸收的过程。原本以口述文化为主的盎格鲁—撒克逊人在迁入后,更多地受到布立吞人在罗马行省时期以及后罗马时期逐渐发展起来基督教文化的影响,与之融合。另一部分学则认为,入侵的撒克逊族对布立吞人实施了类似种族清洗式的屠杀,将他们从不列颠国土上永久地清除了。石黑的小说巧妙地融合了这两种观点。参见 Richard Coates, "Invisible Britons: The View from Linguistics", in N. J. Higham ed. *Britons in Anglo-Saxon England*, Manchester: Manchester University Press, 2007, pp. 172 – 191. Bryan Ward-Perkins, "Why Did the Anglo-Saxons not Become more British?" *The English Historical Review*, Vol. 115, No. 462, 2000. Francis Pryor, *Britain AD: A Quest for Arthur, England and the Anglo-Saxons*, New York: Harper Collins, 2004。

和屠杀。"① 与丁尼生的《国王叙事诗》中那个在蛮荒之中慢慢地建立起文明社会的亚瑟王故事不同，《被掩埋的巨人》讲述的是后亚瑟时代的人们，慢慢开始反思亚瑟以上帝之名杀戮，建立王国，并以强制人们遗忘历史的方式来维护和平的统治。因此，从集体层面上看，小说表现出了现时中的人们对上帝信仰和现行秩序的怀疑。

本节通过分析石黑对摆渡人和黑衣女子这两种"他者"式的人物形象的塑造，揭示了小说在个人层面上对现时中的他者、对现时中的爱情的审美现代性式质疑，以及在集体层面上对现时中的上帝信仰以及对被上帝主宰的现实秩序的审美现代性式质疑。后面两节将主要从《被掩埋的巨人》与塔可夫斯基和黑泽明电影的关联，以及小说与电影中的"新现实主义""思想实验""观影机制"等电影叙事风格及技巧的关联，探寻小说如何在另外两个方面继承和发展了审美现代性式的、对"现实"和"现时"的质疑。

## 第二节　可疑的中性叙述基调

审美现代性在叙述风格方面表现为，对感情上的"中性"与"零度介入"的前所未有的强调。现代主义作品中叙述者常是客观的观察者和局外人，他们在描述中避免凸显个人的感情色彩或个人意见，不像现实主义中的叙述者那样，表现出爱憎分明的立场，也不像后现代主义中的叙述者那样，用反讽和嘲弄取代了对现实的焦虑和迷茫。② 本节将结合塔可夫斯基（Andrei Tarkovsky）在

---

① Kazuo Ishiguro, "Interview with Writers & Company CBC Radio", Canadian Broadcasting Corporation, Nov. 13, 2017.

② 曾艳兵：《现实主义·现代主义·后现代主义小说辨析——以三部小说为例》，《外国文学》2006 年第 1 期。

《潜行者》（*Stalker*, 1979）中所运用的电影镜头的中性特质，以及罗兰·巴特的观念域概念，分析石黑在《被掩埋的巨人》中如何用神话方法、复杂多面的"中性"叙述眼光，以及"非个性化"的现代叙述风格，来表现小说中令人生疑的现实世界。

石黑借用古老的神话传说、被人熟知的原型人物和历史故事的框架结构，做《被掩埋的巨人》的叙事及情节基础，从而让小说在讲述全新的故事之余，又与诸多远古民间故事原型形成互文性的关联。这种做法被 T. S. 艾略特称为现代式的"神话方法"（Mythical Method）。① 1923 年艾略特在发表于《日晷》（*The Dial*）的一篇文章里讲：

> 在使用神话时，乔伊斯正在追寻一种可作为后人典范的写作方式。后人不会是单纯的模仿者，而会成为继承这种方法的独立的探索者，就像那些在爱因斯坦发现基础上继续独立实验的科学家一样。当今世界的芸芸众生和浩浩人海之中有着翻天覆地的混乱，也有千古徒唤的无可奈何，这就是当今历史的写照，而乔伊斯却找到一整套写作方法来巩固、稳定，更重要的是赋予这混乱的世界一个固定的模式和一种新的意义。……我们可以从此用神话的方法，来替换传统的现实主义方法。我坚信这是现代世界向艺术迈进的重要一步。②

艾略特指出，乔伊斯在《尤利西斯》中运用的"神话方法"为现代主义作家提供了一种新的技巧，它让现时不再是一系列意义匮乏的无序事件，而是使其与某个被塑形为永恒的、具有普遍意义的故事产生联系。同时，神话方法的一个显著特点是，对即

---

① James C. Nohrnberg, "The Mythical Method in Song and Saga, Prose and Verse: Part One", *Arthuriana*, Vol. 21, No. 1, 2011.

② T. S. Eliot, "Ulysses, Order, and Myth", *Selected Prose of T. S. Eliot*, London: Faber and Faber, 1975, p. 177.

时经验的放大。在丹尼斯·多诺霍（Denis Donoghue）看来，这种具有审美现代性特点的神话方法实际上有一种被肯尼斯·伯克（Kenneth Burke）称为"本质的时间化"（The Temporizing of Essence）的作用，它让故事的形式和在时间里呈现出的局部事实，由此而获得具有永恒性的深度。[①] 从这个层面讲，现代艺术家可以用神话，将相互类似又彼此不同的两种意识、两种现实加以并置，而意义恰恰产生于两者之间的疏通和交流过程。但后来的批评指出，神话方法在增大作品隐含意义的同时，也不可避免地增加了现代作品的晦涩性。这不仅使现代艺术与大众审美脱离，还使部分现代作品因为过分强调神话与现实生活在时间上的对应关系而流于形式。[②] 比如，艾略特在后期的批评中指出了乔伊斯的《尤利西斯》的不足之处，说"乔伊斯也许因为和弥尔顿一样的视力渐衰的原因，在小说的后半部分太讲究用词和听觉上的韵律，而忽视了在视觉上唤起读者想象力的重要性"[③]。

石黑一雄恰如艾略特所说，成为了继承现代神话方法的后辈之一。用石黑自己的话说："小说家的重要使命之一便是，要去完全地理解神话，并重组神话（Rework Myths），然后重新把它用到自己创作中。"[④] 有学者注意到石黑作品对神话的重建。斯黛芬妮·福瑞克（Stefanie Fricke）提出，石黑通过重建神话来尽可能多地获得来自世界各个民族的读者的共鸣。但她所指的"神话"，并不是古典神话，而是被大众所普遍持有的刻板印象（Sterotypes）和文类传统（Genre Conventions）之类的、从历史文化中传承下来的

---

[①] Deenis Donoghue, "Yeats, Eliot, and the Mythical Method", *The Sewanne Review*, Vol. 105, No. 2, 1997.

[②] 李梦桃：《西方现代文学与现代神话方法》，《国外文学》1990年第1期。

[③] See Deenis Donoghue, "Yeats, Eliot, and the Mythical Method", *The Sewanne Review*, Vol. 105, No. 2, 1997.

[④] Allan Vorda and Kim Herzinger, "An Interview with Kazuo Ishiguro", in Brian W. Shaffer and Cynthia F. Wong, eds. *Conversations with Kazuo Ishiguro*, Jackson: Mississippi University Press, 2008, p. 74.

大众观念和定见（Popular Myths）。① 而结合我们前文所列举的作者谈及神话的一系列例证能发现，石黑所说的对"神话"的重组，显然指的是承袭了具有审美现代性特点的神话方法所倡导的那种对传统希腊神话、日本民间传说和各种宗教传说之类的古典神话（Old Classical Myths）的重组。

石黑在《被掩埋的巨人》中对现代神话方法的继承，首先表现在其跨媒介地借鉴了《潜行者》中所用的"中性"及"神话方法"，在小说中融入了一种带有希腊神话中"卡隆"特点的观看和叙述方式。上一章中提到，布莱恩·谢佛尔认为石黑在其处女作《远山淡影》中用了希腊神话的冥界之河（Styx）及同名女神，构建了小说的地貌特征及神秘鬼女人形象。② 石黑一雄显然对希腊神话中的这个死亡与尘世交界之地充满了兴趣。在《被掩埋的巨人》中，作者再次用了一个来自希腊神话中的冥河的摆渡人卡隆来塑造其中的摆渡人形象。通过将小说与电影中所呈现神话相拼补的方式，石黑在重组了神话的同时，还弥补了被艾略特诟病的英美现代主义小说在激发读者的视觉想象上的不足。

卡隆的名字，在希腊文里与"charopós"一词同源，原意为敏锐的目光（Keen Gaze）。但丁在《神曲·地狱篇》（Inferno）的第三章，将卡隆描绘为一位拥有"愤怒中流露火焰般凶光眼神"③ 并蓄着络腮胡的白发老人。这样的卡隆形象，在自古典时期以降的文学与绘画作品中普遍地采用。卡隆的希腊文字面意义就这样逐渐地被延伸为一种对卡隆易怒且不稳定性情的指涉。然而，塔可

---

① Stefanie Fricke, "Reworking Myths: Stereotypes and Genre Conventions in Kazuo Ishiguro Works", in Cynthia. F. Wong and Hulya Yildiz, eds. *Kazuo Ishiguro in a Global Context*, London: Routledge, 2015, pp. 23, 35.

② Brian Shaffer, *Understanding Kazuo Ishiguro*, Columbia: University of South Carolina Press, 1998, pp. 27-30. 在前文讨论《远山淡影》的章节，已对谢佛尔的这一观点进行过具体阐述和讨论，故不再赘述。

③ Dante, *The Divine Comedy*, trans. John Ciardi, New York: New American Library, 2003, p. 32.

夫斯基的《潜行者》却将卡隆希腊名字中的"敏锐的目光"的意思，回归到原意中。卡隆形象在塔可夫斯基电影中表现的特殊性在于，他在电影里表现为一种潜入式的、中性的、在永恒和现时的悖论中存在的非个性化的叙述基调。

　　本书的前言已经介绍过石黑一雄的写作如何受到了塔可夫斯基电影的影响。在此基础上，本部分认为，《被掩埋的巨人》与《潜行者》相似，它们都将神话中作为过渡媒介的摆渡人卡隆，用为一种叙述目光的承载体（即叙述者），而且还同时赋予了这个叙述目光两种形式。《潜行者》里的叙事载体，既是画面外渐渐逼近但始终与人物保持距离的摄影机，又是画面内带有卡隆神话中摆渡人身份特点的潜行者。而《被掩埋的巨人》里的叙事载体，既是一个非个性化的、在故事外做着客观性记录和描述的第三人称叙述者，又是出现于故事内的三个关键处的、与埃克索夫妇产生交集的摆渡人。在《潜行者》里，主人公一方面是切实参与到故事中的现实中的人物，另一方面也是具有某种永恒性和非介入性存在意义的现实外的摄像机。作为主人公的潜行者出现在影片的内部——我们看到一个卡隆式的引路人，引渡人们到"房间"里去；同时，他也是在镜头视线外部的一个隐形的偷窥者，其目光与摄像机保持一致，决定并引导着观众观察和思考的途径。塔可夫斯基电影中特有的慢镜头，承担着观众目光及思维方式的向导。它既是叙述者的语言，也是一种在隐秘与渐进中，对他人精神进行侵越和透视的行为。导演利用摄像机对观众进行视觉上的引导，一方面增加了我们对习以为常的生活细节的深刻洞察力，使得平常变得不平常；另一方面，还给我们营造了一个巨大的、料想不到的想象空间。这个视觉的引导者，躲在门廊外面，躲在各种自然的屏障物后面，隐藏着自己；他用缓慢到几乎不被察觉的速度，逼近门内所观察的对象。影片过半，观众才意识到"潜行者"同时也指涉了这个故事之外的、在永久静默中的、不介入也不可见的、现实以外的观察者。而进入我们可视范围内的、作为故事主人公的潜行者，则成了那个未知的观察者在现时中的替身。世俗与永恒，于是在主人公潜行者身上得到了微妙的统一。

　　电影《潜行者》中特别呈现了卡隆之名原意中"敏锐"之意，制造出独具一格的带有"潜行"之意的中性叙述格调。而石黑的《被掩埋的巨人》中的不露声色的神秘叙述者，恰借鉴了电影《潜行者》中所使用的这种神话方法。石黑小说中的第三人称叙述者也渐渐地潜入了故事，并在最后一章以第一人称摆渡人的身份出现。故事里，读者和埃克索夫妇一样，直到最后一章才意识到这个具有永恒性与中性的第三人称叙述者，同时也是主人公在现实中近距离接触到的摆渡人。叙述者先前的不在场，其实是一种伪装，因为随着故事展开和深入，我们发现，这个叙述者像《潜行者》里的画外镜头一样，在故事中有着附身——那就是埃克索夫妇前后三次遇到的摆渡人。他作为一个不引人注目的陌生人，潜伏在主人公的周围，适时地出现，来引导他们去旅途的终点。永恒的目光和现时的、来自"他者"的目光，如此交相并混合起来。

　　石黑一方面用文字媒介凸显了塔可夫斯基的"潜行者"身上表现的那种对"现时"和"此岸"的暧昧不明的审美现代性态度；另一方面，他还独具一格地将卡隆目光的视觉想象力，加入到以"中性"和"非个性化"为特点的现代叙述风格中。《被掩埋的巨人》中的叙述者，在小说大部分的时间中，就像塔可夫斯基的镜头一样，敏锐地将其观察呈现于我们眼前，但他自己却躲在摄像机之外，不被人看见。这个叙述者俨然成为了一个永恒目光的载体。这在采用第三人称全知叙述者的小说作品中颇为常见——这样的全知叙述者往往超脱于故事之上，有着上帝般的客观视角，目光始终在场，但本身却置身事外。同样是带有某种永恒性的第三人称全知叙述者，在现实主义小说、现代主义小说和后现代主义小说中，却呈现出不同的叙事特点。现实主义小说中的叙述者，常常表现出爱憎分明的价值判断。虽然这种个人看法通常不易被叙述者特别地指出，① 但通过超脱于故事之外的第三人称叙述者，却能自然而然地流露出来；后现代主义小说中的第三人称叙述者，便利地成为作者对人们现时中所经历的一切问题进行反讽和嘲弄的工具。他们也经常肆无忌惮地突然从第三人称转为第一人称，切入到叙述之中，但多是为了表现虚无主义和打破一切规则、在无序中安然自得的后现代思想；与以上两者不同，现代主义小说即使采用了第三人称叙述者，也始终强调叙述者的感情的零度介入。叙述者几乎是一个没有个人倾向性的"非个性体"②。现代主义的第三人称叙述者更像一个与摄像机一样的"中性"记录媒介，或者是一种被艾略特以"非个性化"来定义的保持情感距离的现代式叙述态度。③

《被掩埋的巨人》中的第三人称叙述者不仅具有非个性化的特点，而且还有一种类似新现实主义电影中的"中性"特点。中性，在电影美学家巴赞看来，是被20世纪30年代意大利"新现实主义"（Neorealism）④ 电影和美国现代主义小说所共享的一种重要的审美现代性特征。巴赞强调，自然本身有许多层次的意味，因此自然中的意义，对我们来说必然是"暧昧的"（Ambiguous），而这种暧昧性，恰是一种现代的审美价值。人类的心灵应该自由地行

---

① 曾艳兵：《现实主义·现代主义·后现代主义小说辨析》，《外国文学》2006年第1期。

② 同上。

③ T. S. Eliot, "Tradition and Individual Talent", in *Selected Essays*, London: Faber and Faber, 1932, p. 20.

④ 新现实主义电影是现代电影中区别于好莱坞工厂式电影生产模式的一个重要派别，更是现代电影艺术化过程中的一个重要阶段。其中的"现实"指，记录与还原故事体验视角中的现实场景。但与传统文学现实主义相比，新现实主义电影之"新"在于，它对艺术持有一种清醒的自觉，认为艺术中不存在绝对的现实，现实首先都是被构建的、唯美的、修辞性的。艺术要避免唯美修饰性地转化现实，以及简单粗暴地直现现实的两种极端，而要以接近自然世界呈现的方式，表现出现实与象征之间中性的、多重意义并行的暧昧感。详见［美］达德利·安德鲁《经典电影理论导论》，李伟峰译，世界图书出版公司2013年版，第132—134页。

走于那些具体又暧昧的故事中，而艺术则应该保全其意义。① 巴赞的新现实主义电影美学，看似反对象征和抽象的表现方法，其实是试图以另一种方式重建它；他一方面反对蓄意的象征，另一方面又允许（内在和外在的）"交流"（Correspondences）与隐喻，只要它们是现实中自有的。② 这种新现实主义电影美学，在巴赞看来，毋庸置疑地与现代主义小说中的"非个性化"的客观性存在共性。

《被掩埋的巨人》里的第三人称叙述者以一种对聚焦人物不施评判、不予褒贬、非亲非厌的立场，来记录各个焦点人物眼前发生的事件。这恰如新现实主义电影里带有"中性"特点的深焦写实镜头的运作方式。像深景画面一般，小说的叙述者让自然中的事件不紧不慢地自行展开。这不仅给读者一种故事情节与实际发生的事件紧密相扣的感觉，而且还在符合我们对世界的认知方式的同时，显现出一些平时不易被察觉的事实。在《被掩埋的巨人》里，无论叙述眼光落在哪个角色上，这个眼光总能以一种置身事外的疏离感与敏锐的精确度，不加批评地记录角色视角周围的一切；同时，叙述者像是对读者耍了一个把戏，自然地在叙述中隐藏了自己，这样做不仅迫使读者处于偷听的位置，还为读者制造出一种与所述事件、人物之间的良性的疏离感。我们在叙述目光里觉察到一种在价值判断上有意保持中立的倾向，体现出一种有距离的、存在于即时即地的永恒性。

石黑进一步在《潜行者》的这种带有神话特点的、不介入、非个性化的"中性"叙述基调及立场基础上，加入了一种审美现代性式可疑性特点，来颠覆小说中被这个看似客观可靠的叙述者所呈现的世界的现实性。《被掩埋的巨人》中看似权威性的叙述同

---

① 详见［美］达德利·安德鲁《经典电影理论导论》，李伟峰译，世界图书出版公司2013年版，第135页。

② 同上书，第132页。

时也具有一种被巴特称为"观念域"的特质。由此,我们可以在小说叙述者的描述中探测出一丝可疑的平庸感。不乏学者注意到这点。伍德认为,石黑通过一种具有"扰人的平和"(Provoking Equilibrium)特点的语态,制造了一种在现实与魔幻之间保持平衡的张力。小说几乎遵循着其独有的逻辑和真实性,让读者慢慢地察觉到其中暗藏的蹊跷和具有威胁性的非真实。[1] 确实,石黑的语言具有一种特别的对"温和的气氛"的坚持,他的小说总表现出一种夹杂了可疑、暧昧,却又使人安心、稳妥的氛围。考雷也注意到,不同于与石黑同时代的马丁·艾米斯(Martin Amis)所擅长的那种在语言和隐喻上制造新奇的写作方式,石黑常常在小说里制造出类似俄国形式主义理论家什克洛夫斯基(Viktor Shklovsky)所说的"陌生化"效果。《被掩埋的巨人》中,一切被人熟知的日常,都在叙述者的描绘下,显得莫名的古怪,这与以卡夫卡为代表的欧陆现代主义手法颇为相似。[2]

值得注意的是,后现代主义中的拉美魔幻现实主义同样建立于在现实基础上进行超现实的写作实验,但却与《被掩埋的巨人》中试图营造的既超自然又不脱离自然的气氛不同。"魔幻现实主义作家用新的眼光观察到的世界景象,即使不是神奇的,至少也是光怪陆离的……他们把现实改变成一种像精神病患者产生的那种幻境。"[3] 然而,《被掩埋的巨人》中现实的光怪陆离,不是通过某种病态幻觉实现的,而是通过一种考雷所说的类似"陌生化"的手段。具体地说,石黑在人们的认知过程中做了手脚,将叙述者的语言陌生化为一种阻碍或误导人们把握真实的"障眼法"。这类似于被罗兰·巴特称为建立在普遍人认识中的"与真实没有直

---

[1] James Wood, "Uses of Oblivion", *The New Yorker*, March 23, 2015.

[2] Jason Cowley, "'The Buried Giant', by Kazuo Ishiguro", *The Financial Times*, Feb. 27, 2015.

[3] 转引自[哥]马尔克斯《两百年的孤独》,朱景东等译,云南人民出版社1997年版,第3页。

接的关联"的现代"观念域"的话语类型。

"观念域"（Ideosphere）是罗兰·巴特（Roland Barthes）根据"观念形态"（Ideology）所造的术语，即一套隐含观念形态的话语类型，同时它又是一个论说域（Logosphere），特别强调语言氛围在传递意义中的重要性。观念域的概念"提醒我们，言语行为是人类的一个名副其实的生物学环境，人类在其中生活，依赖它，被它包围"①。也就是说，这种话语本身，在传达某种意识形态的同时，也能隐藏这种意图，从而形成一种中性的、零度介入的表象。这种话语隐含着一种无形的统治。它不能单纯地被归类到个人的习惯用语中，因为其中隐藏着一种被社群所接受的定见和固有看法。这种观念域式话语被众人所用，言说者无须于其中匿名，也无须多作解释。要想不被话语行为的实施者排斥为"他者"，听众就得被迫承认和接受这种定见。因此，观念域是一种隐形的强势语言类型。之所以说它"隐形"，是因为它以减缓暴力的方式，来调整并同化听众的观念。观念域中含有已经形成的社会定见，而当这种定见用"话语"表达出来时，则自然地隐含了一种强势的阶级式语言系统。也就是说，观念域式话语在语言运用者的经验里是一种普适的、自然的、不言而喻的话语，但如果其典型性或普遍性尚未被听众察觉或认同，听众就会被当作"外物""他者"一起被贬入"边缘"和"偏差"之列。② 巴特讲："观念域都有一种魔幻的特点，但身在其中者却往往感受不到其魔幻性。观念域实际上正好符合人们对偶像或者幽灵的描述，被认为是谬误的根源。"③ 试图脱离这种观念域，同时意味着个人的言语和行为

---

① ［法］罗兰·巴特：《中性》，张祖建译，中国人民大学出版社2011年版，第138页。

② 同上书，第142页。

③ 培根所言的四类偶像中的第二类偶像，即洞穴偶像。巴特分析这属于是个别的智能，源于偏好的谬误。参见［法］罗兰·巴特《中性》，张祖建译，中国人民大学出版社2011年版，第142页。

会被疏远。而对于《被掩埋的巨人》的读者,脱离第三人称叙述者的观念域式叙述的引导,则意味着看清我们与叙述者及其描述世界的距离。

《被掩埋的巨人》的开篇段以"目之所及"开始的描述,就是这样一种观念域式的语言行为:

> 目之所及,尽是荒无人烟的土地;山岩嶙峋,黄叶萧瑟,偶尔会有人工开凿的粗糙小路。罗马人留下来的大道,那时候大多已经损毁,或者长满杂草野树,没入了荒野。河流沼泽上,压着冰冷的雾气,正适合仍在这片土地上活动的食人兽①。住在附近的人们——什么样的绝境使他们到这种阴冷的地方安家呢——很可能畏惧这些巨兽,它们粗重的喘气声很远就听到,过一会儿雾气中才会显露出它们丑陋的躯体。但是,这些怪兽不会令人诧异。那时人们应该把食人兽当成日常的危险,何况还有很多要担心的事情……反正食人兽不算太坏,只要别去激怒它们……对于这种灾害,当时的人们只好看得超脱一点。②

如沃尔顿所说,这段描写展现了作者惊人的笔上功力。叙述者平静的、去饰化的语言其实蕴藏着与小说的主题相应和的匠心,突出表现了这个在我们眼前的异样世界,在生活其中的人看来是多么的平常。③ 而结合巴特的观念域理论看这段描写,可以发现它的直接效果就是,以赋予视觉的方式来使读者加入到叙述者的视野,与其中隐含观念域相认同;叙述者以一种视觉上的明晰性景

---

① 食人兽(Ogre)是西方民间传说中的一种巨大、丑陋、凶残的吃人妖怪,又译作"食人魔"。
② Kazuo Ishiguro, *The Buried Giant*, New York: Alfred A. Knopf, 2015, p. 3. [英]石黑一雄:《被掩埋的巨人》,周小进译,上海译文出版社2016年版,第3页。
③ James Walton, "The Buried Giant", *The Spectator*, Feb. 28, 2015.

观，来实现对读者意识的统治。在我们看来，《被掩埋的巨人》中的叙述者开始是站在一个俯瞰的高度，记录着所发生的事情，但这个高度并不是来自于他有上帝般知识的全知，也不是来自他的言辞中的雄辩性或有格调的修辞。这种全知性的高度，更类似于乔治·桑塔耶拿所说的来自盲众的"匿名专横"（Anonymous Tyranny），以此，叙述者促使我们认同的其实是一种"对一致性的迷信"（The Fetish of Uniformity）[①]。这使我们发现这个叙述者话语中显露的问题性和平庸性，因为其既不能被锁定在某一个人个性化的肉身上，也不依赖于任何特定的身体而存在。它恰恰隐身于人群当中，是集体意识和集体目光的象征。

我们还可以从作者对小说叙述者用"你"来指涉目标读者的一番解释中，看出叙述者所代表的是怎样一种集体存在。石黑一雄说：

> 当我小说中的叙述者用"你"来称呼听众时，他永远不是在与读者说话，而是与他的一个同胞说话——史蒂文斯在向另一个仆人讲故事，而凯茜则在向另一个克隆人讲故事。读者更像是因为和他坐在同一个咖啡馆里，而偷听到了他与同类人的谈话。我们与他们的世界有一部分是重合的。《被掩埋的巨人》的叙述者同样用"你"来称呼其听众。这个"你"也不是指读者。但这跟以前的作品略有不同。我的最初想法是，叙述者的听众是复数的"你们"。我想让读者通过一些微小的细节渐渐发现，叙述者所说的"你们"其实是那些在战争中被屠杀的孩子们的鬼魂。然而当我写到小说的最后，因为担心这会过于抢风头而最终没有在这个想法上做过多的文章，可我仍

---

[①] George Santayana, *The Sense of Beauty*, New York: Dover Publications, 1986, p. 110; 另见 Will Durant, *The Story of Philosophy*, New York: Pocket Books, 2006, p. 658。

然把一些提示线索保留在书中。如果读者没有看出来，那也不怪他们。①

如果像作者所说，叙述者是对鬼魂们讲故事，那我们不难想象，叙述者是一种与鬼类似的存在。这不仅否定了考雷所认为的"叙述者就是石黑一雄"②的观点，还进一步证实了我们在上一节所论述的"叙述者是穿梭于阴阳之间的摆渡人卡隆"的观点。叙述者极具卡隆的"敏锐"且具有"潜入"目光特点的话语中，同时也带有一种"鬼魅"式的观念域特点。因此，他的开头描述才能将迷信之物视为平常，也能渗入并挫败一切阻碍和意见，用一种具有共识性和一致性的话语类型，扼杀了一切质疑之声与惊恐之状。作为读者的我们不知不觉地顺从并相信他的权威性引导力，并被这种目光和看待世界的方式所同化。于是，读者作为偷听者，也成为与鬼孩子一起听摆渡人讲故事的听众中的一员，我们的视野和观念与鬼魅及死神的视野相融，而不是站在上帝视角来俯瞰。

石黑似乎对卡隆和"影鬼"的象征做足了功课。事实表明，公元5世纪时的古希腊人描绘的卡隆和"影鬼"的关系与小说中的描绘十分类似。古希腊艺术中的卡隆呈现出一副施助者的样子，而"影鬼"则好像被其照顾的孩子。③ 这就如同在《被掩埋的巨人》中的叙述者在埃克索和比阿特丽斯面前扮演的摆渡人角色，以及叙述者隐含地在读者面前扮演的"为鬼孩子讲故事"的角色。在丁尼生的《国王的叙事诗》里，亚瑟王的侄子高文骑士最后战

---

① Florent Georgesco and Kazuo Ishiguro, "Kazuo Ishiguro, Nobel Prize for Literature 2017", M. Ziane-KHODJA, Oct. 8, 2017.

② Jason Cowley, "'The Buried Giant', by Kazuo Ishiguro", *The Financial Times*, Feb. 27, 2015.

③ Christiane Sourvinou-Inwood, "*Reading*" *Greek Death*, Oxford: Oxford University Press, 1996, p. 353.

死并变成了鬼。他的鬼魂飘过原野,来到处在弥留之际的亚瑟的梦中说:"亚瑟将死,一切希冀将化为乌有(Hollow, hollow, all delight)。"[1] 之后,他便像候鸟季归远方一样消失在亚瑟的梦里。值得玩味的是,《被掩埋的巨人》意味深长地用"高文的第一次和第二次白日梦"(Gawain's First and Second Reverie)来命名小说中第三部分的开头和结尾章节(即小说第十章和第十四章)。这与丁尼生的《国王的叙事诗》形成了互文对话关系,暗示着《被掩埋的巨人》里的高文也是鬼魂一般的存在。至此,小说中所有以第一人称叙述者身份出现的人,[2] 似乎都与鬼魂的世界有着联系。

《被掩埋的巨人》的人物与其所在的世界,看似存在确定无疑的联系,但这不过是一种幻觉。而在这个幻觉之下,也确实如瑞典学院秘书长萨拉·达纽斯所言,隐藏着一道深渊。石黑一雄像许多现代主义作家一样,在指出人们与世界联系的虚像性后并没有提供进一步解释,他只是引导人们看向深渊并思考其深度。这就如同故事接近结尾处,比阿特丽斯对埃克索说:"埃克索,你没到池塘边,你在忙着和这位骑士说话,你没朝那冰冷的水里看。"[3] 往水下看的比阿特丽斯看见了无数在战争中死去的孩子的面孔,这不仅代表了比阿特丽斯对现实世界本源的感知,还象征了她与叙述者的鬼魂听众以及偷听故事的读者,进行跨越文本界限的交流的时刻。仿佛只有在跟死亡无限接近的过程中(此时的比阿特丽斯虚弱无比,濒临死亡),人们才能接近世界的本质。石黑笔下的人物与其世界的本源、小说的世界与读者的世界,在无限交织和联系的同时,也隔着一道难以逾越的深渊。

---

[1] Afred Tennyson, "The Passing of Arthur", *Idylls of the King*, line 30 – 50.

[2] 在《被掩埋的巨人》中,除了最后一章摆渡人以第一人称叙述者出现之外,高文的两次回忆也是以第一人称叙述的方式呈现。

[3] Kazuo Ishiguro, *The Buried Giant*, New York: Alfred A. Knopf, 2015, p.271. [英]石黑一雄:《被掩埋的巨人》,周小进译,上海译文出版社 2016 年版,第 278 页。

## 第三节　可疑的时空和主体

在现代文学和电影中，艺术家常常在颠倒的时序中展示颠倒的意义，而使基于时空的人的认识本身成为问题。时空在《被掩埋的巨人》中同样体现了这种极具审美现代性特征的"内向化"及非线性。叙述者通过电影中常见的"思想实验"叙事结构，在小说的"塔中之战"部分以及故事的整体，制造出一种深度时空性特点，从而进一步颠覆了小说故事的现实根基，并引人反思在不确定的时空中人的主观感受和思想之间存在的悖论。

首先从故事局部的"塔中之战"情节谈起。"塔中之战"发生在一个基督教寺院中。埃克索夫妇与撒克逊族小男孩埃德温以及武士维斯坦四人途中在一个寺庙借宿。一天夜里，不列颠人闯进寺庙试图捕捉埃德温和维斯坦。就在维斯坦把敌人引上寺庙中一个充满陷阱的"塔"中展开激战的同时，一个神父带领埃克索夫妇与小男孩埃德温从隧道逃生。微妙的是，叙述者在此处并没有即时即地地为我们直接展现维斯坦战斗的场景，而是间接地通过埃德温的回忆，从过去的、来自埃德温的视角，展现了这个战斗。在众人脱险之后，男孩埃德温因为违背了对维斯坦的承诺，没有按照事先说好的那样，帮助他从塔中逃生而陷入自责，于是他回忆了之前自己和维斯坦在塔中对这场战斗进行的一个"思想实验"式预演过程。虽然有学者注意到，作者在此处的叙述层面加入了一层使人迷惑的迷雾，用一些虚晃和假象，让我们对眼前的一切生疑。[1] 但却没有人具体地指出作者究竟采用了什么样的手段制造了这种效果。笔者认为，小说的叙述者用一个由维斯坦引导的、在埃德温头脑中上演的、虚拟的

---

[1] Nicholas Lezard, "The Buried Giant by Kazuo Ishiguro Review: Here be Dragons", *The Guardian*, Jan. 27, 2016.

"思想实验"战斗场景，代替了维斯坦现实中参加的战斗，展现在我们眼前。这让小说的时空呈现出一种融合了心理时间（柏格森绵延式的）、空间时间（围绕某一地点场域的）和纯粹时间（摆脱了主体差异、消除了内外界限）的深度时空性特点。由此，叙述者利用常出现于现代电影中的"思想实验"叙事，一方面展现了现代式的"思想和感受"的失联状态，另一方面也进一步颠覆了整个故事的现实根基。这让小说从整体上变成了一场由摆渡人设计的，检测埃克索夫妇的真爱的"思想实验"游戏。

## 一 现代电影和小说的思想实验

根据美国哲学家塔玛·詹德勒（Tamar Gendler）的定义，"思想实验是为了证明或反驳某一假设或理论，而试图理性化地阐释一例原本存在于想象中的情景"[1]。它原本属于一种纸上谈兵的思想方法，用思想模拟的方式替代实际的、物理的场景中所进行的实验，来证明某一假设的可行性。"思想实验"是一种最早的数学论证模型，[2] 其最经典的例子包括伽利略在比萨斜塔上开展的物体坠落实验。[3] 它同时是一种自古希腊就有的哲学思辨方法。[4] 然而，

---

[1] Tamar Szabo Gendler, "Thought Experiments", *The Encyclopedia of Cognitive Science*, London: Routledge, 2002, p. 388.

[2] Imre Lakatos, *Proofs and Refutations: The Logic of Mathematical Discovery*, ed. John Worrall and Elie Zahar, Cambridge: Cambridge University Press, 1976, p. 9.

[3] 伽利略实际上是用"思想实验"，而不是被常人所误认为的物理实验，证明了亚里士多德关于物体的自由落体速度与其质量呈正相关的判断。详见 Catherine Z. Elgin, "Fiction as Thought Experiment", *Perspectives on Science*, Vol. 22, No. 2, 2014。

[4] 举一些含有"思想实验"的哲学思辨的例子：《理想国》中"洞寓"（The Allegory of the Cave）（Plato, *The Republic*, VII, I - III, 514 - 18B），以及芝诺（Zeno）著名的讨论时间与永恒的"阿基里斯与龟"（Achilles and the Tortoise）悖论。再比如，柏拉图对话也用思想实验作为一种在对话中揣摩理念可能性的形式。启蒙时代的笛卡尔更是用思想实验，来展示了身体和灵魂分离的现代式思想。参见 Martin Cohen, *Wittgenstein's Beetle and Other Classic Thought Experiments*, Oxford: Blackwell, 2005, pp. 55 - 56。

自人们进入崇尚实证主义的资本主义现代社会以后,无论在科学还是哲学领域,"思想实验"因为其缺乏实证性,都不被看作为核心的论证手段。现代哲学家常单纯地用"思想实验"来假设场景,以便更好地说明问题。[1] 同样在现代科学中,"思想实验"更常被用来强调初步的理念和构想,而非实际的论证。换言之,思想实验从一种论证手段慢慢演变为一种叙述手段。然而,这种在现代科学与哲学方法论中受到冷遇的"思想实验",却在 20 世纪初兴起的电影领域[2]找到了舞台。其特有的叙述特点在现代电影中得到集中的表现和发挥。

著名电影史学家托马斯·埃尔赛瑟(Thomas Elsaesser)从叙事的层面详细地分析了现代电影中常用的"思想实验"的特点。"思想实验"的目的是,通过建立起一个臆想的场景,来帮助人们理解事物的真相。在这个场景中,主体的人并不会与客体目标事物直接地进行接触,实验的设计者常会人为地植入一些条件,对事物进行解释、预设和掌控。这些条件常采用论证式的虚拟语气提出——类似"假如 A 成立,会出现 B 的情况"或者"假如 A 发生,事情本该变成 B 这样"[3]——来展示一个通过把"非现时、非现实"之事分解、思忖、理性化和假装成立,从而将其转化为"现时、现实"之事的过程。也就是说,"思想实验"首先在结构

---

[1] Martin Cohen, *Wittgenstein's Beetle and Other Classic Thought Experiments*, pp. 55 – 56.

[2] 电影学中最具影响力的"机制理论"(Apparatus Theory)的提出,恰是建立在柏拉图"洞喻"的"思想实验"基础上的。"机制理论"源自鲍德里(Jean-Louis Baudry)发表的一篇以《机制》("The Apparatus")为名的论文,该文发表于《交流》(*Communications*)的一期以"电影和心理分析"为主题的特刊。文中,他把看电影的大众比作柏拉图洞穴里误认影子为现实的囚徒。之后,凡是与鲍德里这种把电影看成是主流意识形态玩弄大众、诱人入瓮的机制类似的观影态度,都被归于"机制理论"的范畴。Philip Watt, *Roland Barthes' Cinema*, Oxford: Oxford University Press, 2016, pp. 66 – 67.

[3] Thomas Elsaesser, "A Thought Experiment: Christian Petzold's 'Barbara'", *Comp(a) raison: Narration and Reflection*, Vol. 1, No. 2, 2015.

上具有一种无可知否的"为现实性"。埃尔赛瑟认为,"思想实验"是一种常见于现代电影中的叙事结构,它为现代超现实主义电影以及新浪潮电影在叙事层面提供了运用镜像反照(Mirroring)、替身(Doubling)、重复(Repetition)、经验挪用(Appropriation)等技巧的平台。①

"思想实验"式叙事的特点可以归纳为以下两点:第一,用埃尔赛瑟的话说,"思想实验将我们的注意力成功地从叙述者对目的的关注,转移到对故事中主人公的刻画、臆想中的场景结构的设计,以及两者间碰撞出的火花的关注上来"②。换句话说,"思想实验"式叙事有助于叙述者对其叙述意图进行隐藏,并能自然而然地表现叙述的非介入性特征。第二,"思想实验"是描绘"风格化的现实主义"(审美现代性)的一种便利手段,因为"思想实验"中的叙事场景,要么是经过精心设计的,要么带有不确定及不可靠性;实验的设计和叙述者的心理,要么是非正常的,要么是处在社会的边缘之类;其叙述目的,要么模棱两可、要么变态极端。这都显示了"思想实验"式叙事在模拟现实的背后实际隐藏着一个脱离现实的叙事内核。③ 从某种程度上,这种从现实中渐渐揭露出的现实表面下的幻象性,恰是我们前面论述的审美现代性特点的核心部分。"思想实验"的这一特点同时也是表现艾略特在"肯定与否定"双重情感之间试取平衡的"结构性情感"的有力途径。

---

① 埃尔赛瑟将包括塔可夫斯基的《潜行者》和电影史上著名的由克里斯·马克(Chris Marker)执导的时空穿越题材电影《堤》(La Jetee, 1962)在内的许多欧洲新电影,以及展现末日情节的像拉斯·冯·提尔(Lars von Trier)的《忧郁症》(Melancholia, 2011)和沃卓斯基兄弟(Andrew and Laurence Wachowski)的《黑客帝国》(The Matrix, 1999)之类电影,看成是"思想实验"叙事的范本。Thomas Elsaesser, "A Thought Experiment: Christian Petzold's 'Barbara'", Comp (a) raison: Narration and Reflection, Vol. 1, No. 2, 2015.

② Thomas Elsaesser, "Black Suns and a Bright Planet: Lars von Trier's Melancholia as Thought Experiment", Theory & Event, Vol. 18, No. 2, 2015.

③ Ibid..

艾略特认为，"情感应该被表现为，在强烈地被美吸引的同时，同样强烈地为丑所着迷。这两种情感在相互交织与抗争中保持平衡"①。这种相悖的感受，在"思想实验"中与某一戏剧情景绑定，形成特有的审美现代性艺术风格的表达。

如前言所述，诸多理论家已经指出新现实主义电影与现代主义小说在审美现代性思想的表达方面有相同之处。② 在此基础上，哲学家凯瑟琳·埃尔金（Catherine Z. Elgin）从"思想实验"这一叙述技巧方面，将科学、哲学、电影与小说联系了起来。她认为，小说叙事本身就是一种"思想实验"，但一些小说显然比其他的更凸显地表现了"思想实验"的特征。"思想实验"式小说都突出地围绕着一个辩证性问题展开——即一件本身不具有真实性也不能反照真实现象的事物，是如何在非自然的情况下，让我们产生对真实的认识的。③ 因此，"思想实验"式小说具备一种悬置人们所相信与不相信知识的能力，它在让人们相信那些在现实中不成立的事的同时，又要求人们暂且放下质疑去相信那些使其成立的，但往往却与现实相悖的条件。另外，"思想实验"式叙事更具有一种"去中心"的特点："有时候展现想象中模拟实验，意味着实际中的实验不需要被执行。"④

简短总结一下思想实验式叙事特征。从电影移植到小说中来的"思想实验"叙事，在体现了"思想实验"中的"为现实"和"伪现实"的共存的特点和"去中心化"的特点之外，还为现代小说提供了一个隐藏叙述者的绝妙结构。同时，它也被现代电影艺术家用来反映极具审美现代性的主题——对现时中的思想和感受的

---

① T. S. Eliot, "Tradition and Individual Talent", in *Selected Essays*, London: Faber and Faber, 1932, p. 20.
② 绪论中对 Bazin, Magny, Trottter 的观点做了介绍，不再赘述。
③ Catherine Elgin, "Fiction as Thought Experiment", *Perspectives on Science*, Vol. 22, No. 2, 2014.
④ Ibid..

传播和可靠性的质疑。

《被掩埋的巨人》从局部到整体都表现了常见于电影中"思想实验"叙事特点。英国布克奖基金会前任文学会长加比·伍德（Gaby Wood）在与石黑一雄的一次对谈中指出，《被掩埋的巨人》中最核心的部分实际上是一场对埃克索夫妇爱情的假设性考验——检验他们是否足够爱对方，如果被放置到某一假设的情景中，他们是否会依然爱对方。[1] 这使石黑小说有一种拿角色当实验品的嫌疑。石黑一雄在对谈中肯定了这一观点并补充说："这更类似于一种'思想实验'。从某种程度上，你可以通过实验，而不是实际中发生的事，获得某种体验。这也反映出小说创作中作者所表现的颇为冷酷的一面——你需要不动感情地说：'人们在这种情况下会如何反应呢？'"[2] 批评者纽曼则将《别让我走》和《被掩埋的巨人》一起看作是"思想实验"。她所提及的"思想实验"指的是，石黑小说利用一种类似寓言的故事，来构造故事中的现实与读者所在的现实历史的息息相关性，将小说中的战争当作是对当代种族冲突和由此引发的战争的一种预演。[3] 而"思想实验"，在纽曼的讨论语境中，几乎可以被"寓言"（Allegory）一词所替代。这与本书所关注的石黑如何在《被掩埋的巨人》中，将常见于现代电影中的"思想实验"叙事结构用于表现审美现代性的时空观有所不同。

《被掩埋的巨人》中的叙述者用了"思想实验"叙事，来展示了第八章的"塔中之战"情景。为了完成让埃德温协助其布局击退敌人的计划，维斯坦带他到塔中来，引导男孩用眼去观察，告诉他塔的结构细节，同时思考并揣测塔的真实军事用途。以此方式，维斯坦一面帮自己筹划着接下来即将发生的、以寡敌众的塔

---

[1] Gaby Wood, "Kazuo Ishiguro: 'There Is a Slightly Chilly Aspect to Writing Fiction'", *The Telegraph*, Oct. 5, 2017.

[2] Ibid..

[3] Barbara Newman, "Of Burnable Books and Buried Giants: Two Modes of Historical Fiction", *Postmedieval: A Journal of Medieval Cultural Studies*, No. 7, 2016.

中之战，一面也为自己寻找同盟和援助，而且还劝说埃德温做自己战斗的目击者和继承者。"塔中之战"首先表现了上文总结的"思想实验"定义中的"非现实"与"现实"两重含义：

第一，场景的"非现实"具体地表现为，叙述者采用埃德温的回顾性视角，通过其回忆描述了埃德温与撒克逊武士维斯坦在塔中的一场对话。维斯坦像《理想国》中的苏格拉底循循善诱地为人们组建起理想国那样，让学徒埃德温在脑海中勾勒出一个以寡敌众的理想计划——此为"伪现实"场景。

第二，场景的"现实"性具体地表现为，维斯坦通过想象的场景来证明，"塔中之战"有被转化为现时和现实的可能，而后续的情节证明，战斗确实以相似的方式在现实中发生了——此为"为现实"而存在的场景。《被掩埋的巨人》的"思想实验"中的"伪现实性"与"为现实性"性，使"非现时、非现实"的"塔中之战"与"现时、现实"中发生的"塔中之战"，形成了一种意外的因果联系，从而展现出小说中隐藏的一种"非线性"的超时空的逻辑。

## 二 被省略的中心事件

石黑一雄利用视觉联动思想的情境，为读者展现了一个常见于现代电影的打破线性及因果逻辑的深度时空效果。绵延性的心理时间，超越个体经验特殊性的纯粹时间，与某个唯一地点绑定的空间时间，相互交织在这里，共时性得以体现。过去、现在、未来时间相互交织，互成反照与替代的关系——事物在不断重复之中互为因果。

同为撒克逊人的男孩埃德温与武士维斯坦，在塔中设想出了一场发生在同一地点①、却发生在不同的时间、由不同的人物参与

---

① 石黑再次在基督教的场域中加入了一个具有东方佛教寺院特点的"塔"的形象。

的、连每个武打招式都相似的战斗场景。叙述者微妙地将唯一一个在现实中亲身经历了"塔中之战"的维斯坦的视角和思想,巧妙地掩埋在以塔为中心的空间时间、以"思想实验"为基准的纯粹时间以及以埃德温的回忆为基础的心理绵延时间中。叙述者用非线性的时间逻辑向我们展现了故事中发生的场景。而如果按场景发生时间的顺序重新排列,事件顺序如下:

场景1:维斯坦的撒克逊前辈武士,利用塔的独特构造与入侵者战斗并成功脱逃的情景。

场景2:维斯坦诱导埃德温站在前辈武士的立场,去想象如何利用塔的构造,迎战敌人,为即将发生的战斗做筹备。

场景3:维斯坦经历塔中之战并从中险逃,但因为埃德温没有按照计划做其后援而负伤。

场景4:埃德温出于自责,开始回忆先前与维斯坦在塔中进行的战略筹划。

叙述者在故事中实际叙述的顺序则是场景4、场景2、场景1。值得注意的是,叙述者并没有将核心场景3(也就是维斯坦目光中的现时中实际发生的战斗)直接呈现出来。正如尼古拉斯·莱泽德(Nicholas Lezard)指出,叙述者对塔的结构做了周密详尽的介绍,并为它将被如何用作打败入侵者的致命陷阱做好铺垫,但实际的打斗场景却被移到了幕后,这让我们不确定它是否在现实中发生过。[1] 我们注意到,事件的中心人物——也是小说中唯一亲身经历塔中之战并且幸存下来的人、唯一一个有能力亲自描述真实的视角——却从来没有被用作叙述的焦点。这意味着,读者通过埃德温的视角和感受所体验的"塔中之战",既没有现时性,也没有现实性的根据。因为它既不是从一个在场的眼光看到的即时场景,也不是现实中确实发生过的战斗,而是发生于埃德温的心理绵延

---

[1] Nicholas Lezard, "The Buried Giant by Kazuo Ishiguro Review: Here be Dragons", *The Guardian*, Jan. 27, 2016.

时间中，经由埃德温的自责和回忆让读者类比与想象，从而推演出来的一场"思想实验"。

场景1和场景2像回声一样，重复着在小说现实中确实发生的场景3的内容。如此，场景3被叙述者巧妙地省略了，成为一个无人目击的事件。这同时再次体现了作者曾经提出的"信息的黑洞"式技巧。① 根据石黑自己的解释，这是一种在叙事中刻意掩盖中心事件的技巧，它能在小说中制造极具感染力的"黑洞"效应。因为黑洞的中心，不展示自己，却吸引着一切光源和物体过来，甚至能使周围的时空弯曲。同样，在《被掩埋的巨人》的"思想实验"中，虽然叙事的焦点以及读者的关注点，都在这场塔中战斗上，但是容易被人忽略的是，与这个事件相关的中心场景和关键人物，却被石黑塑造成一个黑洞，始终留在了读者可见范围之外，但又是一切的中心和关键。叙述者在这里用了精心设计的想象中的模拟实验，来取消这场战斗在实际行动中被执行的必要性。

我们同时注意到在这个场景中，叙述者从埃德温的现时眼光出发，转到他的回顾眼光，再转到他与维斯坦共享的虚拟武士的眼光。在这个不断转换聚焦来展示中心事件的过程中，叙事本身越来越失去了现实根基和可靠性。这个虚拟并具有永恒性的叙述眼光，逐渐地替代了维斯坦在现时中的眼光，为我们呈现着战斗中的一切。于是，这个"思想实验"中被想象出的战斗场景，是对现时中发生的"塔中之战"的模拟和预演，它在文中取代了即时发生的"塔中之战"的位置展现在读者眼前，成为了读者获得这种"真实"的唯一途径。

在《被掩埋的巨人》里，人们似乎只有通过一种非真实、二

---

① Don Swaim, "Don Swaim Interviews Kazuo Ishiguro", in Brian W. Shaffer and Cynthia F. Wong, eds. *Conversations with Kazuo Ishiguro*, Jackson: University Press of Mississippi, 2008, p. 97.

手的方式，才能窥见"真实"。作者也以同样的方式督促着我们，透过假象、迷雾洞察真相。比如，在此处，叙述者微妙地将唯一一个在现实中亲身经历了"塔中之战"之真实的维斯坦的视角和思想，巧妙地掩埋在以塔为中心的空间时间、以"思想实验"为基准的纯粹时间，以及以埃德温的回忆为基础的心理绵延时间中。具体来说，现实事件的模样（场景3），被隐藏在其他三层处于不同时间段的、不同人物的眼光中。它们距离现时由远到近的顺序是：

A. 埃德温和维斯坦在埃德温绵延的回忆视角中相互交织并共享的目光。这个共享的目光，同时等于"思想实验"场景中的古时撒克逊武士所在的纯粹时间里的眼光。由于古撒克逊武士的眼光，恰是"思想实验"中被假设的"伪现实"场景的一部分，这使得这个混合的目光，具有了"非现时性"和"非现实性"。叙述者将原本在这个情景中最有发言权、最具有可靠性的维斯坦的眼光，当作构成"思想实验"中的假设条件来呈现，从而将其"真实性"隐藏了起来。

B. 埃德温的回顾性目光，即埃德温绵延的记忆时间中的目光。它同样是不可靠的，因为埃德温自从被母龙劫走之后，便常出现幻觉，听到一个未知的女人的声音，分不清现实和想象。所以，以埃德温的回顾目光展开的叙述本身，就有着梦一样的臆想性。

C. 埃德温当下的眼光。它也是叙述者此时所聚焦的眼光，锁定于故事现实中维斯坦经历了"塔中之战"之后的某个时间点，以及战斗地点之外的某个地方。也就是说，埃德温并没有即时地看见战斗的发生（实际上除了维斯坦之外没有任何人看见），也没有重返当时的事发地点。

石黑一雄用这种错综复杂的目光，再次展示了颠覆传统时间观的现代多元深度时空意识。在塔中之战这个包含了视觉、触觉、听觉的立体思想实验中，个人的体验似乎可以同时以跨时空和跨主体的方式被传达，也能同时具有纯粹时间、心理绵延时间和空间时间的多元化意义。通过"思想实验"，小说同时质疑并挑战着那个传统上规定着主体和客体关系的二元认识体系。

叙述者首先将即时的事件，推远到一个类似永恒范畴的"纯粹时间"里。这意味着，无论主体换成任何身份，这场打斗都会完整并重复地在此地发生。其次，叙述者让"现时"中唯一体验了战斗场景的主人公缺席了，成为一种不可见、不可言说之物。取而代之地，他让我们聚焦于一场被精心设计好的、发生在"纯粹时间"内的"思想实验"，如此也使"现时"之事具有了永恒性的意味。同时，石黑似乎在向读者暗示，只有通过某种中介的形式（臆想和回忆、替身和经验挪用），才能穿透"现时"，感受到某种永恒的东西。叙述者恰恰也是通过埃德温的"心理绵延时间"去间接地呈现这个"思想实验"的过程，让埃德温替代维斯坦再次间接地目击和感受了这个战斗过程。这样，"塔中之战"除了发生的地点没有变，其发生的时间和参与的人物均被替换掉了。这同时也体现了"空间时间"的特征。在时间上，石黑巧妙地用这样一个"思想实验"的叙述结构，让维斯坦和埃德温隔空进行了对同一战斗场景的共同式体验。由于被埃德温所体验的虚拟的"塔中之战"实际发生在维斯坦现时感受的"塔中之战"之前，读者感觉好像是，这件发生在维斯坦身上的真实事件是源自埃德温的想象一样。由此，叙述者成功地隐藏了维斯坦所经历的时间，也模糊了现实与理念、现时与永恒的界限。现时和永恒，在塔中之战这个"思想实验"中成为感受上密不可分的一个整体，又因埃德温的回顾视角，与过去绵延在一起。而在人物主体性上，维斯坦在臆想的塔中之战情景里，同时被其历史上的前辈撒克逊武士和其后辈埃德温所替代。又或者说，在不同时间中的维斯坦、埃德温、撒克逊前辈三人，因为分享了共同的打斗经历和体验，而成为无法分割的一体——他们相互交织和替换地出现在同一个地点的同一个场景中。

石黑通过《被掩埋的巨人》里埃德温想象中的"塔中之战"，表现了"现时"和"现实"的事情所具有的永恒性意味，以及这种永恒性如何在不断镜像式的复刻中，将自己传递到未来的时间里的过程。以此，小说表达了对认知及知识获得途径的审美现代性质疑——让呈现在人们眼前的知识和经验，既成为历史的重复，又是永恒的雏形。

## 三　打破时空和主体界限的感受和思想

小说用电影叙事中常用的"思想实验"结构，还向读者展示了一个存在着超时空的、超个人的经验挪用关系的超现实场景。在这个具有典型的现代非线性叙事特征的场景中，感受与思想被统一为一种共时性、超验的感受。

"塔中之战"中，埃德温实际替代了维斯坦，实施着"看"与"思考"的动作。叙述者让读者随着埃德温记忆中的目光，看到一个发生在不确定的某个过去时间里的两位匿名的古代武士，被敌人逼上塔顶的情景。维斯坦用一系列视觉引导动作和论证式的虚拟语气，为埃德温和读者建构了这个超现实的"思想实验"场景：

把这想象成要塞，孩子。过了很多天，要塞被攻破了，敌人涌进来。每个院子里，每堵墙壁上，都在搏斗。现在，你想象这个场景……我们假设他们退到这儿，就退到这座古塔里……你看那边。他们沿着墙上盘旋的台阶撤退……入侵者在台阶上步步紧逼。这可怎么办呢？怎么办，埃德温？……站在下面看的那些人笑了，像饥饿的人看见了大餐。但是，你仔细看着，孩子。看到什么了？我们的撒克逊兄弟走进头顶那片光晕一样的天空，你看到什么啦？维斯坦抓住埃德温的肩膀，调整他的位置，指着天上的出口。说啊，孩子。你看到什么了？（埃德温说）"我们的兄弟设了一个陷阱，先生。他们往上撤退，就是为了把布立吞人引过来，像把蚂蚁引到蜜罐里一样。"说得好，孩子！那么陷阱是怎么设的呢？①

在这段长达五页的塔中战斗的描述中，"看"以不同的时态和不同形式（比如文中用 glance、gaze、stare、watch 等词来替换 look），先后出现了 27 次。维斯坦以类似"这可怎么办呢？""你怎么看？""这如何理解？"的反问句式，引导着埃德温的思考和回答。紧跟着维斯坦有关视觉的指示呈现的是埃德温的想法，共有 29 次。思想，紧紧围绕着"看"这一感受性动作而产生。每一个视觉感受都带动着一个思想的孕生，而这个新孕育出的思想随后又被投射到现时中的人身上（场景 1 里被埃德温目击的一系列"看和想"的动作，都是实际中维斯坦的经历的复刻和再现），继而成为这个人（埃德温）的思想，并要求连同他一起作为新的感受再次被（作为读者的我们）看见，作为新的思想再次被理解。

以一种特殊的极具电影性的"视觉—思想"紧密不分的逻辑，在这场由维斯坦邀请埃德温去观看从而带领读者进入的"思想实验"中，叙述者隐藏了以亲身经历战斗的维斯坦为中心向外延伸的三重"经验挪用"关系：

（1）维斯坦在场景 1 中，将他人的经验（包括视觉和触觉经验）挪用到自己身上。过程中，臆想的现实（场景 1）和实际的现实（场景 3）完全融合为一个由"视觉联动思想"的统一过程，即场景 2。

（2）在场景 2 中，维斯坦又把这个同时掺杂臆想和真实、他人和自己的经验的系统性的感受经验，投射到埃德温身上。后者就如同观影的观众一样，再次通过"视觉—思想"的过程，让自

---

① Kazuo Ishiguro, *The Buried Giant*, New York: Alfred A. Knopf, 2015, pp. 194 – 195.［英］石黑一雄：《被掩埋的巨人》，周小进译，上海译文出版社 2016 年版，第 195—196 页。

己身临其境。

（3）用同样的方式，埃德温又通过回忆（场景4），将同一种感受经验投射给读者。

在这个"观看联动思想"的过程中，还隐藏了一个体现现代电影的"观影机制"（Apparatus）比喻。众所周知，"魔幻灯投影秀"（Magic Lantern Show）是现代电影的雏形。如本书第二章所述，石黑一雄曾用"投影机"的比喻来解释电影对他创作的影响，可见作者对这种观影机制的了解。"塔中之战"中维斯坦恰恰扮演了一个类似操作"魔幻灯秀"中的光源的角色，成了背后操纵魔幻灯的人。汤姆·甘宁（Tom Gunning）在其媒介考古学研究中，将电影的起源追溯到18世纪末的"魔幻灯秀"（又叫作 Phantasmagoria Show）。[1] 在这一观影过程中，观众被眼前的光景所迷住，而作为投射出幻象的魔幻灯机器及其操纵者则掩藏在屏幕的背后，不被观众看见；由于观众既感受不到荧幕的存在，也觉察不到背后人为性的操纵，更看不到魔幻的制造源，因此，观众获得了一种身临其境的逼真感受。在《被掩埋的巨人》的场景2中，维斯坦从埃德温的背后抓住他的肩膀，调整他的位置，并指着天上的出口说："孩子，你看到了什么？"[2] 读者于是随着埃德温目光看到了一幅颇具魔幻灯投影机制特点的幻象。甘宁认为，魔幻灯放映机制本身，通过隐瞒感受的信息（形成视像的机器和手持机器的人不被看见，见图3.1）和最大化感受刺激这两个看似相悖却同时发生的过程，来激发观察

---

[1] 魔幻灯投影秀，就是用特制的魔幻灯将一些鬼怪之类的恐怖形象投影到墙上和荧幕上，从而以其逼真的惊悚效果来娱乐当时的贵族。甘宁把"魔幻灯秀"中的魔幻灯，看作是现代摄像机的缘起。甘宁的研究，成为视觉考古学的奠基之作。Tom Gunning, "The Long and Short of It: Centuries of Projecting Shadows from Natural Magic to the Avant-Garde", in Stan Douglas & Christopher Eamon, eds. *The Art of Projection*, Ostfildern: Hatie Cantz Verlag, 2009, pp. 23–35.

[2] Kazuo Ishiguro, *The Buried Giant*, New York: Alfred A. Knopf, 2015, p. 195. ［英］石黑一雄：《被掩埋的巨人》，周小进译，上海译文出版社2016年版，第196页。

者思想的活跃。① 这个与电影视觉技术相关的变革，为人类的生活本身提供了一种能操纵感知、制造魅惑和幻象的审美现代性艺术技巧，它同时跨越媒体的界限为各种以现代主义为名的艺术形式提供了可以效仿对象。② 甘宁其实指出了这个属于电影起源的艺术形态，有潜力被用作一种隐喻形式，从而在包括文学在内的现代艺术中扩散和传播，因为其中表现了被冠以"审美现代性"的所有形态的艺术在创作主导上的一种共性——重新审视并反思那些被认为确实无误之事的可靠性及真实性。

**图 3.1　魔幻灯秀中的幕后投影技术**

《被掩埋的巨人》中"塔中之战"场景里的维斯坦，像"电影魔幻灯"的操纵者一样，将自己（包括他的眼光和经验）藏在埃德温的背后，将战争的真实感以一种幻觉的形式呈现于人。石

---

① Tom Gunning, "The Long and Short of It: Centuries of Projecting Shadows from Natural Magic to the Avant-Garde", in Stan Douglas & Christopher Eamon, eds. *The Art of Projection*, Ostfildern: Hatie Cantz Verlag, 2009, p. 28.

② Ibid., p. 34.

黑通过小说中的这个"思想实验",向我们展示了一套独特的具有电影性的"视觉联动思想"情境和超时空的模式。如前所述,超时空的叙事模式在现代小说及电影中屡见不鲜,而"视觉联动思想"情境也并不局限于在现代电影中的表现。比如像在莎士比亚《暴风雨》(*The Tempest*, 1610)中,总在幕后操纵一切的思考者普洛斯彼罗,最后在女儿面前呈现了一番幻景以传递思想。[①]同样,维斯坦站在埃德温身后,在其眼前投射了一场幻境,来传授来自他人的经验。同时,他也邀请埃德温及读者成为自己行为的见证者,以此获得自我的救赎。再比如,在被哈罗德·布鲁姆(Harold Bloom)称为西方文学史上"第一部在现实与臆想之间选择后者"[②]的《堂吉诃德》(*Don Quixote*, 1605)中,同样也呈现了"视觉联动思想"的情景。在这方面,堂吉诃德及其随从桑丘(Sancho)大战风车的场景[③]与《被掩埋的巨人》中"塔中之战"也有着相似之处。虽然两部小说同样以第三人称站在随从的视角上进行描述,但《被掩埋的巨人》的特殊之处在于,埃德温和维斯坦之间并没有桑丘和堂吉诃德之间那种在感受与思想上存在的阻隔感。堂吉诃德是"观看与思想"动作的统一者,桑丘唯有通过想象来与之接近,却终究不成。塞万提斯(Miguel de Cervantes)用介入的方式,直观地把桑丘的真实想法呈现给我们,让我们感受到,在桑丘眼里,堂吉诃德的现实与他自己实际看到的现实相比,仅仅是虚无的幻境而已。而在《被掩埋的巨人》中,维斯坦作为幻象的制造者,他自己不看不说,而是让其学徒埃德温代替他去做这两个动作,让埃德温成为自己感受的替身。叙述者也没有向我们展现埃德温对其所见一切的内心想法。埃德温似乎

---

① William Shakespeare, *The Tempest*, New York: Simon & Schuster Paperbacks, 1994.

② Harold Bloom, "The Knight in the Mirror", *The Guardian*, Dec. 13, 2013.

③ Miguel de Cervantes, *Don Quixote*, trans. Tobias Smollett, New York: Barnes & Nobel, 2004.

全然与维斯坦的感受和想法融为一体，与其同步并毫无异见。这场原本是虚拟实验的"塔中之战"，在未来的某个时刻，被维斯坦演变成真。对维斯坦来说，实验中的战斗确实变为现实中发生的、亲临的真实场景，只是结果略有不同。而对埃德温和读者来说，实验中的战斗是一种如埃尔赛瑟说的，从一种被增强的现象式体验中感受到的真实——"它先发制人地取消了事件亘古不变的意义，在这个前提下，让我们一起探索在'如果'条件下可能发生的一切"①。

"思想实验"（场景1）同时也成为维斯坦窥视未来的镜子，并由此完成了他对自己的救赎过程。维斯坦通过和埃德温一起回顾一场发生在过去的、非亲身参与的、他人的战斗过程，来为未来的自己将要加入的战斗寻找出路和后援。这其中隐含了一个"先知先觉"与"后知后觉"统一为一体的超时空的思维逻辑。维斯坦在这里好像分身为两个自我：一个"我"在战情发生之前筹划并模拟着战况，另一个"我"则早已经历了战斗并从中逃脱出来；"我"一边以旁观者的角度（埃德温的眼光）回顾并检视着过去，一边试图弥补战略中的疏忽。被两个不同时间里的维斯坦所目睹的内容，在这个"思想实验"中（场景2）由埃德温的目光，共时性地呈现在读者面前，让我们对现时有了某种超验的、崇高的体验。就这样，在维斯坦耳边低语的指导下，埃德温被放置到同一地点和情景中，在维斯坦真正的战斗发生之前，经历了这场"塔中之战"。从这种角度看，作为学徒和维斯坦行为替身的男孩埃德温，反而成为了维斯坦的先驱者。在石黑呈现的塔中之战中，不但他人和自我，在过去、现在、未来的时间中相互交织在一起，而且基于线性时间的因果逻辑，似乎也有了颠倒错置的可能。"思想实验"在此意义上，成为了一场维斯坦为了拯救现时中战斗的

---

① Thomas Elsaesser, "Black Suns and a Bright Planet: Lars von Trier's Melancholia as Thought Experiment", *Theory & Event*, Vol. 18, No. 2, 2015.

自己，通过埃德温的中介和挪用前人的经验的方式，穿越回过去进行自我救赎的过程。救赎于是成为了一种将自己的感受向他人分享和传递的过程。维斯坦通过反思过去的方式，预见着未来，将曾经他人经历过的体验，重置到未来自己的身上，由此来使得战争周而复始、重复地上演。而在小说的最后，维斯坦也同样让埃德温发誓，长大后不要忘记对布立吞人的仇恨，要继续为前人复仇，继续战斗下去。正如纽曼所指出的，这让我们怀疑，有时忘记历史是否要比回忆历史更好。[①] 石黑恰恰通过这个模拟的塔中战斗中隐含的、维斯坦在与其前人与后人在经验挪用上的复杂关系，邀请读者反思维斯坦通过战斗和复仇进行自我救赎及民族集体救赎的意义。

叙述者在这里表达了一种现代虚无主义的态度："我"与他人的经验，除了在发生的时间上有差别，在本质上是相同的。人们之所以有各自独立的主体性及身份，恰因为人们各自生命经验的差异。但在石黑的"塔中之战"所制造的深度时空中，人的经验超时空地被挪用、跨人际地被共享，这意味着人与人之间的差异和个性的消除。而时间的界限——过去、现在和未来的分割，也因为不同主体之间体验的同质性而消失。叙述者通过这个方式，将同一个感受从过去投射并挪用到未来，以至于让未来和过去看上去是一样的。这意味着小说中的人物、听到故事的读者，都同战争中被杀害的孩子们一样，不再拥有任何未来。现实于是变为摆渡人眼中一种鬼魅式的存在，失去了可靠性。

再进一步看，叙述者用塔中之战的"思想实验"也实现了现代主义者所追求的感受和思想的同步，也常被称为"体验的理想式统一"（An Ideal Unity in Experience）。这个说法来自英美现代派诗人。叶芝和艾略特都持有一种对生活的理想状态的憧憬——他们

---

[①] Barbara Newman, "Of Burnable Books and Buried Giants: Two Modes of Historical Fiction", *Postmedieval: A Journal of Medieval Cultural Studies*, No. 7, 2016.

希望生活在一种每个行为、每个事件都具有意义的现时状态中。①这种追求本身暗含了两者在现实中的断裂状态。在《我们时代中的多恩》("Donne in Our Time", 1931)中艾略特说,一段经历的意义,如果能被感知的话,也多是在经历过后或通过经历之外的其他事情中被感知到的。②艾略特认为,17世纪以来的英语文化经历着一种"感性的失联"(Dissociation of Sensibility)。它导致人们在现时中的感受和思想活动的分离,以至于如今两者都接近了枯竭的状态。③他督促现代作家去重新找回17世纪玄学派诗人所具有的那种"能将思想(Ideas)转化为感受(Sensation),将所见(Observation)转化为心境(AState of Mind)的核心特质"④。他呼吁艺术要在现时中同步性地展现人们思考和感受的能力。麦蒂艾森(F. O. Matthiessen)因此又给这种缝合感性失联的技巧起了一个更形象的名称:"存在于意象中的思想"(The Present of the Idea in the Image)⑤,更加强调了视觉感受与思想的同步性。

石黑一雄在《被掩埋的巨人》中继承并发展了被艾略特所提倡的用神话来缝合现代人"思想和感受"之间存在的断裂的方法。他在运用现代主义神话的方法的同时,更利用电影中"思想实验"的结构,以及其中体现的电影性特点,"观影机制"中的"魔幻灯"的比喻,来表现常见于现代艺术的非线性时间叙事特点,以及对思想与感受的共时性与共存性的追求。石黑小说中"思想实验"中体现的电影性特点,不光表现在其中蕴含的"视觉联动思

---

① Deenis Donoghue, "Yeats, Eliot, and the Mythical Method", *The Sewanne Review*, Vol. 105, No. 2, 1997.

② T. S. Eliot, "Donne in Our Time", in Thedore Spencer ed. *A Garland for John Donne*, Cambridge: Harvard University Press, 1931, p. 4.

③ T. S. Eliot, "The Metaphysical Poets", *Selected Essays*, London: Faber & Faber, 1932, pp. 281 – 291.

④ Ibid. , p. 290.

⑤ F. O. Matthiessen, *The Achievement of T. S. Eliot: An Essay on the Nature of Poetry*, London: Oxford University Press, 1959, pp. 16 – 17.

想"的体验逻辑，还体现在其中关于电影起源的"魔幻灯"的隐喻以及与其相关的"观影机制"美学。石黑将镜像反照、替身、重复和经验挪用等一系列用来表现审美现代性特点的电影技巧，用于小说创作中。

这恰恰构成了石黑在这部新作中的创新之处。叙述者通过超越时空、个人感受与思想的"思想实验"叙事去呈现了小说中的"塔中之战"。以此，叙述者似乎在向我们隐含地传达这样一个与地点相关的记忆性信息——事物有一种固有的恒定不变的结构性，而变化更迭的是置身其中进行感受的主体。人类的体验仿佛是人与自然环境或与周围情景（地点和物）接触中产生的、不可避免的交织和对话的结果。自然中的地点和建筑物，在小说的世界中仿佛是保存记忆以及经验的场所，将在此地发生的别人的往事和感受，挪用到才步入其中的人身上。于是，触觉也能通过某个地点以及与其相连的氛围和记忆，以跨主体的方式传递。这里，石黑一雄表现出跟叶芝，而不是跟艾略特[①]更相似的审美现代性神话观：神话被展现为一种等待被提取的力量，充斥在空间里直到找到它的附体。

## 四 《被掩埋的巨人》的思想实验意义

石黑一雄通过营造一场"视觉联动思想"的实验，不仅展示了从观察者到参与者、从"看到被看"的视觉空间位置的转换和"超时空、超个人"的经验挪用，还同时暗示着一个揭露叙述者的叙述目的的线索：整个故事似乎是由叙述者为了缓和地引导埃克索和比阿特丽斯进入死亡这个沉重并充满黑暗和未知的领域，而编造出来的一场"思想实验"游戏。

---

[①] 在艾略特看来，基督教是终极的神话，它等待着被人承认和尊崇。参见 Deenis Donoghue, "Yeats, Eliot, and the Mythical Method", *The Sewanne Review*, Vol. 105, No. 2, 1997。

小说的最后一章，一个诡异的事实逐渐浮出水面——故事叙述者其实是穿插出现在故事中的摆渡人。故事的结尾处，摆渡人说了一句耐人寻味的话："他们就算是画中人，要完成任务也不可能这么慢吧？"（Could they perform the task more slowly were they painted in a picture?）① 这不禁引人联想，摆渡人所指的"任务"究竟为何事。故事中说，摆渡人只有在核实了恋人的记忆并确认他们为真爱后，才会允许两人同时渡过冥河到对岸的岛上一起生活。埃克索夫妇前后三次遇到摆渡人的时机，恰好标志着他们远征故事的起点、中点和终点。这不禁引人联想，在他们第一次和最后一次遇到摆渡人之间的时间中发生的一切情节——包括老夫妇所经过的村落、庙宇、地下遇到野兽袭击、水路上遭遇精灵的陷阱，以及最后上山顶屠龙等——是否恰就是摆渡人用来检验人们真爱的考题本身呢？

这样一来，《被掩埋的巨人》最终引导读者回到了哲学上那个最初奠定了现代性思想的问题上来。在笛卡尔（René Descartes）最著名的"我思故我在"的"思想实验"里，他通过设想在我们的世界中存在一个魔鬼般的神灵，来颠覆人们对现实的传统性理解：

> 假定有某一个恶魔，而不是一个真正的上帝（他是至上的真理源泉），这个恶魔的狡诈和欺骗手段不亚于他本领的强大，他用尽了他的机智来引我误入歧途。天、空气、地、颜色、形状、声音以及我们所看到的一切外界事物，都不过是他用来骗取我轻信而制造的一些梦境和骗局。②

---

① Kazuo Ishiguro, *The Buried Giant*, New York: Alfred A. Knopf, 2015, p. 302.［英］石黑一雄：《被掩埋的巨人》，周小进译，上海译文出版社 2016 年版，第 311 页。

② René Descartes, *Discourse on Method and Meditations on First Philosophy*, trans. Donald A. Cress, Indianapolis: Hackett, 1980, p. 42.

小说里神秘的全知叙述者，像极了笛卡尔笔下使人误入歧途的恶魔。而整个小说的叙事也因此变成一场由摆渡人诱导老夫妇进行的百转千回的"思想实验"。小说的最后，埃克索对自己的认识、自己与世界的关系产生了怀疑。如果我们把笛卡尔在《第一哲学沉思录》（*Meditations on First Philosophy*, 1641）的第一章得出的"我们所认知的现实或也非真"的审美现代性质疑放到小说的结尾，来为埃克索看到摆渡人时所露出的恐惧表情做注解，会显得分外恰当。有学者同时指出，《被掩埋的巨人》中的真爱测试与《别让我走》中的真爱测试一样令人感伤，不只因为它们都揭露出主人公心中埋藏着不愿被自己直视的秘密，还因为它们反映出主人公心中明显虚幻不实的妄想。① 这也许能解释埃克索对摆渡人的态度的转变，他从起初对摆渡人的恐惧，转为最后对他的坦然接受。或许，埃克索最后意识到，他其实无须恐惧摆渡人的审判，因为结果从来只有一种：死亡即分离。也许，与《别让我走》中的那个不存在的"生命的延期"一样，摆渡人从来都是一次只带走一个人，没有例外。

如前所述，石黑在 2008 年（也是《被掩埋的巨人》的创作期间）的一次访谈中说，他特别喜欢柏拉图作品中那位善于在循序渐进中揭穿人们对世界认识的幻象的苏格拉底。②《被掩埋的巨人》里的叙述者正是这样一位苏格拉底式人物。同时，如深渊一般神秘难测的他，也是我们与世界联系之幻象性本质的象征。摆渡人在故事的大部分场合中选择隐藏自己的身份，或者说，他像苏格拉底一样伪装成普通人，来与旁人无心地进行交谈。在小说的最后一章，摆渡人以第一人称出现在主人公眼前，但即使如此，他也尽力保持着与埃克索夫妇的距离，尽可能地不介入到故事里。

---

① Christine Smallwood, "The Test of Time: Kazuo Ishiguro's Novels of Remembering", *Harper's Magazine*, April, 2015.

② Susannah Hunnewell and Kazuo Ishiguro, "The Art of Fiction No. 196", *The Paris Review*, No. 184, 2008.

从摆渡人的内心独白中,我们看到一位无时无刻不在靠近和疏远中挣扎着的、对人有着前所未有的谦卑和中立态度的神族形象:

> 我走到一旁不想干扰他们的亲密举动……我听见他们在我身后谈话,可我能怎么办呢?难道为了避开他们的喃喃交谈,我要站到雨里去?……我该继续沉默吗?我该怎么办?……这个男人和女人(埃克索夫妇),难道不是自愿到这儿来的吗?让他们自己决定自己的路吧,我心里想。……但我还是不敢走得太远,我眼睛望着海岸,站在那儿像石头一样一动不动。……海湾上的日落。背后的沉默。我敢回到他们那儿吗?①

而如前所述,当埃克索问他"我们以前有没有在哪儿见过?"时,摆渡人说,"我不记得了,我每天要划船很长时间,送很多人"。② 斯莫伍德指出,在小说中这个人人受到失忆折磨的世界中,作为最终仲裁者的摆渡人自己,却表现得既不曾忘记,也不曾记住什么,他只是关心我们是否记得。③

摆渡人对主人公表现出既接近、偷听又试图保持距离、不介入的矛盾性。对此,我们可以从两个不同层面解释:第一种是从故事本身的层面来看,摆渡人与石黑作品中的所有第一人称叙述者一样,由于记忆本身的不可靠性而对事实的描述有别差。和故事中的常人无异,叙述者的记忆也许不能持续很久,摆渡人可能确实不记得是否见过夫妇俩。然而,这种解释稍欠说服力,因为在小说的开头以及过程中,叙述者不仅带着听众回溯了这个古老时代的历史,还叙

---

① Kazuo Ishiguro, *The Buried Giant*, New York: Alfred A. Knopf, 2015, pp. 303 – 317. [英] 石黑一雄:《被掩埋的巨人》,周小进译,上海译文出版社 2016 年版,第 312—327 页。

② Ibid., p. 304. 见中文版第 313 页。

③ Christine Smallwood, "The Test of Time: Kazuo Ishiguro's Novels of Remembering", *Harper's Magazine*, April, 2015.

述了埃克索夫妇一路上的经历，证明了他的记忆的完好，甚至是超常性。所以，摆渡人为何偏偏不记得与自己经历相关的信息呢？以往的现代主义意识流小说的叙事和其中的第一人称叙述者的关系，好似"乐谱之于被它记录在案的音符"，因为叙述者处在故事内部，而不具有客观地审视自己的真理的能力。①《被掩埋的巨人》的叙述者是否也因为同样的原因，在谈及自己时经历着人们在自我认知过程中的普遍困惑？他在看清周边一切的同时，唯独看不清自己？

第二种也是本书认为更具说服力的解释。从读者反应层面看，叙述者明明知道真相，但出于保护自己的目的，刻意选择回避事实。忘记其实是一种避免回答的中性托词。出于某种隐瞒自己身份的需要，他选择不解释。前两种解释都显示着这个神秘的第三人称叙述者看似不介入、中性态度中带有的某种不可靠性。我们认为，后一种显然比前一种解释更具有说服力，因为不同于现代主义文学中常见的、因为个性缺陷而对事实做出扭曲理解的不可靠叙述者，《被掩埋的巨人》的叙述者摆渡人之所以不介入事实、不行使全知式解读的权利，似乎不是因为其缺乏这种能力，而是因为他似乎蓄意地想要下放这种解读事实的权利给听故事的人，想要从外部的诸多听众当中，寻觅能够继承他的这种敏锐的目光的人，也想捕获那些能"悟"出文本中隐藏着闪光的意义的有心读者。石黑让他的第三人称叙述者保持了电影摄像机式的客观性，明确他的职责是将事实呈现在读者眼前，而不是替读者理解事实的真谛。在石黑的小说里，缄口不言者总是某种更复杂思想及个性的拥有者，石黑总是在情节中表现出这样的角色强烈的存在感，使他们不需要用语言来透露自己的内心。而他们强烈的存在感几乎总是跟某种谜团或行为上的矛盾联系在一起。

学者瑞奇认为，这个慢慢发掘谜团的过程，是石黑一雄的标志

---

① ［法］罗兰·巴特：《中性》，张祖建译，中国人民大学出版社2011年版，第161页。

性叙述技巧。① 石黑总会在小说中为读者留下一些未解之谜。我们能发现一些零散的线索，但却需要靠自己的想象把它们拼接在一起。即使如此，我们还是始终能感觉到一些重要的事实被隐匿了起来。但是石黑并不会在故事中以给出明确答案的方式，对读者的这种感觉进行确认，他极力让读者获得最大解释的自由。石黑的这种叙述特点，在《被掩埋的巨人》中表现得尤为突出。在以伍德为代表的评论者眼中，这种叙述特点与寓言故事（Allegorical）叙述类似。② 还有学者指出，石黑作品中表现了一种向禅宗精神靠近的倾向。③《被掩埋的巨人》中同样表现了这种向禅宗精神靠近的特质，但与其说是思想方面的接近，不如说是在叙述层面的借鉴。

　　石黑的这种鼓励读者在复杂、充满矛盾的事件中感悟真相的叙述特点，与日本文化中带有鲜明的禅宗特点的"公案"式叙事技巧，来激发读者"悟性"的方法颇为相似。"公案"（日文，koan）是禅宗的一种语录形式，多数由取自禅宗历史上的故事、对话和问答组成。公案故事诉诸感悟中的真理，一般不是按照常理所能马上理解的，固有待解之谜的特点。日本著名禅宗思想家铃木大拙（Daisetsu Teitaro Suzuki）在《禅论集》（*Essays in Zen Buddhism: First Series*，1927）中解释说："公案，有时亦称'葛藤'，本意指，盘错纠结在一起的葡萄或紫藤。"④ 葛藤为佛家常

---

① Nathaniel Rich, "The Book of Sorrow and Forgetting", *The Atlantic*, Vol. 3, 2015.

② James Wood, "Uses of Oblivion", *The New Yorker*, Mar. 23, 2015.

③ 罗斯福克以《长日留痕》为例，从东方伦理和宗教角度指出，石黑一雄的作品似乎表现了禅宗精神与从孔孟伦理思想发展起来的日本武士道精神之间的挣扎，由此来凸显小说思想主题上对武士道精神的质疑，以及向禅宗精神靠近的倾向。从这个侧面，或许我们可以推断出石黑为之着迷并效仿的话语方式的来源。John Rothfork, "Zen Buddhism and Bushido", in François Gallix ed. *Lectures d'une Oeuvre: The Remains of the Day*, Paris: Ditions du temps, 1999, p. 179.

④ Daisetsu Teitaro Suzuki, *Essays in Zen Buddhism: First Series*, New York: Grove Press, 1927, p. 239.

用的隐喻，指纠结交错或者混乱的状态。而巴特在《中性》里将这种叙述文体解读为表现"中性"的一种形式，认为它诠释了多重意义"纠结"为一体、有待梳理的意象。由此，公案也反映了中性之道"不可言说"的特点，恰因为故事可以被阐释的途径和意义太多，所以叙述者只能用多种无限阐释途径纠结在一起的方式，来表现这种"不可道"之难。[1] 石黑曾将自己的早期小说与黑泽明具有"公案"叙事特点的电影《罗生门》做比较。而从以上角度看，《被掩埋的巨人》同时也是一个被摆渡人叙述的、类似《罗生门》中带有日本禅宗特点的"公案"故事。

《被掩埋的巨人》中的摆渡人拿出其职业生涯中的一则案例来与我们分享，这个过程中表现了像葛藤一样缠绕在一起、难以厘清的多重意义，有待读者自行去梳理。小说的深度，以一种错过的、看似表面的方式，显现在我们面前。假若我们不重视或者有所疏忽，则无法觉察。小说也因此表现了布朗肖所定义的"中性"的一个典型特点：

> 让事件的表面和深度糅合在一起，当表面看上去占据了支配的地位时，意义就同深度联合起来；而当深度意欲统治（成为一种统治之意志）的时候，它就同表面结盟。这样一来，意义既显得肤浅，又始终深不可测。[2]

与之相似，石黑小说似乎揭示了，一个巨大的事实摆在那里，无论它被发现，或不被发现，真相就埋藏在我们眼前，但不强迫我们去发现它。这恰构成了石黑小说的中性魅力——读者是否能认识事实，或者说，读者认识的事实是否是真实的，很大程度上取

---

[1] ［法］罗兰·巴特：《中性》，张祖建译，中国人民大学出版社2011年版，第191页。

[2] ［法］莫里斯·布朗肖：《无尽的谈话》，尉光吉译，南京大学出版社2016年版，第594—595页。

决于读者本身的感悟力。正如《被掩埋的巨人》的主题围绕着记忆的遗失以及复得展开，其阅读过程也考验着读者对微小细节的记忆和重审能力。

另外，罗斯福克指出，石黑作品中表现出的与东方相关的思想，为作者提供了一个在新与旧的世界中做选择的逃避出口。[1] 而笔者认为，与其说石黑是在逃避做出这个普遍被现代主义者所纠结的"在新与旧的世界"之间做选择的问题，不如说他在试图用东方相关的思想和精神，来恢复现代社会中所失去的个人与世界、个人与他人、个人与自我、甚至是读者与作者之间的理想主义式的默契与联系。

首先，从被陈述的事实与读者的关系层面看，西方传统现实主义对文学有一个耳熟能详的看法：事实与读者之间存在着一座语言的桥梁，所以，为了使读者能够触及事实，作家在中间需要建构起完整的桥梁，以实现读者与意义之间的疏通。石黑一雄与读者沟通的方式却不同，呈现出一种与现代电影表达意义相类似的、以中性客观并带有省略性的描述，来邀请读者参与到制造意义过程的"审美现代性"特征。石黑只搭建起半个桥的结构，引导作为读者的我们搭建起另外一半来与之相会。不止如此，被石黑搭建的部分同时还是隐形的，我们几乎看不见他向我们传递这些关键信息的动作——作者没有通过某个可见的形象，也没通过具体的话语，更没有在某一具体的时刻和地点，向我们传达这些信息。这使得读者理解小说的过程几乎成为一种神秘主义的体验过程。在此过程中，我们的触觉、视觉以及听觉仿佛有了摆脱语言中介而跨主体传播的能力。像潜行的目光、入画的比喻、废宅避雨的首尾呼应，这些一波三折的联系和潜藏在文本中的隐性的深度，未经作者之手，仿佛全然由我们在想象中自发地促成。我

---

[1] John Rothfork, "Zen Buddhism and Bushido", in François Gallix ed. *Lectures d'une Oeuvre: The Remains of the Day*, Paris: Ditions du temps, 1999, p. 180.

们被一种迷人的错觉所俘获，更不禁自问道：难道竟是我们读者自己搭建了桥的全部结构？

其次，单从读者与作者的层面上看，石黑一雄的小说将这种作者与读者之间的期会，变成一种可遇不可求的、与潜能、缘分、机遇相似的理想状态。称其为"理想"是因为这种期会易被错过。法国批评家马涅将小说作家与读者的关系，比喻为类似"妖术师"（Sorcerer）[①]和目标猎物之间展开的一场施魔一般的猎杀游戏。作为妖术师的作家，想方设法地赋予其故事以魔力来诱惑并射猎读者。但凡杰出的小说家总是能俘获一堆甘愿成为其猎物的读者。她认为，伟大的现代主义作家之所以能完成一场完美猎杀，关键在于猎人的隐形，能不露身影、不动声色地让猎物自投罗网。[②]以此来看，石黑可以说是一位懂得如何完美"捕获"读者的现代艺术"妖术师"。在《被掩埋的巨人》中，能揭示深层意义的一些关键细节，好像向读者射来的流弹；我们听到枪声，本以为子弹与我们擦肩而过，射中了别处；但片刻之后，当我们回眸时才发现，子弹确实是以我们为目标而来；读者于是成为寻声回眸的有心人，同时也自发地变成了猎物；最后，我们在原地找到了自己的尸首。读者自己，就如同前文所提及的《被掩埋的巨人》里的老太太一样，不经意间成为隐形猎手的帮凶。

---

[①] 19世纪末的法国诗人马拉美把文学隐而不现的隐性首次表述为一种（审美）现代性的魔法。他认为，小说中的人物和事件皆是像精通妖术（Sorcery）的"术士"一样的艺术家创造的人物，跟现实本质是脱离的，呈现出一种带入式施魔/魅的特性。值得注意的是，在汉字中，没有哪个词能包含英文中"Sorcery"一词的各种意思，这很大程度上因为在中国这并不是一个统一的概念。在西方文化中，根据伊文斯－普里查德（E. E. Evans-Pritchard）的区分，"妖术"（Sorcery）是任何人都可以学得的知识，而对"巫术"（Witchcraft）的掌握却是与生俱来的。详见 E. E. Evans-Pritchard, *Witchcraft, Oracles, and Magic among the Azande*, Oxford: Oxford University Press, 1937.

[②] Claude-Edmonde Magny, *The Age of the American Novel: The Film Aesthetic of Fiction Between the Two Wars*, trans. Eleanor Hochman, New York: Frederick Ungar Press, 1972, pp. 202, 210.

总体来说,《被掩埋的巨人》表现了作者对"现实"与"现时"的一种质疑,而这种质疑很具有审美现代性特点。石黑不仅在塑造这部小说的叙述者身份方面体现了现代神话的方法,还通过跨媒介与电影关联的方式,在故事中表现了多种审美现代性特点:对身边的人和世界产生怀疑的审美现代性、保持叙述中性特点的审美现代性、在现时与永恒时刻之间徘徊不定的审美现代性、打破线性时空、内外界限和因果逻辑的审美现代性,以及实现感受与思想统一的审美现代性。这部作品更因为借鉴并延展了电影《雨月物语》《潜行者》和《罗生门》中的叙事技巧,以及电影中的"新现实主义""思想实验""观影机制"等叙事风格及技巧,在一定程度上弥补了现代主义常被诟病的脱离大众,以及在视觉想象上的不足。通过小说与电影跨媒介的关联,石黑一雄让现代小说在创作主导、叙述风格和时空观方面的表达富有新的内容和感染力。

《被掩埋的巨人》自出版以来受到了不少评论家的质疑。很多评论认为小说故事中充斥着过多无效的细节,分散了隐喻的力量。但通过本章的分析可以看出,小说中诸如埃克索夫妇路上与摆渡人和老太太偶遇闲聊、叙述者看似不经意地"入画"比喻,以及埃德温回忆武士在塔中演练,这些被部分研究者认为是多余的和分散了小说中心意义的闲笔[1],实际上却与主人公的命运、叙述者的身份,以及其叙述目的紧密相关。因为叙述者与被叙述的人物保持着中性的距离,也因为死亡从未被正面地在文中提及,还因为叙述者是摆渡人这一事实被延缓揭示等原因,这些细节在文中显得似乎无关紧要。然而,恰恰是这些即时中无序、琐碎、无意义、偶然的时刻,在石黑的小说中却随着时间的推移和人物经验的累积,具有了普遍和永恒的意义。贯穿小说始终的、关于主人

---

[1] James Walton, "The Buried Giant", *The Spectator*, Feb. 28, 2015.

公死亡的秘密，恰是通过这些没有占据故事中心位置的各种细节一点点地暗示给读者的，让最核心的意义以一种从读者想象中"唤起"的方式重现。

这也是为什么哈佛大学的学者邓肯·怀特（Duncan White）会用善于自我掩饰的"变色龙"来形容石黑一雄和他的叙述者的原因。怀特说，石黑和他的叙述者倾向于隐藏甚至是消失在其故事中。与海明威、纳博科夫、菲利普·罗斯（Philip Roth）那种用其独特经验与风格讲故事的"孔雀式作家"截然相反，石黑把"伪装"塑造成一种美德，小心地尽力不展示自己和叙述者。① 福楼拜认为，作家该是藏在书中世界的上帝，他向我们展示所有，自己却是隐形不可见的。怀特在福楼拜的基础上认为，石黑就是如此，但因为石黑的谦卑，石黑小说中的叙述者没有福楼拜的"上帝"那么崇高而遥不可及，他更像《长日留痕》里的老管家，把我们礼貌地带进房子后，自己习惯于消失到背景中，因为石黑的叙述者最擅长在人们目光之外发挥本领。但在石黑的故事里，这个看似默默无闻的管家，正是房子的主人。② 上帝与管家的统一，同样在《被掩埋的巨人》中叙述者身上体现出来。这里，他是死神与摆渡人的合体。

---

① Duncan White, "Kazuo Ishiguro Is a Chameleon Among the Peacocks", *The Telegraph*, Oct. 8, 2017.

② Ibid..

# 第 四 章

# 《别让我走》与影视改编

上一章考察了石黑一雄的《被掩埋的巨人》与审美现代性和电影的关联,本章将聚焦于石黑一雄的《别让我走》(2005)。这一部同样具有审美现代性的作品,因为改编与电影和电视媒介展开了更为积极的互动。

国内外的评论对《别让我走》中的第一人称叙述者凯茜(Kathy)所讲述的关于克隆人的故事有多种解读。国外学者多倾向于关注小说在后人类主义观念和现代科技影响层面的内容。布若姆讷(Eluned Summers-Bremner)认为,"小说描绘了后人类的未来境况,人类为了掩盖自己对死亡的终极恐惧,最终让兽性战胜了人性"[1]。更有学者认为,小说以不同以往的移情方式讨论了人性中的问题,并将后人类主义中"非人"(Inhuman)概念具象化了,它让读者感同身受地认识到其自身人性中含有"非人"部分,以此刷新了其原有的"人性"认识。[2] 还有学者指出,《别让我走》不仅表现了现代科学式的话语对人的主体性的建构力,而且还通过克隆人叙述者的话语,让读者不自觉地与其认同,以此

---

[1] Eluned Summers-Bremner, "'Poor Creatures': Ishiguro's and Coetzee's Imaginary Animals", *Mosaic*, Vol. 39, No. 4, 2006.

[2] Shameem Black, "Ishiguro's Inhuman Aesthetics", *MFS: Modern Fiction Studies*, Vol. 55, No. 4, 2009.

来让读者认识到人性的本质及脆弱。① 格里芬（Gabriele Griffin）犀利地指出，小说中科技与人性到了融合不分的阶段，读者在了解克隆人主人公及其若隐若现的基因工程背景的过程中，也会慢慢地意识到这种人性与技术之间的紧密联系。②

国内学者近些年则倾向于从伦理道德、社会生产角度来进行解读。有学者指出，凯茜对真相的掩盖和回避，体现了以科技进步为特征的现代化世界中典型社会人格的特征——尊崇理性的、在感性上趋于冷漠的、能顺从秩序并安于工作的性格。凯茜对一些事实的无视和无感这一特质，与小说故事中的人类对事实的种种遮蔽和掩盖的特点相互呼应。③ 还有学者认为，克隆人的成长过程被人类管理的寄宿制学校黑尔舍姆（Hailsham）的社会规则所驯化，从而导致故事中的克隆人具有某种"病态""反常"和"怪诞色彩"，并甘愿地屈从于命运。④ 这类解读的前提是认为，故事中克隆人人生悲剧的根源是选择对人类的不公逆来顺受而不反抗，而克隆人主人公选择不逃跑是某种人格缺陷的表现。还有学者认为，造成克隆人悲剧的根源，不是黑尔舍姆学校的洗脑式教育，而是其中的人将其自身视为世界的绝对中心的人类中心主义观念，以及不顾后果的超人类主义思想。小说恰借此对后人类时代中超前

---

① Liani Lochner, "'How Dare You Claim These Children Are Anything Less than Fully Human?': The Shared Precariousness of Life as a Foundation for Ethics in 'Never Let Me Go'", in Cynthia Wong and Hulya Yildiz, eds. *Kazuo Ishiguro in a Global Context*, New York: Routledge, 2015, p. 104.

② Gabriele Griffin, "Science and the Cultural Imaginary: The Case of Kazuo Ishiguro's 'Never Let Me Go'", *Textual Practice*, Vol. 23, No. 4, 2009.

③ 方幸福：《被过滤的克隆人——〈千万别丢下我〉人物性格及命运解析》，《外国文学研究》2014 年第 2 期。

④ 详见杨金才《当代英国小说研究的若干命题》，《当代外国文学》2008 年第 3 期；朱叶、赵艳丽《无奈的哀鸣——评石黑一雄新作〈千万别弃我而去〉》，《当代外国文学》2006 年第 2 期；浦立昕《驯服的身体，臣服的主题——评〈千万别丢下我〉》，《当代外国文学》2011 年第 1 期。

的科技现代性所带来的负面影响进行了有力地批判。①

然而,作者自己却澄清说,他借小说中的三个克隆人主人公凯茜、露丝(Ruth)和汤米(Tommy)在面对命运时的抉择和反应主要想要表达的,并不是对其中人类社会存在的不公平待遇的不满,或对现代技术化的人性的批判:

> 我在这部小说中涉及的器官捐献、科学实验的道德性以及基因实验,其实都并不是我起笔时所关注的核心问题。这些主要是我讲故事的手段。这让我有时倍感愧疚,因为只有我知道自己在选用某些地点,或涉及像器官捐献这样的话题时的真正目的,这常常并非它们表面上看上去那样直接。我经常是因为它们方便于我表达深层的主题,才将它们带进小说中。因此,我常常言不由衷地谈及这些表面上的话题。②

那么,作者真正关注的主题是什么?在另外的场合,石黑一雄回答说,他在《别让我走》中想表达的是对克隆人身上所体现的人性的一种礼赞。③ 也恰因为此,他认为《别让我走》是他的所有作品中最乐观的一部:"最后,我的主人公们意识到最重要的事,是回到最亲爱的人身边弥补过去的错,或争取在剩下的日子里与彼此为伴。总的来说,我想表达一种情感上的怀旧感,就如同思想上的理想主义一样。这就像是某个人在他的记忆中存留有一张旧照片,照片里的世界比如今他所在的世界要好,他总是忘不了

---

① 信慧敏:《〈千万别丢下我〉的后人类书写》,《当代外国文学》2012 年第 4 期。
② Kazuo Ishiguro, "Literature, My Secret of Writing Part 2 First Class Video on Demand HNK World", Japan Tokyo, Dec. 14, 2017.
③ Kazuo Ishiguro and Karen Grigsby Bates, "Interview and Reading from 'Never Let Me Go'", Manufacturing Intellect, Oct. 6, 2017.

照片中世界的样子。"① 一些研究者注意到了石黑一雄在《别让我走》中表现的这种对人性相对温和的非抨击、非尖锐的立场。詹姆斯·布切（James Butcher）指出："石黑的主要意图在于分析人物关系和刻画人物性格，而不在于探究和细查与克隆相关的伦理道德性问题。故事也并没有对其中被生物科学引入歧途的人类社会进行过正面性控诉。"②《别让我走》也是村上春树近50年来最喜欢的小说，他对其中的感性成分格外欣赏，认为小说用静、美又令人恐慌的方式，带给人一种灵魂和思想被隔绝起来的感受。③这为我们解读《别让我走》提供了一个不同以往的情感方面的维度。

如果说石黑早期的小说趋向于直戳人性的弱点的话，那么，《别让我走》是其中为数不多的将人性中的积极面"爱"作为主题并推到前台的作品。这不仅表现在故事中凯茜一生都在争取的她与汤米之间的爱情，更表现在让凯茜困惑不已的她与好友露丝之间爱恨交加的复杂的感情关系中。作者在诺贝尔文学奖获奖演讲中说到构建复杂的人物关系在他写作生涯中的重要性。而《别让我走》恰恰是他写作生涯的一个重要的转折点，原因是他在2001年创作《别让我走》时看了1934年霍华德·霍克斯（Howard Hawks）的电影《20世纪列车》（*Twentieth Century*, 1934），当时一个简单的电光火石般的想法闪过他的脑海，他意识到：不论是在小说、电影还是戏剧中，许多生动鲜活、十分可信的人物都没能触动他，是因为这些人物并没有与作品中的其他人物通过任何有意义的人际关系相连。这使石黑开始意识到，在小说创作中专注于创造一种令人信服的人和人之间的复杂关系，要比专注于单

---

① Kazuo Ishiguro and Karen Grigsby Bates, "Interview and Reading from 'Never Let Me Go'", Manufacturing Intellect, Oct. 6, 2017.

② James Butcher, "A Wonderful Donation", *Lancet*, No. 365, 2005.

③ Alex French, "Forget Book of the Year: Haruki Murakami Has a Book of the Half Century", *Gentlemen's Quarterly*, Dec. 10, 2009.

个人物的创造更重要：

就在我看那部电影时我才意识到，好的故事，无论作者采用传统还是激进的形式来呈现，都必须包含某些对我们有重要意义的人物关系，某些触动我们，让我们莞尔，让我们愤怒，让我们惊讶的人物关系。也许，在未来，如果我能够更多地关注我笔下人物之间的关系，我就无需再为个别人物是否丰满而操心了……这个也许在大家看来是很基本的观点。可对我来说，这一发现在我写作生涯中可谓是姗姗来迟。我如今将此视为我写作生涯的转折点，因为从那以后，我开始用一种不同以往的方式讲故事。比如在创作《别让我走》时，我首先思考的就是那组处于故事核心的三角关系，其他的关系自然地从这组核心关系向外发散而生成。①

作者开始用福斯特（E. M. Foster）那著名的二维人物与三维人物区分法②去检验像凯茜和露丝这对相互较劲的朋友间的关系："是否是动态的？是否能引发情感共鸣？是否在发展演化？是否令人信服地出人意料？是否有三维性？"石黑甚至觉得，相比《别让我走》中三个主人公间的关系，他之前的作品在这方面显得逊色

---

① Kazuo Ishiguro, "My Twentieth Century Evening and Other Small Breakthroughs", Nobel Prize, Dec. 7, 2017.

② 石黑讲了他对福斯特三维人物定义的理解："福斯特说过，故事中的某个人物只有在'令人信服地超出我们的意料'时，才能够变得三维。只有这样，他们才能'圆满'起来。但是，我对此不禁思考，如果一个人物是三维的，但他所有的人际关系却并非如此，那又会怎样呢？同样是在那个讲座系列中，福斯特还做了一个形象且幽默的比喻：'要用一把镊子将小说的情节夹出，就像夹住一条蠕虫那样，举到灯光下仔细审视。'于是我反思道：'我能否也做一次类似的审视，将任何一个故事中纵横交错的人物关系，举到灯光下呢？我能否将此方法，应用到我的作品中——也就是那些我已完成或正在规划的故事？'"参见 Kazuo Ishiguro, "My Twentieth Century Evening and Other Small Breakthroughs", Nobel Prize, Dec. 7, 2017。

不少。①

不难看出，石黑一雄对《别让我走》中三个主人公之间的关系进行了缜密的构思。哲学家理查德·罗蒂同样认为，小说中的叙述者凯茜对自己与他者之间关系的认识，才是小说的重点主题："石黑笔下的人物有一种迟疑的、不情愿改变自己的能力，而伴随这种能力而来的是反作用于其人物的、持久而深远的影响。在这方面，石黑一雄像极了亨利·詹姆斯。"② 虽然凯茜认为，与克隆人集体的命运相比，自己的私事显得没那么重要，但矛盾的是小说几乎全是围绕凯茜与露丝和汤米之间发生的私事而展开的。凯茜的叙述，恰恰证明了她唯有通过讲述她自己的私事，才能展现她所在的克隆人群体在人类世界的处境。这个方面常被读者们所忽视。

不能否认《别让我走》中有诸多更迫切的问题吸引着评论家们的注意：比如，收割克隆人器官的人类社会反映出的现代科技带来的负面影响，③ 克隆人学生在知道命运之后为何没有逃跑或反抗的问题，④ 以及前文所列出的一系列国内外学者对克隆人所在不公平的社会体制和意识形态教育的评判。这些当然是小说关注的重要方面，但同时还有一些被评论家遗漏的问题值得我们的关注。比如，凯茜与好友露丝之间复杂的情感关系，以及其中所反映的小说在审美现代性层面的主题。除了凯茜与汤米基于其共同的对克隆身份的求知欲而发展起来的爱情关系之外，凯茜生命历程中

---

① Kazuo Ishiguro, "My Twentieth Century Evening and Other Small Breakthroughs", Nobel Prize, Dec. 7, 2017.

② Richard Rorty, "Consolation Prize", *Village Voice Literary Supplement*, Oct. 10, 1995.

③ Waichew Sim, *Globalization and Dislocation in the Novel of Kazuo Ishiguro*, Lewiston, New York: Edwin Mellen Press, 2006, pp. 254–255.

④ 关于"克隆人为何不逃跑"这一问题的讨论，参见 Philip Hensher, "School for Scandal", *The Spectator*, Feb. 26, 2005；郭国良、李春《宿命下的自由生存——〈永远别让我离去〉中的生存取向》，《外国文学》2007年第3期。

有大部分情感纠葛来自于伴着凯茜一起长大的好姐妹——露丝。然而，这个被凯茜花了近三分之二的篇幅描绘并试图让读者了解的露丝形象，却被大多数的评论所忽视。为数不多的提到三个克隆人之间关系的评论，常把焦点放在凯茜与汤米的关系上，而忽视了露丝与他们两个所构成的复杂的三角关系。众评论对露丝的忽视一定程度上是因为，作为叙述者的凯茜，认定了露丝是阻隔她和汤米之间爱情的第三者，而忽略了露丝对凯茜之爱、汤米对露丝之爱，以及露丝在凯茜和汤米之爱中起到的积极作用。而笔者认为，凯茜和露丝的关系，尽管不是小说最中心的内容，但也不容小觑。

本章试图从凯茜与露丝和汤米之间的私人情感关系角度入手，结合小说2010年的同名英国电影改编和2016年的日本电视改编，来分析凯茜对自己私情的认识，以及对自己记忆的认识的不确定性。与以往批评的聚焦点不同，本部分依据作者的创作目的，聚焦于评论界倾向忽视的凯茜与露丝和汤米之间的三角情感关系。通过深入细致地考察露丝对凯茜、汤米对露丝、凯茜对露丝之间的难言之爱，本部分在揭示出三个主人公之间情感上的本质关系的同时，也揭示出露丝和凯茜的形象中被忽略的一些重要方面——凯茜忽视了露丝对自己同性恋式的情感，以及露丝在她与汤米的爱中的积极作用；而恰是凯茜个性中对理性的执着和对感性的忽视，导致了她与周围一切从触觉到心理的隔绝。除此之外，本部分还揭示出凯茜与露丝和汤米之间相互猜疑又不能割舍、复杂又深刻的情感关系，以及小说中对即将逝去的信念及旧秩序抱有怀念和乡愁的同时，又对眼前的认识以及对不得不投身于其中的新秩序充满焦虑和怀疑的审美现代性特点。通过这样的探讨，读者可以更好地理解石黑一雄在塑造和刻画复杂多面的人物性格及各种人物之间的隐含关系时所持的深层包容性立场和态度，并且可以更准确地把握其创作目的。

## 第一节 人物关系的模糊性与误解

凯茜与露丝的关系自始至终在凯茜的叙述中占有支配性。这显示在《别让我走》的许多细节中。比如，凯茜是通过露丝结识汤米的；凯茜早期的社交活动几乎总离不开露丝；与此同时，凯茜与露丝之间相依相存的关系，既影响了凯茜对自己的认识，又阻止了凯茜与汤米爱情关系的发展。从某种程度看，凯茜与露丝的关系与《远山淡影》中的悦子和好朋友幸子的关系有些相似——她们似乎都是一个女人的两面。《别让我走》中最让人感伤的桥段之一便是露丝在故事过半时的离世。这个让凯茜又爱又恨的、满是心计又善于操控别人的女人的逝去，终于成全了凯茜和汤米的爱情，但她的离世同时也勾起了凯茜对三人之间情谊中最难以割舍的部分的重新感悟。露丝代表了几经挫折后仍然选择相信这个世界是善的一种理想式执念，而凯茜则代表了对世界本质的怀疑。从凯茜对露丝的怀疑、到失去露丝后对她的怀念，以及露丝的缺席对她和汤米关系的影响，小说中三个主人公之间的情感历程都不同程度地反映了小说所表达的带有审美现代性特点的，对过去秩序的怀念，以及对现时中意义沦丧的深切感悟。

### 一 现代小说人物的明晰与模糊

刘易斯认为石黑一雄的小说反映了以留白和沉默为特征的隐性东方美学。[①] 在这个论断的基础上，德瑞格进一步指出，石黑的小说具有一种"影射式文学"（Literature of Innuendo）的特征。叙述者在叙述过程中总是表现出两种相悖的冲动，想要言说不能言说

---

[①] Barry Lewis, *Kazuo Ishiguro*, Manchester: Manchester University Press, 2000, p. 36.

之痛，同时又担心语言本身不足以诠释其所要表达的悲伤。[①] 两者不同程度地指出了石黑在塑造人物方面的含混性特点。在此基础上，本节先来讨论石黑《别让我走》中所塑造的露丝形象的含混，对以往现代小说在电影的启发下开始用模糊来塑造人物深度的两种方法的继承和发展。由此，我们能总结出凯茜对好友露丝认识不清的主客观两方面原因。

石黑一雄认为，第二次世界大战后的现代小说面临着"小说将死"的威胁。恰是电影将小说从死亡的边缘拉了回来。如今电影和小说之间形成了一种强大的联盟，让"讲故事的艺术"在这个时代的文化中仍然保持着核心的位置。[②] 法国美学家马涅认为，以语言为媒介的现代主义小说受到现代电影的启发，逐渐学会了应该如何适当地牺牲自身的语言性，来适当地摆脱语言自身的束缚。文字媒介有明示和显意的特点。现代小说家在这种具有明晰性的媒介中创作。而同时代的电影人却在善于利用省略和留白制造意义模糊性的影像媒介中创作，在这种对比影响下，现代作家逐渐开始意识到文字既是现代主义小说家创作的基础，也是其沉重的负担。这就如同电影也逃不开现实主义一样——因为摄影的本质便是对现实的再现。"语言媒介自身具有'具象性'这个特性，使得西方在两千年的文化中催生出一种对'明晰'（Clarity/Obviousness）[③] 的偏爱，因为文学中的事物必然要经由言语来表达。"[④]

---

[①] Wojciech Drag, *Revisiting Lost: Memory, Trauma and Nostalgia in the Novels of Kazuo Ishiguro*, Cambridge: Cambridge Scholars Publishing, 2014, p. 90.

[②] Kazuo Ishiguro, "Kazuo Ishiguro Uncovers 'The Buried Giant'", *Wall Street Journal Live*, March 3, 2015.

[③] 关于经典时代电影中的"明晰性"特点的讨论，见 David Bordwell, Jenet Staiger, and Kristin Thompson, *The Classical Hollywood Cinema: Film Style and Mode of Production to 1960*, New York: Columbia University Press, 1985, p. 3。

[④] Claude-Edmonde Magny, *The Age of the American Novel: The Film Aesthetic of Fiction Between the Two Wars*, trans. Eleanor Hochman, New York: Frederick Ungar Press, 1972, p. 56.

马涅以福克纳的小说为例，进一步解释道："即使作者用最无序、混乱的叙事方式，也不可避免地对事情和情景进行描述，这总会在某种程度上过度地说明和诠释它。"[1] 文学于是理所当然地（或者说是别无选择地）成为这样一种与语言表意功能达成一致的表现形式。启蒙主义思想对客观性实验与观察的执迷，进一步巩固了西方传统中对视觉、思想上的明晰性的追求，以至于在波德莱尔之前，西方文化普遍地忽视了以间接和晦暗不明为特点的恍惚之美。而这些恰恰是东方艺术的精华所在，被认为是最神秘与深邃的东西。在马涅看来，以理性为基础的语言对事物的把捉和聚焦力，在现代美学观念中同样成为了一种桎梏文学的特质，因为语言的焦点总隐含着一个主观意识和视角，单一视角中的明晰性恰恰剥夺了被描述事物本身的多元性和神秘性，使人们忽略了在语言焦点之外的世界及意义的丰富性。

根据马涅的观点，现代主义小说受到用非语言形式来表意的"新现实主义"电影叙事特点[2]的启发，在形式和语言上力求简洁、在视角上尝试抽离、在描写上追求简化，向着意义趋于隐晦和模糊（Ambiguity）的美学方向发展。[3] 而现代主义小说主要通过两种"回避看清"的方法来表现这种对隐晦美学的偏爱：一种是采用一些有明显缺陷的、异于常人视角的叙述眼光，蓄意地给读者在阅

---

[1] Claude-Edmonde Magny, *The Age of the American Novel: The Film Aesthetic of Fiction Between the Two Wars*, trans. Eleanor Hochman, New York: Frederick Ungar Press, 1972, p. 208.

[2] 经典时代的电影（Classical Cinema）以一种能够引导观众的"过度的明晰性"为特征。对比之下，现代电影最大的不同便是，以"新现实主义电影"为代表的，对模糊（Ambiguity）意义的极力营造和推崇。现代电影邀请观众主动参与到电影的解读中来。详见 Justin Horton, "Mental Landscapes: Bazin, Deleuze, Neorealism (Then and Now)", *Cinema Journal*, Vol. 52, No. 2, 2013。

[3] Claude-Edmonde Magny, *The Age of the American Novel: The Film Aesthetic of Fiction Between the Two Wars*, trans. Eleanor Hochman, New York: Frederick Ungar Press, 1972, pp. 203 – 210.

读中的感受过程增加难度。比如，福克纳在《喧哗与骚动》(*The Sound and the Fury*, 1929) 中用傻子班吉 (Benjy) 的视角来叙述，而他有着独特的以嗅觉（而非时间）为坐标的思维和联想方式。通过采用这种视角，作者让平常的事物以陌生化的方式重新被读者感知。过程中，感受和认知上的困难，抢在被描述的事物之前，先占据了读者的注意力。像班吉这样的有缺陷的人物视角以及福克纳式的多人物视角叙事，颠覆了现实主义小说以透视性剖析为特征的叙述传统，使读者立刻觉察到自己与所观察事物之间的距离，而这种距离的产生恰恰因为我们用于观察事物的"媒介"的质地被显著地改变了。作者通过这种个人视觉感知上的"欠缺、不完整"为我们与所呈现事物之间置入了一层棱镜。但同时，为了制造这种叙述"媒介"的异常性，现代主义作家的语言也常常趋于复杂，这从某种程度上也让文字媒介本身自成一道景观，同时成了阻止我们看清和把握世界的障碍物。

相比福克纳这种通过从语言媒介内部做"化学性"手脚来实现隐晦美学的现代主义，还有一种艾米莉·勃朗特 (Emily Bronte)[①]式的、相对自然地从语言媒介的外部做"物理性"手脚的方法：她透过多层叙述棱镜的过滤，让被观察的人和事看上去模糊和难以把握。勃朗特在《呼啸山庄》(*Wuthering Heights*, 1847) 中对凯瑟琳·恩肖 (Catherine Earnshaw) 的塑造就是这样一个例子。凯瑟琳在故事的开始就死去了。读者通过别人的转述来了解她生前之事。这和我们在《别让我走》中了解露丝的方式看上去相似。《呼啸山庄》中，读者通过双重故事外 (Extradigestic) 转述眼光来认识凯瑟琳。房客洛克伍德 (Lockwood) 先生和女仆奈莉 (Nelly) 皆属于凯瑟琳和希斯克里夫 (Heathcliff) 的"私情"之外的旁观者。洛克伍

---

[①] 勃朗特的作品在 19 世纪小说中异样地具有现代主义特点。关于《呼啸山庄》的现代主义特征的讨论，参见方平《一部用现代艺术技巧写成的古典作品——谈〈呼啸山庄〉的叙述手法》，《外国文学研究》1987 年第 2 期；张同乐、毕铭《〈呼啸山庄〉——一部具有现代意味的小说》，《外国文学研究》1999 年第 2 期。

德先生对凯瑟琳的认识，是在奈莉对凯瑟琳的认识基础之上的再认识，而读者对凯瑟琳的认识又是隔着双倍的叙事距离、透过两种来自不同时代意识的过滤后建立起来的。我们看到的凯瑟琳，只有她的外在表现（而其言行和举止本身，就与其心内想法存在着距离），而且就连这些外在表现也是隔着两层局外人的眼光被我们认识的。因为他们一个是凯瑟琳现时中的局外人，另一个是与她不相识的陌生人，所以，透过这两层过滤后被我们看到和听到的关于凯瑟琳的言谈举止非常有限。这就像俄罗斯套娃一般，一层套一层，读者跟着叙述进程从外部往人物内部不断地试图探入和发现，却总触及不到其内核。勃朗特笔下的凯瑟琳这一人物塑造上体现的"模糊"性的深度，得益于作者在观察者与被观察者之间制造出一种在空间和时间上不可逾越的物理式距离感——因为人物不能被即时即地地直接观察到，而造成了读者对其认识的恍惚和无法把捉。

在小说创作里，作家想要实现这种具有审美现代性特点的"模糊"之美，很难不使用以上两种增加认知和感受难度的方法。但石黑一雄却在《别让我走》展示了另一种表现"模糊"的方法和可能。《别让我走》中对露丝难以琢磨性的塑造，跟福克纳式和勃朗特式制造人物模糊性的方法相比，显得十分特殊。首先，石黑在露丝塑造上，跟勃朗特对凯瑟琳的塑造方法有相似，也有不同。读者都是依靠三层认知"棱镜"——（1）转述者的对话和行为；（2）转述者本身的解读；（3）读者区别于转述者的自行阐释——来接近露丝和凯瑟琳。但《别让我走》中露丝形象上的模糊感，却不是因为凯茜在空间与时间上不够贴近露丝。相比之下，凯茜的局内人身份，让读者在空间和时间上都能随意地接近露丝。因此露丝的言行，在我们感知上是近在眼前和闻于耳边的。凯茜之于露丝的闺蜜身份，让她随时可以聚焦露丝的一举一动、一言一行，像一个随时准备好聚焦于露丝的摄像机。石黑并没有通过物理上增加感知难度的方法，让露丝变得捉摸不透。

其次，石黑在露丝塑造上，与福克纳塑造班吉的方法，也有相似点和不同点。《喧哗与骚动》中的班吉是典型的不可靠叙述者。被他所观察到的事实，跟事实真实的样子存在明显的偏差——也就是说，观察者本身所具有的某种缺陷，造成了读者对其观察下的事物在认知上的含混。但是相比之下，《别让我走》中凯茜并不属于传统的、有着明显缺陷的"不可靠叙述者"。凯茜叙述的不可靠主要来自其回忆的某种"特质"。马克·居里（Mark Currie）指出，凯茜叙述具有一种在"回忆中进行遗忘"（Remembered Forgetting）的悖论性——凯茜只有通过回忆才能意识到她本已遗忘的事实，而这同时再次帮助她遗忘这些事实。[1] 就像中文的"忘记"里本来就含有"记"这一层意义一样，凯茜在知道了自己忘记了某件事的同时也意味着她重拾了过去的回忆。居里将凯茜"回忆性忘记"的特点描述如下：

> 回忆性忘记，不是将"从前"还原到"现在"，而是将"从前"经"后见之明"的加工后再现。回忆本身就是非真实的。在回忆的过程中，"从前"被重建了，其本质和"忘记"的行为过程一样，只不过"忘记"之所以为忘记，是因为重建后的"从前"变得不全然像历史的"从前"了。[2]

约翰·木兰（John Mullan）则认为，读者认识露丝是通过凯茜所不曾或不能告诉我们的事实来实现的，但凯茜却不完全是韦恩·布斯（Wayne C. Booth）所说的"不可靠叙述者"："虽然石黑在凯茜的所说与所知之间制造了一层微妙的差异，但凯茜却不像《长日留痕》里不可靠叙述者史蒂文斯那样，有意地隐瞒或不

---

[1] Mark Currie, "Controlling Time: Kazuo Ishiguro's 'Never Let Me Go'", in Sean Matthews and Sebastian Groes, eds. *Kazuo Ishiguro: Contemporary Critical Perspectives*, London, MPG Books, 2009, p. 96.

[2] Ibid..

自禁地自欺欺人。"① 相反，木兰认为凯茜更关心她记忆中的真实，也清楚地认识到她和所有人一样，不确定自己记忆中的真实是否是真实的。换言之，凯茜叙述的不可靠性更多是基于人类所共同面临的认知现象学难题，即人类基于记忆媒介认识本身的不可靠性。也就是说，凯茜在观察过程中尽力地做到"情感中立""平铺直叙"，加上她又善于观察和记忆细节——她无疑在其能力的基础上做到了最大限度上的"客观"和"可靠"。这使得读者可以近距离又少受干扰地观察露丝。所以，石黑也没有用从透视化学上增加难度的方式，使读者认识露丝变困难。如果我们把凯茜比作是一层夹在读者与露丝之间的"介质"，那么我们会注意到石黑的凯茜区别于福克纳和勃朗特笔下人物的两个明显的特征：首先，凯茜作为介质，在物理距离上足够贴近被观察对象；其次，作为介质她尽力地做到"客观和透明"，不介入对其进行的主观评价。作为叙述者的凯茜，在故事中用一种颇为偏执于理性的、甚至可以说不近人情的、极力压抑个人情感的"非个性化"，来显示自己陈述的客观性倾向。

因此，我们之所以在看露丝时觉得"模糊"，既不是因为观察媒介在感官和心智上的变形和扭曲，也不完全是因为观察媒介在空间和时间上被增加了阻碍，而是因为被观察者本身具有一种拒绝被观察者把捉的、表里不一的复杂性，以及观察者无法摆脱自身的主观性及其叙述自带的媒介性这主客观两方面的原因。客观方面，露丝作为被观察者本身具有不露于言表的复杂性，石黑几乎完全没有给她以显露内心机会，似乎恰因为她在小说中强烈的存在感和鲜明的行为，不需要内心独白来辅助其表现。以此，石黑有意在露丝的身上制造一种人物个性与内心远大于其外在行为

---

① John Mullan, "On First Reading Kazuo Ishiguro's 'Never Let Me Go'", in Sean Matthews and Sebastian Groes, eds. *Kazuo Ishiguro: Contemporary Critical Perspectives*, London, MPG Books, 2009, p. 109.

表现的复杂性。在露丝的塑造上，石黑特别表现出审美现代性中对语言的怀疑性特征。露丝爱撒谎，她的言语几乎总是和内心有出入——语言在她那里，成为一种保护和防止其内心被揭露的假面。而主观方面，凯茜作为第一人称叙述的媒介，由于记忆本身的不可靠性，以及被其掌握的材料的不充分性，导致了她对好友露丝以及爱人汤米之间的关系的把握不清——凯茜不仅忽视了露丝对自己的情感，还低估了汤米对露丝的爱，更低估了露丝在三人之中承担的重要意义。我们将在本节接下来的部分，集中探讨第一方面的原因，而第二方面的原因，我们将留到下一节进行讨论。

### 二 露丝的隐藏情感

石黑一雄笔下的露丝特别不善于用言语表达其内心。尤其是当她在操控凯茜的情感以便达到自己目的时，像石黑笔下的所有主人公一样，露丝更趋向于绕圈圈和隐藏其心意[①]："'好几次我几乎都要告诉你了，可我没有。你没有理由原谅我，可是我现在想请求你原谅，因为。'为了什么呢？'我（凯西）问，她（露丝）突然哽咽了，后又笑着说，'不为了什么'。"[②] 露丝本身的言不由衷和话中有话的特点，造成了凯茜连同读者对其内心的难以把捉。这也让读者和凯茜一起，止不住地反复审视露丝话语背后的意义。

比如，当露丝在生命快结束时，为了撮合凯茜和汤米重新在一起，去找校长赢得"推延捐献"的机会，露丝第一次试图向凯茜表达其内心的真实感受，说：

> 天啊，我在心里这么说过多少遍了，我都不敢相信自己真的说出口了。你们俩才该是一对。我不是在假装过去并不是一

---

[①] Gregory Mason and Kazuo Ishiguro, "An Interview with Kazuo Ishiguro", *Contemporary Literature*, Vol. 30, No. 3, 1989.

[②] Kazuo Ishiguro, *Never Let Me Go*, Toronto：Alfred A. Knopt, 2005, p. 228. 本书中《别让我走》小说引文由笔者翻译为中文。

直都知道这点。我当然知道，从我记事的时候我就知道。但是我把你们分开了。我不是为此请求你们原谅我。我现在不只是寻求这样。我的愿望是为你们纠正这个错误。为你们纠正被我搞砸的事情。①

尽管露丝说自己不奢求得到凯茜的原谅，但我们从露丝话语中的犹豫不决仍然能读到，她在临死之前想要弥补过往的错误，试图获得最珍视之人凯茜的原谅。但我们同时注意到，露丝在这里并没有揭示自己过去拆散凯茜和汤米的原因。露丝面对凯茜的追问，回答道："其实不为什么。"② 露丝给出的是一个"空"因，她说了一些围绕着"为何拆散凯茜和汤米"的真正原因之外的赘言，而对于她的真实的心思及想说的话，她却一直隐藏和闪躲。话语似乎被露丝用作为掩饰（而不是揭露）内心感受的工具。

凯茜叙述中所呈现的露丝在行为和话语上表现的不对等以及矛盾，常被评论者们认为是石黑笔下人物所共有的带有"含蓄""隐忍"等东方文化特性的表现。③ 联系作者的双重文化背景，来看作者前期以战后日本做背景的小说，这似乎构成一定原因。但《长日留痕》中史蒂文斯是典型的英国管家，《别让我走》中的三个克隆人主人公是在英国寄宿学校长大。以往的部分批评把像史蒂文斯、凯茜和露丝这样有着英国背景的人物所表现的话语上的含蓄及情感上的隐忍特点也一并用"东方特色"来归纳，不免有些牵强。福特则从性别角度认为，石黑一雄小说中的女性角色表现了传统女性身上具有的被迫服从、趋于沉默，以及在语言表达上受限等特点。她将石黑笔下的女性角色的特点，归于与"现代"相

---

① Kazuo Ishiguro, *Never Let Me Go*, Toronto: Alfred A. Knopt, 2005, p. 228.
② Ibid..
③ John Rothfork, "Zen Buddhism and Bushido", in François Gallix ed. *Lectures d'une Oeuvre: The Remains of the Day*, Paris: Ditions du temps, 1999, p. 181.

对的"传统"的特点，以及与"男性"相对的"女性"的特点当中。[1] 当代小说家兼学者萨拉·沃特斯（Sarah Waters）则认为，"石黑笔下都是非常有控制力却不善表达的人物，他们在控制的表面下充满了激情"[2]。从沃特斯的话中可以看出，石黑笔下的人物在言辞上寡言，实际是对其情感的虚掩手段。石黑称其小说中人物有一种易被人理解的"话语中的不可靠"特点：

> 人们生来都有一种不愿说出真相的倾向，但却不是故意要撒谎或误导。同样地，作为回应，人们在与他人交流的生活中也发展出一种应对事实的本能——也就是，尽管对方说了这样的话，我们还是会形成自己的一番理解，觉得他是那样的意思，而不是如他所述的这样。比如，你的好朋友跟你说："我离婚了，但这对我来说是好事，我一点都不难过。"但是你并不会真的相信他的话，除非你有问题或者很傻。你很清楚这是一种人们常用的策略，人们说出的话与他们的意思有出入。我们在社交中都变成了解读这种"话中话"的专家。我在故事中就用到这种不可靠性，来激发读者用生活中常用的这种解读技能，来探测人物的言语背后的意思。我对人们在社会生活中不自觉地对自己、对别人撒谎的不可靠性很感兴趣。[3]

作者进一步说，以掩饰内在情感为特点的表面性计策，不仅限于英国和日本文化中的人际交往才有。其实每种文化中的人，都独有一套为了向公众展示自我所用的表面性格特征："人们总是在自我与他者之间筑起一层保护甲，不想让自己的真实感受公

---

[1] Camille Fort, "Playing in the Dead of Night: Voice and Vision in Kazuo Ishiguro's 'A Pale View of Hills'", *Etudes Britanniques Contemporaines*, No. 27, 2004.

[2] 恺蒂：《萨拉·沃特斯谈女同性恋文学与历史小说》，《澎湃新闻·上海书评》，2017年11月26日。

[3] Kazuo Ishiguro, "Kazuo Ishiguro at Tokio Mate", D. Tokiomate, Aug. 14, 2015.

布于众。美国人看似外向健谈，但这种外向也何尝不是一种自我保护的面具呢？"① 露丝的"撒谎"或者说对其内心想法的掩饰，就像她名字的发音暗示的一样，是一种"策略"（Ruth 的谐音是 Ruse）。石黑其实是利用露丝话语中容易被理解的"不可靠"和凯茜对这种"不可靠"的失败解读，来共同制造出读者与露丝真实情感之间的距离。

许多读者和评论者都认为露丝的撒谎显示了她妒忌、自私、将人摆弄于股掌之间的品性，而忽视了凯茜对露丝的言不由衷的误读。露丝与其说是因为道德品行恶劣而撒谎，更像是出于作者所说的为了不让自己真实的情感裸露在外而实施的自我保护策略。而露丝试图隐藏并保护的，是自己一边爱着凯茜、一边又害怕被凯茜看穿和伤害的矛盾又脆弱的情感。

有学者注意到，《别让我走》中凯茜的叙述透露出一种与其周围以异性恋为常态的社会相悖的情感张力。蕾切尔·卡罗尔（Rachel Carroll）以此把小说解读为一个克隆人试图装扮并融入异性恋主流社会的故事，以揭示异性恋式的人类社会体制，一方面会惩戒其中的非异性恋的个体，另一方面也能生产"非正常"的个体以及情感关系。② 凯茜所描述的她与汤米和露丝之间的情感，是与他们从小被灌输的"男女情侣"（Couple）关系不同的另一种情感关系，这种情感建立在他们共同的经历、记忆基础之上，有一种同质性的特征。③ 卡罗尔主要从主人公从小在黑尔舍姆学校的受教育经历、故事中的人类社会制度及捐献体制等社会集体层面，分析并揭露了小说所反映的以异性恋为常态的社会体制中的各种悖论和畸形。这尤其体现在没有生育力的克隆人从小学习如何装扮成正常人生活和参

---

① Kazuo Ishiguro and Karen Grigsby Bates, "Interview and Reading from 'Never Let Me Go'", Manufacturing Intellect, Oct. 6, 2017.

② Rachel Carroll, *Reading Heterosexuality: Feminism, Queer Theory and Contemporary Fiction*. Edinburgh: Edinburgh University Press, 2012, p. 144.

③ Ibid., p. 139.

加各种社交活动的过程中。然而,卡罗尔却没有关注凯茜与露丝和汤米的私人感情层面所涉及的同性情感问题。本书则更多聚焦于这个少有人关注的层面,通过发掘英国电影改编与原著之间的联系,揭露凯茜之所以难于认识露丝的另一深层的隐含内容。

2010年的英国版电影改编《别让我走》由马克·罗曼尼克(Mark Romanek)指导、亚力克斯·加兰(Alex Garland)担任编剧、石黑一雄本人担任制片人和编剧顾问。据石黑透露,他作为《别让我走》的制片人所承担的主要工作是,当演员和导演在角色理解上出现困难或有争议时,他会出面给出建议。① 其中的一个建议,显然与如何在电影中诠释露丝有关。片中露丝的扮演者凯拉·奈特莉(Keira Knightley)在一次采访时意外地透露了她在诠释露丝这一角色时不同于以往任何一种解读的内心独白式阐释:

> 我深信露丝最爱的其实是凯茜——露丝的爱情故事的对象其实是凯茜。她之所以会去和汤米在一起,是因为她太爱她最好的朋友凯茜了,她承受不了凯茜喜欢上除了她以外的他者,所以选择拆散了他们。露丝的妒忌不是因为她想占有汤米,而恰恰是因为她想占有凯茜。在这个三角恋中,露丝爱得更多的是凯茜,而非汤米。她只是接受不了凯茜不想跟她在一起的事实罢了。②

奈特莉指出,露丝的言行是一种出于害怕表现她内心想法的伪装。露丝总隐藏自己的真实想法,又爱发脾气,不是因为她不够善良,而是因为她是如此脆弱,以至于她的情感总是通过一种极

---

① See Kazuo Ishiguro with Cast and Filmmakers, "Film 4 Special: Never Let Me Go", Film 4, Nov. 2, 2011.

② Kiera Knightly, "Interview with Keira Knightley for 'Never Let Me Go'", Reelrave, Sep. 13, 2010.

端的、具有侵略性的自我保护模式来表达。① 而鉴于石黑是该电影改编的制片人及编剧顾问，不难想象奈特莉对露丝内心想法的细致揣摩和诠释是与原作者咨询及讨论之后的结果。因此，这不失为作者意图的一种间接反映，也是对本书观点的有效支撑。在宣传电影改编的时候，石黑更是在包括奈特莉在内的所有参与电影的演员面前，对其诠释的角色加以高度认可：

  这部电影中演员的表演震撼到了我。我不知道这是他们本来的表演风格，还是特别针对这部电影的表现。观众可以看到，从他们嘴中说出的话其实跟他们的表情和动作是相反的。话语就像是要遮盖住他们真实情感的伪装一样（Their cover-up and deception of real emotions）。他们真实的情感，几乎全是通过非言语的其他表演方式表达出来的。这几乎完整地呈现出了我小说中运用语言的方式。②

英国版电影改编由于比较注重对原著的字面表现意义方面的忠实，并没有给露丝的情感和内心想法太多出口，也没有给电影中积压的情感太多出口。再加上电影由于时长限制不可避免对许多细节的省略（比如，露丝坦白时一直盯着凯茜，小时候的露丝幻想自己是全校最受欢迎的女守护员的最爱），这个改编甚至可以说在表现露丝角色方面，取得了适得其反的效果。观众丝毫感受不到奈特莉所说的露丝的内心想法。相反，电影中的露丝更像是其行为表现出来的那样，也是被多数读者理解的那样，出于嫉妒和争夺汤米的目的，在凯茜面前做着各种言不由衷的事。

然而，在2016年由吉田健、山本刚羲指导、森下佳子任编剧

---

① Kiera Knightly, "Interview with Keira Knightley for 'Never Let Me Go'", Reelrave, Sep. 13, 2010.

② Kazuo Ishiguro with Cast and Filmmakers, "Film 4 Special: Never Let Me Go", Film 4, Nov. 2, 2011.

的、被原著者赋予"仿佛将小说带回了家"的高度评价的日本电视改编版本中,露丝的内心想法却在最后被给予了声音。电视改编中,露丝在即将被推上手术台的前一刻,向凯茜袒露了隐藏已久的心声:

> 我一直很想变成你,因为你是如此可爱、被所有人当作依靠,让人羡慕。可是我却无法变成你,所以我就想把你变成我自己的东西,这样就没差别了。只要有你在,像这样陪在我身边,我就很安心。光是这样,我就能够变坚强。宝箱①什么的,我根本不需要,因为我的宝物是装不进箱子的。别让我走!②

日本电视改编的前半部分,将露丝的弱点用戏剧性的夸张方式表现出来,有意激起观众对露丝的愤恨和厌恶,目的是为了给后半部分露丝表白凯茜的桥段制造惊喜和反转的效果,凸显了我们认知中的露丝与实际中的露丝之间令人错愕的差距。日本电视改编如此做到了对小说的情感认识主题方面的忠实。

然而,电视改编也并非对小说中所有与之关联的细节都做到尽善尽美地呈现。比如,片中做了一处改动,把露丝儿时喜欢的女守护人换作了男性守护人。片中,马上要离开学校的成年露丝试图勾引男老师,却被老师拒绝了。这一定程度上引导观众误解了露丝抢汤米做男朋友的动机。得不到男性注意的露丝,看上去似

---

① 原著里,黑尔舍姆的克隆人从小就有自己的一个"宝物箱",他们把自己珍贵的东西放进去,作为一种为数不多的可以被克隆人个人所拥有的财富。凯茜一直保留着自己的宝箱,里面放着收录有"别让我走"这首歌曲的磁带等各种见证了她成长的纪念品。而露丝则在成年后不久就把宝箱丢掉了。凯茜虽然不知道确切的原因,但她猜露丝之所以会丢掉自己的宝物箱,似乎因为露丝学习了其他克隆人的做法。日本电视改编对这一在石黑小说中留白的细节,做了新的解释。

② 详见《别让我走》全十集日本电视改编中的第八集。

乎是因为不甘于输给凯茜而横刀夺爱。这与片中最后揭示出的露丝因为喜欢凯茜而横刀夺爱的原因，形成了矛盾。

在小说《别让我走》中，石黑恰恰是通过这样的被凯茜一带而过的细节，透露出凯茜始终没有明说的，露丝从她身边抢走汤米的实质性原因。而其中一个细节显露着露丝自小就有的一种对同性之爱的渴望。这点被英国和日本改编不同程度地忽略掉了。小说中，露丝从小对一位叫杰拉尔丁（Miss Geraldine）的女性守护者产生了一种依恋。露丝不惜一切手段都要获得她的宠爱，这种情感显然让凯茜琢磨不透。露丝似乎想成为受欢迎的女性最爱的人，并专门为她组织起一个保护她不被其他坏的守护人绑架的"秘密护卫队"游戏。露丝编织了各种小谎言，试图让别人相信自己才是杰拉尔丁守护最喜欢的女孩。凯茜却将露丝对杰拉尔丁的迷恋，理解为一种介于爱慕虚荣和迷恋母性之间的情愫。在凯茜看来，从小是孤儿的克隆人学生都有一种对母爱的渴望。因此，出于一种恋母情结，大家当时都很喜欢杰拉尔丁女士，想赢得她的偏爱。然而，这也许是凯茜对露丝误解的开始。这个细节提示着我们，露丝拆散了汤米和凯茜也许是出于与儿时的她想方设法地获得守护者宠爱相似的动机——因为她不想让汤米替代自己成为凯茜的最爱。

与之类似的被凯茜捕捉到却没能领会的细节，在小说中还有很多。比如，在小说的后半段露丝试图撮合汤米和凯茜重新在一起的对话过程中，虽然露丝坦白的对象和内容涉及汤米和凯茜两人，但露丝几乎是把所有的注意力都放在了凯茜的身上，透露出对凯茜跨越友情的爱意与关切。凯茜显然也带有疑惑和不安地注意到这一点，她描述道："露丝说这话时还是没有朝汤米的方向看。但是也不太像她故意不把他当回事，而更像是她太急切地要让我明白她的话，所以其他的一切都忽略了。"[1] 露丝在这样不经意的细

---

[1] Kazuo Ishiguro, *Never Let Me Go*, Toronto：Alfred A. Knopt, 2005, p.228.

节处，表现出对凯茜的由衷关切，甚至到了相对忽视了汤米的地步。而露丝只有在承认是她拆散了汤米和凯茜时，才"稍稍转过身，眼睛第一次顾及了汤米。然后几乎是马上，她又只朝我看过来，但现在她好像是同时对我们俩说话了"①。再比如，在小说的第十五章，当三人一起去诺福克海角（Norfork）找露丝的"原真体"（The Original）失败之后，露丝对汤米和凯茜发了脾气。在他们回程中，凯茜发现露丝"似乎决心要弥补先前发的脾气"，她想尽办法地想要讨好自己，而不是讨好当时作为露丝爱人的汤米：

> 她走过来摸了摸我的脸颊，说了个笑话什么的，而且我们一坐进车里，她确实想让这份欢快的心情继续下去……我注意到，对于所有的笑话和提到的事情，先前露丝会借机会将我和汤米蒙在鼓里，而在整个回程中，她却不断转身面向我，仔细地解释他们正在说什么。过了一会儿，这就有点累人了，因为在车里说的所有话好像都是为了讨好我们——或者至少是讨好我——而说的。我明白——汤米也明白——她已经意识到之前的表现实在糟糕，这就是她承认的方式。我们坐在一起，她坐中间，就像我们出来时那样，但是现在她将所有的时间都用在和我交谈，偶尔也会转向另一边，挤一下汤米，或者给他一个尴尬的吻。②

换种角度看，凯茜成年后对露丝行为的难以理解与她们小时候在心灵上的契合形成了鲜明的对比。在凯茜八岁第一次与露丝成为朋友时，露丝带着凯茜玩了一个"想象骑马"的游戏，她把自己想象中的马分给凯茜，而凯茜则像《堂吉诃德》里的桑丘一样，试着接近并配合露丝的想法和规则，玩着她想象中的游戏。这代

---

① Kazuo Ishiguro, *Never Let Me Go*, Toronto: Alfred A. Knopt, 2005, p. 228.
② Ibid., p. 167.

表了凯茜小时候曾经分享过露丝的内心世界,曾经与露丝的想法契合并同步。但是,随着她们长大,凯茜把露丝从自己的内心世界分离出去。但凯茜仍然跟小时候一样无时无刻地想要探入露丝的内心结构、了解她的动机,却达不到她们从前的那种契合。

为了显示凯茜对露丝行为动机的误会,日本的电视改编把小说中一个凯茜始终未能把捉的重要事实明朗化地表现了出来,并为此特别加入了一个小说中没有的露丝勾引汤米的场景,来凸显露丝抢在凯茜之前与汤米相爱背后的动机——露丝因为不愿和凯茜分开,因为害怕凯茜和汤米申请去同一个村舍而撇下自己,才选择跟汤米成为情侣,如此凯茜就不得不跟他们在一起,而并非像以往的读者和评论家所认为的那样,露丝出于自私和嫉妒凯茜,将汤米占为己有,阻隔了凯茜和汤米在一起。日本的电视改编通过把露丝对凯茜的感情明朗化所强调的,恰是露丝对凯茜的爱情,而非凯茜和汤米的爱情。

然而,石黑通过露丝对凯茜隐含的同性恋式的情感,试图让读者聚焦的,并非是隐藏在凯茜和汤米之间的爱情表象背后的凯茜与露丝之间的同性恋式爱情。石黑关注的似乎不只是凯茜个人的爱情真相,而是从中反映出的人对真相的认识之难。如石黑自己所说:"比起现实中实际发生的事情,作为小说家的我,对人们自认为发生的事情更感兴趣。"[①] 石黑关注的不是真相究竟如何,而是人的内心世界以及人的感受如何与事实本身存在微妙的差异。在他的作品中,事实本身总是从身边的零散细节中、在局部里一点点地显现,而不会完整地、明白无误地出现在人们眼前。人们对事实的把捉,无论多么审慎细致,都会有遗漏。所以,人们对曾经发生的事实的认识总是显得模棱两可,无法确定。但是,在石黑一雄那里,事实真相无疑是存在的,这也体现了他的现代主义,而非后现代主义的一面。

---

[①] Florent Georgesco and Kazuo Ishiguro, "Kazuo Ishiguro, Nobel Prize for Literature 2017", M. Ziane-KHODJA, Oct. 8, 2017.

真相似乎总是不能被人即时即地把捉到，它总是通过回忆和后知后觉的方式被人们接近。就像斯莫伍德所说，石黑小说中的克隆人和作为读者的我们一样，只有在错失过行动时机之后和意识到一切都太晚了之后，才能领会一些事情。①

在《别让我走》中，这个迟来的真相便是凯茜对露丝情感的若有似无的觉知。石黑把一些暗示露丝对凯茜感情的蛛丝马迹留在了故事的各个角落，似乎有意让我们在第一遍阅读时遗漏这些细节，让我们和凯茜一样出现认识上的疏漏，以此来凸显人们在观察力方面所存在的普遍的限制。比如，当石黑展现露丝小时候对女守护的着迷，以及围绕这种着迷而展开的"秘密护卫队"游戏这些细节的时候，他首先通过凯茜的叙述直观、即时地传达给我们的是，露丝在凯茜面前表现出喜欢争强好胜、喜欢成为焦点，以及善于操控别人的性格特点。作者要求读者首先对凯茜所观察到的露丝身上明显的、以自私为特征的人性弱点做出回应，而不是去注意其中隐含的关于露丝性取向的秘密。通过凯茜对关于露丝的各种细节的误读，小说揭示出人们因为认识的主观性而无法准确地把捉眼前事物的真实的普遍困境。

总而言之，露丝对凯茜有着日文中所说的"友达以上，恋人未满"的情感，却还试图掩藏。石黑在让我们见到凯茜眼中争强好胜、张扬跋扈的露丝的同时，似乎也让我们隐约地觉察到了另一副与凯茜回忆中截然相反的，集脆弱、隐忍及悲伤于一身的复杂的露丝形象。这构成了凯茜对露丝认识不清的一方面原因。而从另一方面看，凯茜并没有她自己所认为的那样，是感情上的无辜受害者。作为克隆人的她，在被人类无情地贬斥为他者并视而不见的同时，似乎也以与人类一样的冷漠和无情，对克隆人小团体内部中最亲近的人实施着情感上的暴力。这使我们不仅对凯茜

---

① Christine Smallwood, "The Test of Time: Kazuo Ishiguro's Novels of Remembering", *Harper's Magazine*, April, 2015.

的认识力和洞察力产生怀疑，还对以其记忆为基础的叙述的可靠性产生了怀疑。

## 第二节 记忆的影像性与不可靠

人基于回忆的感知媒介本身具有不可靠和不完整的特点，这构成凯茜对露丝认识的不确定性的另一个原因。我们对露丝的认识是通过凯茜"回忆"来实现的。而凯茜的回忆有一种类似于影像的特殊的质地。石黑认为，他小说中的回忆性叙述与静止的影像相似："记忆在脑中呈现时是一幅幅静止的电影截图。我在小说里会很尽力地模仿这种质地，先围绕着一个中心影像开始着笔，然后带进来又一幅影像。可是其中的事物却是模糊的，（模糊在于）我们不确定画面之外实际发生过什么。"① 石黑用记忆的影像性类比，为读者指出了凯茜的回忆性叙述所同时具有的明晰性与模糊性特点。

在凯茜的记忆中，认识经时间的沉淀后固化为一种确定无疑的印象。但凯茜同时邀请我们去揭露被这种静止的记忆画面所掩盖的多元意义。在《别让我走》中，凯茜回忆的不确定性并非通过被凯茜聚焦的记忆场景本身的模糊性描述来实现。相反，凯茜回忆中的画面具有一种影像所特有的、在整体上令人确信无疑的显现性。"第二天汤米和露丝在一起了"②，凯茜说。这让深知凯茜有多喜欢汤米的露丝的动机，显得不言自明。露丝的每个动作和每一句话都被凯茜清楚地记录了下来。相反，恰是那些没能引起凯茜注意的、记忆画面之外的细节，才能成为我们打开露丝内心的

---

① Eleanor Wachtel and Kazuo Ishiguro, "'Books on Film': A Conversation at TIFF", 2017.

② Kazuo Ishiguro, *Never Let Me Go*, Toronto: Alfred A. Knopt, 2005, p. 84.

钥匙，成为我们发现凯茜叙述不可靠性的关键。由此，石黑鼓励读者重审记忆这个媒介的可靠性，并探入凯茜记忆的盲区，以发现凯茜叙述的事实与实际事实之间的出入。

不妨借用罗兰·巴特的影像理论来看《别让我走》中的这种带有审美现代性特点的回忆性叙述。影像表面的明晰性可以成为伪装深层意义的"面具"①，这被巴特称为是一种以"活跃的静止"为特点的现代艺术特征。巴特把基于视觉的影像性与基于语言的文学性，用一个临界于双重意义层面之间的现代含混性概念联系起来，称其为"活跃的静止"（Intense Immobility）。影像有直观而明朗的特点，因此具有一种确定性，即不可改变、不可扩展的性质——在表面上"一览无余，不能引起向往，甚至不可能在修辞上进行发挥"②。影像显示了一种"活跃的静止"，它如此清楚明白地出现在眼前，不需要语言来作多余地解释，因此人们想要

---

① 罗兰·巴特在《嘉宝的脸》（"The Face of Garbo", 1957）一文中提出了"面具性"（mask）的概念。巴特认为，构成电影《瑞典女王》（*Queen Christina*, 1933）中魅力的是演员葛丽泰·嘉宝（Greta Garbo）的脸所具有的"面具性"。嘉宝像面具一样的脸，代表了一种自"彼岸"向"此岸"倾斜的现代性审美的过渡，即一种最具魅惑力的、在理念（idea）与实存（event）之间的中性美。（Roland Barthes, *Mythologies*, trans. Annette Lavers, London: Vintage Books, 2009, pp. 61 - 62.）值得注意的是，巴特对"面具性"的讨论已经超出电影本身，而指向一种审美现代性特点。"面具"在巴特那里，同时代表遮蔽、不透明、距离感、伪装和中性。它一方面是线条的累积，是属于某个系统里的范式和约定俗成的能指符号，代表了一种事先在理念上被构思出来的假面和伪装，并成为阻隔人们触碰隐藏在其下面的魅力（Allure）的东西；另一方面，它又同时构成了隐藏在其中的魅惑力的一部分。我们可以通过纵观巴特总体的批评思想，来理解他所指的这种"面具性"与魅惑力的关系。"面具性"代表着符号学上的"能指"之中隐含的另一个"所指"，以及这个表面上毋庸置疑的"能指"具有的一种误导读者错过潜在的"所指"的迷惑性。其作用于观者的效果，即魅惑——具有深层内容和意义，但却不可把捉的东西。巴特认为，电影的魅惑力在于对事物表里不一的双重性的再认识。他通过凝视、重读、重获距离的方式，试图恢复本雅明所说的艺术所丧失的"灵韵"。详见沈安妮《影像的魅惑力：揭开巴特的"面具"》，《文艺理论研究》2019 年第 1 期。

② Roland Barthes, *Camera Lucida: Reflections on Photography*, trans. Richard Howard, London: Jonathan Cape, 1989, p. 49.

从思想上接近它的难度反而更大。毕竟外形上模糊、不清楚、难捉摸的东西，反而更容易激发人们"内视/内省"的功能，因为人们不自觉地有一种从思想和逻辑上让一切感官上模棱两可的东西清晰化的冲动。不同于传统文本以外形上的模糊感来激发读者的解读力，静止的影像所具有的这种外在的、整体的显现力和毋庸置疑的明确性，能成为一种具有伪装性的假面。它在吸引着目光并引起人们对看到的东西生疑的同时，又阻止着人们看清和揭穿其内部。这两种相悖的冲动，在这种直观的现代影像性中得到统一。巴特的"活跃的静止"体现了一种外表确定无疑的静止意义与内在涌动着的多元性意义交相混合的审美现代性特点。前文中讨论的福克纳和勃朗特式制造模糊之美，通过物理和化学的模糊方式，来造成一种对所观察物体在直观形象上的模糊感，从而激发读者的格外聚焦力和解读力。但在《别让我走》中，凯茜对露丝的模糊认识却更多来自于巴特所示的这种文学与电影共享的审美现代性式伪装和悖论性特点——让看上去确信无疑的事实透露出与其所示相悖的内容。这几乎与英国作家萨尔曼·鲁西迪说"石黑一雄在小说平静压抑的表面下，藏着一股慢涌的洪流"[1] 的评价相符。

巴特的影像媒介论为我们解锁《别让我走》中的这股暗流提供了方法。巴特认为，揭露这种明晰影像背后的内容，主要依赖于观察者对偏离中心的"细节"的发现。"活跃的静止和一个细节连在一起（也就是和一根导火线连在一起），通过它能引发意义的爆炸，爆炸会在文本或照片的玻璃上形成一个小花纹。"[2] 这个细节就像是钥匙，能解锁静止表面下意义的涌动。其中的"爆炸"，是指那种通过多种意义的并行来颠覆唯一性认识的审美现代性冲动。而爆炸

---

[1] See David James, "Artifice and Absorption: The Modesty of Kazuo Ishiguro's 'The Remains of the Day'", in Sean Matthew and Sebastian Groes, eds. *Kazuo Ishiguro: Contemporary Critical Perspectives*, London and New York: Continuum, 2009, p. 57.

[2] Roland Barthes, *Camera Lucida: Reflections on Photography*, trans. Richard Howard, London: Jonathan Cape, 1989, p. 49.

后在玻璃上留下的"花纹",则意味着对眼前已知事实以及浮现出的其他意义的怀疑。这将我们的目光聚焦到"玻璃"这个观察媒介①上。通过"玻璃"的比喻,巴特指出了现代艺术对其叙述媒介自觉的"元媒介"②特征。

在《别让我走》中,这个处于读者和所观察物之间的媒介,便是凯茜的记忆本身。读者唯有通过凯茜才能了解露丝和汤米,而凯茜唯有通过她的记忆才能认识他们。只有读者意识到凯茜记忆的介质性,才能发现凯茜的认识与事实之间的隔阂,以及这种隔阂的无法避免性。人们生活在各自的记忆当中,而记忆则定义着个体的身份和认识,毕竟人们也通过记忆来拷问过去和历史。《别让我走》似乎旨在唤起读者对人在认知方面的缺憾的反思。由于不可靠的记忆以及个人所获取的不完整的材料等原因,人们无法确定地理解曾经发生在自己身上的事情。这使得每个人对自己的、微不足道的过去,都存在一部分认识上的盲点。在《别让我走》中,虽然在凯茜

---

① 有必要区分一下媒介与媒体。安东尼·索梅尼(Antonio Somaini)从本雅明那里总结出五种对媒介(Medium)的哲学式定义:(1)媒介,指一个能唤起人类知觉体验的色彩和雾状场域的氛围(比如,水、空气)。(2)一种超验的显现,即神秘教意义上那种沟通生死之间的人或物(例如灵媒)。(3)一系列用于艺术再现,并同时定义艺术形式的存在场域(比如,绘画、雕塑、文学、电影媒介)。(4)一种沉思媒介,也就是人们通过思考、记录、储存、分析、传播讯息的延伸技术和手段将来自各种渠道的信息串联在一起。(5)指视觉上的一层半透明的光晕,它是阻隔在我们与艺术品之间的无形的、却恰构成其时代价值的、被本雅明称作"灵韵"的东西。与以上相区别,媒体(Media)就是"介"的概念的具象化和物化,它指被 20 世纪 20 年代产生的"大众媒体"(Mass Media)一词定义的、相对狭义上的沟通手段和承载信息技术的媒体(比如,电视、电影、广播、出版社和新闻传媒等)。Antonio Somaini, "Walter Benjamin's Media Theory: The Medium and the Apparat", *Grey Room*, No. 62, 2016.

② 大卫·绰特在其研究电影与现代主义的书中认为,现代主义将文学作为一种记录式的媒介这一事实摆在文学成为艺术之前,并将文学之媒介性视为一种艺术"再现"的阻隔。这种现代主义的"媒介"性,在 1895 年新影像媒体产生的特定历史时期,被激活并放大。媒介考古学在近几年也将跨媒介与审美现代性综合起来研究。这表现了现代主义艺术对其叙述媒介的一种普遍自觉性。媒介,可以是语言之于文学,透过滤镜的机器眼之于影像,音频之于音乐,画布之于绘画。David Trotter, *Cinema and Modernism*, MA: Blackwell Publishing, 2007, p. 5.

与露丝之间,既不存在福克纳式的化学式感受距离的妨碍,也没有勃朗特式的物理式距离的阻隔,但读者还是能在字里行间感受到凯茜与身边的人及事物的隔绝感。就像村上春树对《别让我走》的评论所说:"这本小说给人感觉有一个力量从生理上紧逼着你,给人一种灵魂与思想被隔绝起来的感受。我从这本书中体会到的这种感觉既是静的,也是美的,还有点令人恐慌。"[1]

如果揭露明晰影像背后的内涵如巴特所说,主要依靠观察者对其中偏离中心的"细节"的发现,那么揭露《别让我走》中凯茜那看似冷静客观的叙述中的不可靠性,同样需要依靠读者对隐藏在其回忆中的零散细节的发现。接下来,我们通过挖掘藏在凯茜记忆印象中的细枝末节,来揭示凯茜记忆中的事情与现实中实际发生的事情之间存在的迥异与差别。

## 一 凯茜的盲点

在凯茜看来,露丝是拆散凯茜和汤米的他者。然而,文中的一些细节却提示着我们,露丝恰恰也是凯茜和汤米感情中最关键的维系者。作为叙述者的凯茜,不仅对露丝的真实情感认识不清,还对汤米的真实感情认识不清。被以往评论者忽视的,不光是露丝真正爱恋的一直是凯茜这一事实,另外还有汤米并没有凯茜想象中那样只钟情于自己而不喜欢露丝。

凯茜没有看清,汤米有可能是为了完成露丝的遗愿而与她走到了一起。露丝在生命的最后找到了校长艾米莉(Emily)的住址,交给了汤米和凯茜。露丝希望他们俩作为情侣一起去向校长证明彼此相爱,因为她相信这样他们就能推迟捐献器官,获得生命的延期。正是在露丝的坚持下,凯茜与汤米才最后走到了一起。这让汤米对凯茜的感情,带有一种特殊的使命感,也使凯茜从某种

---

[1] Alex French, "Forget Book of the Year: Haruki Murakami Has a Book of the Half Century", *Gentlemen's Quarterly*, Dec. 10, 2009.

程度上成了露丝的替身，代替她和汤米一起申请延期。汤米和凯茜带着这个使命去找校长，但却从那儿得知，延期捐献不过是一个在克隆人群体中流传的传说而已。得知他们的爱情并不能推延他们死亡的命运之后，汤米逐渐开始疏远凯茜，并最终提出不想再让凯茜做他的看护——他提出分手。凯茜抑制住怒气，冷静地对汤米说："我是那个能帮助你的人，这也是我重新找到你的原因。"(I'm the one to help you. That's why I came and found you again.)① 凯茜一语双关地暗示，一方面照顾汤米是她身为看护者的义务，另一方面她才是他的真爱，是可以一直照顾并陪伴他到生命尽头的人。最后，她又补充道："这也是露丝想要的，她要我们在一起。"② 露丝的愿望，成为汤米和凯茜在一起的重要原因。但显然汤米对此却有跟凯茜不同的理解：

  露丝想要我们得到另一件东西，她不一定想要你这样陪我到最后……露丝想要我们得到另一件东西，而现在这是另一回事情。凯茜，我不想在你面前那样慢慢死去。……露丝在的话她会理解我的。她是个捐献者，所以她会理解。我并不是说，她也一定会做和我一样的选择。相反，如果她没有那么早走的话，她也许会要你一直做她的看护员到最后一刻。但是她会理解，我想要以不同的方法来处理这件事。凯茜，有时你就是看不清楚。你看不清楚是因为你不是捐献者。③

  首先，如奥加·朱梅罗（Olga Dzhumaylo）所指出，凯茜所呈现的汤米与露丝的关系与现实存在差异。凯茜所呈现的汤米和露丝是个性完全相反的两个人，但实际上汤米与露丝之间是有共同点的。

---

① Kazuo Ishiguro, *Never Let Me Go*, Toronto: Alfred A. Knopf, 2005, p. 257.
② Ibid..
③ Ibid., p. 256.

两人最主要的共同点在于，他们都确定地认识到自己"捐献者"的身份，不过是人类支离破碎的身体的集合。① 相比之下，凯茜则对此没有确定的认识。其次，汤米说的话中含有两层意思：第一，汤米其实并不想让凯茜作为爱人陪他到最后。他似乎在暗示，他是为了完成露丝的心愿，为了让凯茜和自己一起得到生命的延期，才与凯茜成为情侣。第二，汤米觉得露丝比凯茜更懂自己。爱着凯茜的他，也同样爱着并想念着露丝。凯茜似乎一味地相信自己与汤米之间有着露丝和汤米之间没有的秘密与情感，而忽视了汤米同样对露丝也有着凯茜无法把捉的秘密和深情。在这次争吵之后，汤米和凯茜平静地做了最后一次交谈——也是一次分手的告别。这似乎是凯茜第一次听到汤米说起露丝在他内心的位置：

> 你要知道，对于我们世界的真相这一类的事，露丝和我们俩的看法是不同的。你和我从小总是想揭露世界背后的事实，还记得我们之间的窃窃私语和讨论吗？但露丝就不是，她一直都想要去信赖这个世界。我们之后发现的那些关于校长和其他人类的所有事情，都改变不了一直想去相信这个世界的露丝。她想我们最后得到最好的一切，她是真心希望我们好。②

与凯茜眼中多疑、有心机、善于掌控别人的露丝形象不同，汤米眼中的露丝其实是善意的。汤米与凯茜从小就抱有审美现代性式的世界观，怀疑现时中被告知的事实，并急于揭露被他们所知的世界背后不为人知的一面。与他们不同，露丝对世界的认识是浪漫理想主义式的，她更愿意去相信她周围的人和事，相信世界乐观、正面以及好的一面，倾向于在当下建构属于自我的卑微的存在意义。

---

① Olga Dzhumaylo, "What Kathy Knew: Hidden Plot in 'Never Let Me Go'", in Cynthia Wong and Hulya Yildiz, eds. *Kazuo Ishiguro in a Global Context*, New York: Routledge, 2015, p. 94.

② Kazuo Ishiguro, *Never Let Me Go*, Toronto: Alfred A. Knopt, 2005, p. 260.

露丝在她生命的尽头，希望她最爱的人能得到这个世界所能为他们带来的最好的事——爱情可以战胜死亡。汤米和凯茜最后对爱情的追求，象征了两人从露丝那里继承来的对他们眼前这个伦理道德沦丧的世界的仅剩的一个浪漫理想主义式信念。然而，在拜访校长之后，他们不得不面对露丝之后的世界中信念与意义的全部沦丧。同时，这也很好地解释了为何汤米会选择跟露丝在一起而不是凯茜，为何汤米自小有的情绪失控问题在与露丝在一起之后就没有出现，以及为何在汤米和凯茜得知真相后，他的情绪失控又再次发作。汤米似乎比凯茜更了解露丝，更深刻地体会到露丝在他们小团体所代表的"让生活继续下去"的希望和意义。

露丝象征了那些相信自己与世界的紧密联系，并尝试投身其中去创造生命意义的大多数人。从汤米与露丝在一起时眷顾着凯茜，到露丝死后他与凯茜在一起时表现的对露丝的念念不忘，再到最后他让凯茜离开自己，孤独地死亡，三个人之间的爱情历程，象征了一面对过去的信念及秩序有着怀念和乡愁，一面又对现时信念以及取而代之的其他秩序存疑的现代式感伤。如前文所述，18 和 19 世纪的现代主义者通过表现出对前现代社会文化的怀念和乡愁的同时又不得不"创新"（make it new）之难，来与以"自由""民主""工业化"及"进步"为特性的资本社会现代性形成对立。① 《别让我走》中凯茜与露丝及汤米的情感故事，也同样通过表现对类似前现代的黑尔舍姆学校生活的乡愁，以及对过去三人之间超越人类社会"情侣"定义的情感的怀念的同时，又不得不全新地投入到那个取而代之的现代人类社会生活中去之难，来与其所在的科技进步到可以收割克隆人器官以延长寿命的现代人类社会，形成对立和抗议。从这个角度看，石黑通过塑造凯茜与露丝及汤米之间的关系，凸显了一种值得赞扬的审美现代性情感价值。

---

① Charles Ferrall, *Modernist Writing and Reactionary Politics*, Cambridge: Cambridge University Press, 2001, p. 2.

除此之外，还有一些活跃于凯茜明晰记忆印象深处的看似无关紧要的文本细节，不断地提示读者，凯茜记忆中的事情与现实中实际发生的事情之间存在着迥异的差别。凯茜似乎因为忌恨露丝抢占了汤米，而在记忆里不自觉地歪曲了露丝和汤米之间的真情实感。在凯茜看来，露丝在他们在村舍生活的时候，总是刻意地和汤米扮演出情侣的样子，好像是要故意引起凯茜的嫉妒。如此，凯茜的回忆为读者呈现了一种明白无误的印象——汤米实际爱的不是露丝而是凯茜，凯茜因露丝的嫉妒而受到同类的排挤，从而忽略了这其实只是凯茜单方面的主观感受的事实。换一个角度看，吃醋而排挤好友的也许不是露丝，而是凯茜。

除了上文提到的汤米在跟凯茜的正面冲突中直接透露的他对露丝的真情之外，小说中暗示着汤米对露丝其实有着深厚感情的细枝末节还包括：第一，露丝和汤米有着汤米和凯茜之间所没有的触觉上的亲密感。连凯茜都承认，露丝和汤米在刚开始交往时做拥抱之类的亲密举动，并不是"过家家"的游戏或是为了作秀，而是真心对彼此的表现。日本的电视改编将一些不被凯茜所知的露丝与汤米之间的亲密互动表现了出来。通过影片反观小说，我们发现，露丝与汤米之间的那些在凯茜看来既别扭又刻意的亲密举动，恰是汤米和凯茜的爱情中缺少的东西。露丝与汤米通过触觉、吻、拥抱及做爱来与彼此沟通，而凯茜总是孤身一人，她的存在有明显的内向性，全然不取决于自我与外在世界的物理性联系。当代著名小说家玛格丽特·阿特伍德（Margret Atwood）犀利地指出，凯茜的叙述透露着一种身体与外在世界的隔绝感："她从不吃什么东西，也不闻什么味道，更不见身边人是什么样子，而性爱对她更是缺少血肉感。凯茜仿佛将全部的自我意识都投注在身体之外的某个远方。好像这样就能让自己少受伤害一样。"[1] 学

---

[1] Margret Atwood, "Brave New World: Kazuo Ishiguro's Novel Really is Chilling", *Slate*, April 1, 2005.

者都鲁·刚果尔（Duru Gungor）也认为，《别让我走》的叙述主体"我"实际上是一个隐藏的、不被读者触及的人。"我"既不是被详细诉说的过去时间中的凯茜，也不是被寥寥带过的现时中的凯茜，这个"我"在一个未知的位置上获悉关于凯茜的一切。① 确实，凯茜几乎没有描述过外界与她身体上亲近的任何感受，好像一个悬置在另一个空间中的幽灵，更像一个过于专注于智性和理性而忽视感受的现代人。凯茜与汤米之爱，恰呈现了以智性上的沟通和感性上的不足为特点的现代式爱恋。他们通过推理和思辨对所处世界背后隐藏的阴谋有着深刻共识，通过语言和读书获得了思想上的共鸣。但是他们之间却有着不能跨越的距离感。这种距离感直接呈现在凯茜与汤米之间失败的性爱经历上。凯茜和汤米在一起后的第一次性经验，充满不自然与尴尬。但凯茜却试图辩解说：

> 汤米毕竟还在恢复，因此这（做爱）也许不是他首先想的事，我并没有想去强迫他。然而另一方面我想，如果我们等得太久，等到我们再在一起的时候才开始做这件事，那么让这件事成为我们之间自然而然的一部分将会越来越困难。我的另外一个念头是，如果我们就照着露丝所设想的那样进行下去，并且我们真的设法尝试推迟捐献的话，那么，我们从未做过爱这点，也许真的会对申请推延不利……我担心，这在某种程度上让我们显得缺乏亲密感。②

从第一次开始，"汤米的样子中就有一种悲哀的东西"③。凯茜对此的理解是，汤米好像因为他们的幸福来得太晚而感到遗憾。

---

① Duru Gungor, "Time and the Threefold I in 'Never Let Me Go'", in Cynthia Wong and Hulya Yildiz, eds. *Kazuo Ishiguro in a Global Context*, New York: Routledge, 2015, p.111.

② Kazuo Ishiguro, *Never Let Me Go*, Toronto: Alfred A. Knopt, 2005, p.218.

③ Ibid..

但从汤米在延期失败后慢慢地开始疏远凯茜的细节来看，汤米此处的冷淡或许是他对凯茜情感的本质性反应。或许他只是纯粹地想要完成露丝最后对他们俩成为情侣的期许才最终选择与凯茜成为一对。毕竟，汤米在生命的尽头决然地选择让凯茜离开自己。他不仅不想留凯茜在身边，还要求她试着从露丝的角度来理解他。最后，汤米没有那么喜欢凯茜的事实就摆在眼前，凯茜自己似乎也无力对此做再多的解释。

第二，汤米主动地选择跟露丝保持情侣关系。露丝和汤米交往期间分过手，而且他们分别都与凯茜交心地讨论过是否该复合这个问题。露丝求凯茜劝汤米与其复合，而凯茜也一厢情愿地认为汤米是听了她违心的劝说后，也被迫违心地做了与露丝复合的决定。但其实凯茜的这种印象不但从未在汤米那里得到证实，而且从汤米找凯茜谈心时隐含透露的细节来看，他对是否要以成人的身份继续与露丝做情侣这个问题有过深思熟虑，并主动且审慎地做出决定。但凯茜的记忆却抹去了汤米在此问题上的主动决定。

第三，汤米向凯茜暗示自己钟情于露丝。有一次凯茜跟汤米坦白说，她因为难控性欲而频繁地跟别的男人交往。这让她既烦恼又困惑。当时作为露丝男友的汤米安慰凯茜说："我觉得那（指性爱的事）不是一件坏事。一旦你找到那个人，那个你很想要在一起的人，凯茜，那会是很好的事。记得守护者曾经对我们讲的吗？如果是与对的人做爱，那会让你感觉很棒。"① 这个情景十分暧昧，而且话题如此私密，但汤米却对凯茜做了以上回应，似乎在暗示他已经找到了属于自己的"对的人"——露丝。如果我们把汤米此处的话与汤米从第一次与凯茜做爱开始就露出的悲伤结合起来看，能发现，汤米其实并没有像凯茜想象的那样背着露丝而钟情于自己。

第四，露丝和汤米交往的时间似乎比凯茜告诉我们的时间要久。据凯茜描述，露丝和汤米从三人在黑尔舍姆学校到村舍期间

---

① Kazuo Ishiguro, *Never Let Me Go*, Toronto: Alfred A. Knopt, 2005, p. 167.

一直在交往，直到露丝离开村舍去做"看护者"才结束。分手发生在凯茜离开村舍后的第一个秋天。小说的开头，凯茜说自己现在 31 岁，做了看护 11 年。由此推算，凯茜在 20 岁的时候离开村舍。这意味着，露丝和汤米从 15 岁成为情侣到 20 岁分开，在一起的时间总共五年。然而，在小说第三部分的开头当凯茜偶遇村舍时期的伙伴劳拉（Laura）时，她却说："虽然我们自七年前在村舍后就没有再见过，但我几乎想从她身边走过装作没看见。"[①] 石黑一雄再次让凯茜像《远山淡影》中的悦子那样，不经意间地以口误的方式透露了一个与其先前描述相悖的关键信息——凯茜至少在 24 岁的时候还没有离开村舍。也就是说，露丝和汤米至少在从 15 岁到 24 岁这段长达九年的时间里都在一起。他们的爱情在克隆人平均二十多年的生命里占据了相当大的比例，而且远比凯茜印象中的要深刻。但凯茜似乎在记忆中弱化了这一细节，在记忆中大幅缩短了这段让她感觉不好的时光。

石黑一雄在凯茜的回忆里加入了一种被他称为具有影像性的"记忆的质地"。它代表了停滞在凯茜记忆中的一种感官印象。而构成这种印象的事实，也许符合这种记忆中的印象，也许与其相去甚远，但又因为事实本身已经飘远了而无法被确知。用凯茜记忆的这种特点，石黑一方面向读者明确展示了留存在凯茜记忆中的一种既定印象——露丝阻隔了她和汤米的真爱，并排挤自己为第三者；另一方面又通过凯茜记忆盲点中的一些小细节，暗示与其回忆图景截然相反的深层内容——这让我们开始质疑凯茜对露丝和汤米之间关系的认识。

## 二 凯茜的感性缺失

"历史是胜利者的谎言，也是幸存的失败者的自欺欺人，是不可靠的记忆与不充分的材料相遇所产生的所谓确定性。悖论的是，

---

[①] Kazuo Ishiguro, *Never Let Me Go*, Toronto: Alfred A. Knopt, 2005, p. 190.

正在我们眼前发生的历史本该是最清楚的，但却恰恰是最零散不明的。"① 朱利安·巴恩斯（Julian Barnes）在《别让我走》之后出版的《终结的感觉》（*The Sense of an Ending*, 2011）中这样写道。相似地，《别让我走》也表现了人对眼前世界的认识之难。如前所述，不同于以往小说由于距离而产生的认识之难，石黑小说中的认识之难，是针对主人公最熟悉的、最亲近的东西。这将认知之难直接指向了认识媒介本身。就如法国哲学家贝尔纳·斯蒂格勒（Bernard Stiegler）所说：

> 最根本的东西也是最熟悉的、最亲近的东西，因而它们在认识中相悖论地成为最遥远、最隐蔽的东西。这是一个普通的逻辑：最简单的东西是最不易被察觉的。亚里士多德在《论灵魂》中这样论述鱼类："水栖动物无法感觉到一个湿润物体和另一个湿润物体的接触。对他们来说，一切接触、一切存在都是湿的。"他们能感到的只有湿，也就是说，湿是他们唯一感觉不到的现象。同样，柏拉图在《蒂迈欧篇》中指出："假如世界是用黄金造成，黄金就成了我们唯一无法认识的东西。"因为我们无以与之对立，无以与之对比，也就对此没有任何概念；但是，"黄金"却将是我们唯一可以从真理意义上把握的东西，因为只有"黄金"才是真理，它是一切事物的真理，或者说是存在本身。②

凯茜的感知及回忆媒介本身，便是这样一种不被自身所识的认识媒介。而凯茜的不可靠性恰源自于此。凯茜在企图从理性上观察周围世界和周围人的同时，却惊人地与周遭的一切格格不入，

---

① Julian Barnes, *The Sense of an Ending*, London: Jonathan Cape, 2011, pp. 17, 60.

② ［法］贝尔纳·斯蒂格勒：《技术与时间：爱比米修斯的过失》，裴程译，译林出版社 2000 年版，第 128—129 页。

与一切相隔绝。学者露丝·思科尔（Ruth Scurr）指出，凯茜给我们展示的细节常常抽象得令人发指，凯茜的所见往往缺乏视觉和触觉的元素。也正因为这样，读者不得不自主地从各自的记忆中寻找相似的感受，来填补凯茜的感受中在感性方面的缺失。① 凯茜对身边最亲近的人的把握不清，似乎恰恰是因为她个性中不被自己所知的"感性的失联"。如斯蒂格勒所言，现代人为了回忆和找回沉沦之前的明晰性，必须忘掉理性。② 同样，《别让我走》中凯茜回忆的过程，也是一个逐渐放下对理性的执着而恢复感性的认识过程。

凯茜对露丝的误读一部分来自于凯茜本身难查的在感性认识上的匮乏。与凯茜形成鲜明对比的露丝，似乎更擅长用富有感性的自然肢体语言表达情感。在露丝劝解凯茜和汤米去向校长争取生命延期的时候，她的肢体语言是这样的：

> 露丝现在把身子向前倾斜着，直直地看着我，好像那一刻汤米根本就没有和我们一起在车里……，而更像是她太急切地要让我明白她的话，所以其他的一切都模糊不见了，……她稍稍转过身，眼睛第一次看着汤米。然后几乎是马上，她又只朝我看过来……她伸出一只手放在我的肩膀上，但是我粗暴地甩开了，含着满眼泪水朝她怒目而视："那太迟了。"（露丝说）"还不太迟，你来对她说，汤米。"我正扶在方向盘上，所以我根本看不到汤米，他发出一阵困惑的嘟哝声，可是什么都没说。③

在露丝自我表达的过程中，倾向于省略她关键的意思，或在关键时刻沉默不语，这都使得她的情感诉诸其听众对她言语之外的

---

① Ruth Scurr, "The Facts of Life", *The Times Literary Supplement*, Feb. 25, 2005.

② ［法］贝尔纳·斯蒂格勒：《技术与时间：爱比米修斯的过失》，裴程译，译林出版社 2000 年版，第 129 页。

③ Kazuo Ishiguro, *Never Let Me Go*, Toronto: Alfred A. Knopt, 2005, pp. 212–213.

"静默"和"凝视"的感性体会。而这恰是凯茜所没有的。凯茜似乎在多年后也意识到,自己与露丝最大的不同点,正是自己不懂怎么通过语言之外的东西去表达和理解情感。凯茜回忆了那个让三人最终分道扬镳的"墓地吵架"情景。当时,露丝告诉汤米她和凯茜都觉得汤米的画是垃圾。① 明明应该对此否认或做解释的凯茜却沉默了:"我本应该走到汤米面前,当着露丝的面拥抱他。这些都是多年之后我才想到的,虽然按我的个性,还有我们三人彼此相处的方式,也许这在当时不是真正可行的选择。可是那也是会管用的,反而是语言让我们彼此伤害得更深。"② 但凯茜当时却并没有这样做,"让他往最坏里想吧"③,凯茜对自己说,然后转身离开——拒绝以言语之外的任何方式进行沟通。布鲁斯·罗宾斯认为,这里显示了凯茜对心爱之人无比冷酷和残忍的一面,我们甚至不确定凯茜是想让汤米往最坏里想她自己,还是往坏里想汤米自己。④

从中我们可以看出露丝与凯茜沉默的根本区别,也是这种区别使得凯茜对露丝难以把捉。以培根(Francis Bacon)为代表的古典主义,将自我掩饰和蛰伏推崇为艺术,并以三种不同的程度相区分:

(1) 中性的掩盖:矜持、慎重、沉默的人,绝不显山露水,难以测度。这是习常如此的寡言慎行者的表现。

(2) 负面的掩盖(被动的):佯装、骗人的表里不一。

(3) 正面的掩盖:主动的掩藏,故意佯装,表面上所说的与

---

① 对此,露丝其实没有对凯茜进行诬陷,因为凯茜确实之前跟露丝一起嘲笑了汤米的画。

② Kazuo Ishiguro, *Never Let Me Go*, Toronto: Alfred A. Knopt, 2005, p.179.

③ Ibid., p.180.

④ Bruce Robbins, "Cruelty is Bad: Banality and Proximity in 'Never Let Me Go'", *Novel*, Vol.40, No.3, 2007.

实际上不同。①

露丝的沉默以第一种和第三种"中性偏正面"的掩盖为主；凯茜则以第二种"被动偏负面"的掩盖为主。凯茜的沉默在当时的情形里是负面的，让其想表达的意义产生削减而非充盈。与露丝的主动又积极的沉默不同，凯茜"墓地吵架"处的沉默是被动的，是面临抉择时的手足无措和无言以对，因此她被迫选择索性逃避不见。其得到的效果是对露丝指控的默认，因此造成了汤米的误会。虽然多年之后，凯茜后悔当时自己的沉默，但当时的她其实在心里是暗暗得意的："我在几分钟里感觉仿佛获得了胜利；现在他们两个留下陪着彼此，他们活该忍受这样的命运。"②

凯茜对露丝难以琢磨的原因就在于此：露丝在表达想法时是依靠感官体验，这很大程度上对其语言违背内心而造成的意义不清做了补充。但凯茜却把握不到。然而，即使露丝没有明确地告知凯茜其想法，有心的读者还是能通过具有"情动力"（Affect）③的细节，感觉到露丝想要再次跟凯茜亲近的意图。读者和凯茜所描述事物的距离，恰恰是由这层情感认知构成的。连尼·劳切讷（Liani Lochner）认为，读者通过石黑语言的感染力感受到我们与

---

① 参见［法］罗兰·巴特《中性》，张祖建译，中国人民大学出版社2011年版，第39页。

② Kazuo Ishiguro, *Never Let Me Go*, Toronto: Alfred A. Knopt, 2005, p.179.

③ 斯宾诺莎和德勒兹认为，情感和身体的力量密切相关。斯宾诺莎说："我把情感理解为身体的感触，这些感触是身体活动的力量增进或减退，而这些情感或感触的观念同时也随之增进或减退。"而德勒兹在其基础上，称这种存在之力或行动之能力的连续流变为"情动力"。参见［荷］巴鲁赫·斯宾诺莎《伦理学》，贺麟译，商务印书馆1998年版，第97页。［法］吉尔·德勒兹：《德勒兹在万塞讷的斯宾诺莎课程（1978—1981）记录》，载汪民安编《生产：德勒兹与情动》，姜宇辉译，江苏人民出版社2016年版，第6页。另外，在罗兰·巴特后期的批评中也出现了情动理论的萌芽。在《明室》里，巴特提到了审美的两个要素："广延性"和"刺点"。两者完全可以通过赏析者的"中性情感"被探知。这里巴特对赏析者在情感上做出了要求，这为以后跨媒介的"观者理论"和"情动理论"的提出，开启了先河。关于"中性情感"参见［法］罗兰·巴特《明室》，赵克非译，中国人民大学出版社2011年版，第34页。

克隆人之间的相似性，虽然这有悖于我们通常对人性的认识。他称这种共感力为"情动"（Affect）①。

情动的概念来自以斯宾诺莎和德勒兹为代表的"情动理论"（Affect Theory），它与身体、感觉相关。斯宾诺莎（Baruch de Spinoza）认为正是"身体的感触"产生了情感。②情感的变化同时意味着人的存在之力（Force）及活动之力（Power）的变化。而德勒兹（Giles Deleuze）把这种由触觉联动的情感的流变称为"情动"（Affect），因此情动（情感）既是心灵的（思想之力）也是身体的（活动之力）。③在斯宾诺莎看来，"心灵的命令，欲望和身体的决定，在性质上是同时发生的，或者也可以说是同一的东西"④。欲望、心灵的命令和身体的决定，三者是同一的。这就是情动（情感）行为。斯宾诺莎和德勒兹都认为，人的本质是情感行为和经验。生命和主体，不再是一个笛卡尔式的智性心灵主体，也不是一个福柯式的被规诫的身体的存在，而是一个流动的情感主体，一个将身心融合在一起的、破除了二元性的情感的存在。有学者认为这种由斯宾诺莎开创的彻底的唯物主义和经验论是对启蒙以来理性主义的强大偏离。⑤

以这种情动理论来看，露丝是心灵和身体、情感和行为同一的主体，而凯茜则因为缺少身体的感触而存在某种情感和行为上的缺失。这在斯宾诺莎和德勒兹看来，是一种现代式的"存在性"

---

① Liani Lochner, "How Dare You Claim These Children Are Anything Less than Fully Human?", p. 101.

② [荷]巴鲁赫·斯宾诺莎：《伦理学》，贺麟译，商务印书馆1998年版，第57—63页。

③ [法]吉尔·德勒兹：《德勒兹在万塞讷的斯宾诺莎课程（1978—1981）记录》，载汪民安编《生产：德勒兹与情动》，姜宇辉译，江苏人民出版社2016年版，第6页。

④ [荷]巴鲁赫·斯宾诺莎：《伦理学》，贺麟译，商务印书馆1998年版，第102页。

⑤ 汪民安：《何谓"情动"？》，《外国文学》2017年第2期。

危机。露丝的言语之间有一种清晰的身体和触觉的可见性，这让她沉默中的思想仍然可见和可感。但凯茜似乎缺乏身体与外界的触感，因此不善辨认、不善感知在语言媒介之外被传达的信息，这使她对露丝乃至身边的所有人的理解产生错误。如凯茜自己所言："拥抱，不符合我的个性，也不符合我与露丝和汤米彼此相处的方式。"①

### 三 "别让我走"主题的表现

露丝沉默中清晰可见的心思，被日本电视改编表现得十分得心应手。刘易斯早就注意到石黑小说中的人物对白表现了日本人在日常交流中的对话特点。② 他引用卡纳·奥布的定义解释说："在这种对话中，意思不单纯是在被说出的语句中，更在交流中间的间隔、停顿、支吾及推诿当中。"③ 石黑小说的这种对话风格与日本影像风格十分契合。当然作者自己也说过日本改编《别让我走》像是把原著带回了家。如此一番演绎仿佛是契合到了某种影响的源头。日系的影像风格自小津安二郎以来，就突出着日语里的一个极重要的"Ma"（间）的概念。罗兰·巴特解释这种"间"的概念是指："这个瞬时、两个地点、两种状态之间的全部分隔。"④ "Ma"出现在日本人平日交谈中停顿的间隔里，类似中文里的"那么"，制造了一种时间和空间上的间距感。与"疏远"不同，恰好的间距，⑤ 不过

---

① Kazuo Ishiguro, *Never Let Me Go*, Toronto: Alfred A. Knopt, 2005, p.179.
② Barry Lewis, *Kazuo Ishiguro*, Manchester: Manchester University Press, 2000, p.37.
③ Kana Oyabu, Cross-Cultural Fiction: The Novels of Timothy Mo and Kazuo Ishiguro, Ph. D. dissertation, University of Exeter, 1995.
④ 见"间隔"（L'intervalle）。Roland Barthes, *Oeuvres complètes* 3, Paris: Editions du Seuil, 1994, p.340.
⑤ "无间距"在禅宗和佛教文化中，是极致痛苦和炼狱的象征。佛教里十八层地狱的最底层为"无间地狱"，"无间"即刑法苦难无间隔。若是在现实生活中，冲突接连发生，不给人留喘息的余地，便成为人间炼狱。

于逼近又不戾气。在日本电视改编中,露丝的言语比凯茜的有着更多的空隙和间距。导演利用这些在日本文化中不那么引人注意的间隙,敏锐地捕捉到了露丝不经意间展现的内在心思。比如说:日本电视改编的第八集中,露丝在凯茜的车里听到"别让我走"的歌,她情不自禁地跟着唱,但唯独在唱到了"别让我走"这一句时,她却停下来微笑不语,好像是想刻意避开不说这句袒露她心思的话。后来,到露丝被迫要捐献生命的最后一刻,她才止不住地对凯茜呼喊:"凯茜,别让我走!"

露丝对凯茜"别让我走"的呼喊,在改编中具有重新命名的功能。因为这立刻消除了观众之前站在凯茜的立场观察露丝所形成的,对露丝自私、好胜、钩心斗角、善于把弄别人的误解。这些曾经被凯茜忽视的露丝沉默中可见的思想,被日本电视改编剪辑成了露丝逝去之后的种种闪回片段。于是,凯茜对露丝的误读,通过清晰的影像展现在我们面前,迫使我们去反思和重新认识现实中的露丝形象。这赋予了"别让我走"这句小说主题句一种新的意义。

对于小说的标题句"别让我走",批评界做出了不同的解读。有评论认为,"小说的标题和高潮部分一起点明了科学与社会进步的危害"[1]。还有学者指出,作者通过凯茜重述故事,来反转并替代早已固化的身份等级制,并赋予被凯茜所代表的克隆人在这个后人类世界中言说生命和个人历史的权利。这连同读者的"移情"式阅读一起,取得了一种批判人类中心主义以及褒扬传统人性和道德的效果。[2] 朱梅罗对此提出了一种不同以往的观点,她认为标题句象征的是所有值得人类纪念的"记忆整体"(Memorabilia)。这种记忆曾经在前现代将人与人紧密地联系在一起,但它与凯茜

---

[1] Waichew Sim, *Globalization and Dislocation in the Novel of Kazuo Ishiguro*, Lewiston, New York: Edwin Mellen Press, 2006, pp. 254 – 255.

[2] 信慧敏:《〈千万别丢下我〉的后人类书写》,《当代外国文学》2012 年第 4 期。

个人的记忆一样,与自身趋于消散和分解的命运做着挣扎。① 小说的标题句"别让我走"其实也体现了整部小说对过去缅怀和对未来担忧的审美现代性主题。毕竟,"别让我走"这句在山明·布莱克(Shameem Black)看来"象征着那些正躺在手术台上进行着第四次捐献的克隆人发出的呼声"②的话语,并没有在小说中被任何人物直接地说出。这句话在小说中唯一一次真实地出现是当儿时的凯茜一个人在房间听录音带的时候,她随着歌声唱道"别让我走",而且竟然还被凯茜误解了原本话语的意思。这让故事显得更加悲伤。

而在日本电视改编反衬下,我们发现"别让我走"的主题语也恰是露丝没有直接对凯茜说出的爱的感言。这就像是凯茜的自述,在经人阅读后被读者附加上的一个标题。同时,它也体现了三个主人公之间的深沉情感。与日本电视改编相反,在小说中,露丝对凯茜、凯茜对汤米,谁都没有说出"别让我走"这句话。在凯茜眼里,就连露丝与汤米这对曾经最亲密的情侣之间,也是相对无言的。在罗兰·巴特看来,缄口、保持沉默,是一种没有聚合关系和代表符号的中性状态,它代表着意义的悬置和不确定性。与自然界中的万籁俱寂和上帝的沉默无声一样,这种沉默代表着无法显现、无法自我昭示的存在本身——"纯粹的意志如同虚无一样微末"。③ 相似地,在小说中"别让我走"这句话的情感,渗透在故事的每个缝隙中,它因此破除了语言的聚合关系(各种冲突),也破除了它自身于某处集中显现的必要。小说对标

---

① Olga Dzhumaylo, "What Kathy Knew: Hidden Plot in 'Never Let Me Go'", in Cynthia Wong and Hulya Yildiz, eds. *Kazuo Ishiguro in a Global Context*, New York: Routledge, 2015, p. 96.

② Shameem Black, "Ishiguro's Inhuman Aesthetics", *MFS: Modern Fiction Studies*, Vol. 55, No. 4, 2009.

③ [法]罗兰·巴特:《中性》,张祖建译,中国人民大学出版社2011年版,第36页。

题语的不言说和沉默，相比日本电视改编中的直接显现的方式，展示了一个更加丰富的所指意义。"别让我走"的主题语透露着一个不躲藏却也不说明对话的对象——"你"："你"同时可以是凯茜深爱的汤米、露丝暗恋的凯茜、汤米钟爱的露丝，也可以是逼迫克隆人牺牲的人类，还可以是见证这一切的读者。

露丝是《别让我走》中三个主人公之间小世界情感的纽带，同时也是联系克隆人内部小世界与外在人类世界的纽带，凯茜的故事由此展开。理解三个主人公之间的这种复杂的情感关系，成为我们深入小说主题的关键。但这常常被读者及批评者所忽略。如汤米所说，露丝代表着克隆人三人小团体与周围世界和他人的联系。她不像汤米和凯茜，总是充满怀疑地望向他们与世界联系的幻觉背后的深渊。这种以露丝为中心的凝聚力，既表现在三人的小圈子里面，也表现在小圈子之外：圈外，露丝总是出面代表他们三个整体发言，与村舍中其他的克隆人沟通以及进行社交融合，她把三人紧紧地与所在的人类世界联系在一起。就连在他们三个唯一一次去人类社会找"原真体"的途中，从吃饭到坐在车上的位置，都是露丝夹在汤米和凯茜的中间。圈内，当露丝死去之后，凯茜和汤米进行的为数不多的两次深度沟通，似乎也总离不开露丝。两个人总是下意识地在话的开头或结尾添加一句："露丝也想我们这样做。"露丝之死，使汤米和凯茜之间不再有阻隔，但是两人却也没有如凯茜所愿快乐相伴到生命的最后。其中一个凯茜不愿承认的关键原因，便是她和汤米的心中都还留有露丝的位置。露丝之死，悖论地成为凯茜和汤米的爱情关系中的一道无法逾越的鸿沟，因为露丝的离世也带走了汤米和凯茜与人类世界的这层薄弱的联系，让他们落入了一个现代的、被造物主抛弃了的、价值悬空的世界。但石黑一雄没有像后现代主义者那样，让凯茜对这个价值不再的世界安然地接受，也没有让她对这个世界进行嘲弄或表现出愤怒，而是让凯茜对以露丝为代表的这个被颠覆前的、理想主义的、人和造物者及世界有着紧密联系的旧世界和旧秩序，充满了无限的怀念和感伤，同时也对现时的新世界和新秩序充满了忧虑和反思——全然表现了一种审美现代性式的态度。

石黑一雄说："回忆是我们审视自己生活的过滤器。回忆模糊不清，就给自我欺骗提供了机会。"[1] 凯茜的叙述与《远山淡影》中悦子的叙述类似，她们都将一些自己不愿面对和不愿说出的事实以记忆之名过滤掉了。但记忆在两者叙述中的作用却有所不同。《远山淡影》中的悦子有意地利用回忆编织出另一个自己来替自己的过失负责。如果回忆对悦子来说是其有意进行自我欺骗、救赎及悔过的媒介的话，那么回忆在凯茜叙述中还有一种类似于巴特描述的"带着碎裂花纹的玻璃"的作用——它能引人反思认识媒介本身的局限性。人们只能凭借不够全面、不够准确、有失偏颇还带有大量盲区的回忆这个媒介，来认识自己以及接近身边最爱的人。除此之外别无他法。通过《别让我走》中凯茜的回忆性叙述，石黑似乎传达给读者这样的思想：人们唯有通过记忆来认识一切发生的事，但人们循着记忆也不一定能通达现在和未来。隔着记忆的棱镜，人们并不能直观事情真实的模样。但除了记忆之外，我们一无所有。

---

[1] Kazuo Ishiguro, "Kazuo Ishiguro's Interview on Charlie Rose", Charlie Rose Show, Oct. 10, 1995, Accessed March 6, 2015. https：//charlierose.com/videos/18999.

# 结　语

## 与电影联动中的小说

　　文学与电影这两种艺术媒介主导着20世纪文化的各个领域。它们成为人们用以展现对过去和未来的思考和想象的最核心、最具活力的舞台。文学与电影也因此跨媒介地共享着彼此的技巧、读者/观众、理论和风格。第二次世界大战之后，法国作家兼电影导演埃里克·侯麦（Éric Rohmer）出版了一部小说，随后他立即将其改编为电影，因为他相信文学和电影的联系已经到了密不可分的程度。相似的是，1982年，石黑一雄为BBC四台写了一部名为《亚瑟·梅森的略传》的电视电影剧本，它在1984年被成功搬上银幕。随后，石黑将这个短短四十分钟的影片剧本扩写成之后为他赢得1989年英国布克奖的成名小说《长日留痕》。四年后，由石黑参与的同名电影改编获得了1993年的奥斯卡金像奖，以及包括最佳影片、最佳改编剧本和最佳男女主角等八项提名。文学与电影的联系，在这位诺贝尔文学奖加冕作家创作过程中占有特殊的位置。石黑公开地表示自己不属于那种有意或无意地在先前经典文学屋檐下创作的作家，25岁才开始正式进行写作的他，成长于电视电影以及摇滚乐盛行的时代。[①] 读者会在他的作品中找到

---

[①] Kazuo Ishiguro on "Bookworm" with Michael Silverblatt, September 1990. Kazuo Ishiguro Recording Collection, CD 1335, Harry Ransom Center, The University of Texas at Austin.

当今这个电影与文学已形成强大的联姻的时代特点。可见,电影对他写作的影响之深。

　　文学与电影之间这种千丝万缕的联系,并非仅在这两位艺术家的创作中得以体现。海明威、多斯·帕索斯、福克纳这样的作家可以用电影式的语言写小说,布列松这样的电影人同样可以拍一部小说一样的电影。1960 年以来,电影这种新的叙述艺术创新地使用着诸如留白、隐喻、间接自由引语这些来自于小说的复杂技巧,并在使用过程中不断予以更新。正如著名意大利电影导演兼诗人皮埃尔·保罗·帕索里尼(Pier Paolo Pasolini)在《电影诗学》("The Cinema of Poetry", 1965)一文中指出,电影自 1936 年起就已经走在文学前面了。电影幸运地得益于其技术上的先进性,激化并融入了现当代社会政治生活层面的深刻变革,而恰是这种新生的社会政治生活语境,塑成了后来的新文学。① 现当代的小说家确实也从电影那里学到了新颖的转换视角技法,比如,蒙太奇式拼贴、框景,以及呈现时空关系的多样形式。各种媒介之间的互融在 21 世纪达到最大化,人们见证了像托尔金(J. R. R. Tolkien)这样的小说家的作品以多种媒介形式出现;同时,像思想实验小说和臆想小说这样的新文类,也借由文字、电影以及电视系列片等媒介,进入大众的视野。文学与电影媒介界限的日益模糊,也引发了读者对小说本质定义的重新思考。在迈克尔·坎宁安(Michael Cunningham)的小说《时时刻刻》(The Hours, 1998)之后,该如何看待伍尔夫的《达洛维夫人》(Mrs Dalloway, 1925)? 以及在这两本书的电影改编之后,又该如何看待其原著? 在这种语境下,小说是什么,成了一个值得商榷的问题。但毋庸置疑的是,近一个世纪以来小说和电影之间的异交与联动,对现当代小说家的创作产生了前所未有的影响,并在一些

---

① Pier Paolo Pasolini, "The Cinema of Poetry", in Bill Nichols ed. *Movies and Methods*, Berkeley: University of California Press, 1976, p. 558.

作家的作品中留下了鲜明的印记。这其中就包括当代小说家石黑一雄。

谈到当代小说创作与电影的关系，石黑一雄说："对于和我同辈的作家或更年轻一辈的作家而言，坚持用纯文学的方法来讲故事变得十分困难。无论喜欢与否，作家们都深深地受着电视和电影叙事理念的影响。电影在这方面，对我特别重要。我是观影和读书并存的产物。"① 早期批评常因为石黑的族裔背景，认为其小说中那种隐忍、节制、深藏不露的写作风格和日本有关。对于这种看法，石黑在一次访谈中回应说："在我看来，从英国的简·奥斯丁到夏洛特·勃朗特，从美国的海明威到好莱坞电影里的约翰·韦恩（John Wayne）式的英雄人物，他们都有这种不予言表、一切埋在表象之下的风格特点。"② 石黑似乎有意将其独树一帜的风格看作文学与电影之间跨媒介共享的某种极具现代性的特质。

然而，以往为数不多的关注石黑一雄与电影关联的批评都把石黑小说与电影的关联，在狭义层面上理解为小说对一些经典导演的电影风格和表现手段的指涉和借用，而且这些解读往往浅尝辄止。石黑一雄的小说不仅具有强烈的电影性，也具有强烈的现代性。但迄今为止，这两方面都未引起足够的重视。仅有的一些零散的评论，分别关注其中一个方面，忽视了两者在跨媒介意义上的联系，以及建立在此联系基础上文本的隐含深层意义。本书将石黑一雄小说与电影的关系与其小说的现代性关联起来讨论，并对具体作品展开深入细致的分析，展现了石黑一雄作品在广义和狭义两方面与电影的关联。从广义方面，本书将石黑的小说与电影的关联理解为一种跨媒介的审美现代性特征的体现。这是一种深度和感知层面上的意义背叛了现代理性和进步的初衷，对现有

---

① Kazuo Ishiguro Interview, October 1990. Kazuo Ishiguro Video Collection, Harry Ransom Center, The University of Texas at Austin.

② Kazuo Ishiguro on "Bookmark", 1986. Kazuo Ishiguro Video Collection, Harry Ransom Center, The University of Texas at Austin.

认识及认识途径进行反思和怀疑的审美现代性特征。本书深入分析了石黑对审美现代性问题的思考跟小说与电影之间的关联，以说明电影所表现出的审美现代性在石黑的小说中唤起了基于媒介却又跨越媒介的共鸣。从狭义方面，本书在以往对石黑作品与电影的讨论的基础上，紧密结合《远山淡影》《被掩埋的巨人》和《别让我走》三部小说与小津安二郎、黑泽明、沟口健二和塔可夫斯基四位导演的电影，在风格、叙述手段及人物塑造上的关联，来分析石黑一雄作品，揭示出石黑小说中对认识存疑的审美现代性主题。

尽管这三部小说的出版时间相隔十余年，故事也发生在看似毫不相干的年代，但这三部小说在时空、主题、情节模式上具有耐人寻味的相关性。拿《被掩埋的巨人》和《别让我走》来说，一个设定在远古的中世纪，另一个在未来的克隆时代，但两者都发生在位于大不列颠的一个看似与真实的历史重合，实际上却不同的平行时空里；两部小说的情节结构都围绕主人公追寻的隐秘真相展开：埃克赛夫妇寻找遗失的儿子，克隆人则寻找原真人。因为他们与寻找对象存在某种本质上的阻隔，双方的追寻都以无果收场。两部小说由此有着某种峰回路转的内在联系，仿佛寻找着彼此的父辈与晚辈进行着越界且隔空的召唤和对话。《远山淡影》和《被掩埋的巨人》都不同程度地引入了鬼故事元素来表现主人公对身边的人及世界在认识上的不确定性。另外，《别让我走》中凯茜和露丝之间形影不离又充满矛盾的关系，与《远山淡影》中悦子和幸子之间双生花式的关系，也有相似性。这两对好朋友的关系不同程度地象征了两个在现时和过去、现代与传统之间挣扎的自我，而这种挣扎恰恰表现了人意识到自己在与现时及历史相关联时存在有问题的审美现代性意识。这三部小说故事中的主人公总感到自己被世界所骗，而读者也同样感到被石黑的叙述者所骗。这种人们对现有认识的质疑和警惕，连同对感伤、回忆、失去和真相的反思，一起构成了贯穿石黑一雄小说创作始终的重要主题。而这三部作品都不同程度地运用了与电影关联，特别突出了本书所关注的人意识到自己与现时及历史相关之难的审美现代性意识。鉴于这三部小说的内在主题关联以及它们在石黑创作中的代表性，本书以它们作为分析文本，来探索文学与电影关联研究的三个不同方向：对《远山淡影》的讨论，聚焦小说与日本电影及背后的东亚文化的关联；对《被掩埋的巨人》的分析，则侧重探索小说对除蒙太奇以外的世界电影技巧的借鉴；对《别让我走》的探讨，从电影改编角度反观原著并发现小说中隐藏的新意。

　　首先，本书讨论了《远山淡影》与小津安二郎的《东京物语》中的物哀式感伤与留白技巧的关联。石黑在《远山淡影》中借鉴了《东京物语》中的物哀式感伤，来描绘主人公悦子对女儿、公公和自己这三方面的回忆。由此，小说体现并发展了两种审美现代性特点：一方面，小说继承了现代怪诞鬼故事的特点，并加入了小津电影中带有东方特点的物哀，来表现主人公的思想和感受的分离。这使小说逼近一种内外世界界限消失的、以凸显现实中隐藏的怪诞和超现实为特点的欧陆式审美现代性特点。另一方面，小说体现了精神与肉体、情感与理性失联的英美式审美现代性特点。同时，石黑也试图通过小津电影中的物哀与留白，从记忆和心灵深处发现缝合这种"感性断裂"的可能。

　　围绕小说的欧陆审美现代性特点的分析部分，聚焦于悦子与两个女儿的关系并指出，《远山淡影》跨媒介地将小津电影中的"物哀"和"留白"的技巧，与趋向于将内心之鬼外化的现代欧陆鬼故事相结合，来诠释悦子对女儿充满感伤和愧疚的内心世界。如此，石黑将悦子与好友的女儿万里子自称经常看到的鬼女人联系起来，隐秘地展现了悦子在过去自己的女儿眼中的虚像性，以及悦子对女儿留白背后的哀伤。悦子的哀伤，在石黑的笔下，被赋予了现代鬼魅的形式，萦绕不散地盘旋在悦子的叙述中，却因为看不见、听不着而呈现出一种"鬼变成了现实本身，而不是过去回到现在"的现代鬼魅性特质。石黑同时通过悦子的回忆，还展示了一个督促人"知物哀"的过程，让读者通过悦子与女孩三次会面中被悦子间或省略的三个关键"物存"，去感受其中微妙的情感和氛围，以此来体悟这些"物"中所寄托的人的情感与哀伤。

围绕小说的英美审美现代性特点的分析部分，分别关注了悦子与公公绪方的关系，和悦子与自己的关系。这部分先通过比较小说中悦子对公公的情感与《东京物语》中儿媳对公公的情感的异同，揭示了悦子对公公除了体现出小津电影中所表现的"理性只是理解现实生活的诸多方式之一，但绝不是唯一方式"的思想之外，还体现了一丝对感性认识的警觉。作者一面邀请我们在感性层面给予悦子最大的同情和理解，一面也提醒我们对其在回忆公公时表现出的侧重于情感的叙述保持着警惕，这让小说具有了对认识持有怀疑态度的审美现代性特点。而在描绘现时中的悦子与过去时中的悦子之间的割裂关系方面，石黑用小津式的"物哀"与留白呈现了，悦子在现时及过去所体验的两种不同的真实，共时性地存在的复杂性——一种是作为受害者的"我"的真实，另一种则是作为施害者的"我"的真实；一个源自现时中以冷静的旁观者身份，回眸并反思着过去的作为叙述者的"我"，另一个源自过去时间中在纷乱、痛苦的感受的烦扰下，只顾生存和行事却无法思考的"我"。如果说"物哀"描述了一种"人在还没有开始形成对事物的认识之前，就感觉到这个事物的无法认识性"的敏锐感受的话，悦子叙述中的物哀性则表现在，悦子在还没有对女儿漠不关心，没有给女儿成长过程留下的阴影而致其日后的悲剧之前，就感觉到她对自己的这种行为及其后果的无法避免性。通过这样的分析，此部分旨在说明，石黑不但借助现代鬼故事手法和日本战后电影中的物哀，凸显了人们对回忆和自我认识存疑的审美现代性特点，也揭露了故事的主人公在追溯过去伤痛的过程中表现出的闪躲、遗憾、愧疚，尝试与过去、罪过、哀伤进行和解的复杂的感伤，以及作者对此既理解又警惕的矛盾态度。

其次，本书挖掘了石黑一雄的《被掩埋的巨人》与日本导演黑泽明的《罗生门》、沟口健二的《雨月物语》以及俄国导演塔可夫斯基的《潜行者》的关联，并分三个方面分析了小说中表现的质疑"现实"和"现时"的审美现代性——故事中的主人公对现时中的人（爱人和陌生人）、上帝信仰以及现实世界的怀疑，读者对复杂多面的中性叙述眼光的质疑，作者利用电影叙述中的思想实验来展现对"现实"和"现时"的质疑。

此部分先讨论了石黑如何借鉴了沟口健二的《雨月物语》中带有东方特点的女鬼诱惑情节以及魂鬼思想，来揭示《被掩埋的巨人》中的女主人公比阿特丽斯与女鬼之间的隐秘联系。石黑利用小说与电影以及相关神话故事的关联，塑造了小说中的"摆渡人"以及"黑衣女人"这两个容易被忽略的"他者"式人物形象以及相关的隐藏故事线。这让小说中埃克索在比阿特丽斯引领下的寻真之旅，演变为一场被鬼魅引诱而走向死亡的旅程。这些主人公现时中的"他者式"人物，一方面提示着读者现实世界不能满足于单一解释的多元性和复杂性；另一方面暗示着小说中所隐藏的某种返魅式的前现代思想，对小说世界中既成的上帝观念提出质疑。由此，借由与沟口健二和黑泽明电影中的部分情节的关联，石黑的小说鼓励读者用审美现代性式的质疑性眼光，重识现时中的平凡之人与既成的观念及秩序。接下来，这部分分别从《被掩埋的巨人》与塔可夫斯基和黑泽明电影的对话关系，以及与电影中的"新现实主义""思想实验""观影机制"等电影叙事风格及技巧的对话关系中，探寻小说如何通过文学与电影的对话在小说中的另外两个方面继承和发展了对认识存疑的审美现代性。从叙述风格方面，本部分结合塔可夫斯基《潜行者》中电影镜头的中性特质，以及罗兰·巴特的观念域思想，分析了石黑小说所运用的神话方法，以及叙述者所呈现的"中性""非个性化"特点与其中令人生疑的现实世界之间形成的反讽关系。从时空观方面，这部分讨论并揭示了，小说的叙述者利用常见于现代电影的"思想实验"叙事，在小说的"塔中之战"部分以及故事的整体，呈现出一种融合了心理时间（柏格森绵延式的）、空间时间（围绕某一地点场域的）和纯粹时间（摆脱了主体差异、消除了内外界限）的深度时空性特点，从而进一步颠覆了小说故事的现实根基。通过以上探讨，读者可以对石黑作品中与"现实"和"现时"相关的现代主题意义、现代他者式的人物形象及现代艺术手法有更加全面和深入的理解。

最后，本书结合小说的英国同名电影改编（2010）和日本同名电视改编（2016），分析了《别让我走》中凯茜的认识在两方面上的不确定性（包括对自己私情的认识和对自己记忆的认识），以此来说明小说所呈现的带有质疑性特点的审美现代性主题。这部分把小说与其电影和电视改编并置解读，从凯茜与露丝和汤米的私人情感关系维度深入展开分析。此部分先梳理了现代主义小说在电影的启发下，逐步通过语言上克服文学性、视角上限制读者的透视性两种方式，来塑造人物的特点。通过对比读者在认识《别让我走》的露丝、福克纳的《喧哗与骚动》中的班吉，以及艾米莉·勃朗特的《呼啸山庄》中的凯瑟琳时所受的限制和感受上的模糊，说明了《别让我走》对现代主义小说用模糊来塑造人物深度的两种方法的继承和发展，由此总结出凯茜对好友露丝认识不清的主客观两方面原因。

此部分首先结合电视电影改编，围绕凯茜对露丝误解原因的客观部分展开分析。不同于多数评论者认为的露丝出于妒忌、自私等个人品性上的原因，而恶意地拆散凯茜与汤米的观点，笔者将露丝的谎言理解为一种为了掩饰其真实的情感而实施的自我保护性策略。露丝真实的意图在于遮掩她爱着凯茜又害怕被其抛弃的脆弱之心。通过电影改编反观原著，此部分揭示出了，与凯茜回忆中截然相反的、集脆弱、隐忍与悲伤于一身的露丝形象的另一面。随后，本部分聚焦并分析了凯茜对露丝误解的主观性原因。凯西叙述的不可靠性与凯茜的记忆紧密相连，而其记忆与影像相似，有一种潜在的不可靠性和选择性特点。结合罗兰·巴特的影像媒介理论，这部分剖析了凯茜回忆性叙述的影像性特征和不可靠性。与巴特描述的明晰背后隐藏着模糊意义的影像性相似，凯茜回忆的不确定性，并非通过被凯茜聚焦的记忆场景本身的模糊性描述实现，而是通过那些在凯茜记忆之外的、模糊的细节反映出来。石黑利用凯茜记忆的类影像性特质，使我们对人类认知途径及记忆媒介本身产生怀疑，并鼓励读者深入凯茜记忆的盲区，以发现凯茜叙述的事实与实际事实之间的出入。通过聚焦小说中被叙述者的记忆媒介所模糊的汤米与露丝的爱情细节，本部分揭露了凯茜爱情的臆想性实质，以及与小说中人类对克隆人的集体性排斥共同构成主人公悲剧的重要内在原因。恰是因为凯茜对理性的执着和对感性的忽视，才导致了她与周围一切从触觉到心理的隔绝。除此之外，本部分还揭示出凯茜与露丝和汤米之间相互猜疑又不能割舍、复杂又深刻的情感关系，以及小说中对即将逝去的信念及旧秩序的怀念和乡愁的同时，又对眼前的认识以及对不得不投身于其中的新秩序充满焦虑和怀疑的审美现代性主题。通过这样的探讨，读者可以更好地理解石黑一雄在塑造和刻画复杂多面的人物性格及各种人物之间的隐含关系时所持的深层包容性立场和态度，并且可以更准确地把握其创作目的。

　　凡是对文学与电影的关联性研究，难免会不同程度地涉及文学对电影或电影对文学单方向的在某技巧上的转喻式借用或影响。不同领域的研究者常常各聚焦于一个方面，强调各自媒介中的艺术在形式和表达上的特殊之处。如果尝试从文学与电影具有某些共通本质的角度来看当代小说，会不会为当代小说和电影强大的联姻关系带来什么不同的理解？本书把这种自20世纪以来的文学与电影的关联，从传统上认为的单方向的影响或在某技巧上的转喻式相互借用，转述为两者基于"跨媒介的审美现代性"的联姻关系，并认为这是现代主义文学和现代电影在当代艺术中的共同源起。现代主义艺术中的文学和电影实质上抱有同样的基本美学意图，对社会现代性及现实表现出相似的反思性审美观。以此来考察电影与文学之间的联系，能帮助我们发现石黑一雄的作品对除了蒙太奇之外的其他电影技巧的借鉴和发展，从而更好地理解石黑的艺术为文学带来的新意。

本书不旨在说明文学的现代主义传媒到了电影那里，也不是说文学现代主义源自电影，而是说电影所表现出的审美现代性，在文学中唤起了基于媒介却又跨越媒介的共鸣，以此来为文学与电影关联研究建立一种新的横向联系的理论途径，并说明从文学和电影联姻的角度来做文学研究，有助于更完整、更深刻地解读多媒体文化时代中的当代小说，亦有助于更丰富、更完整地解读20世纪以来的电影。

随着当代社会文化、特别是大众文化的日益发展，文学和大众文化传媒之间的互动已成为一个不可回避的重要新生领域。与国外跨媒介研究的发展状况相比，国内研究虽然起步较晚，但也开始受到关注。笔者以为，讨论才刚刚开始，许多问题还需要结合具体作家和作品做专题性展开。比如，就石黑一雄作品研究来说，《浮世画家》《长日留痕》《无可慰藉》《我辈孤雏》和《小夜曲》又与电影有着怎样的关联？像《伯爵夫人》《世界上最悲伤的音乐》和《亚瑟·梅森的略传》这些作者为影视创作的剧本与其小说创作之间有何种区别和关系？除此之外，相关的疑问还需要更纵深的分析和更长的时间才能够充分显示和评估。比如，随着像石黑一雄这样在文学与电影两种媒介之间创作的当代小说家的创作资料逐步公开，会为文学与电影的关联研究注入什么样的新活力？作者在同时参与其小说和电影改编创作以及其在世界范围营销宣传的过程，对作者的创作内容和技巧产生了怎样不同于前时代作家的影响？具体有哪些与电影相关的创作技巧，被作家有意识地用于文学创作？它们又以什么形式出现在文学中？这种技术跨界迁移对文学作品的风格起到了怎样的塑形作用？当今文学与电影在创作层面的互融，如何重构着人们对小说定义的认识？又在读者阅读和阐释小说过程中扮演着何种角色？

本书围绕审美现代性所做的石黑一雄小说和电影的关联性研究在指出石黑一雄是将当代电影创作技法融入小说创作的小说家的同时，也希望能对现有的石黑一雄研究在新的跨媒介领域进行补充和扩展，同时能为国内起步不久的跨媒介文学批评做出一定的贡献，促进各领域学者对这一当代电影与小说创作互融相通的问题做更深入的探究。

# 参考文献

［美］汉娜·阿伦特：《责任与判断》，陈联营译，上海人民出版社2014年版。

［美］达德利·安德鲁：《经典电影理论导论》，李伟峰译，世界图书出版公司2013年版。

［法］罗兰·巴特：《明室》，赵克非译，中国人民大学出版社2011年版。

——：《中性》，张祖建译，中国人民大学出版社2011年版。

——：《第三意义》，《宽仁的灰色黎明：法国哲学家论电影》，李洋编译，河南大学出版社2014年版。

［日］本居宣长：《石上私淑言》，载《日本物哀》，王向远译，吉林出版社2010年版。

——：《紫文要领》，载《日本物哀》，王向远译，吉林出版社2010年版。

［法］莫里斯·布朗肖：《无尽的谈话》，尉光吉译，南京大学出版社2016年版。

［意］但丁：《神曲·地狱篇》，田德望译，人民文学出版社1990年版。

邓颖玲：《论石黑一雄〈长日留痕〉的回忆叙事策略》，《外国文学研究》2016年第4期。

［法］吉尔·德勒兹：《德勒兹在万塞讷的斯宾诺莎课程（1978—1981）记录》，姜宇辉译，载汪民安编《生产：德勒兹与情动》，

江苏人民出版社 2016 年版。

方平：《一部用现代艺术技巧写成的古典作品——谈〈呼啸山庄〉的叙述手法》，《外国文学研究》1987 年第 2 期。

方幸福：《被过滤的克隆人〈千万别丢下我〉人物性格及命运解析》，《外国文学研究》2014 年第 2 期。

冯友兰：《中国哲学史新编》上，人民出版社 2007 年版。

[法] 米歇尔·福柯：《什么是启蒙？》，李康译，《国外社会学》1997 年第 6 期。

郭国良、李春：《宿命下的自由生存——〈永远别让我离去〉中的生存取向》，《外国文学》2007 年第 3 期。

[美] 尤瓦尔·赫拉利：《人类简史：从动物到上帝》，林俊宏译，中信出版社 2012 年版。

贺忠：《黑泽明〈罗生门〉之死亡美学》，《电影评介》2009 年第 10 期。

贾樟柯：《贾想：贾樟柯电影手记》，北京大学出版社 2009 年版。

恺蒂：《萨拉·沃特斯谈女同性恋文学与历史小说》，《澎湃新闻—上海书评》，2017 年 11 月 26 日。

[美] 孔飞力：《叫魂：1768 年中国妖术大恐慌》，陈兼等译，上海三联书店 1999 年版。

来颖燕：《文学与拼贴画》，《上海文化》2019 年第 11 期。

赖艳：《石黑一雄早期小说中的日本想象》，《外国文学研究》2017 年第 5 期。

李梦桃：《西方现代文学与现代神话方法》，《国外文学》1990 年第 1 期。

李维屏：《论现代英国小说人物的危机与转型》，《外国语》2005 年第 5 期。

[法] 伊曼纽尔·列维纳斯：《从存在到存在者》，吴蕙仪译，江苏教育出版社 2006 年版。

——：《总体与无限：论外在性》，朱刚译，北京大学出版社 2016

年版。

刘倩:《戏仿手法与反讽意图——石黑一雄〈被掩埋的巨人〉对骑士文学的借用》,《外国文学研究》2016 年第 3 期。

罗珊:《行云流水,画卷如歌——沟口健二电影中的东方意境美》,《湖南大学学报》(社会科学版) 2010 年第 3 期。

[哥] 马尔克斯:《两百年的孤独》,朱景东等译,云南人民出版社 1997 年版。

[德] 马尔库塞:《作为现实形式的艺术》,《西方文艺理论名著选编》下卷,北京大学出版社 1987 年版。

浦立昕:《驯服的身体,臣服的主题——评〈千万别丢下我〉》,《当代外国文学》2011 年第 1 期。

沈安妮:《反对蓄意的象征——论〈被埋葬的巨人〉的中性写实》,《外国文学》2015 年第 6 期。

——:《石黑一雄〈别让我走〉:电影反照下的物哀与留白》,《浙江外国语学院学报》2017 年第 6 期。

——:《石黑一雄小说中的抉择之难》,《外国文学动态研究》2018 年第 1 期。

——:《〈被掩埋的巨人〉与电影反照下的东方魂鬼思想》,《外国文学动态研究》2019 年第 1 期。

——:《影像的魅惑力:揭开巴特的"面具"》,《文艺理论研究》2019 年第 1 期。

申丹:《何为"不可靠叙述"》,《外国文学评论》2006 年第 4 期。

[英] 石黑一雄:《远山淡影》,张晓意译,上海译文出版社 2011 年版。

——:《被掩埋的巨人》,周小进译,上海译文出版社 2016 年版。

[英] 石黑一雄、[日] 绫濑遥:《平成的原节子与世界的作家的对谈》,《文艺春秋》2016 年第 2 期。

[法] 贝尔纳·斯蒂格勒:《技术与时间:爱比米修斯的过失》,裴程译,译林出版社 2000 年版。

［荷］巴鲁赫·斯宾诺莎:《伦理学》,贺麟译,商务印书馆1998年版。

叶伟:《〈被掩埋的巨人〉中他者的瓦解与建构》,《外国文学动态研究》2019年第2期。

叶渭渠、唐月梅:《物哀与幽玄》,广西师范大学出版社2002年版。

王岚:《历史的隐喻——论石黑一雄〈被掩埋的巨人〉》,《解放军外国语学报》2018年第1期。

王理行:《当后现代主义的"复制"发生在人类身上的时候——论石黑一雄的〈千万别丢下我不管〉》,《英美文学研究论丛》2007年第2期。

汪民安:《何谓"情动"?》,《外国文学》2017年第2期。

王向远:《"物哀"是理解日本文学与文化的一把钥匙》,载本居宣长《日本物哀》,吉林出版社2010年版。

——:《内容提要》,载本居宣长《日本物哀》,吉林出版社2010年版。

王卫新:《石黑一雄〈上海孤儿〉中的家园政治》,《外国文学研究》2017年第5期。

信慧敏:《〈千万别丢下我〉的后人类书写》,《当代外国文学》2012年第4期。

杨金才:《当代英国小说研究的若干命题》,《当代外国文学》2008年第3期。

曾艳兵:《现实主义·现代主义·后现代主义小说辨析——以三部小说为例》,《外国文学》2006年第1期。

张同乐、毕铭:《〈呼啸山庄〉——一部具有现代意味的小说》,《外国文学研究》1999年第2期。

张勇:《对抗忘却的政治——石黑一雄关于日本战后责任的思考》,《外国文学》2019年第3期。

郑佰青:《穿越遗忘的迷雾——石黑一雄〈被掩埋的巨人〉中的记

忆书写》,《外国文学》2018 年第 3 期。

周宪:《现代性的张力——现代主义的一种解读》,《文学评论》1999 年第 1 期。

朱舒然:《离散文学〈远山淡影〉的后殖民解读》,《郑州大学学报》(哲学社会科学版) 2018 年第 5 期。

朱叶、赵艳丽:《无奈的哀鸣——评石黑一雄新作〈千万别弃我而去〉》,《当代外国文学》2006 年第 2 期。

Adorno, T. W. *Aesthetic Theory*. London: Routledge & Kegan Paul, 1984.

Alter, Alexandra. "A New Enchanted Realm." *The New York Times*. Feb. 20, 2015.

Annan, Gabriele. "On the High Wire." *New York Review of Books*. Dec. 7, 1989.

Arendt, Hannah. "Eichmann in Jerusalem-I." *The New Yorker*. Feb. 16, 1963.

Atwood, Margret. "Brave New World: Kazuo Ishiguro's Novel Really is Chilling." *Slate*. April 1, 2005.

Baillie, Justine and Sean Matthews, "History, Memory and the Construction of Gender in 'A Pale View of Hills'." *Kazuo Ishiguro: Contemporary Critical Perspectives*. Ed. Sean Matthews and Sebastian Groes. London: Continuum, 2009.

Barnes, Julian. *The Sense of an Ending*. London: Jonathan Cape, 2011.

Barthes, Roland. "The Third Meaning." *Image Music Text*. Ed. Stephen Heath. London: Fontana Press, 1977.

——. *Empire of Signs*. Trans. Richard Howard. New York: Hill and Wang, 1982.

——. "Leaving the Movie Theater." *The Rustle of Language*. Trans. Richard Howard. New York: Hill and Wang, 1986.

——. *Camera Lucida: Reflections on Photography*. Trans. Richard Howard.

London: Jonathan Cape, 1989.

——. *Oeuvres complètes* 3. Paris: Editions du Seuil, 1994.

——. *The Neutral*, Trans. Rosalind E. Eds. Krauss and Denis Hollier. New York: Columbia University Press, 2005.

——. *Mythologies*. Trans. Annette Lavers. London: Vintage Books, 2009.

Baudelaire, Charles. *The Painter of Modern Life and Other Essays*. Trans. and Ed. Jonathan Mayne. London: Phaidon, 1964.

Bazin, André. "An Aesthetic of Reality." *What is Cinema*? Vol. 2. Trans. Hugh Gray. Berkeley: University of California Press, 1971.

——. "On L'Espoir, or Style in the Cinema." *Cinema of the Occupation and Resistance*. Ed. François Truffaut. New York: Ungar Press, 1981.

——. "The Evolution of the Language of Cinema." *What is Cinema*? Vol. 1. Trans. Hugh Gray. Berkeley: University of California Press, 2005.

Beedham, Matthew. *The Novels of Kazuo Ishiguro*. New York: Palgrave Macmillan, 2010.

Black, Shameem. "Ishiguro's Inhuman Aesthetics." *MFS: Modern Fiction Studies*. Vol. 55, No. 4, 2009.

Booth, Wayne C. *The Rhetoric of Fiction*. Chicago: University of Chicago Press, 1983.

Bordwell, David. Jenet Staiger, and Kristin Thompson. *The Classical Hollywood Cinema: Film Style and Mode of Production to* 1960. New York: Columbia University Press, 1985.

Bowyer, R. A. "The Role of Ghost Story in Medieval Christianity." *Superstition and Magic in Early Modern Europe*. Ed. Hellen Parish. London: Bloomsbury, 2015.

Bloom, Harold. "The Knight in the Mirror." *The Guardian*. Dec. 13, 2013.

Bradbury, Malcolm. Ed. *The Penguin Book of Modern British Short Stories*. Harmondsworth: Penguin, 1987.

Briscoe, Joanna. "How to Write a Modern Ghost Story." *The Guardian*. July 4, 2014.

Bronte, Emily. *Wuthering Heights*. New York: Bantam, 2003.

Butcher, James. "A Wonderful Donation." *Lancet*. No. 365, 2005.

Calinescu, Matei. *Five Faces of Modernity*. Durham: Duke University Press, 1987.

Campbell, James. "Kitchen Window." *New Statesman*. Feb. 19, 1982.

Carpenter, Juliet. "Nature and the Cycle of Life in Japan." *Japan: The Cycle of Life*. Ed. C. W. Nicol and Takamado. New York: Kodansha International Co., 1997.

Carroll, Anthony J. "Disenchantment, Rationality and the Modernity of Max Weber." *Forum Philosophicum: International Journal for Philosophy*. Vol. 16, No. 1, 2011.

Carroll, Rachel. *Reading Heterosexuality: Feminism, Queer Theory and Contemporary Fiction*. Edinburgh: Edinburgh University Press, 2012.

Cervantes, Miguel de. *Don Quixote*. Trans. Tobias Smollett. New York: Barnes & Nobel, 2004.

Chakrabarty, Dipesh. *Provincializing Europe: Postcolonial Thought and Historical Difference*. Princeton, New Jersey: Princeton University Press, 2000.

Chang, Elysha and Kazuo Ishiguro, "A Language That Conceals: An Interview with Kazuo Ishiguro, Author of 'The Buried Giant'." *Electric Literature*. March 27, 2015.

Chatman, Seymour. *Story and Discourse: Narrative Structure in Fiction and Film*. Ithaca: Cornell University Press, 1978.

Cheng, Chu-chueh. "Making and Marketing Kazuo Ishiguro's Alterity." *Post Identity*. Vol. 4, No. 2, 2005.

Childs, Peter. *Contemporary Novelists*. Second Edition. Houndmills: Palgrave Macmillan, 2012.

Coates, Richard. "Invisible Britons: The View from Linguistics." *Britons in Anglo-Saxon England*. Ed. N. J. Higham. Manchester: Manchester University Press, 2007.

Cohen, Martin. *Wittgenstein's Beetle and Other Classic Thought Experiments*. Oxford: Blackwell, 2005.

Coleridge, Samuel Taylor. "Notes on the Tragedies: Hamlet." Shakespear's *Hamlet*. New York: W. W. Norton & Company, 1963.

Cowley, Jason. "'The Buried Giant', by Kazuo Ishiguro." *The Financial Times*. Feb. 27, 2015.

Currie, Mark. "Controlling Time: Kazuo Ishiguro's 'Never Let Me Go'." *Kazuo Ishiguro: Contemporary Critical Perspectives*. Ed. Sean Matthews and Sebastian Groes. London: Continuum International Publishing Group, 2009.

Danius, Sara. *The Senses of Modernism: Technology, Perception, and Aesthetics*. Ithaca: Cornell University Press, 2002.

——. "A Live Interview with Sara Danius." Announcement of the Nobel Prize in Literature 2017. Nobel Prize. Oct. 5, 2017.

Dante. *The Divine Comedy*. Trans. John Ciardi. New York: New American Library, 2003.

Dasgupta, Romit. "Kazuo Ishiguro and 'Imagining Japan'." *Kazuo Ishiguro in a Global Context*. Ed. Cynthia Wong and Hulya Yildiz. New York: Routledge, 2015.

Delistraty, Cody. "Lost Toys and Flying Machines: A Talk with Kazuo Ishiguro." *The New Yorker*. March 20, 2015.

Dennys, Nicholas Belfield. *The Folk Lore of China and its Affinities with That of Aryan and Semitic Races*. London: Trubner and Ludgate Hill, 1876.

Descartes, René. *Discourse on Method and Meditations on First Philosophy*. Trans. Donald A. Cress. Indianapolis: Hackett, 1980.

Deziel, Shanda. "The Big Read: Committed to Memory." *Chatelaine* (English Edition). Vol. 88, No. 4, 2015.

DiBattista, Maria. "This Is Not a Movie: Ulysses and Cinema." *Modernism/Modernity*. Vol. 13, No. 2, 2006.

D'hoker, Elke. "Unreliability Between Mimesis and Metaphor: The Works of Kazuo Ishiguro." *Narrative Unreliability in the Twentieth-Century First-Person Novel*. Ed. Elke D'hoker and Gunther Martens. New York: Walter de Gruyter, 2008.

Donoghue, Deenis. "Yeats, Eliot, and the Mythical Method." *The Sewanne Review*. Vol. 105, No. 2, 1997.

Drag, Wojciech. *Revisiting Loss: Memory, Trauma and Nostalgia in the Novels of Kazuo Ishiguro*. Cambridge: Cambridge Scholars Publishing, 2014.

Dzhumaylo, Olga. "What Kathy Knew: Hidden Plot in 'Never Let Me Go'." *Kazuo Ishiguro in a Global Context*. Ed. Cynthia Wong and Hulya Yildiz. New York: Routledge, 2015.

Gungor, Duru. "Time and the Threefold I in 'Never Let Me Go'." *Kazuo Ishiguro in a Global Context*. Ed. Cynthia Wong and Hulya Yildiz. New York: Routledge, 2015.

Eckert, Ken. "Evasion and the Unsaid in Kazuo Ishiguro's 'A Pale View of Hills'." *Partial Answers: Journal of Literature and the History of Ideas*. Vol. 10, No. 1, 2012.

Elgin, Catherine Z. "Fiction as Thought Experiment." *Perspectives on Science*. Vol. 22, No. 2, 2014.

Eliot, T. S. "Donne in Our Time." *A Garland for John Donne*. Ed. Thedore Spencer. Cambridge: Harvard University Press, 1931.

——. "The Metaphysical Poets." *Selected Essays*. London: Faber and Faber, 1932a.

——. "Tradition and Individual Talent." *Selected Essays*. London: Faber and Faber, 1932b.

——. "Ulysses, Order, and Myth." *Selected Prose of T. S. Eliot*. London: Faber and Faber, 1975.

Elsaesser, Thomas. "A Thought Experiment: Christian Petzold's 'Barbara'." *Comp (a) raison: Narration and Reflection*. Vol. 1, No. 2, 2015a.

——. "Black Suns and a Bright Planet: Lars von Trier's Melancholia as Thought Experiment." *Theory & Event*. Vol. 18, No. 2, 2015b.

Evans, Dylan. *An Introductory Dictionary of Lacanian Psychoanalysis*. London: Routledge, 1996.

Evans-Pritchard, E. E. *Witchcraft, Oracles, and Magic among the Azande*. Oxford: Oxford University Press, 1937.

Ferdinando, Keith. "Sickness and Syncretism in the African Context." *Mission and Meaning*. Ed. Antony Billington. Carlisle: Paternoster Press, 1995.

Ferrall, Charles. *Modernist Writing and Reactionary Politics*. Cambridge: Cambrige University Press, 2001.

Fitzgerald, F. Scott. *The Great Gatsby*. London: Wordsworth Editions Limited, 1993.

Forsythe, Ruth. "Cultural Displacement and the Mother-Daughter Relationship in Kazuo Ishiguro's 'A Pale View of Hills'." *West Virginia Philological Papers*. Vol. 52, No. 4, 2005.

Fort, Camille. "Playing in the Dead of Night: Voice and Vision in Kazuo Ishiguro's 'A Pale View of Hills'." *Etudes Britanniques Contemporaines*. No. 27, 2004.

Foucault, Michel. "What Is Enlightenment?" *The Foucault Reader*. Ed. Paul Rabinow. Trans. Catherine Porter. New York: Pantheon, 1984.

Frank, Joseph. *Dostoevsky: A Writer in His Time*. Princeton: Princeton University Press, 2010.

French, Alex. "Forget Book of the Year: Haruki Murakami Has a Book of the Half Century. " *Gentlemen's Quarterly*. Dec. 10, 2009.

Freud, Sigmund. "The 'Uncanny' . " *The Standard Edition of the Complete Psychological Works of Sigmund Freud. Volume XVII* (1917-1919): *An Infantile Neurosis and Other Works*. Trans. James Strachey. New York: W. W. Norton & Company, 2000.

Fricke, Stefanie. "Reworking Myths: Stereotypes and Genre Conventions in Kazuo Ishiguro Works. " *Kazuo Ishiguro in a Global Context*. Ed. Cynthia. F. Wong and Hulya Yildiz. London: Routledge, 2015.

Friedman, Susan Stanford. "Definitional Excursions: The Meanings of Modern/Modernity/Modernism. " *Modernism/Modernity*. Vol. 8, No. 3, 2001.

Fuller, C. J. *The Camphor Flame: Popular Hinduism and Society in India*. Princeton: Princeton University Press, 2004.

Gaiman, Neil and Kazuo Ishiguro. "Let's Talk about Genre. " *The New Statesman*. June 4, 2015.

Gaonkar, Dilip Parameshwar. "On Alternative Modernities. " *Alternative Modernities*. Ed. Dilip Parameshwar Gaonkar. Durham, N. C. : Duke University Press, 2001.

Garland, Alex and Kazuo Ishiguro, "Conversations on 'Never Let Me Go' . " DP/30: The Oral History of Hollywood. Dec. 2012.

Gendler, Tamar Szabo. "Thought Experiments. " *The Encyclopedia of Cognitive Science*. London: Routledge, 2002.

Genette, Gerard. *Narrative Discourse*. Trans. Jane E. Lewin. Ithaca: Cornell University Press, 1989.

Georgesco, Florent and Kazuo Ishiguro, "Kazuo Ishiguro, Nobel Prize for Literature 2017. " M. Ziane-Khodja. Oct. 8, 2017.

Griem, Julika. "Mobilizing Urban Space: The Legacy of E. A. Poe's 'The Man of the Crowd' in Contemporary Crime Fiction. " *Moving Images-Mobile Viewers: 20th Century Visuality*. Ed. Renate Brosch et al. Berlin: LIT Verlag, 2011.

Griffin, Gabriele. "Science and the Cultural Imaginary: The Case of Kazuo Ishiguro's 'Never Let Me Go'." *Textual Practice*. Vol. 23, No. 4, 2009.

Groes, Sebastian and Kazuo Ishiguro. "The New Seriousness: Kazuo Ishiguro in Conversation with Sebastian Groes." *Kazuo Ishiguro: New Critical Visions of the Novels*. Ed. Sebastian Groes and Barry Lewis. New York: Palgrave Macmillan, 2011.

Grossman, Lev. "The Return of the King: The Author of 'Never Let Me Go' Comes Back with an Arthurian Epic." *The Times*. March 9, 2015.

Gunning, Tom. "The Long and Short of It: Centuries of Projecting Shadows from Natural Magic to the Avant-Garde." *The Art of Projection*. Ed. Stan Douglas & Christopher Eamon. Ostfildern: Hatje Cantz Verlag, 2009.

Guth, Deborah. "Submerged Narratives in Kazuo Ishiguro's 'The Remains of the Day'." *Forum for Modern Language Studies*. Vol. 35, No. 2, 1999.

Harrell, C. Stevan. "When a Ghost Becomes a God." *Religion and Ritual in Chinese Society*. Ed. Arthur Press. Wolf. Stanford: Stanford University Press, 1974.

Hawthorne, Nathaniel. "Rappaccini's Daughter." *Great Short Stories by Great American Writers*. Ed. Thomas Fasano. Claremont: Coyote Canyon Press, 2011.

Hay, Simon. *A History of Modern British Ghost Story*. New York: Palgrave Macmillan, 2011.

Hensher, Philip. "School for Scandal." *The Spectator*. Feb. 26, 2005.

Holmes, Frederick M. "Realism, Dreams and the Unconscious in the Novels of Kazuo Ishiguro." *The Contemporary British Novel*. Ed. James Acheson and Sarah C. E. Ross. Edinburgh: Edinburgh University Press, 2005.

Hood, Christopher P. *Dealing with Disaster in Japan*. London: Routledge,

2012.

Horton, Justin. "Mental Landscapes: Bazin, Deleuze, Neorealism (Then and Now)." *Cinema Journal*. Vol. 52, No. 2, 2013.

Hunnewell, Susannah and Kazuo Ishiguro, "The Art of Fiction No. 196." (Interview with Kazuo Ishiguro) *The Paris Review*. No. 184, 2008.

Huyssen, Andreas. *After the Great Divide: Modernism, Mass Culture, Postmodernism*. Bloomington: Indiana University Press, 1986.

Ishiguro, Kazuo. "A Family Supper." *Firebird* 2: *Writing Today*. Ed. Binding T. J. Harmondsworth: Penguin, 1983.

——. Introduction to Yasunari Kawabata. *Snow Country and Thousand Cranes*. Trans. Edward G. Seidensticker. Harmondsworth: Penguin, 1986.

——. *A Pale View of Hills*. New York: Vintage International, 1990.

——. "Kazuo Ishiguro's Interview on Charlie Rose." Charlie Rose Show. Oct. 10, 1995a. Accessed March 6, 2015. https://charlierose.com/videos/18999.

——. "Writing about Cultural Change: Interview with Marcia Alvar." University of Washington. Nov. 13, 1995b.

——. *Early Japanese Stories*. London: Belmont Press, 2000.

——. *Never Let Me Go*. Toronto: Alfred A. Knopt, 2005a.

——. "The Hiding Place." Interviewed by Sukhdev Sandhu. *Daily Telegraph*. Feb. 26, 2005b.

——. "Kazuo Ishiguro's Press Conference at the British Embassy in Japan." Movie Collection Japan. Jan. 4, 2011a.

——. "Interview in Japan." Movie Collection Japan. Jan. 24, 2011b.

——. "Kazuo Ishiguro on Fiction, Allegory and Metaphor." Interview. Knopf Doubleday Publishing Group Video. Feb. 19, 2015a.

——. "Kazuo Ishiguro at Tokio Mate." D. Tokiomate. Aug. 14, 2015b.

——. "Kazuo Ishiguro Uncovers 'The Buried Giant'" Wall Street Journal Live. March 3, 2015c.

——. "Le Geant Enfoui." Video Interview by Librairie Mollat. May 20, 2015d.

——. *The Buried Giant.* New York: Alfred A. Knopf, 2015e.

——. "Kazuo Ishiguro Interview-Meridian BBC World Service." The British Broadcasting Corporation. Dec. 5, 2016.

——. "Interview with Writers & Company CBC Radio." Canadian Broadcasting Corporation, Nov. 13, 2017a.

——. "Kazuo Ishiguro Interview Nobel Prizes in Literature." Fujiyama. Oct. 5, 2017b.

——. "Kazuo Ishiguro Interview on 'The Buried Giant', 2015." Manufacturing Intellect, Oct. 7, 2017c.

——. "Literature Binds Our Divided World Kazuo Ishiguro Direct Talk Video on Demand NHK World English." Japan Tokyo. Dec. 24, 2017d.

——. "Literature Laureate's Press Conference in Sweden." China's English Language Television Channel. Dec. 6, 2017e.

——. "Literature, My Secret of Writing Part 2 First Class Video on Demand HNK World." Japan Tokyo, Dec. 14, 2017f.

——. "My Twentieth Century Evening and Other Small Breakthroughs." Nobel Prize. Dec. 7, 2017g.

——. "Search for Kazuo Ishiguro, Japanese TV Documentary." Knickjp, Oct. 5, 2017h.

Ishiguro, Kazuo and David Mitchell. "Conversations at Royal Festival Hall." Southbank Centre. Feb. 2016. Accessed Oct. 19, 2017. www.southbankcentre.co.uk/blog/kazuo-ishiguro-david-mitchell.

Ishiguro, Kazuo and Karen Grigsby Bates. "Interview and Reading from 'Never Let Me Go'." Manufacturing Intellect, Oct. 6, 2017.

Ishiguro, Kazuo and Kenzaburo Oe. "The Novelist in Today's World: A Conversation." *Boundary* 2, 1991.

Ishiguro, Kazuo with Cast and Filmmakers. "Film 4 Special: Never Let Me

Go." Film 4. Nov. 2, 2011.

Jaggi, Maya and Kazuo Ishiguro, "Kazuo Ishiguro with Maya Jaggi." *Conversations with Kazuo Ishiguro.* Ed. Brian W. Shaffer and Cynthia F. Wong. Jackson: Mississippi University Press, 2008.

James, David. "Artifice and Absorption: The Modesty of Kazuo Ishiguro's 'The Remains of the Day'." *Kazuo Ishiguro: Contemporary Critical Perspectives.* Ed. Sean Matthew and Sebastian Groes. London and New York: Continuum, 2009.

Kauffmann, Stanley. "The Floating World." *The New Republic.* Nov. 6, 1995.

Kellaway, Kate. "Kazuo Ishiguro: I used to see myself as a musician. But really, I'm one of those people with corduroy jackets and elbow patches." *The Guardian.* March 15, 2015.

Kelman, Suanne and Kazuo Ishiguro, "Ishiguro in Toronto." *Conversations with Kazuo Ishiguro.* Ed. Brian Shaffer and Cynthia F. Wong. Jackson: University Press of Mississippi, 2008.

Kim, Chang-Ran. "'Who's Kazuo Ishiguro?' Japan Asks, But Celebrates Nobel Author as its Own." *The Reuters.* Oct. 6, 2017.

Kirtley, David Barr and Kazuo Ishiguro. "Kazuo Ishiguro Interview." The American Radio Program Geek's Guide to the Galaxy, April 10, 2015.

Knightly, Kiera. "Interview with Keira Knightley for 'Never Let Me Go'." Reelrave. Sep. 13, 2010.

Knox, Bernard. "Euripides." *The Cambridge History of Classical Literature I: Greek Literature.* Ed. P. Easterling and B. Knox. Cambridge: Cambridge University Press, 1985.

Lakatos, Imre. *Proofs and Refutations: The Logic of Mathematical Discovery.* Ed. John Worrall and Elie Zahar. Cambridge: Cambridge University Press, 1976.

Lang, James M. "Public Memory, Private History: Kazuo Ishiguro's 'The

Remains of the Day'." *CLIO: A Journal of Literature, History, and the Philosophy of History.* Vol. 29, No. 2, 2000.

Lastra, James. *Sound Techonology and the American Cinema: Perception, Representation, Modernity.* New York: Columbia University Press, 2000.

Lee, Yu-Cheng. "Reinventing the Past in Kazuo Ishiguro's 'A Pale View of Hills'." *Chang Gung Journal of Humanities and Social Sciences.* Vol. 1, No. 1, 2008.

Leenhardt, Roger. "Cinematic Rhythm." *French Film Theory and Criticism: A History/Anthology*, 1907 – 1939. Vol. II. Ed. Richard Abel. Princeton: Princeton University Press, 1988.

Lewis, Barry. *Kazuo Ishiguro.* Manchester: Manchester University Press, 2000.

Lezard, Nicholas. "The Buried Giant by Kazuo Ishiguro Review: Here be Dragons." *The Guardian.* Jan. 27, 2016.

Lichtig, Toby. "What on Earth." *The Times Literary Supplement.* Oct. 5, 2017.

Lochner, Liani. "'How Dare You Claim These Children Are Anything Less than Fully Human?': The Shared Precariousness of Life as a Foundation for Ethics in 'Never Let Me go'." *Kazuo Ishiguro in a Global Context.* Ed. Cynthia Wong and Hulya Yildiz. New York: Routledge, 2015.

Lyotard, Jean-François. *Misere De La Philosophie.* Paris: Galilee, 2000.

Magny, Claude-Edmonde. *The Age of the American Novel: The Film Aesthetic of Fiction Between the Two Wars.* Trans. Eleanor Hochman. New York: Frederick Ungar Publishing Co., 1972.

Mallarmé, Stephane. "Crisis in Poetry." *Mallarme: Selected Prose Poems, Essays, and Letters.* Trans. Bredford Cook. Baltimore: Johns Hopkins Press, 1956.

Malraux, Andre. "Preface" to William Faulkner. *Sancturaire.* Trans. Rene. N. Raimbault. Paris: Le Masque, 1933.

——. "Preface" to Andree Viollis. *Indochine S. O. S.* Paris: Editions du Seuil, 1934.

Mars-Jones, Adam. "Micro-Shock." *London Review of Books.* Vol. 37, No. 5, 2015.

Mason, Gregory. "Inspiring Images: The Influence of the Japanese Cinema on the Writings of Kazuo Ishiguro." *East West Film Journal.* Vol. 3, No. 2, 1989.

Mason, Gregory and Kazuo Ishiguro. "An Interview with Kazuo Ishiguro," *Contemporary Literature.* Vol. 30, No. 3, 1989.

——. "An Interview with Kazuo Ishiguro." *Conversations with Kazuo Ishiguro.* Ed. Brian Shaffer and Cynthia F. Wong. Jackson: University Press of Mississippi, 2008.

Matthews, Sean. " 'I'm Sorry I Can't Say More': An Interview with Kazuo Ishiguro." *Kazuo Ishiguro: Contemporary Critical Perspectives.* Ed. Sean Matthews and Sebastian Groes. London: Continuum, 2009.

Matthews, Sean and Sebastian Groes. " 'Your Words Open Windows for Me': The Art of Kazuo Ishiguro." Introduction. *Kazuo Ishiguro: Contemporary Critical Perspectives.* Ed. Matthews and Groes. London: Continuum, 2009.

Matthiessen, F. O. *The Achievement of T. S. Eliot: An Essay on the Nature of Poetry.* London: Oxford University Press, 1959.

McCrum, Robert. "My Friend Kazuo Ishiguro." *The Guardian.* Oct. 8, 2017.

McDonald, Keiko. *Mizoguchi.* Boston: Twayne Publishers, 1984.

Monaco, James. *How to Read a Film: Movies Media, Multimedia.* New York: Oxford University Press, 2000.

McNamee, Gregory. "The Buried Giant." *Kirkus Reviews.* Jan. 1, 2015.

Mooney, Martha T. Ed. *Book Review Digest* 1982. New York: H. W. Wilson, 1983.

Moore, Marianne. "Fiction or Nature?" *Complete Prose*. Ed. Patricia C. Willies. London: Faber and Faber, 1987.

Mullan, John. "On First Reading Kazuo Ishiguro's 'Never Let Me Go'." *Kazuo Ishiguro: Contemporary Critical Perspectives*. Ed. Sean Matthews and Sebastian Groes. London: Continuum International Publishing Group, 2009.

Murakami, Huruki. "Foreword." *Kazuo Ishiguro: Contemporary Critical Perspectives*. Ed. Sean Matthews and Sebastian Groes. London: Continuum International Publishing Group, 2009.

Newman, Barbara. "Of Burnable Books and Buried Giants: Two Modes of Historical Fiction." *Postmedieval: A Journal of Medieval Cultural Studies*. No. 7, 2016.

Nohrnberg, James C. "The Mythical Method in Song and Saga, Prose and Verse: Part One." *Arthuriana*. Vol. 21, No. 1, 2011.

Nygren, Scott. "Reconsidering Modernism: Japanese Film and the Postmodern Context." *Wide Angle*. Vol. 11, No. 3, 1989.

Oyabu, Kana. Cross-Cultural Fiction: The Novels of Timothy Mo and Kazuo Ishiguro. England. Ph. D. Dissertation. University of Exeter. 1995.

Pasolini, Pier Paolo. "The Cinema of Poetry." Movies and Methods. Ed. Bill Nichols. Berkeley: University of California Press, 1976.

Passano, Vince. "New Flash from an Old Isle." *Haper Magazin*. Oct. 10, 1995.

Perry, Walter Copland. "The Sirens in Ancient Literature and Art." *The Nineteenth Century*. Vol. 14. Ed. James Knowles. London: Sampson Low; Marston & Co.

Plato. *The Republic of Plato*. Trans. Allan Bloom. New York: Basic Books, 1968.

Phelan, James and Mary Patricia Martin. "The Lesson of 'Weymouth': Homodiegesis, Unreliability, Ethics, and 'The Remains of the Day'."

*Narratologies*: *New Perspectives on Narrative Analysis*. Ed. David Herman. Columbus, OH: Ohio State University Press, 1999.

Pomeroy, Sarah B. *Ancient Greece*: *A Political, Social, and Cultural History*. New York City: Oxford University Press, 1999.

Popova, Yanna B. *Stories, Meaning, and Experience*: *Narrativity and Enaction*. New York: Routledge, 2015.

Prince, Gerald. *Dictionary of Narratology*. Lincoln: University of Nebraska Press, 1987.

——. "The Disnarrated." *Style*. Vol. 22, No. 1, 1988.

Pryor, Francis. *Britain AD*: *A Quest for Arthur, England and the Anglo-Saxons*. New York: Harper Collins, 2004.

Raphael, Linda S. *Narrative Skepticism*: *Moral Agency and Representations of Consciousness in Fiction*. Mississauga: Rosemont, 2001.

Reider, Noriko T. *Japanese Demon Lore*: *Oni from Ancient Times to the Present*. Logan: Utah State University Press, 2010.

Rich, Nathaniel. "The Book of Sorrow and Forgetting." *The Atlantic*. No. 3, 2015.

Richards, Linda and Kazuo Ishiguro. "January Interview: Kazuo Ishiguro." *January Magazine*. Oct. 2000. http://januarymagazine.com/profiles/ishiguro.html.

Robbins, Bruce. "Very Busy Just Now: Globalization and Hurriedness in Ishiguro's 'The Unconsoled'." *Comparative Literature*. No. 53, 2001.

——. "Cruelty is Bad: Banality and Proximity in 'Never Let Me Go'." *Novel*. Vol. 40, No. 3, 2007.

Robinson, Richard. "Nowhere in Particular: Kazuo Ishiguro's 'The Unconsoled' and Central Europe." *Critical Quarterly*. Vol. 48, No. 4, 2006.

——. "Footballers and Film Actors in 'The Unconsoled'." *Kazuo Ishiguro*: *Contemporary Critical Perspectives*. Eds. Sean Matthews and Sebastian Groes. London: Continuum International Publishing Group, 2009.

Rorty, Richard. "Consolation Prize." *Village Voice Literary Supplement*. Oct. 10, 1995.

Rothfork, John. "Zen Buddhism and Bushido." *Lectures D'une Oeuvre: The Remains of the Day de Kazuo Ishiguro*. Ed. François Gallix. Paris: editions du temps, 1999.

Rushdie, Salman. "What the Butler Didn't See." *The Observer*. May 21, 1989.

Santayana, George. *The Sense of Beauty*. New York: Dover Publications, 1986.

Sato, Tadao. *Kenji Mizoguchi and the Art of Japanese Cinema*. Trans. Brij Tankha. Oxford: Berg, 2008.

Sage, Victor. "The Pedagogics of Liminality: Rites of Passage in the Work of Kazuo Ishiguro." *Kazuo Ishiguro: New Critical Visions of the Novel*. Ed. Sebastian Groes and Barry Lewis. New York: Palgrave Macmillan, 2011.

Schmidt, Joel. *Larousse Greek and Roman Mythology*. New York: W. W. Norton & Company, 1965.

Schrader, Paul. *Transcendental Style in Film: Ozu, Bresson, Dreyer*. Berkeley: University of California Press, 1972.

Scurr, Ruth. "The Facts of Life." *The Times Literary Supplement*. Feb. 25, 2005.

Shaffer, Brian W. *Understanding Kazuo Ishiguro*. Columbia: University of South Carolina Press, 1998.

Shakespeare, William. *The Tempest*. New York: Simon & Schuster Paperbacks, 1994.

Shibata, Motoyuki and Motoko Sugano. "Strange Reads: Kazuo Ishiguro's 'A Pale View of Hills' and 'An Artist of the Floating World' in Japan." *Kazuo Ishiguro: Contemporary Critical Perspectives*. Ed. Sean Matthews and Sebastian Groes. London: Continuum, 2009.

Shinoda, Masahiro. "Two Worlds Intertwined: A 2005 Video Appreciation of 'Ugetsu'." *The Criterion Collection of Ugetsu*. Archived from the Original on Oct. 12, 2012.

Shonaka, Takayuki. *Kazuo Ishiguro: Nihon to Igirisu No Hazama Kara (Kazuo Ishiguro: Between Japan and England)*. Yokohama: Shunpusha, 2011.

Sim, Wai-chew. *Globalization and Dislocation in the Novel of Kazuo Ishiguro*. Lewiston, New York: Edwin Mellen Press, 2006.

Simon, Scott and Kazuo Ishiguro. "The Persistence? and Impermanence? of Memory in 'The Buried Giant'." *Weekend Edition Saturday*. Feb. 28, 2015.

Sitney, P. Adams. *Modernist Montage: The Obscurity of Vision in Cinema and Literature*. New York: Columbia University Press, 1990.

Smallwood, Christine. "The Test of Time: Kazuo Ishiguro's Novels of Remembering." *Harper's Magazine*. April, 2015.

Somaini, Antonio. "Walter Benjamin's Media Theory: The Medium and the Apparat." *Grey Room*. No. 62, 2016.

Sourvinou-Inwood, Christiane. *"Reading" Greek Death*. Oxford: Oxford University Press, 1996.

Summers-Bremner, Eluned. "Poor Creatures: Ishiguro's and Coetzee's Imaginary Animals." *Mosaic*. Vol. 39, No. 4, 2006.

Suzuki, Daisetsu Teitaro. *Essays in Zen Buddhism: First Series*. New York: Grove Press, 1927.

Swaim, Don. "Interview Kazuo Ishiguro." *Conversations with Kazuo Ishiguro*. Ed. Brian W. Shaffer and Cynthia F. Wong. Jackson: University Press of Mississippi, 2008.

Teo, Yugin. *Kazuo Ishiguro and Memory*. New York: Palgrave Macmillan, 2014.

——. "Memory, Nostalgia and Recognition in Ishiguro's Work." *Kazuo

*Ishiguro in a Global Context*. Ed. Cynthia F. Wong and Hulya Yildiz. London: Routledge, 2015.

Tennyson, Afred. *The Letters of Alfred Lord Tennyson* Vol. 2. Ed. Cecil Y. Lang and Edgar F. Shannon. Cambridge: Harvard University Press.

Teverson, Andrew. "Acts of Reading in Kazuo Ishiguro's 'The Remains of the Day'." *Q/W/E/R/T/Y: Arts, Litteratures & Civilisations du Monde Anglophone*. No. 9, 1999.

Thwaite, Anthony. "Ghosts in the Mirror." *The Observer*. Feb. 14, 1982.

Trimm, Byan S. "Inside Job: Professionalism and Postimperial Communities in 'The Remains of the Day'." *LIT*. No. 16, 2005.

Trotter, David. *Cinema and Modernism*. MA: Blackwell, 2007.

Vorda, Allan and Kim Herzinger. "An Interview with Kazuo Ishiguro." *Conversations with Kazuo Ishiguro*. Ed. Brian W. Shaffer and Cynthia F. Wong. Jackson: University Press of Mississippi, 2008.

Walkowitz, Rebecca L. *Cosmopolitan Style: Modernism Beyond the Nation*. New York: Columbia University Press, 2006.

Wall, Kathleen. "'The Remains of the Day' and Its Challenges to Theories of Unreliable Narration." *Journal of Narrative Technique*. Vol. 24, No. 1, 1994.

Walton, James. "The Buried Giant." *The Spectator*. Feb. 28. 2015.

Ward-Perkins, Bryan. "Why Did the Anglo-Saxons not Become More British?" *The English Historical Review*. Vol. 115, No. 462, 2000.

Wachtel, Eleanor and Kazuo Ishiguro, "'Books on Film': A Conversation at TIFF." Toronto International Film Festival. Oct. 5, 2017.

Watts, Philip. *Roland Barthes' Cinema*. Oxford: Oxford University Press, 2016.

Waugh, Patricia. "Kazuo Ishiguro's Not-Too-Late Modernism." *Kazuo Ishiguro: New Critical Visions of the Novel*. Ed. Sebastian Groes and Barry Lewis. New York: Palgrave Macmillan, 2011.

Weber, Max. *From Max Weber: Essays in Sociology.* Trans. and Ed. H. H. Gerth and C. Wright Mills. New York: Oxford University Press, 1946.

——. *The Methodology of the Social Sciences.* Illinois: Free Press, 1949.

——. "Science as a Vocation." *Daedalus.* Vol. 87, No. 1. *Science and the Modern World View.* 1958.

——. *Economy and Society: An Outline of Interpretive Sociology.* Berkeley: University of California Press, Berkeley, 1978.

White, Duncan. "Kazuo Ishiguro Is a Chameleon Among the Peacocks." *The Telegraph.* Oct. 8, 2017.

Wong, Cynthia F. "The Shame of Memory: Blanchot's Self-Dispossession in Ishiguro's 'A Pale View of Hills'." *CLIO.* Vol. 24, No. 2, 1995.

——. *Kazuo Ishiguro.* Tavistock, UK: Northcote House Publishers, 2000.

——. "Like Idealism is to the Intellect: An Interview with Kazuo Ishiguro." *Conversations with Kazuo Ishiguro.* Ed. Brian W. Shaffer and Cynthia F. Wong. Jackson: University Press of Mississippi, 2008.

Wong, Cynthia F., Grace Crummett and Kazuo Ishiguro. "A Conversation about Life and Art with Kazuo Ishiguro." *Conversations with Kazuo Ishiguro.* Ed. Brian Shaffer and Cynthia F. Wong. Jackson: University Press of Mississippi, 2008.

Wood, Gaby. "Kazuo Ishiguro: 'There Is a Slightly Chilly Aspect to Writing Fiction'." *The Telegraph.* Oct. 5, 2017.

Wood, James. "Uses of Oblivion." *The New Yorker.* March 23, 2015.

Wood, Michael. "The Discourse of Others." *Children of Silence: Studies in Contemporary Fiction.* Ed. Michael Wood. London: Pimlico, 1995.

Wood, Robin. *Sexual Politics and Narrative Film: Hollywood and Beyond.* New York: Columbia University Press, 1998.

Woolf, Virginia. "A Haunted House." *A Haunted House and Other Short Stories.* Ed. Leonard Woolf. London: The Hogarth Press, 1943.

——. "The Cinema." *The Captain's Deathbed and Other Essays*. Ed. Leonard Woolf. London: Harcord Brace Jovanovich, 1950.

Wormald, Mark. "Kazuo Ishiguro and the Work of Art." *Contemporary British Fiction*. Ed. Richard J. Land et al. Cambridge: Polity, 2003.

Yoshimoto, Mitsuhiro. *Kurosawa: Film Studies and Japanese Cinema*. Duke: Duke University Press, 2000.

Yoshioka, Fumio. "Beyond the Division of East and West: Kazuo Ishiguro's 'A Pale View of Hills'." *Studies in English Literature* (Japan). 1988.

Yu, Ying-Shih. "'O Soul, Come Back!' A Study in The Changing Conceptions of The Soul and Afterlife in Pre-Buddhist China." *Harvard Journal of Asiatic Studies*. Vol. 47, No. 2, 1987.

Zinck, Pascal. "Superheros, Superegos: Icons of War and the War of Icons in Kazuo Ishiguro." *Refrectory* 10, Jan. 29, 2006/2007.

# 索　引

## A

阿多诺　32
艾略特　11,12,109,148,224
爱伦·坡　12—14
安德烈·巴赞　40,42,45
安德烈·马尔罗　40
奥逊·威尔斯　54

## B

柏拉图　36,141,210,220,238,239,
　　258,304
摆渡人卡隆　169,188,226,227,235
《被掩埋的巨人》　2,5,15—17,21,
　　23,26,27,52—54,60,67—69,71,
　　73,74,76—78,126,157,158,160—
　　170,172—193,195—204,206—
　　214,216—224,226—231,233—
　　237,242,243,245,248—252,255—
　　267,317—320
本居宣长　85,120,151,196
《别让我走》　1,2,6,15—17,21,26,
　　28,48,49,54,60,90,127,159,221,
　　242,258,267,269—272,274,275,
　　277—279,281,282,284,285,287,
　　288,291—296,299,301,304,305,
　　309,312,313,317,318,321
波德莱尔　34,38,39,276
《伯爵夫人》　2,48,323
不可靠叙述　19,69,72,81,84,131,
　　133,134,260,279

## C

《长日留痕》　2,6,9,13,15—17,19,
　　20,22,48,73,137,182,183,261,
　　266,279,282,314,323
场面调度　50,51,60
沉默　4,25,53,81,83,90,209,259,
　　274,282,305—307,309—312
村上春树　127,270,296

## D

但丁　169,187,218,226
笛卡尔　238,257,258,308

电影性 42,56,57,59,60,249,252,255,316

丁尼生 157,223,235,236

《东京物语》 26,65,66,84,85,91,135,136,138,139,142,318,319

## F

返魅 38,41,167,215,217,320

非个性化 59,173,174,224,227—230,280,320

冯友兰 93,145

弗洛伊德 88,100,130,141

《浮世画家》 2,16,66,67,71,72,136,137,183,323

福斯特 11,12,48

## G

感性的失联 11,14,132,133,148,255,305

公案 69,176,177,261,262

沟口健二 27,52,54,60,61,63,69—72,75,83,157,165,166,188—190,195,197,199,200,208,209,213,317,320

观念域 178,224,231—233,235,320

观影机制 223,250,255,256,265,320

鬼故事 10,15,17,26,27,52,70,71,73—76,83,85—88,92—94,96,97,100,111,121—124,126,129—131,133,165,188,190,191,197,201,210,213,218,317—319

国际主义 1,10,11,63

《国王叙事诗》 157,223

## H

汉娜·阿伦特 183

黑泽明 27,52,54,60—63,66—73,75,157,164,166,168,175—177,181,185,213—215,223,262,317,320

亨利·詹姆斯 12,87,129,272

后现代主义 14,15,92,166,223,228,229,231,290,312

《呼啸山庄》 134,277,321

《蝴蝶夫人》 13,147

魂鬼思想 10,165,188,189,196—198,201,320

## J

叫魂 194,195

经验挪用 240,247—249,254,256

## K

卡夫卡 12,14,15,32,33,35,132,161,162,231

卡林内斯库 30,31,35,39,45,166

## L

《老子》 92,145

留白 4,10,20,25,26,44,60,64—66,79,80,83—86,88—94,96,97,

105,107,108,110,112—115,117,
118,120—122,130,133,135,142,
144—148,151,153,156,274,275,
287,315,318,319

罗兰·巴特 25,56,83,149,215,
224,231,232,260,262,293,306,
307,309,311,320,321

《螺丝在拧紧》 15,87,129

## M

马克斯·韦伯 32

马拉美 39,264

媒介性 35,50,154,280,295

《美食家》 2,47,86

魅惑 38,57,168,200,251,293

蒙太奇 2,44,45,51,52,55,56,315,
318,323

米歇尔·福柯 171

面具性 293

明晰性 40,233,275,276,292,293,
305

冥河 107,109,192,226,257

模糊性 273,275,278,292,322

魔幻灯 250,251,255,256

莫里斯·布朗肖 58,262

## O

欧陆现代主义 14,38,129,132,231

## Q

《七武士》 73,164

启蒙的现代性 31,32,35

《潜行者》 27,54,77,78,166,224,
226—228,230,240,265,320

情动理论 9,21,307,308

情感转向 33,37,92,140

祛魅 33,37—39,41,59,88,169,
219,221

群鬼 214,215

## R

人文传统电影 62,63

"入画" 175,177—180,265

## S

莎士比亚 88,213,252

深焦镜头 173

神话 33,38,67,77,78,109,150,
163—165,168,169,172,175,180,
186,188,189,196,197,199,208,
210,212,213,218,224—228,230,
255,256,265,320

《神曲》 165,169,187,188

审美现代性 1—3,6,16—18,22,
25—31,33—35,37—40,42—47,
50,55—57,59,60,62,64,77,84,
85,88,93,119,120,123,129—133,
140,142,145,148,156,157,161,
165—167,171—176,188,191,201,
218,223,225,226,228—230,237,
240—242,248,251,256,258,263,
265,267,272—274,278,281,293—

295,298,299,311,313,316—324

省略 41—43,86,90,135,243,245,263,275,286,305,319

《世界上最悲伤的音乐》 2,47,53,323

视觉联动思想 243,249,252,255,256

庶民剧 8,52,83

思想实验 27,165,166,185,223,237—249,252—258,265,315,320

死神 159,165,167—172,175,183—187,196,199,206,207,209,212,215,217,218,221,235,266

## T

他者 17,27,123,161,166,167,171—175,190,211,212,217,218,223,228,232,272,283,285,291,296,320,321

塔可夫斯基 26,27,53,54,60,61,76—78,157,166,223,227,228,240,317,320

《堂吉诃德》 252,289

陶瓶画 170,188,189

同性恋 80,273,283,290

陀思妥耶夫斯基 10,12,14,214

## W

维托里奥·德·西卡 54

《我辈孤雏》 2,6,13,17,48,67,323

《无可慰藉》 2,12,14—17,50,53,323

物哀 8—10,26,27,60,64—66,79,83—85,91—94,96,108,113,118—121,133,135,138—142,144,145,147—149,151,153,156,318,319

## X

希腊神话 67,77,109,165,168,169,172,188,189,197,208,210,212,213,226

希腊戏剧 68

现代主义 3,6,10—12,14—18,22,24—26,31—35,37—45,48,53—56,58,59,80,84,89,109,129,132,133,148,153,166,171—175,222—224,228—230,236,241,251,254,255,260,263—265,275—277,290,295,299,321—323

"现实"和"现时" 27,34,60,161,166,223,320,321

现实主义 7,9,17,23,24,32,42,43,47,52,54,75,161,164,166,173,191,192,216,221,223,224,228—231,240,241,263,265,275—277,320

小津安二郎 8,24,26,52,54,55,60—66,70,83,84,88,91,113,119,133,135,138,141,145,146,154,157,190,309,317,318

《小夜曲》 2,323

新浪潮 24,47,53,54,91,240

新现实主义 9,24,42,43,47,54,75,173,223,229,230,241,265,276,320

《喧哗与骚动》 277,279,321

## Y

《亚瑟·梅森的略传》 2,47,314,323

叶芝 33,160,254,256

隐喻 17,20,21,23,24,41,98,154,158,160—162,170,178,184,230,231,251,256,262,265,315

英美现代主义 11—13,15,16,226

英雄化 171,172

英雄性 174,175

影鬼 169,188,189,201,204,206,208,217,218,235

影像性 292—294,303,322

《雨月物语》 27,52,70,71,75,76,83,165,166,188—195,197,198,201,213,265,320

元媒介 45,57,295

《远山淡影》 2,4,6,8,13,15,16,21,26,49,52,60,65—67,70,79,81,83—85,87—94,97,100,105,109,111—113,119,121,123,126,127,129—133,135—139,141—144,146—148,150,153—157,183,216,218,226,274,303,313,317,318

## Z

詹姆斯·乔伊斯 12

正反打镜头 69,175—177

知物哀 119—121,140,144,146,147,149—151,156,319

《蜘蛛巢城》 75,213

中性 9,24,25,27,30,56—59,78,166,172—174,181,182,212,215,223,224,226—230,232,260,262,263,265,293,306,307,311,320

综摄 188,201,210,212

# 后　　记

　　这本书基于我的博士论文，在燕园完成撰写，在纽黑文修改并准备出版。它见证了我在北大四年和耶鲁两年的学习时光。六年成一书，听上去很长，感觉上却很紧凑。回想起来，我记不起在这六年里有过虚度光阴的时候。能把青春最后的、最好的时光都献给了自己所热衷的研究，应该算是种特别的幸福吧。也许是因为我没有过多的才华，所以需要用比别人更多的时间和努力来弥补。但我也相信，努力的人也会是幸运的。

　　回忆起求学一路走来，从硕士到博士能一直做一位作家研究的学者不多，而在做研究的过程中，所研究的作家还得了诺贝尔奖，这样的研究者更少。我算是特别幸运的人。对石黑一雄的研究从我2009年在四川外国语大学读研究生的时候就开始了。还记得最初我的硕士导师张旭春教授的叮嘱："选题要选个有做头的作家，为了在未来的博士学习中将研究继续下去。"我选石黑一雄为题的决定，很快得到了博识的张老师的肯定和鼓励。感谢张老师对我的治学态度和眼光的深远影响。还记得我当时为硕士论文最初起了个以现在的眼光看颇符合热点的题目——"《别让我走》的后人类主义研究"。但由于当时自己没能提供足够的有说服力的理论支撑，最后还是决定避开"后人类"的主题。现在回想起来，略有些遗憾。但如愿以偿在2013年考入北大的我，得以将石黑一雄研究继续深入地做下去。

　　在燕园，我幸运地遇到了我的博士导师申丹教授。她严谨的治学态度、对学术研究的热情投入、朴实正直的为人，都为我刚刚起步的科研学习工作树立了优秀的榜样。在北大的博士学习期间，申老师由始至终关注着我论文的整体构思以及各部分的写作进展，不仅从整体框架上对我进行了指导，也以她特有的洞察力对每一章节大到逻辑思路、小到用词规范提出了诸多具体贴切的批评。从论文的开题、预答辩到最终的定稿，她总能字斟句酌、不厌其烦地阅读和修改。做申老师的学生很幸福，因为不管何时向老师送交章节，老师都会逐字逐句地进行批注，章章都是如此经过三番两次的修改，最终成稿。而且不出意外地，我总会在上交论文的两三天之后收到老师长串的微信留言和布满详尽注释的文档文件。也因为老师有早起的习惯，所以每到了接收她的反馈的时候，我都会在一个个充满感动又感慨着自己还需继续努力的清晨，开始新的一天。特别感谢申丹老师！她的意见和批评总能一针见血地指出我在具体论证过程中的薄弱和偏颇之处，让我看清不足，为我指点迷津，使我在写作逻辑和行文上受益匪浅。记得初入燕园的时候，我跟申老师说，自己也要向"北大优秀博士论文"的目标而努力。还好，五年后，我做到了，总算没有辜负老师的期望。毕业之后，老师也一直关注着我的学术成长。每次我取得了一点小小的成果向老师汇报时，总能得到了她毫不吝言的热情鼓励。她更是非常高兴地为本书慷慨作序，让我这个做弟子的倍感荣耀。

  因为北大，我也与耶鲁大学结下了不解的缘分。我在博士联合培养期间特别幸运地成为了著名电影理论学者达德利·安德鲁教授的学生。很少有国外交换学习者的导师对来访学者的个人研究倾注如此多的时间和精力，但幸运的我，又成为了例外。达德利将我当作自己的学生一样，每周愿意花一整个下午的时间跟我分享他的认识，协助我完成论文的理论构建。也许因为我跟他在电影和文学的关联方面有许多相似的观念和兴趣点，我们的每次交流和讨论总能迸发出思想的火花，带给我无数的灵感。特别是在我的论文构思初期，这种跨学科的影响尤其重要。当然，达德利给予我的这种与他的博士生无差别的指导和要求，也意味着我要付出双倍的努力。这段留学经历令我受益匪浅。值得一提的是，同年北大英语系的毛亮老师也一行来到耶鲁访学，于是我也格外幸运地在国外得到了来自于母校的督促和关照。也谢谢毛老师，在北大和耶鲁期间的双重督导和照顾。从北大毕业并工作后，2019 年我又再次选择回到耶鲁，跟达德利继续我以"文学与电影的关联"为题的博士后研究。特别感谢达德利在学术上对我的无私接纳和教导。

我总是以"没时间"来形容在北大和耶鲁的求学生涯。没时间吃饭，没时间午休，没时间给家人电话，甚至没时间拍照留念。这种充实的幸运，直至我在耶鲁大学的图书馆写此后记时，还在享受着。幸运的我，出生在这个时代里的这个中国，可以奢侈地做一名"没时间"的女学者。从博士期间来到耶鲁学习电影理论，为论文撰写打下理论基础，到回北大夜以继日地研读、写作至毕业，又到毕业后荣幸地首批入选全国社科基金资助优秀博士论文出版项目，再到工作后再次回到耶鲁，完成这部专著的修改和出版工作，算是很圆满的一个过程。我同时也对我在搁笔之际马上开始的奔赴英美各地之间为我的下一个新课题做调研和筹备的工作，充满期待。

在此文的写作过程中，我得到了众多专家、学者、朋友和家人的关心和帮助。感谢北大的唐纳德·斯通教授。写作中期跟他讨论石黑一雄的过程，为我的论文提供了许多新的灵感。同时，我也要感谢在我博士学习期间以及论文写作过程中为我提供了宝贵意见和建议的诸位老师们，他们是韩加明教授、毛亮教授、刘锋教授和周小仪教授。在论文开题、预答辩的过程中，他们都针对论文中的缺点和不足提出了宝贵和重要的修改意见。我还感谢马海良老师和王雅华老师参加我的答辩。此外，我还要感谢北京大学外国语学院英语系的其他老师，他们对学问的执着和对真理的热爱，造就了英语系这个踏实求学的环境，他们的课程令我对英语文学形成了更加全面和深入的了解。另外，我还要感谢北京大学艺术学院的李洋教授，参与他的电影美学课程，拓展了我的视野，进一步加深了我对文学和电影的关系的理解。

此外，感激那些给予我帮助、分享我的烦恼和喜悦、一直支持我的朋友们。谢谢耶鲁大学的金安平老师和史景迁先生在纽黑文对我像家人一样温暖的关照，以及黄悦同学的友情支持和帮助；谢谢燕园的好友郑春光、蒋凌楠和姬祥真诚的友谊，没有他们的陪伴，我很难想象自己能顺利度过漫长、寂寞和曲折的论文写作阶段。

感谢国家社科基金博士论文出版项目评审专家们的大力支持，以及中国社会科学出版社的王丽媛编辑为本书编辑出版做了认真细致的工作，使得本书得以顺利出版。本书初稿的部分章节曾在《外国文学》《国外文学》《当代外国文学》《北京电影学院学报》《文艺理论研究》及《外国文学动态研究》等期刊先行发表。这些期刊的众多编辑老师和匿名审稿专家提出了富有洞见的修改意见，他们的帮助使得本书在细节上更趋完善，也一并致谢。

最后，我要特别感谢我人生最大的幸运及幸福来源——我的父亲和母亲！感谢他们一直对我的爱和鼓励。他们无条件的理解、支持和倾听，让我无比坚强、乐观、心无旁骛地在学术的路途上勇往直前。你们一直是我最强大的后盾，衷心地感谢你们！我希望将本书献给我最爱的父亲和母亲。

沈安妮

2020年新年于美国纽黑文耶鲁大学